U0667085

天堂的钥匙

津子围◎著

中国言实出版社

图书在版编目（CIP）数据

天堂的钥匙 / 津子围著. —北京：中国言实出版社，2017.5

ISBN 978-7-5171-2371-2

Ⅰ.①天… Ⅱ.①津… Ⅲ.①短篇小说—小说集—中国—当代 Ⅳ.①I247.7

中国版本图书馆 CIP 数据核字（2017）第 117189 号

出 版 人： 王昕朋
总 监 制： 朱艳华
责任编辑： 薛 磊
文字编辑： 李天语
封面设计： 杨 启

出版发行 中国言实出版社
地 址：北京市朝阳区北苑路 180 号加利大厦 5 号楼 105 室
邮 编：100101
编辑部：北京市海淀区北太平庄路甲 1 号
邮 编：100088
电 话：64924853（总编室） 64924716（发行部）
网 址：www.zgyscbs.cn
E-mail：zgyscbs@263.net

经 销 新华书店
印 刷 北京温林源印刷有限公司
版 次 2017 年 6 月第 1 版 2017 年 6 月第 1 次印刷
规 格 710 毫米×1000 毫米 1/16 19.75 印张
字 数 280 千字
定 价 42.00 元 ISBN 978-7-5171-2371-2

目　录

天堂的钥匙

转眼就到了宋文凯32岁的秋天。这年秋天，街上依旧飘着梧桐漆黄的叶子，踏在上面扑哧扑哧的，有粘鞋底的感觉。有时回望一下，宋文凯认为这个秋天在他的生命当中显得格外重要，如秋日般耀眼和灼热。这些日子里，宋文凯不再通过长时间地注视大海和久久地仰望星空来排遣心中的郁闷了。在同事的眼睛里，宋文凯的变化似乎是在一个早晨发生的，他们都毫不费力地发现，一向豁达、乐观的宋文凯开始眉头紧蹙，说话的声音也变得短促有力了。

多年来，在机关工作的宋文凯一直混得不怎么开心。说起来他在机关也8个年头了，眼看着同事一个一个提上去，比他毕业晚三四年的也成了他的上司。是自己不行吗？宋文凯不这么认为，论人品和能力，宋文凯觉得自己怎么也算得上乘，如果有相应的度量衡量一下，宋文凯觉得自己早就够分量了。当然，在机关混得有人缘儿，宋文凯也不是没有人缘儿，他为人谦和，甚至有点谨小慎微，哪怕做一件小事也小心翼翼的，每一到年终评先进，宋文凯得票总是最多的。想来想去，宋文凯知道还是因为自己那个缺陷，那个一直伴随他成长并不断使他痛苦的缺陷。宋文凯出生的时候是豁嘴儿，老家人管那叫“兔嘴儿”，虽然小时候做过缝合手术，但那个时候的医疗水平毕竟有限，后来，就有了那块难看的疤痕，怎么说呢？像一个潮虫立在鼻子和嘴唇之间，有光的时候，那个疤痕还泛着紫红色油亮的光泽。问题的核心就在那里，想一想，提拔一个领导，怎么说形象也得差不多，要知道，领导是要面对众人的，况且，他的缺陷还在嘴上，那可是要命的地方。领导大部分时间是靠讲话来完成领导这个角色的，你想，领导讲话的时候，大家自然会看那张一张一合的嘴，这就必然会生出很多枝节，不用细分析大家都明白，那个地方的确是太关键了。当然，宋文凯的上司与宋文凯谈话时却从不提宋文凯这个致命的缺陷。的确，这个问题是拿不到桌面上来谈的，对有生理缺陷的人不仅不能歧视，反而还要给予关爱才对。所以，每一轮提拔过后，就有领导做他的思想工作，让他摆正心态，正确看待提拔与不提拔的问题，说来说去让你感觉不提拔比提拔了还好。最近一次领导找他谈话时说："什么事想开了就不一样了。想一想，比你官大的里边，的确有混蛋，可比你官小的也有比你强的，这么一想不就想开了？"宋文凯似乎忍不住了，说："这些话听起来一点毛病也没有，我要不同意我就没理了。可我只是想听真话。"同他谈话的那位领导说："难道我说的不是真话，不是肺腑之言吗？宋文凯想了想，说："没错，但那是另外的一种……你们为什么没有勇气说出更一针见血的真话，为什么不说……"宋文凯瞅了瞅领导的眼睛，领导的不自然反映在他的视线里，也反映在他的情绪里。其实，对自己的缺陷他也张不开口。"别想那么多。"领导说了一些常规的安慰话，就把谈话结束了。

宋文凯在单位里的困惑在他的生活中同样存在，也是要命的事，就是他的婚姻大事迟迟没个着落。大学毕业这些年来，宋文凯看的对象也有一个满编制的步兵排了，可总是高不成低不就的。高不成，是他攀不上高枝儿，低不就，也不是他不迁就别人，同样是别人不迁就他。虽然有几个见了面之后的确转入谈的阶段，可大都停留在"阅读和欣赏"上。如果把宋文凯的恋爱经历比喻成一本书的话，顶多也就停留在封面和目录上。至于正文，没了。

原因仍是宋文凯那个生理缺陷。一般情况来说，谈对象的男女接触接触就必然进入到接吻阶段，接吻是一个重要的标志，尤其在女性看来，接吻就意味着与普通的朋友不一样了，你想一想，一个同你没感情的女人有事没事同你吧唧吧唧接吻，没毛病才怪呢！不幸的是，与宋文凯相处的女性大多停留在那个阶段之前，即将接近那个阶段时，她们就退却了。她们大概对未来做了很多假想，一想到接下来的日子里总要被那张不同寻常的嘴亲吻，就产生了大把大把的恐惧。

所以，承受几重压力的宋文凯更加自卑，整天赔着小心，出了家门就夹着尾巴做人。宋文凯知道自己是小人物，可并不认为自己把自己当成了小人物，就可以避免苦恼。这样说来，这些年可把我们宋文凯兄弟苦坏了！

与宋文凯实现了真正意义上接吻的是在幼儿园里工作的幼教小品。小品中专毕业，人长得单薄消瘦，加之家境贫弱、性格孤僻，也进入了大龄单身女子的阶段。经人介绍，宋文凯和她见了面。宋文凯大概预感到这次他的希望很大，所以总结了以往的教训，他采取攻势而不是守势。这个时候的宋文凯显得信心很足，像很多恋爱中的男主人公一样主动热情地对小品示好、恭维，在适当时机展示自己的优点。他们两人见面，小品总是沉静的，从不多言多语。宋文凯就不同了，他的口齿伶俐起来，总是不停地讲啊讲的。宋文凯讲他的工作能力如何强，很多棘手的问题都是他处理的，单位如何重视他，很早就提拔了他，等等。他还说自己这些年偷着炒股票，已经有了可观的存蓄，并承诺给小品买这买那，给小品多病的父母买这买那，给小品下乡仍没有回城、在农村已经有了 3 个孩子的四姨提供这样那样的帮助等。这样，在月光不够明亮的夜晚，他们或在树荫里，或在楼道口有过几次可以数得过来的接吻。这件事就发生在宋文凯 32 岁的秋天。

宋文凯和小品一共认识了 37 天，第 37 天那天上午，宋文凯正和单位的同事唠闲嗑，唠得有滋有味时，小品给他来了电话。小品在电话里的声音十分严肃。小品说："我调查清楚了，你根本不是什么副处长！你觉得骗一个诚实的女孩子有意思吗？"宋文凯知道出麻烦了，他连忙半捂着电话，小声说："你别误会，我不是诚心那样的……"小品说："我没想到，你心里也那么丑陋！"宋文凯被噎住了，小品说"也"，也就是说，那句话前面的省略词是很丰富的，你怎么想都行，至少在逻辑学上来说，充分条件假言命题否定了后项也否定了前项，也就是说，你的容貌是丑陋的。现在，小品说话这么不留情面，几乎不给他留余地，宋文凯受到极大的刺激，可他还是忍住了。宋文凯说："你先别急，我见到你再解释……"

"解释个屁，"小品说，"咱们的关系到此结束！"说罢电话就扣下了。

其实，宋文凯在小品面前把他的成绩放大了，夸张了一些，或者说吹了一点，他并不是有什么不良的企图，一方面是缘于他过重的自卑心理，总怕人家瞧不起，另一方面他真的怕失去小品。不想，事与愿违，反而把事情搞砸了。

这件事的发生让宋文凯感到自己仿佛置身拳击擂台一样，被对方捣来捣去的，每一拳都直逼他的要害，宋文凯真的觉得天旋地转，眼冒金星。也许就在那天夜里，宋文凯改变了想法，所以，第二天出现在单位的宋文凯就成了另一副面孔，单位里的人自然不知道宋文凯是因为什么发生变化的，尤其是宋文凯的处长。

那天早晨，宋文凯迟到了，迟到了也没解释，看表情，他连解释的意思都没有。到办公室不久，宋文凯去了处长所在的里间办公室，处长以为他是来做一点解释的，比如说身体不舒服了或者路上堵车了，什么理由都行，重要的不是事实而是理由，或者说是态度。

宋文凯并没解释迟到的原因，他轻描淡写地问："养殖场那个位子还在吗？"

处长愣了一下，他目光专注地看着宋文凯，大概想弄清楚宋文凯是不是同他开玩笑。在处长看来，宋文凯的举动毫无疑问是异常的。宋文凯说的养殖场那个位子，是指机关想往养殖场派一个场长，原来的场长摊了点事，加上年事已高，下去了。从养殖场内部选来选去也没选到中意的，所以，领导决定从机关下派一个场长。表面上看，这又是一个提拔的机会，可机关里的人谁都不感兴趣。傻吗？机关里这些人精着呢，这里面的账谁都会算。那个养殖场虽然直属宋文凯所在的机关，可离他们所在的城市100多公里，生活环境同当地的农村差不了多少，加上这些年效益差、人际关系复杂，官升两级也不见得有吸引力。想一想，机关里够条件的大多结婚了，谁愿意下去吃苦受累？光吃苦受累有前途也行，熬几年回来再提一官半职的也值得。问题是那个养殖场几乎不在领导的视野里，从来挂不上号，提拔的可能性微乎其微。乐观一点分析，就是得到领导的重视了，你也很难干出成绩。谁都知道那个养殖场是个“缠头”单位，一涉足就有可能深陷进去不能自拔，按领导的说法，老大难啊！这样一说，机关里没人对那个位置感兴趣就可以理解了。

公平地讲，最初领导还真考虑过宋文凯，觉得宋文凯早到了使用的份儿。同时也觉得让宋文凯去，多少有点委屈他，所以，只是让宋文凯的处长征求了一下他的意见，没有强行动员的意思。征求意见的时候，处长是当着全处所有人的面说的，他说有这么个挑战性的工作，谁有想法去试一试，当时，凡有点沾边的人都直躲，宋文凯也一样，只是，处长说话的时候多瞅了宋文凯几眼，宋文凯立刻觉得有些不舒服，眼睛歪斜着瞪着，对处长说：“哎，瞅谁你也别瞅我！”后来，这事儿就放下了。

所以，宋文凯问处长时，处长发愣就没什么奇怪了，停顿了几秒钟，处长才用懒洋洋的声音应着：“是啊，你有想法吗？”

“我想去！”宋文凯果断地说。

处长对宋文凯的话产生了不真实感，他一边思索一边吭哧吭哧挠起了头皮，一边挠还一边拍肩膀。宋文凯说：“用硫磺皂洗一洗就好了。”他说得很诚恳，丝毫没有调侃的意思。

处长白了宋文凯一眼，继续他的思路：“想好啦？”

宋文凯点了点头。

处长走了过来，离宋文凯很近，仔仔细细地端详着宋文凯的面部表情。“是什么使你下的决心？”

“没什么！”

处长的目光仍显得茫然。

宋文凯不知所措地点了点头，处长也点了点头。

回到自己的办公桌前，宋文凯也在想处长问他的问题，的确，他自己都不清楚是什么使他下的决心。在下决心之前，宋文凯的确想了很多，比如，他知道继续在机关里干很难有提升的机会，起码接下来的两三年里没机会，他怕这样继续下去自己坚持不住了。一旦在机关里消极起来，破罐子破摔，还不如趁早先弄个官干干，体会一下当领导的感觉，说不准真能实现自己的一些抱负。即便不能实现早先预设的理想，也可以在体会中校正自己的人生目标。还有，他也想改变一下环境，改变一下状态，目前的状况很不好，这样下去，他觉得恐怕要有麻烦要出问题。还有一些想法，总共有七八种吧。不过，想来想去，宋文凯还是不能断定是哪个因素起了决定性的作用。想到这儿，宋文凯想，人有的时候决定做什么事并没有明确的理由，就像处长玩扑克的时候，出牌前算来算去的，可真把牌抽出来，反而与算的那张牌没关系了。

宋文凯同处长谈话半个小时之后，处长那头才有了反应。处长又把宋文凯找到办公室里，并把房门关紧，小声问宋文凯："这事儿可是严肃的，你真想好了吗?"

宋文凯笑着反问："我什么时候不严肃啦?"

处长就瞪着眼睛看宋文凯，处长游荡的眼神在宋文凯32岁秋天那个天气不错的日子里，持续了整个上午。中午吃饭时，处长自言自语地说了一句："宋文凯这小子，真邪了。"

宋文凯的任命在一个星期内就有了结果，任命文也随之下达了。这一次人事变动，大概是这个机关提拔干部速度最快、效率最高的一次。

那段时间，机关里的气氛十分活跃。由于宋文凯的决定，使大家在短时间内经历了惊讶、感叹、唏嘘到终于自认为理解的过程，使体内各种与生命相关的物质也有了比较大的起伏，面色都显得红润了些。宋文凯没什么可兴奋的，他平静地接受大家对他表示的留恋之情，聆听大家对他的肺腑忠告以及美好的祝福和殷切的希望。一顿接一顿的送行酒让宋文凯在迷迷糊糊的状态中体会主角的良好感觉。

宋文凯去养殖场报到，本来单位领导要去送他的，宋文凯坚持不让领导去送，领导坚持，宋文凯也坚持，最后领导说："实在不让送，就通知养殖场来车接吧，怎么说你也是一级领导了，多少也得像个样儿。"宋文凯同意折中的方案，只是，他还坚持要自己通知养殖场。

到了宋文凯报到的日子，单位里的人以为宋文凯已经去养殖场上任了，而养殖场以为宋文凯还在机关里喝送行酒。事实上，宋文凯并没有离开这座湿漉漉的海滨城市，他像一个从空中抛落在这座喧闹城市里的弃物一样，毫无目的地游荡着。宋文凯感到，放松其实并不难，这些年他一直不能放松，主要是想象的结果，他把问题想复杂了，把难度想大了。放松就在于解除意识的束缚，一旦放松了就会使整个身心感到松弛，连皮肤都跟着放松下来，产生了在湍急的河水中漂流，在荒漠中流浪的感觉。在这一过程中，宋文凯想，干脆让自己丢失在这匆匆忙忙的人群中算了。事实上，丢失的概念也许只是对别人相对成立的，自己是不能让自己丢失的。

宋文凯在城市里茫然地走着，他突然意识到，他生活和工作了十年的城市对于他来说原本就是陌生的，不要说有很多大街小巷他从来就没去过，即便是他最初租房子住的地方，实际上也是陌生的，很多老房子没了，一些新楼拔地而起，变化快得令人准备不足，从而有了一些理由缺乏的感觉。也许每一个城市里的人从根本上来说对他所生活的城市就是陌生的，并不在于他来城市的时间长与短。宋文凯想到自己上大学前生活过的农村，那里没有陌生感，那里很多景物他都特别熟悉，现在随便在记忆里掏一把，就可以摸出很多清晰的印记。沿着这样的思路，宋文凯想，参照物也许是问题的关键，人是离不开参照物的，比如你小的时候，是别人告诉你几岁的，然后，每一个季节轮回一次，你知道你长了一岁，如果不是纪元，人们也不知道自己生活在什么时代里，如果没在历史书上学会计算，你实际上并不知道汉代离我们多远，宋朝已经过去了几百年，现在仍生活在农村的老人们就不知道。而问题的关键还不是这些，不是对参照物的认识，问题的关键是——参照物是人为设定的，实际上，时间是没有刻度的，我们不过是漂浮在时间和空间恒定的渺茫之中，在那里我们并没有确定的位置。

这样想下来，宋文凯联想到自己工作和生活的环境与状况，他觉得参照物这个魔法已经渗透到他存在的各个角落，还有，别人也都漂浮在其中，大家总被自己设定的参照物搞得神魂颠倒。

宋文凯在城市里“漂流”的第三天，他“漂”到了海滨公路上。站在北大桥的山头上，他的眼前是蓝得使眼睛生出幻觉的大海，尽管如此，宋文凯也没有产生相应的心理反映，相反，他压抑的心情并没有因为连续几天的思考而轻松起来，他仍旧松弛，仍旧沉郁。

这样走着，宋文凯就走到吊桥南侧的弯路上，他看到有人架着摄像机，围观的人当然不少，还有几个人在前方二十几米的地方用纸盒箱搭起像墙一样的屏障。宋文凯以为是拍电影的，就凑了过去。宋文凯正在看热闹时，一个电视台主持人模样的人走过来同他搭话。那人先介绍自己是本市电视台生活频道的主持人谁谁谁，见宋文凯毫无反映，他又用伶俐的口齿介绍他们栏目是电视台里一个强档栏目，叫“挑战界限”。他说他们正在挑选一个志愿者，志愿者的任务是戴防护面具，穿着防护衣从前方点燃的纸箱墙穿过去，当然，没有特别的危险。最后，主持人用调侃的语气对宋文凯说：“这个时候，你神态刚毅地迎面走过来。怎么样？要不要对自己挑战一次？”

宋文凯几乎不假思索地说：“无所谓。”

“那就是同意了。”主持人有些喜悦，他用手在宋文凯的肩上亲昵地拍了一下。

原来，电视台那个节目是有志愿者的，被确定的两个志愿者到了拍摄现场就因恐惧而改变了主意，怎么动员也不行，无奈，编导人员只好就地取材，在现场围观的人群中找勇敢的挑战者。按照“挑战”游戏的规则，挑战者必须由一对情侣来共同完成，也就是说，一对情侣同骑一辆双人自行车，两人需步调一致，同心协力闯过火墙。事先，编导们已经找到一个女挑战者，找男挑战者时，宋文凯正巧出现了。

主持人把宋文凯介绍给先于他应征的女挑战者，女挑战者叫谷小雅，年龄大概二十三四岁。一见到谷小雅，宋文凯的心就不安地跳动起来。尽管谷小雅戴了一副墨镜，还是可以判断出来，那是一张十分白皙而雅致的面孔，神态极其安详和宁静。宋文凯不自然起来，他甚至后悔那么轻易地答应了那个热情洋溢的主持人，在宋文凯看来，与自己差距太大的女孩子假扮情侣这个挑战远比闯火墙还要艰难。

这个时候，宋文凯有些黯然，情绪传导下来，他心里也盘结出了缕缕伤感。不过到了这个时候，宋文凯也不好退缩了。

编导让宋文凯和谷小雅先行排练一下，宋文凯问谷小雅，你会骑自行车吗？谷小雅点了点头。宋文凯说问题不大，他骑过十五年自行车，只要她能配合他就行了。于是，宋文凯和谷小雅骑上自行车，谷小雅在先，宋文凯在后。跨上双人自行车之后，宋文凯才意识到双人自行车和自己以前骑过的单车不同，他本能地生发出责任感，向一个掌舵的船长，控制着方向。

排练时，宋文凯的嘴里还叨念着口令，协调他和谷小雅蹬车子的频率。他们配合得十分成功。

接下来，在编导的指导下，宋文凯和谷小雅慢腾腾地穿上淋了水的帆布衣服，戴上了风镜和头盔。他们准备妥当之后，导演开始下令往纸箱上浇汽油，并让宋文凯和谷小雅做好出发的准备。随着导演有些变了腔的出发口令响起，对面纸箱也“腾”地燃起火焰。

自行车启动了，并渐渐加速，宋文凯双眼发直地盯着前方，大声地喊着：“一二，一二……”自行车的速度越来越快，直奔燃烧的火墙而去……

冲过了火墙，宋文凯和谷小雅都摔倒在地上，摔得不重，因为他们身下有一些可以缓解冲撞力的塑料泡沫。宋文凯爬了起来，他兴奋地对谷小雅说：“成功了！咱们成功了！我战胜了自己。”

谷小雅也爬了起来，她激动得身子有些颤抖，接着，她扭过头去，嘤嘤地哭了起来。

宋文凯连忙问：“摔疼了吗？”

“没有，”谷小雅说，“我没想到我挑战成功了！”

宋文凯和谷小雅就这样认识了，那不是一个有细雨或者其他浪漫天气的日子，那只是宋文凯经历过的很普通很普通的一天。闯火墙那天，宋文凯还请谷小雅去了一家咖啡馆，他们谈了彼此的身世和苦恼，他们有很多共同的话题和比较一致的看法、想法。那天，他们谈了 4 个多小时，宋文凯送谷小雅回家的时候，已经是晚上 10 点多了。

宋文凯和谷小雅短暂的接触却能像老朋友一样交谈，也许是命运推动的结果。谷小雅原来在一所部委所属的工科大学读书，大三的时候，她患了严重的眼疾，双眼的视力急速下降，不到两个月的时间，她就不能坚持正常上课了。后来，谷小雅休学去治眼睛，她的情绪也坏了起来，她越焦急视力下降得越厉害，一治就治了两年多，也没有明显的效果，今年年初她的眼睛几乎失明了。这个遭遇对于正在编织瑰丽梦想的年轻女孩子来说，打击当然不小。整整一个夏天，谷小雅都把自己关在家里，不见任何人，只有音乐陪伴着她。闯火墙那天，谷小雅的情绪极其低落，就一个人出了门，来到了滨海路上，她没想到遇上了电视台的挑战节目，也没想到遇到同样心情郁闷的宋文凯。

在谷小雅面前，宋文凯觉得自己的苦恼就算不了什么了，他劝慰着谷小雅，讲了他看过的一篇叫“红鞋子”的文章。说一个女孩小时候听姥姥讲了一个童话，童话中一个小女孩得到一双红鞋子。她听说，穿着红鞋子会有王子来迎娶她的。后来，那个女孩长大了，她就穿着红鞋子在码头上等待，终于有一天，王子驾着五彩船来迎娶她了。听故事的小女孩也渐渐长大了，那个女孩也穿着红鞋子，每天在码头上盼望着。很多人都嘲笑她，说那不过是一个童话。女孩说：不，童话也是真实的。就这样，她“愚蠢”的举动也传了出去。有一天，果然有一个英俊的小伙子驾着五彩船来了……事实是，那个小伙子听到了关于女孩的故事，被她的信念和行为感动了。宋文凯给谷小雅讲这个故事的意思是让她别灰心，宋文凯说：“你自己都不相信世界上存在奇迹，那么就不会有希望的。”宋文凯说是说，他自己很早就知道这个故事，尽管他拥有这个故事，事实上他也丧失过信心，像通常人们遇到过的情况，道理是用来劝别人的。

宋文凯的故事比他预想的效果还好，谷小雅被感动了，泪水流了出来，她不得不摘下眼镜，小心地拭着眼泪儿。

宋文凯看到谷小雅那双漂亮的眼睛，那双眼睛是美得令人望见了心里生痛的那种。宋文凯沉吟一下，转了话题。他问谷小雅喜欢什么，谷小雅说她喜欢漂亮颜色的画。宋文凯的心又沉重起来，很不是滋味，停顿一会儿，宋文凯说他也很喜欢画，而且画得很好，以后他可以为谷小雅画画，他答应到了养殖场之后，每周都给谷小雅寄一幅画来。

临别，谷小雅还对宋文凯说："去县里之后，别忘了你答应我的事。"

宋文凯说不会忘记的。

告别谷小雅的第二天，宋文凯就去养殖场报到了。那天晚上同样是喝酒，算是养殖场的"接风"或者叫"洗尘酒"。宋文凯的心情不错，喝得浑身冒汗，酣畅淋漓，结果，把欢迎他的人都喝得趔趔趄趄，里倒歪斜。养殖场领导班子成员一共五个人，有两位已经提前钻到桌子底下。副场长老洪和另外两个成员把宋文凯送到早已为他准备好的宿舍，那个宿舍的条件是简陋了些，不过枕巾和被单还是新的。

送他去宿舍的副场长老洪和办公室主任小孙等他的新部属，他们之间你一言我一语，说了一些酒醉之后没有多少意义而且翻来覆去不断重复的话，又消磨了宋文凯一个来小时的时间。尤其是副场长老洪，老洪把宋文凯送到宿舍门前，就说："宋场长一路挺辛苦，早点休息吧。"可进了屋子之后，他第一个坐了下来，叼上烟又没完没了地说开了，那些话早在喝酒前就说过了。说着说着，老洪又想起该让宋文凯休息了，就站起来，说："宋场长一路辛苦，该休息了，我们也走吧！"说是说，他还不走，说起别的话又忘了，转身再坐下来。无奈，宋文凯说时间不早了，主动把他们送到门口，他们才热情地告别，摇晃着离开。

宋文凯刚到养殖场的任务就是熟悉情况，那个养殖场在一个环状的半岛上，方圆十多公里。他在半岛上转悠两天，然后就没地方去了。实际上，宋文凯并没把主要精力投放到工作上，他完全是一副大领导的派头，只是"宏观"领导或者说"原则"领导。之所以这样，一方面是他对水产养殖并不在行，况且，海产品养殖或按品种或按水域面积，基本都承包下去了。另一方面，名义上他是养殖场的一把手，实际上，养殖场原来的领导各有各的体系，他基本上处于被“架空”的状态，他没觉得这样有什么不好，听听情况，主持个会议什么的之外，平时就东游西逛的。这样，从自己的角度图个清闲，从外人那头也捞个好人缘，起码不讨人嫌。宋文凯在机关工作多年，他学不学都会积累一些走仕途的经验，现在，他只是个主持工作的副场长，张罗大了没什么好处，搞不好就在“副”上卡住了。

然而，一到了晚上，宋文凯就来了精神，他开始给谷小雅画画，画画之前得构思，有了好的构思宋文凯特别激动，趁着热乎劲儿，他会立刻给谷小雅挂电话。谷小雅接到宋文凯的电话总是兴奋异常，无论什么时间她都不厌烦，每天接到宋文凯的电话似乎成了她生活中的重要内容。

宋文凯给谷小雅讲养殖场半岛上日出的情景，养虾池里磷光片片，如金箔般闪耀。傍晚日落时，夕阳落入了海中，海面比天空的颜色要亮，像凝固的水银一样。这个半岛的南面是泥滩，北面是沙滩，在高空看，小岛一定像绒嘟嘟的墨绿蜘蛛一般，而蜘蛛的丝网是由一块块的养虾池组成的。那个岛上还有东北电管局的风力发电机，一个个风车高低起伏，吉岛上的风景交相辉映，傍晚走在那里，有如走入童话般的世界里。除了讲这些感受之外，宋文凯还讲他画的画，比如那一幅是海船的，船板是茶色的，在平静的海边拖着锈蚀了的锚链；比如山坡上的黄牛，悠闲地甩动着尾巴，被太阳的余晖勾勒出层次柔和的软金绒毛的轮廓……

一个月后，宋文凯回市里开会，他给谷小雅挂了电话，谷小雅知道宋文凯回到市内，她显得十分激动，连说了两遍，我要马上要见到你。听谷小雅这样说，宋文凯本来充满了光亮的内心，一下黯淡了下来。当然，谷小雅说的话也许自己都不会在意，只是语言上的习惯罢了。谷小雅虽然看不到他，可不这样说还能怎么说？其他的，比如“闻”“听”“摸”——到你，恐怕都不能准确表达那个意思。

当然，宋文凯也想尽快见到谷小雅。会议日程是一整天，宋文凯只坚持到了中午，下午他就逃会了。

谷小雅住在一个20世纪30年代的旧洋楼里，由于地势过于起伏的关系一直没有动迁。小洋楼从外面看还挺漂亮，而里面就不同了，黑乎乎的，旧得要命。谷小雅住她姥姥家，她说她小时候就在这里长大的，这里有一种特别的信任感和温暖感。宋文凯知道，谷小雅的父母是财经大学的教授，他们就住在大学的教工楼里。可谷小雅不喜欢那里，那里总是被过多青春洋溢的声音围绕着，谷小雅是想躲避什么吧。谷小雅开门时，声音清爽地对宋文凯说："我知道是你来了！"

宋文凯进了谷小雅的房间，他四处看了看，房间的摆设很整洁，充满着年轻女人闺房里的芬芳气息。"姥姥出去买菜了。坐吧！蓝色的水杯是我为你准备的。"

谷小雅摸索着，自己坐到床边，写字台的椅子留给了宋文凯。宋文凯看到写字台上，工整地摆着他给谷小雅寄画的信封，信封的旁边是他画的画，那些画被展平，摞在了一起。

突然，宋文凯觉得心里不是滋味，他静静地看着笑吟吟的谷小雅。谷小雅离他很近，她饱含水分的身体散发着年轻女人所特有的迷人味道，那种生命气息令她身边的男人产生了相应的生理反应。谷小雅一定知道宋文凯在肆无忌惮地瞅她，她不自然了，呼吸也不均匀起来，她沿着写字台把手伸了过来。宋文凯情不自禁地把那只清秀细腻的手抓在手里，并把那只手贴在自己的脸上。

接下来，他们激动地拥抱，还接了吻，那是湿润的、新鲜的、充满动感和力量的吻。宋文凯从未体验过的吻。宋文凯觉得长吻之后，他的体温明显下降了。谷小雅轻轻地说："该死，你把我吻晕了……"之后，谷小雅回到床上端坐，她柔和地对宋文凯说："我不知道怎么感谢你，真的，是你给了我活下去的勇气，你大概不知道，今年夏天，我差一点自杀了。"说着，谷小雅拢了拢头发："可认识你之后就不同了。是你让我觉得人世间多美好多么值得留恋，是你让我觉得情感多么重要。我没有更多的奢求，只希望和你永久地保持联系……"谷小雅的话让宋文凯有些神情恍惚，一向处于自卑地位的他接受了一连串的褒奖，宋文凯的脸微红，很有羞愧的意思。

说起来，在宋文凯与谷小雅的交往中，他也被谷小雅深深地吸引了，谷小雅不仅美得惊人，本质上也是善良、柔情和果敢的。从谷小雅家出来的那一刻，宋文凯想，如果谷小雅愿意，他准备娶她。在这个问题上，他是不会在乎别人怎么看的，即使谷小雅终身失明他也不会抛弃她……

第二天上午10点多了，宋文凯还没起床。在养殖场，他每天早晨5点就起来了，而一回城市就起不来了，好像城市有催眠作用似的。宋文凯是被谷小雅的电话吵醒的，谷小雅在电话里说："你不是答应早晨来接我去滨海的吗？"宋文凯还没完全醒过来，他哼哈着。谷小雅在电话的另一端说："啊？你给忘了，我真不想活了。"宋文凯清醒了，他的心咯噔了一下。谷小雅说不想活了说得那么轻易，令他产生了不愉快的联想。生理不健全的人真的容易意志脆弱吗？如果谷小雅意志是脆弱的，他有能力保护她吗？保护一时还是一世？

宋文凯连忙解释自己太疲劳了，睡糊涂了。

宋文凯接谷小雅去了海滨公路，谷小雅总是希望宋文凯拉着她奔跑，刚一跑，谷小雅的鞋掉了。谷小雅"嗷"了一声，她说："这该死的鞋，它要再掉我都不想活了。"那天，谷小雅说了三四次不想活了。宋文凯这才觉得心里安稳了，谷小雅的话只是她的口头语。其实，那天她快乐极了。

宋文凯又回到了养殖场，这次回来，宋文凯与以往不同了。在宋文凯看来，他真的该干点像模像样的事儿了。其实，宋文凯是不会画画的，他寄给谷小雅的画只是一些大失水准的草图，那些草图一点都不美。他给谷小雅讲的那些虽然是他的切身感受，可画出来就是另外一回事了。更主要的是，一开始，宋文凯对谷小雅描绘那些与事实存在较大差距的景物不过是解闷儿，既是讲给谷小雅的也是讲给自己的，其中他做了很多加工，加上了浓重的个人主观色彩。令宋文凯意外的是，谷小雅却为此大为感动。宋文凯的心里多少有个结，他觉得有些对不起谷小雅，他不该蒙骗她。与此同时，宋文凯又从谷小雅的回应里受到鼓励，他觉得自己还年轻，不能虚度了光阴，即便是身处养殖场这样的环境，他也要努力去作为一番。

宋文凯回到养殖场的当天晚上，他就把班子成员召集到办公室兼会议室那个房间。宋文凯对班子成员开门见山地说："我来养殖场已经一个多月，情况也熟悉得差不多了。今天开会想谈一件事，就是养殖场未来的发展。就咱们养殖场现在的效益来说，同国外比较就不比了，同国内先进的养殖场比较，实际效益是人家的六分之一。这样干当然不行，这样干不是坑别人，是坑咱们自己……局里派我来主持工作，我身在其位就得谋其政。"宋文凯讲的时候，已经忘记了他嘴上的缺陷，别人似乎也没注意他的嘴，他们都静静地听着，一个字都不肯漏下，他们那样认真地听，倒也不是出于对宋文凯的恭敬，而是不知道宋文凯要说什么，不知道要说什么就得认真听。宋文凯还讲了一件事，他来养殖场之后的一个星期六，局机关两个处的领导来钓鱼。机关来养殖场钓鱼是多年的传统。现在宋文凯是场长了，来的人当然就找宋文凯。可这次，宋文凯很没面子。找人准备渔具找不到人，到池子里去被人赶了出来，看池子的是被雇佣的，他们不认识宋文凯，况且，人家是承包的，容许不容许你到他的池子里钓鱼是人家的权利。宋文凯当时问养殖场办公室的孙主任，孙主任说，老场长下去后，这些活动都是洪场长安排的，别人说话不好使。宋文凯就派人找洪场长，果然是洪场长亲自去了，那几位大老远跑来的领导们才钓上了鱼。宋文凯说："当时我怎么想，我是这个养殖场的头儿，可我哪像个头儿？你们说，这样行不行？"洪场长他们相互瞅了瞅，他们怎么也不会想到宋文凯会这样说——显得实在也显得幼稚，可仔细一琢磨，里面的硬刺也不少。说起来，班子里成员哪一个都比宋文凯岁数大，有三位足可以给宋文凯当叔叔。原来，他们大概没把宋文凯放在眼里，小嘎豆子，不是站在上头的位置好，怎么轮也轮不到你在这儿发号施令。

宋文凯还记得钓鱼那天的事，他走在土路上时想，这个养殖场在十年间国家投资了多少，收回去的就说不清了。反正在他的印象中，能看到的就是过年过节单位职工分点海产品，再就是有的领导来钓钓鱼。花那么大的投资就是为了这些吗？显然不是，那是什么？一些规划和设想？现在，养殖场还成了包袱，想甩都甩不掉了。当然，宋文凯在会上没说他的感受，他还是讲究方法的，他讲出去容易，传出去也容易，得罪局里的领导可不是闹着玩的。他知道嘴把不住门可能惹祸，说多大就多大。无论如何也不能得罪上头。宋文凯又重复问了一句："几位怎么不说话？我继续这样当场长行不行？"

几个人被问住了，宋文凯会踢球，把球又踢给了他们，看他们怎么办。洪场长清了清嗓子，说："钓鱼的事我们有责任，连钓鱼这点事儿都安排不了，是说不过去。不过，我看这事儿宋场长你也有责任，你刚来我就建议开全体职工大会，和大家见见面，就不会出现这样的误会了不是？"宋文凯说："我说钓鱼这事不过是举一个例子。我今天要说的核心问题是，班子里分工要重新明确一下，责任明明白白，工作才能明明白白。"

说到这儿，一头雾水的洪场长才恍然大悟，原来宋文凯这小子这时才把狐狸尾巴露出来啊。宋文凯接着就谈了他对分工的想法，说是征求意见，其实根本没留下征求意见的时间，一下子把人财物权全搂到手里。他这一招挺突然的，在洪场长手里拿走了财权和物权，在另一个副场长手里拿走人权。最后，宋文凯还不情愿地说："老实说，谁愿意担这么大的责任呢？我也是没办法，组织上把我安排在这儿，我就得当一天和尚撞一天钟啊。"

散会了，除宋文凯之外，大概高兴的人不多，他们谁都不搭理谁，默默地走出了会议室。宋文凯对此早有心理准备，他知道他们一定会觉得突然，应该给他们适应的时间，反正他是主持工作的场长，得让他们顺着他而不是他顺着他们。人都走了，剩下宋文凯一人，宋文凯倒不是想今天的会有没有漏洞，他的方法是不是简单和粗暴了些。他想的是与会议无关的问题。他想，真像洪场长曾经说的那样，自己不过是"狗尿苔长在金銮殿上"，不然，在养殖场这样的环境里，他排一辈子也排不到场长的份儿。

真想不到，机关里谁也没把养殖场这个位子当回事，可到了养殖场的环境中，情况就不一样了，这大概也是“参照”的问题吧。原来宋文凯在另外一个角度看问题，现在他则融入到这个环境里来，以这个角度看问题了。的确，班子成员中，哪个人的水平比他低，很难衡量。但就养殖经验来说包括养殖场管理经验，现有的人大概都高于他而不是低于他，他们的年龄都不小了，他们是在养殖场这个环境中论资排辈排起来的。宋文凯呢，他是在上一层的环境里排着的，现在他被上一层给挤了出来，不想，在养殖场他还成了中心和别人羡慕甚至嫉妒的对象。这些是不是也是人们自己给自己设定的“参照”？

宋文凯召开班子会的第二天，洪场长就去市里看病去了，连招呼也不打，按他自己的话说，愿咋地咋地！另一个副场长是第二天下午才来上班的，他好像经过了激烈的思想斗争，眼睛红糊糊的，脸色灰突突的。他对宋文凯说：“按理我是不该说的，老洪对我说，要我和他配合顶你，说你是城里人，不过是想在这儿镀镀金，在这儿站不住脚。这个场子谁都知道，我和老洪是铁哥们，可我考虑再三，觉得组织原则比哥们义气重要，所以，我来和你谈谈心，人事方面的工作我马上就交接给你。”宋文凯明白了，他想了想说：“人事的事还由你分管，我说的意思不是我什么都管，只是要你的工作对我负责就行了，我也是原则管理，重大的人事安排我们还要班子会议研究呢。”

副场长走了之后，办公室主任也来了，反映洪场长和两个副场长有特权，占养殖场的便宜，把水质好的海域承包给自己的三亲六顾等。

宋文凯觉得太有意思了，原来以为他们的地方势力是铁板一块呢，没想到这么快就分化瓦解了，是什么起了作用？是自己的魅力吗？肯定不是，打死我我都不相信，宋文凯自己嘲笑着自己。那是什么呢？宋文凯的面孔立刻严肃起来，他或许已经有了答案。

白天，宋文凯开始忙碌了，可到了晚上他就想起了谷小雅。他和谷小雅谈话的内容也不单纯是自然景物描述了，宋文凯讲起了他工作中遇到的问题和解决的方法。他对谷小雅说：“是你给了我力量，想起你，我就觉得有一股神奇冲击力。”他并没考虑这样说是不是完全符合事实，但宋文凯的确想这样说，并且，说过之后心里觉得十分痛快。

洪场长去市里看病期间，宋文凯接到局机关纪委的电话：“纪委的小胡说你这家伙真能干，到养殖场没两个月就被列了六大罪状。”宋文凯说：“列出六大罪状的人不简单，你要让我自己弄，恐怕我编都编不出来。”无论怎么说，六大罪状中有一点宋文凯是承认的，就是他每天打长途电话，费用巨大。宋文凯说他虽然用的是公家的电话，但他会自己付费。他准备把自己工资用于付电话费，如果不够，他还有些积蓄。

洪场长回来之后没有上班，他和宋文凯在养殖场的小学操场见过一面，他们两人都没说话，而是像小孩吵架了之后那样相互对视着，较量着眼劲儿。洪场长用一种挑战的目光看他，宋文凯渐渐有些胆怯，他想，如果一个对一个较量，无论智慧、耐力和勇气，自己都未必是洪场长的对手，但这场较量自己肯定会赢的，因为自己的官比洪场长的官大，这就是答案。在洪场长离开期间，宋文凯还算顺利地把权力和平过渡到自己手里。那天，宋文凯召开了班子会，听大家谈养殖场发展的打算，大家都对宋文凯毕恭毕敬，还谈了很多想法。宋文凯在这样的气氛里，心中不免升起了荣誉感和满足感，会议时间很长，开成了大尾巴会，但宋文凯的心情一直很好。会议结束已是晚上8点，宋文凯建议大家去镇上的饭店聚一聚。那天晚上，大家都喝得很兴奋，一边喝酒一边唱歌。喝兴奋了，宋文凯也唱开了。以前，由于自己嘴的缺陷，宋文凯从来不唱歌，实际上他会唱歌。现在，宋文凯已经把那些都忘了，他唱的时候大家都不停地叫好鼓掌，宋文凯更加高兴，越高兴越喝，就喝多了。

第二天早晨醒来，宋文凯心里突然掠过一阵寒风，他的喉头动了动，嘴太干，没咽下唾沫。如果说昨天的宋文凯还是一个舞台上的斗士，全身的神经都绷得紧紧的，这个早晨就不同了，他觉得自己一下子松弛下来，显得浑身无力。现在，他基本把养殖场控制住了，他的主要对手老洪也被他击败了。按理他应该松口气了，可问题正出在这里。你想一想，你的对手没有了，你是不是会觉得特别失落？关键还不在这儿，关键是，宋文凯很快赢得了这场胜利，赢了之后他就丧失了方向，他在机关这些年学的本事用到尽头，而接下来，他要面对一个状态并不怎么样的养殖场，打赢养殖场这场战役他可心里没底儿。他也没什么显著的优势和特长。这样说来，自己是赢了还是恰恰相反？

宋文凯洗漱完毕，办公室主任就来了，他对宋文凯说："我刚听到信儿，洪场长可能真的得了不好的病。"宋文凯一愣，他知道不好的病指的是什么。

"长在什么地方？"

"说是肺。"

"他……以前有这问题吗？"

"没听说，好像没有……"办公室主任说完，似乎觉得自己的话有些冒失，偷着瞟了宋文凯一眼。

宋文凯问办公室主任："确诊了吗？"

"还没有，他老婆找办公室来，想借钱去天津复查。"

宋文凯沉吟了一会儿，说："去吧，你陪他去，尽管咱们的经费很紧张，可老洪毕竟是养殖场的老同志了。"

办公室主任小孙瞅了瞅宋文凯，想说什么，又把话咽了下去。

宋文凯想起，养殖场的账户已为负数，他说："这样吧，组织机关的同志捐款吧，我带头，我有5000元的存款，先拿去。还有，我的可不是标准，别跟我比，采取自愿原则，能出多少出多少。"

小孙离开之后，宋文凯一直沉默着，沉默中的宋文凯嘴上的疤痕就明显了，在与小孙谈话的一瞬间，宋文凯甚至想退却了，想把掌管养殖场的权力还给老洪，这何苦呢，人生来就为争来夺去吗？紧接着，宋文凯又想，这样想是不对的，现在还不能说老洪就是得了癌症，就是真的得了癌症，也不是他让老洪得的，自己并没做错什么，他只是在履行职责。况且，也不能说老洪的病就与自己有关，即便老洪心理压力大，过于郁闷诱发了那个不好的病，也不能说病因就是如此。如果真是这样，他觉得老洪也太脆弱了。其实，这个世界上的事就一直在这样的一个规则里，我们不都是其中的角色吗？

转念一想，宋文凯又觉得老洪很可怜，他干了一辈子，临了却栽在他这个小嘎豆手里。可这怪自己吗？宋文凯自己问自己，自己与老洪早就认识，有一年他去检查工作，老洪尽心尽力地陪他，他们的关系还不错。他们原本无冤无仇的，怎么会闹到这个地步？宋文凯觉得心里难过，同时他也觉得十分困惑。

宋文凯困惑的那天下午，谷小雅给宋文凯来了电话，谷小雅突然告诉宋文凯她要到澳大利亚去做手术。“这两年，我一直拒绝去国外做手术，因为你人家才决定去试一试的。”宋文凯还没作出反应，谷小雅说：“我知道你会高兴的，你猜我怎么想，我要把一个完整的自己交给你。”宋文凯当然高兴，他希望谷小雅能恢复健康，像谷小雅那么好的女孩子，让她生活在黑暗当中，上天太不公平了。

“你去飞机场送我吗？”谷小雅问。

“当然。”宋文凯痛快地答应了，他知道谷小雅的眼睛是不容易治愈的，起码不会很快就治愈。就像他的养殖场一样，并不会由于他积极努力和勤奋工作，马上就改变局面。尽管这样的联想牵强了些，宋文凯还是隐约地保留着期待。

在宋文凯看来，谷小雅去国外手术当然有他的原因，或许还是主要的原因，同时，宋文凯隐约地觉得，大概还有另外一个原因，就是谷小雅的姥姥，她姥姥在宋文凯去她家之后的不久突然去世了。姥姥的呵护一直是谷小雅所依赖的，现在不同了，谷小雅就像游泳池里一个不肯下水的孩子，那个依赖没有了，她被推下了水，她必须考虑依靠她自己的问题了。

洪场长去天津复查之前，宋文凯去了洪场长家。洪场长已经从小孙那里知道，宋文凯组织捐款的事，他很内疚，对宋文凯说：“以前，我误解了你。”宋文凯说：“其实，在我们之间的问题上，我是有责任的。尽管我的本意是想有所作为，想把养殖场搞好，可我用了一种传统的官场套路，也就是说，权力斗争的方法，那种方法的问题是，只是规则和权术，没见人心。老场长，我相信，你也希望养殖场发展起来、养殖场职工的生活都好起来。”宋文凯说到这儿，洪场长的眼睛突然湿润了，他握着宋文凯的手说：“你别说了，我有责任，咱俩之间的事我有责任。跟你说实话吧，你没来之前，我已经和水产学院联系好了，准备和水产学院联合建设水产科研基地，这样，形成一个产业基地，把整个养殖场都带动起来了。我算过一笔账，如果推进顺利，我们这儿的职工生活就彻底翻了身。当我知道局里另派了领导，我就停止了这个项目。说来不好意思，起初，我是想看你的笑话……你说得对，这些年，我们养成了权力斗争的习惯，看不到人心啊……”

宋文凯也流了泪，他拉着洪场长的手说：“我也交代一下，当初我来养殖场并不是心甘情愿的，是命运‘赶到那儿’了。现在，我的想法变了，我要把自己的命运和养殖场命运挂上钩儿。大家齐心协力，就能把事情做好。现在你的任务是看病，尽快把病养好。你放心，我会全身心地投入到养殖场的工作上。”洪场长认真地瞅了瞅宋文凯，说：“你这样说，我也没什么可说的了，你批评我吧，其实，我的病没什么大碍，我知道不是那种病。今后，我一定配合你好好干，不过，天津我还是要去，我去联系项目。经费我可以先垫付。”宋文凯明白了，他高兴地打了洪场长一拳，说：“那太好了，我那5000元也垫付，咱们几个场领导带头。”

在飞机场，宋文凯望着谷小雅飘逸的长风衣，他的眼前有些朦胧，他似乎觉得谷小雅是他视觉世界里一个美好的化身，并没有真实感和现实感。在他与谷小雅交往中，谷小雅只能认识他的一部分，没有眼睛的参与，怎么能说她认识到他的全部？谷小雅不知道他长什么样儿，不知道他长什么样儿怎么能算认识他呢？还有，谷小雅不知道他根本就不会画画，他画的那些画同他有缺陷的嘴一样难看。他不该对谷小雅有要求，如果这次出去，谷小雅真的治好了眼睛，即使谷小雅因为某些观念方面的原因而坚持和他在一起，对谷小雅和对他来说都不一定是好事。从另一个意义上来说，谷小雅看不见的时候，也许更能感受美丽的色彩，更能体会一些情感上的美好假设，睁开眼睛，这一切就会被戳破了，就再也找不到那么绚丽的颜色再也不会有深沉的感动了。不过，宋文凯还是希望谷小雅的眼睛能复明，他和她的这段感情只是谷小雅人生中的一个片段。

“你不对我嘱咐点什么吗？”谷小雅问宋文凯。

宋文凯笑了笑说：“我心里想的你都知道。”

谷小雅不勉强他，拉了他一下，小声告诉他：“我不在家的时候你可以去我家住，最好半个月一次，把北面的窗子打开，透一透气，特别是有阳光的天气里。”

不知何故，宋文凯心里有些发酸。谷小雅为什么强调阳光呢，只有在黑暗中的人才这么渴望阳光吧。宋文凯小心翼翼地想，自己渴望阳光吗？虽然自己的眼睛没问题，可自己的内心是不是也隐藏着对阳光的渴望，我们也缺少阳光吗？想到这儿，宋文凯又觉得，谷小雅大概已经感受到了阳光，那个阳光是在人的内心里的，而我们，是在表面有序实际无序的明争暗斗中，不知不觉走过人生的。也许更为重要的是，人们正是在相互参照中，使自己的人生充满色彩和意义，靠彼此心灵的阳光来照耀的啊。

在候机大厅里，谷小雅对宋文凯说：“我想我会好的，我回来的时候，希望你捧着鲜花站在这里。”

宋文凯说：“当然，我不会忘记的。”

谷小雅向安检通道走去，突然，谷小雅跑了过来，她伸手摸着宋文凯的脸。宋文凯故意笑着说：“怕眼睛好了认不出我吗？”谷小雅说：“不会的，你丢不了的。”宋文凯说：“是啊，丢不了的。”谷小雅突然把手指放在宋文凯的豁嘴处，说：“因为你有明显的特征。”宋文凯愣住了，脸腾地涨热起来，身子有些发软。他从未对谷小雅提过豁嘴的事，那是他最不敢面对的内心隐痛。敏感的谷小雅还是感觉到宋文凯的变化，她抚摩着宋文凯的豁嘴说：“在我心里，你所有的特征都是我所喜欢的。真的！”

谷小雅就那样走了，送谷小雅的亲友们也走了。宋文凯没走，他在候机大厅外的一个台阶上坐着，他摸了摸自己的豁嘴，陷入深深的思索之中，他大概想起了谷小雅、老洪，想起原来的机关和现在的养殖场，以及在这段日子里的人生经历，宋文凯的眼睛还是湿润了。宋文凯用余光四下打量一番，见没人注意他，就麻利地擦了擦眼角。

那天的飞机从空中滑过不久，一个穿着风衣、背着背包的人在奋力地追赶一辆小客车。他再也不在意他的豁嘴，大声喊着："等一等、等一等，我去养殖场！"

乔装打扮

马永学对“好望角”的约会十分迟疑。在他看来，这本应属于一次会见，可这个会见是事先约定的，他和将要会见的人只通过电话，对方什么样他都不清楚，所以，他觉得不应该使用约会这个词。约会这个词具有特定的含义，或许由于使用在某种事情上的次数多一些，就被独占了，几乎成了人们熟知的专用名词。马永学要会见的人叫冯叮当，是犯人周大川的妻子，而他的身份是狱警，正式称谓叫管教。这样说来，他们符合约会的外在条件。人物：孤男寡女。时间：晚上 7 点。地点：“好望角”。并且，这些条件形成的前提是冯叮当的电话，也就是说，是事先约定的。尽管如此，马永学觉得用约会这个词还是有些不妥，那么，姑且叫约定的会见吧。

“好望角”是一家咖啡吧，整个下午，马永学并没搞清它在城市的什么地方，直到班车启动时，二监区区长宋连城告诉他“好望角”是个小咖啡店，没什么名气，就在离他家不远的世纪街上。马永学在记忆的沟沟壑壑里仔细搜寻，怎么费力都毫无结果。班车上的人开始抱怨了，马永学才匆忙上了车。

马永学答应见冯叮当是接到她的第三个电话之后，头两次电话马永学并没决定见她，他根本不认识冯叮当，就连冯叮当说的“她老公”他也对不上号。他只知道，冯叮当的老公在他的监区。说来也没什么奇怪的，你的电话再保密，如果对方想找到你也找得到的。办公室代理主任孙小军说：“真是怪了，我刚代理主任一个月，连南方小印刷厂都了解我的底细，邮来的材料、通讯地址、联系电话都对。你说，我自己都不知道自己那么有知名度。”当管教也一样，常有些莫名其妙的电话，以前，七大姑八大姨的，同学战友同事，拐弯抹角，总能跟你联系上。现在这些干脆都省略了，直接给你挂电话，一边让你关照一边表示要感谢，来得直接并且理直气壮。冯叮当显然是充满自信的，她与马永学通常接的那些电话不同，她掩盖了目的性，没说让马永学“关照”，也没说要“重谢”他，只说要见见他。当然，这些不是马永学下决心见她的理由，那是什么，是冯叮当的声音？冯叮当的声音里的确有一种特别的味道，甜而不腻、清而不薄、柔而不飘，听那声音，就会对发出声音的人产生联想。当然也有这种情况，有的人声音很好听，可见了面却令人大失所望。对于马永学来说，这些都不应该是他考虑的问题，冯叮当长得漂亮不漂亮跟他没关系，连期待也不应该有，毕竟他们之间的身份是“五行”犯克的，这些马永学都明白。可不知道为什么，还是有一种鬼使神差的力量促使马永学应承下来。

“好旺角”就在世纪街与民主广场的拐角处，站在“好旺角”的招牌下，他才发现这个名字并不是他理解的那个“好望角”，他犯了很多人都容易犯的错误——先入为主。

“好旺角”的店面不大，生意也不“旺。”马永学走进光线昏暗的屋子里，先映入他眼帘的是一盏盏蜡烛灯，一盏蜡烛灯就是一个咖啡桌，那些咖啡桌旁似乎没有人。马永学正在四处观察着，听到了冯叮当的声音：“是马区长吗？”马区长是同志间的称呼，而执行犯都管他叫“政府”。马永学立即寻声望去，一个身材婀娜、娇小的女子站在他对面。马永学点了点头，说：“我是马永学，你是冯叮当吗？”女子说：“是啊，我猜应该是你的。”马永学的紧张感立即消除了，他笑着问：“你怎么猜到是我？”冯叮当说：“听声音，我就猜到你挺帅的，果然如此。”马永学有些不自然，同时他也观察了冯叮当，他心里一惊，我的妈呀，冯叮当太漂亮了，比想象的还漂亮。冯叮当似乎在马永学的表情上察觉到什么，她很自然地拉了马永学一下，说：“咱们到里面谈吧。”

马永学跟着冯叮当走到最里端的一个卡座里。坐下之后，冯叮当问马永学：“你喜欢浓的还是香的？”马永学愣了一下，问：“什么？”冯叮当好看地笑了一下，说："咖啡呀。"马永学说啊："那浓点儿的吧。"冯叮当熟练地点了"摩卡"和"卡布奇诺"。把"摩卡"推给马永学，她自己留下了"卡布奇诺"。马永学端庄地坐着，一动不动，看着冯叮当应对招待、分配咖啡，一直到优雅地搅动咖啡杯。显然，冯叮当知道马永学正警惕地看着自己，她抬头笑了一下，说："你别紧张，我不会给你出难题的。"马永学苦笑了一下，说："我没什么可以紧张的，见劳改执行犯的家属是我的正常工作。"话一出口，马永学又觉得过于生硬，他的话并不适合与冯叮当见面的氛围。冯叮当抿了一下嘴，似乎不太介意。"喝吧？"冯叮当笑着说。

"先说事吧！"马永学说。冯叮当笑了起来，说："不至于吧，喝一杯咖啡在哪个国家也算不上贿赂的。"马永学不说话了。冯叮当说："好吧，我要求见您，主要是想让你帮我好好教育周大川。"马永学愣住了："你说什么？能再说一遍吗？"冯叮当说："我听说，人是铁，法是炉，希望周大川在你们那里真的能改过自新，重新做人。"马永学听清楚了，同时也糊涂了，冯叮当这样的态度和说法在以前可能屡见不鲜，但他从警这些年来，极少从劳改犯的家属那里听到这样的话，因为这样的要求几乎不算要求，他们做的正是这个工作。"这是我们应该做的。"马永学温吞吞地说。

不完全是这样的，冯叮当说："我听说，有的人进去之后，反而染上一些恶习。"马永学说："那是个别现象。"冯叮当说："还有，我承认，犯了罪应该接受劳动改造，或者说应该受到严厉的惩罚，可光惩罚是不够的，还要教育他们，让他们悔过自新，重新做人。"马永学又有些不自然，的确，他是个严厉的管教，甚至体罚过犯人，他在劳改执行犯的口碑里并不太好。周大川刚转过来不久，他还没收拾过周大川。难道冯叮当在暗示什么吗？

"你所说的教育，重点是什么？"马永学问冯叮当。冯叮当说："这方面你们是专家，我只希望他出来的时候不再是恶棍。"马永学小声说："你不会不知道，你丈夫要在监狱里关 20 年。"冯叮当说："这个我当然知道。"马永学点了点头，说："难得有你这么配合的家属。"

突然，冯叮当哭了起来，是饮泣那种。马永学不知所措，咖啡屋里就他们两人，他不知道应不应该去安慰她，如果不去安慰她，他应该干点什么。冯叮当哭了一会儿，抬起头来，说：“可以问你一个问题吗？”马永学说：“当然。”冯叮当问：“一个十恶不赦的烂人，经过你们改造能改造成好人吗？”这个问题也很厉害，马永学面对的毕竟不是戴红领巾的小学生，一下子无法回答。“能吗？”冯叮当追问。马永学说：“这有很多因素，有内因也有外因。”冯叮当说：“我只问你能吗？”马永学说：“也许吧。”冯叮当说：“我跟你说实话，我非常恨他。”马永学小心地看了看冯叮当。冯叮当说：“我并不是你认为的那种好家属，我也不知道自己能坚持多久，可能今年、可能明年或者后年我就跟他离婚。”马永学说：“可你不是让我改造他吗？”冯叮当说：“那是两回事，离婚是离婚，改造是改造。这样说吧，我跟他离婚是为了我自己的幸福，他改造好了是他的造化。”马永学说：“可有的时候……以前，我帮助过一个人，他的表现也非常好，眼看就要出狱了，这个时候，他老婆跟他离婚了，他在监狱里又犯了罪。”冯叮当瞅着马永学问：那个人判了几年？“5 年。”马永学回答。冯叮当问：“也是杀人罪吗？”马永学摇了摇头。冯叮当说这不得了。接着，冯叮当眼噙泪水，跟马永学讲了自己的经历。冯叮当说自己从小就能歌善舞，高考时没如愿考入艺术院校，就读于一家幼儿师范，毕业后分配在第十四幼儿园当音乐教师。她不太甘心，总想往演艺圈子里努力，为了演练舞台经验，她到大世界夜总会唱歌，从那时候起，她的噩梦就没再醒来。“当时，周大川在夜总会当经理，他在一次酒后强奸了我。”冯叮当说。

后来，周大川开办了迪斯科娱乐场，一次与黑道人的冲突中，周大川持枪杀人，被送进了监狱。

“可是，我不明白，既然你那么恨周大川，为什么还让我教育他。”马永学问。冯叮当说：“我已经说过了，我希望他改造好，不仅对我，对这个社会也有意义。”

那次约定的会见之后，马永学开始被一个问题困扰着，他总觉得冯叮当的态度过于冠冕堂皇了，他不知道她美丽、柔情和伤感的外表下究竟隐藏了什么目的。马永学告诫自己一定要小心一点，不能钻入别人设计好的圈套。

冯叮当和马永学见面之后，再也没跟马永学联系过。不过，马永学仿佛感染了叫“冯叮当”的流感病毒，每天，冯叮当的影子都钻到他的脑袋里。

马永学仔细研究了周大川的案卷，周大川是去年 4 月 6 日晚上 9 点作案的，当时，他在自己管理的迪斯科娱乐场值班，他喝了不少酒，和一个有黑道背景的人——二喜子发生了冲突。一般情况下，周大川不会自己动手解决这类问题的，他也豢养了几个打手。也许是喝酒的原因，周大川暴怒了，他掏出走私的自动手枪，抵住二喜子的肩胛连开两枪。二喜子应声倒地。由于枪击距离较近，二喜子的肺部受到损伤，子弹离心脏仅差 2 厘米。二喜子虽然被抢救过来，但还是落下了终身残疾。去年 10 月，周大川被本市中级人民法院以故意杀人罪和非法持有枪支罪判处有期徒刑 20 年。阅卷过程中，马永学发现有个现象很奇怪。原本，周大川枪击的位置似乎并不想要二喜子的命，如果想打死二喜子，他可以把枪抵在二喜子的头部或者心脏上。事实上，二喜子也没死。周大川的辩护律师认为定伤害罪更准确一些。而周大川在法庭上却承认，自己就是想“干死他!”

马永学想，周大川不会一点儿常识都没有，他为什么不想方设法洗脱罪名，相反还要给自己增加刑期呢?

当然，马永学不是侦察人员，他不可能去查证、去解开这个疑惑，而这个疑惑也不足以向有关部门反映。毕竟，这个疑惑只是自己生发的，如果不是与冯叮当有过一番接触，即使他仔细查阅卷宗，也不会对这个细节特别注意并产生疑惑。

除了了解周大川的案情，马永学还留意观察周大川，周大川很少讲话，他表情沉郁，目光冷漠。由于他是杀人犯，加之特殊的社会背景，他在二分监区犯人中似乎有些地位。有的犯人巴结他，他身边还有一个为他打杂的小马仔——惯偷孙强。那天中午，马永学在去厕所的路上遇到了周大川和跟随他的孙强，他们两人立即转过身去，背对着马永学。孙强说报告政府，中午好！马永学走到周大川身边，大声喊：周大川！周大川立即正了正身子，回答：到！马永学说：抬起头来！周大川抬起了头。周大川的头虽然抬了起来，可他的眼皮还耷拉着。“看着我的眼睛。”马永学厉声道。周大川看着马永学。一瞬间，马永学感觉到一种坚硬的、冰冷的东西刺得他很不舒服。马永学与周大川的目光对视着，奇怪的是，周大川的目光并没有躲闪，也没柔软起来，似乎是在漠然中揣测着马永学的用意。一般情况下，劳改执行犯都是讨好管教的，敢于和管教对视的不多，尤其是与马永学对视，这几年，马永学以严厉出名，他凭借严峻的目光就可以让个别犯人吓尿裤子。这样说来，周大川是个特例，不过，从这短暂的对视开始，周大川就注定和霉运扯上了关系。

马永学虽然是二分监区的副区长，由于他的个性和资历，他在二监区说话还是有分量的。按资历和能力，他起码应该提升监狱管理部门的副职了，而不是在中层干部里，而且还是个副的。二监区区长宋连城比他小7岁，也是劳改警校毕业的，刚毕业时马永学是他的“师傅”，带了他一年半。宋连城被任命为二监区的区长，第一次跟马永学谈话，就对马永学说：以后你还叫我小宋。这不是谦虚，而是态度。马永学一直没被提拔，固然有很多因素，但重要的因素是他出过“问题”，因为严重体罚劳改服刑人员被省劳改局通报处分过，还一度跟监狱的领导玩“失踪”游戏。好在他的行为还没突破“红线”，他自负也罢严厉也罢，也就由他去了。监狱里的同事一般都让他三分，劳改服刑人员更是惧怕他，他们都暗自祈祷佛祖保佑，千万别犯在马永学手里，私下里议论说，让马永学盯上了，不死也要扒层皮。

周大川被马永学盯上了，即使他是铁打的汉子，也经不住沙石磨的。在那样的环境里，绝大多数劳改服刑人员都想立功减刑，就是一页稿纸写三分之一错别字的人都想给监狱办的《新生报》投稿，一篇稿是三分，三分就意味着提前三天的自由。其他的就更不用说了，犯人之间打仗的、设计送谁关禁闭的、打小报告的、揭发检举的、甚至告黑状的。十天下来，周大川面色饥黄，身上瘀青。这个过程中，马永学并没有直接对周大川做什么，他的一个眼神和暗示，就足以教训他心目中的“恶人”。马永学知道，周大川和他一样，都属于内心里有恨的人，所不同的是，他们站在法律这条河流的上游和下游，他手里控制着闸门，他可以放多一些水也可以放少一些水，而在水里挣扎的是周大川。

恶人的形象是怎样在马永学的心目中形成的呢？仅仅是“对视”产生的厌恶情绪，显然不全面，后来，宋连城找马永学谈话，提醒他时，马永学才意识到，他对周大川这棵仇恨的种子是冯叮当给他种下的。他恍然大悟，冯叮当不经意的样子，就把子弹装进马永学这杆快枪的枪膛，马永学没受人之托，没收人家的贿赂，他被一种“道德力量”驱使着，理直气壮地对欺男霸女、持枪杀人的恶人周大川进行了点射和扫射。周大川已经挺不住了，好在他及时醒悟过来，点了刹车，不然，周大川就会出问题，周大川出了问题，他也得出问题。

马永学再一次想起了冯叮当。

那次见面之后，冯叮当只给他发过一个礼节性的短信问候，并没像马永学想象的那样频繁地给他打电话，只在下雨那天，冯叮当给他挂了电话，冯叮当似乎对监狱里发生的事一无所知，她声音纤细地问：“今天忙吗？”马永学说：“还行。”冯叮当说：“有时间请你喝咖啡啊。”马永学说：“再说吧。”马永学也没想给她打电话，他没想把惩罚周大川的事告诉冯叮当，他觉得自已在尽义务，对一个恶人的惩罚就是还社会公平，就是帮助他“改造”，这些都与冯叮当无关，他做这些并不是为讨好冯叮当。

宋连城找马永学谈话的那天下午，他突然有了见冯叮当的念头，他觉得应该在冯叮当那里找回答案。

冯叮当的“绿元素瑜伽馆”在商业街的副街，装修典雅别致，临街就可以看到写有“这不仅是一种健身运动，还是一种品味和态度”的广告牌。进入前厅，马永学看到湿婆神和他妻子帕尔瓦蒂的画像，旁边还有淡紫色、具有现代感的文字——美丽的秘密武器、助你穿上性感比基尼……马永学从那些色彩当中慢慢穿了过去，到了训练厅的门前，他停了下来，看到里面十几位衣着薄如蝉翼的女士正在蒲席上打坐。他迟疑着，不知道应不应该进去。好在冯叮当看到了马永学，她似乎很意外。

冯叮当把马永学请到自己的办公室里，给马永学倒了一杯咖啡，小声说，你在这儿休息一下，我打点完就过来。临出门，她还递给马永学一摞杂志。马永学翻着《时尚》一类的杂志，并在确认冯叮当彻底离开时，全面打量冯叮当的办公室。那间办公室的面积不大，房间的色彩和摆设却充满了温馨感，四处都弥漫着女人的气息，那是一种气味的混合，马永学一边看一边想，比如窗台上的化妆品、写字台边喝了一半的鲜奶纸盒、挂在衣架上的衣服等等，那些东西共同混合了现场的气味。当然，也不排除另一种气味，那就是冯叮当走过之后留下的。第一次见面，马永学就有过类似的记忆，冯叮当在他身边晃过，芳香的气息却停留在空中。坦白讲，马永学对冯叮当办公室的气味并不是完全接受的，他觉得既有清丽的成分，也有俗艳的感觉。可不知为什么，恰恰是俗艳的感觉更能给他某种暗示，牵动他身体深处的某根神经。马永学控制自己不去联想，他站起来，在办公室的书架里，找到一本写瑜伽的厚书，那样的书一般都晦涩难读，恰好可以转移或消磨他的注意力。

冯叮当回来了，显然她刚刚冲过淋浴，头发还湿漉漉的。冯叮当说："真对不起，我不知道你今天过来，不然，我会安排一下工作。"马永学说："没事儿，我本来也没计划来的，刚好路过，就进来看一看。"冯叮当好看地笑了，说："你能来看我，我非常高兴。"马永学站了起来，他本想质问冯叮当，由于环境和氛围的影响，他的问话也柔和了很多。马永学说："不知道你听说了没有？"冯叮当愣了一下，瞅着马永学问："听说什么？"马永学冷笑了一下，他说："你的目的达到了。"冯叮当一副无辜的模样，她说："我的目的，我什么目的啊？"马永学说："你不就希望我收拾周大川，给你出气吗？现在，周大川已经尝到了苦头。"冯叮当明白了，她说："我没想收拾周大川，只希望你好好改造他。""改造？你说的改造是什么意思？"马永学问。冯叮当说："这方面你们是权威，我不太清楚，但我知道，一个犯了罪的人要改过自新，是需要很好地改造的。"马永学说："你很会说冠冕堂皇的话，本来这些话应该我说，现在反过来。"冯叮当好像一个被人误解、受了委屈的小女孩，眼睛湿润地望着马永学。马永学想了想，说："可能你不是那个意思……不过，我的确有个问题想问你，我觉得周大川的案子很蹊跷，他的案子应该是严重伤害而非杀人，他在法庭为什么不为自己辩解，反而强调自己想杀人呢？"冯叮当说："我怎么知道，你跟他接触机会多，你应该问问他。"马永学不知道该说些什么，沉默一会儿说："我该走了。"冯叮当愣愣地瞅着马永学，无辜的样子问："我哪方面惹你不高兴了吗？"马永学说没有。"那，"冯叮当说"以后不见我了吗？"马永学说："也许，有事的话，你可以去监狱找我。"

冯叮当傻傻地站着，眼泪还是流了下来。

那天晚上，马永学的心情也十分糟糕，他在母亲家喝了两瓶啤酒，觉得头痛，就躺在母亲家的长条沙发上睡着了，母亲不忍心打扰他，不声不响地给他盖了条毯子。大约晚上12点左右，马永学的手机凌厉地响了起来。电话是冯叮当打来的，冯叮当的声音很特别，颤颤巍巍，透着酒气。冯叮当说："不好意思打扰你休息，可我心里真的很难受。"马永学说："你醉了。"冯叮当说："那又有什么关系呢……无所谓了，什么都无所谓了……"马永学问冯叮当在哪儿，冯叮当说："我自己也不知道。"马永学再问，冯叮当那头已经没了声音。

马永学立即站了起来，母亲问他"出什么事了？"马永学没说话，匆忙下了楼。外面的风不大，可经风一吹，马永学的头就痛了起来。马永学走到路边，叫了一辆出租车，上车后他才意识到，自己并不知道在哪里可以找到冯叮当。马永学给冯叮当挂了电话，冯叮当的电话已经不通了。马永学本能地让出租车司机去了他和冯叮当第一次见面的"好旺角"咖啡馆，在那里，他没找到冯叮当。马永学又让车去了"绿元素瑜伽馆"，瑜伽馆一片漆黑，一点灯光都没有。马永学把出租车打发走，去敲瑜伽馆的门，敲了半天也没有回应。马永学失望了，他不知道冯叮当住在哪里，要是去酒店和酒吧找，全市有几千个，即便他找到天亮也不会有结果。马永学又尝试着给冯叮当打电话，电话还是打不通。马永学想，冯叮当的手机一定是没电了。

找人的事往往就这样，你越焦急越找不到。马永学在街边溜达着，苦思冥想，就在这时，他看到街拐角处有一个叫“飘”的酒吧。马永学犹豫着走了过去。

酒吧里很闹，乌烟瘴气的。马永学在身上变幻着彩色灯光的人群里转了一圈，没发现冯叮当。就在他要离开时，突然看到昏暗角落里趴着一个长头发女人。马永学走过去，小心地打量着，他觉得应该是冯叮当，就轻轻拍了她一下。女人侧一下身子，果然是冯叮当。

马永学坐在冯叮当身边，他摇晃着冯叮当说：“你醉了，我送你回去。”冯叮当吃力地抬着眼皮，一嘴酒气地说：“你是谁，我不认识你。”马永学说：“你刚才还给我打过电话，你醉了，在这里不安全。”冯叮当哭了，她说：“没人会管我的。”马永学将冯叮当搀扶起来，他说：“我管你，我负责送你回家。”

出了酒吧，冯叮当就在路边的垃圾箱吐了起来。吐过了，冯叮当就坐在马路牙子上。马永学说：“这里太凉了，坐时间长了会落病的。走，我送你回家，你家在什么地方？”冯叮当努力想着，说：“我想不起来了。”马永学看了看街对面的“绿元素瑜伽馆”，他说：“那我只好把你送到瑜伽馆了。”冯叮当伸手在包里摸了摸，摸出一串钥匙。

马永学把冯叮当送到瑜伽馆里，他刚要起身，不想被冯叮当两只纤细的胳膊环住了脖子。“抱我！”冯叮当说。顿时，马永学大脑一片混乱，他告诫自己不要超越界限，可身子不听调遣，还是把冯叮当抱住了。就在他抱住冯叮当的一瞬间，冯叮当湿润的嘴唇也准确地抵在马永学干燥的嘴唇上……

马永学和冯叮当在空荡荡的瑜伽馆里演绎了一场激情。疲劳中马永学也睡熟了，等他醒来时，外面的亮色穿透巨幅纱窗，天已经亮了。马永学向右侧看了看，冯叮当不在身边，他正犹疑时，冯叮当赤身裸体地走过来，一只手里端一杯奶。马永学不知道该说什么，他低下了头。冯叮当盘腿偎在马永学身边，她说：“你别有心理负担，是我情愿的，谢谢你，你才是我想要的那种男人。”马永学笑了一下，还是不知道该说什么。冯叮当将头靠在马永学的肩膀上，她告诉马永学，她以前见过他，就在马永学疑惑时，冯叮当说她在探望周大川时见过马永学，第一次有了心跳的感觉，后来就尝试着约马永学，同马永学谈话后更加深了对他的好感等等。马永学弹了冯叮当一个脑蹦，说："原来你是有预谋的啊？"说是这样说，马永学还是觉得心里塌实多了，而且，他不得不承认，冯叮当的吸引力的确是他难以抗拒的。马永学把冯叮当搂着怀里，他们在曙光中又激情了一次。事毕，冯叮当欣赏地抚摩着马永学光滑、坚硬的胸肌，用赞叹的口吻说："多么健壮啊！我太喜欢了。"

上午，马永学给宋连城挂电话请假，直到中午十一点，他才迷迷糊糊地回到工作岗位。

马永学的心情很复杂，他不知道见到周大川时，他将是怎样的心境，在心里愧疚地跟周大川说对不起？还是解恨地对周大川说，你小子别狂，你老婆都让我给睡了？按说，马永学是个严谨、上进的好狱警，刚毕业的时候他书生意气，满脑子理想主义色彩。在劳改警校时他就爱好文学，还写过大量歌颂友情、爱情的诗歌，一个写诗的警察，无论谁都不会把他和后来"凶神恶煞"般的马永学联系起来。这个转变是如何发生的呢？

毕业第三年的秋天，马永学和在区医院当外科医生的江虹相识了。介绍他们认识的是劳改队（那时不叫监狱）政治部的鲁姨，鲁姨对邻居江虹的妈妈说，我们劳改队的小马可好了，科班出身，仁义厚道，毕业三年连续被评为先进工作者。回头，又对马永学介绍，我家邻居的小江虹可好了，人漂亮还懂事，很多漂亮女孩不懂事、任性，懂事的女孩子不漂亮，两方面都具备的真是不多。在鲁姨的撮合下，马永学和江虹见面了，不想，他们俩都有一见钟情的意思，于是，一场长达两年的恋爱马拉松开始了，他们经常走在医院外成排大叶杨的林荫路上，马永学给江虹朗诵自己写的诗，还用俄语给江虹唱俄罗斯民歌，江虹激动得浑身颤抖。应该说，马永学和江虹的感情基础是十分牢固的，他们用了两年时间进行交往和了解，走过春夏秋冬，走过风风雨雨。可不知为什么，当他们的婚姻遇到一些并不算特别的困难时，竟然爆发了危机，这时他们才发现他们精心构筑的情感大厦原来那么脆弱，那么容易坍塌。从现实的角度来说，作为狱警察的马永学的确在市场经济发展的年代里落伍了，监狱的待遇不高，工作机械又辛苦，江虹在同学中、甚至在医院的环境里毕竟是有比较的，当条件远不如她的人住好房子，开上了汽车时，江虹开始对工资很低仍一心工作的马永学抱怨了。马永学自然不能接受江虹的抱怨，他们之间就产生了磕磕绊绊。结婚头几年，他们本来有机会要孩子，江虹对马永学说，没有自己的房子她不要孩子，不能让孩子一出生就过颠沛流离的生活。没有孩子连接两个人的注意力，两人的关注点越来越不同，对问题的看法也产生了较大的差距。有的时候，马永学下了夜班，江虹晚上又上夜班了。即便两人都休息，你看看我，我看看你，没什么话讲。马永学下班一进门，江虹就让他换衣服，就算当天马永学没跟劳改执行犯打交道，江虹也认为他身上有邪味儿。“这死味儿!”江虹说。马永学不光要换衣服，还要洗手、洗脸、洗头。按江虹的说法，把晦气洗掉。这些马永学都可以忍受，他干的工作，按照别人的说法是“背死人”，他们管理劳改犯，就得陪着他们，经常有劳改执行犯刑满释放，看着他们一个个离开，马永学意识到，自己却没有“刑期”，只要他在这个单位工作，他的“刑期”就没结束。江虹在家里不给马永学好脸色，马永学就把这种情绪转移到劳改犯身上，他的脾气坏了起来，尤其是单位调整领导班子，提拔了一些中层干部，按资历、能力甚至威信，马永学都应该当副队长，结果公布的时候令很多人都感到意外。队里的同事劝他，让他想开点，当时那届领导班子有不好的风气，想提拔不送礼是不灵的。马永学没钱上“态度”，所以没被重用成了“情理”之中的事。干部调整之后，马永学开始“水”了，他悠悠逛逛，顶撞领导，工作时间喝酒、体罚犯人，一个文文静静的小伙子，变成了横眉冷对的“酷吏”。在同事的印象里，马永学面子冷，不讲情面。在劳改执行犯的议论里，马永学有一个“铁扣子”绰号。“铁扣子”的象征含义是，冷酷无情，凶狠残暴。

老住宅区动迁后，马永学和江虹因为房子问题分居了，江虹住到她母亲家，一住就是三个月。三个月后，马永学听到了江虹“红杏出墙”的传言。马永学情绪失控地找到医院，当着医生和护士的面羞辱了江虹，冲动的结果使得马永学和江虹的婚姻彻底破裂，无法挽回。

马永学和江虹离婚后，他曾试图离开监狱。联系上调到司法局，忙活了整整一年，搭了精力搭了积蓄，愿望终究没有达成。一气之下，他又向单位请病假，跟几个朋友下海经商，在商海了折腾了半年，喝成了胃出血，也没挣到大钱。那天秋天，马永学望着天空南飞的大雁，他感慨唏嘘了许久，他想，也许这是命运的安排，他注定要在监狱里完成他的人生故事了。

重新回到监狱的马永学平静多了，尽管他内心的不平之气仍潜藏着，可他温和大度了很多。那年，监狱主要领导出了问题，省司法厅对监狱的领导班子进行了调整，新任领导班子重新聘用了中层干部，马永学在竞聘中竞得了高票，担任二监区的副区长。就在这时，冯叮当出现了。

一直到晚上，马永学的脑子里始终摆脱不了冯叮当的影子。他知道，他和冯叮当的关系算不上社会认可的正常关系，他是单身，可冯叮当却是别人妻子，重要的是他的身份特殊，他上的可是在监犯老婆的床啊。这是一种危险的关系，马永学想。

正是下班时车辆拥堵时间，单位的班车在马路上漂泊着，一会儿搁浅，一会儿抢行。路灯、车灯透过车窗在马永学的脸上闪烁、跳跃。马永学闭着眼睛，他想，他不应该再见冯叮当了。可奇怪的是，当车停在民主广场站点时，马永学下意识地下了车，那个站点离冯叮当的“绿元素瑜伽馆”不足100米。下了车，马永学给冯叮当打了一个电话，冯叮当柔和地问：“你下班啦?”马永学说：“是啊，我现在在民主广场，刚下班车。”冯叮当说：“我一直在等你的电话。”马永学的心里荡漾起温暖的潮水。

马永学和冯叮当如同山坡上的石头，一旦启动了，往下滚动的速度就会越来越快。两人显得十分疯狂，马永学仿佛在弥补江虹离婚后的损失，像一个古代骑士，一进入阵地就左冲右突，厮杀正酣；而冯叮当也像干旱了很久的草原，需要马永学这个“甘霖”很好地滋润。马永学开始住在冯叮当家里，他们不避讳什么，出双入对，关系亲密，甚至有些“腻”。有天夜上，冯叮当突然哭醒了，马永学问她怎么啦，她将冰凉的脸贴在马永学的胸脯上，抽泣着说："我梦见你不要我了。"马永学很感动，他搂着冯叮当说："傻丫头，我怎么会不要你呢，不管怎样，我们永远都不分开。"

马永学和冯叮当之间发生激情之后，周大川也被马永学解禁了，他不再享受额外的"关照"，过上了劳改执行犯的正常生活。

在马永学和冯叮当的"蜜月期"，马永学跟冯叮当讲了自己的生活、婚姻经历以及工作上的苦恼，冯叮当劝他说："如果你不想干，干脆辞职算了，我们一起搞一个买卖。"马永学说自己做买卖不行，冯叮当说："有我呀，你当老板，我做职业经理人，我管具体的。"马永学说自己没本钱，冯叮当说："我们可以想办法。"就在那天晚上，冯叮当提出了一个令马永学呼吸困难的计划。

冯叮当问马永学，还记得问我的问题吗？"什么问题？"马永学问。冯叮当说："你不是觉得周大川的案子有疑问吗？"马永学抬头瞅着冯叮当，冯叮当说："你别用那种眼神瞅我，很冷哦。"马永学立即笑了一下，他说："我是觉得有些奇怪，我不明白他为什么要给自己加刑期。"冯叮当说："那是他的诡计。""诡计？"马永学又抬起头来。

冯叮当望着窗外，慢慢地说："他所以那样做是为了避免自己有杀身之祸。"马永学更加糊涂了。冯叮当对马永学说："早在七年前，周大川就利用娱乐场经理的身份从事贩毒活动，从卖摇头丸发展到卖冰毒。""这些你是怎么知道的？"马永学问。冯叮当说："这个你不要管，你别用那种眼神瞅我，我没参与啊。"马永学说："我想你是不会参与的。"

冯叮当告诉马永学，周大川很狡猾，他采取的是游击战术，避实就虚、避重就轻，所以公安局侦破几个贩毒组织都没把他牵连进去。可纸里毕竟包不住火，他的事还是被他的老板，也就是娱乐场的老板知道了，他是用老板的钱做自己的生意，老板很恼火。那个老板有大背景，还有黑社会势力，周大川很怕他。后来那个老板派二喜子来调查他，他和二喜子之间发生了冲突，他就向二喜子开枪了。

"这些，你都对刑警说了吗？"马永学问。

冯叮当摇了摇头。她说："周大川已经定案了，我没必要说，况且我也没有证据。"

"那你怎么说是周大川的诡计？"

冯叮当说："我猜测的，我想，枪杀二喜子也是预谋的，只有发生了命案，才能转移老板对他的注意力，所以，他强调是杀人。事实上，他没想杀死二喜子。"马永学说："是啊，如果他想杀死二喜子，他就不会把枪顶在对方的肩胛，向下移动一点，就可以击穿心脏。"

冯叮当说："这一点周大川心里有数，他所以要给自己加刑期，目的是让你们保护他。""我们保护他？"马永学愣住了。冯叮当说："是啊，以他现在的处境，他住在监狱里比住在外面安全多了。"

马永学觉得很吃惊，想了想，还是觉得这件事里充满了玄机。他说："周大川完全可以逃跑，不需要通过犯罪来自讨罪受。"冯叮当说："逃跑肯定不是办法，他逃不出那个老板的势力范围，我想这一点周大川比我们想的还明白，他之所以杀人，就是要了结这事儿，自己毁了自己，也在他老板面前示了威。"马永学还是有些不明白，他说："通常情况下，两利相加取其重，两害相加取其轻，周大川为什么要自己毁自己，没别的办法了吗？"冯叮当说："这正是周大川的狡猾之处，他把所有人都蒙在鼓里，唯独没瞒过我。这些年，周大川赚了不少钱，至少上千万，谁都不知道这笔钱藏在什么地方。他一定想熬过这个难关，十年后还不知道他的老板在不在人世，形势也不知道发生了什么变化。而且，在周大川看来，只要他有钱，就没有摆不平的事，到时候拿钱来打通关节、来买刑期，关个十年八年的就出来了。蹲十年监狱，挣一千万，什么人能挣那么多钱？"

马永学深吸一口气，自言自语道："没想到事情这么复杂……可是，二十年刑期，谁敢保证他健健康康，不出问题。"说到这儿，马永学突然瞅着冯叮当，有些警觉地说："你不是想让我把周大川折磨死吧！"

冯叮当说："你把我想得太坏了，我没那么恶毒，把他折磨死对我有什么好处。况且，他的钱在什么地方我还不知道。"马永学笑了，他说："你是想让我帮你撬开周大川的嘴，找到他藏的钱，对不对！"冯叮当说：

“那也没什么错，我和他有婚姻关系，他的财产应该有我的一半。再说了，有了钱，我们就可以一起做买卖，到时候我跟他离婚，我们永远在一起。”马永学的脸色变化了，表情渐渐严肃起来，他说：“现在我终于明白了，什么感情？原来一切都是假的，都是你事先设计和导演的，你不过是想通过这种的方式抓住我，把我当成你达成目标的工具，的确，以我现在的身份接触周大川很方便，是最合适的人选了。”

冯叮当愣愣地站在那里，突然泪如泉涌，停顿了好一会儿，她跺着脚说：“滚，马永学你滚，我瞎眼看错了人！”

马永学仔细分析着他和冯叮当从相识到发生激情的全过程，这一过程中的确有太多的巧合和偶然因素，他觉得自己的判断应该是没错的，整个剧情都是冯叮当事先设计的。也就是说，她悄无声息地布置一张蜘蛛网，尽管马永学十分警觉，可还是被牢牢地网住了。

与此同时，马永学也回忆和冯叮当在一起的时光，觉得冯叮当在感情上的表现又十分真实，世界上最难做的假就是感情，他马永学再愚蠢，也不至于连感情做假都分辨不出来。也许，冯叮当真的喜欢他，可喜欢是爱吗？当然，他喜欢冯叮当，甚至爱上了她……马永学觉得自己很伤脑筋——女人真是琢磨不透。

马永学和冯叮当分开之后，一连几天都没见冯叮当，他也不想按冯叮当设计的线路往下走了，也就是说，他不会配合冯叮当去撬周大川的嘴。周大川是不是真的有钱？即便真的有钱，钱藏在什么地方？这些都跟他无关。

可奇怪的是，马永学对自己的告诫并没有发生作用，也许是出于好奇，他找到周大川身边的马仔孙强谈了一次，了解一些周大川的情况。马永学的态度十分温和，这让孙强特别恐惧，他揣摩不出马永学的用意，心里没底儿。马永学跟孙强谈话的过程中，孙强两条大腿内侧已经湿了一大片。

孙强当然想讨好马永学，可他实在提供不了在马永学看来有价值的信息，最后，马永学问孙强想不想好好改造，想不想早一天获得自由？孙强马上殷勤地点头。马永学说："那好，从现在开始，我给你个特殊任务，你就是我安插在周大川身边的卧底，他的一举一动你都要向我报告。"说完之后，马永学觉得自己说的"一举一动"，孙强不一定理解，补充说："他说了什么，做了什么，想什么你都要告诉我。"孙强说知道了。临走，马永学嘱咐孙强："你要表现得自然一些，如果让周大川警惕了、露了陷儿，我可让你吃不了兜着走。"孙强赶紧点头。

做了这件事之后，理性又回到马永学身上，他朝自己的头顶狠狠地拍了一下，骂道："真是贱啊！"

马永学不给冯叮当打电话，冯叮当也没给马永学打电话。一个星期过去了，马永学忍不住了，他想给冯叮当挂个电话，他找的借口是，要去冯叮当家把自己的剃须刀拿回来。他刚要给冯叮当挂电话，他的手机响了起来，电话是冯叮当打进的。

冯叮当只说了一句："马哥，我想你！"

马永学觉得自己精心构筑的防线立即崩溃了。

马永学和冯叮当赤身裸体地躺在床上，他把安插孙强的事对冯叮当讲了。冯叮当盘腿坐了起来，她说："你不是不帮我吗？"马永学说："我确实不想帮你，要知道，即使找到周大川的钱我们也不能用，那是脏钱，用脏钱是违法的。"冯叮当说："谁能证明那是脏钱呢？周大川没告诉过我那些钱是脏钱，既然我不知道，我用的就不是脏钱。"马永学说："话是这样说，可你已经跟我讲了，你说那些钱是他贩毒赚的。如果你想这么做，就不应该告诉我，现在我知道那些钱是贩毒的脏钱，你想我会知法犯法吗？"冯叮当的眼圈儿又红了，她说："我所以跟你讲，是因为我爱你，信任你。"

马永学说："我还要好好想一想。"冯叮当说："你会想明白的，周大川的钱不是好道来的，我们从他手里夺过来也不算丧良心，再说，那些钱是我们婚姻存续期间的共同财产，我有权拿我那一半。"马永学苦笑着说："小姐，法律只保护合法的共同财产！"冯叮当说："可谁能证明那些钱是不合法的？"马永学说："叮当，如果真的如你说的……爱我，就不要纠缠这件事了，我们完全可以用自己的努力去创造财富。”冯叮当说：“那是两回事，感情归感情，事是事，我不是小孩子，别拿话来哄我，你心里也清楚赚钱多难，一千万，我们什么时候能挣到一千万？”

马永学又有些不高兴：“看不出来，你钻钱眼里了，为什么非要纠缠这件事呢？”冯叮当一下跳到地上，说：“对，我是钻钱眼里了，我就是转不过弯来，他周大川凭什么欺负我、霸占我，我就是要让他付出代价，让他偿还我损失的青春。”

马永学的目光有些黯淡。

马永学思前想后，决定跟冯叮当来个了断。一开始，他们的关系就存在问题，他几乎是迷迷糊糊陷进去的。他是狱警，冯叮当是犯人的妻子，仅此一条，监察部门就可以扒掉他的警服。尽管他从心里喜欢冯叮当，可他们之间的关系是危险的，冯叮当仿佛是一颗炸弹，随时都可能在他身边爆响。另外，他觉得冯叮当已经钻牛角尖了，偏狭而执拗，进入这种状态的女人是可怕的，她完全可能把简单的事情复杂化，把一般的错误推向灾难。即使以上条件不存在，仅仅是钱的问题，他也不想跟冯叮当合谋去挖周大川所谓的脏钱。那个脏钱存不存在是一说，真的存在也是脏钱，他违反过纪律，也犯过各种错误，可他不想违法。

下午，马永学主动给冯叮当挂了电话，他约冯叮当去“好旺角”咖啡馆。冯叮当问他为什么选择“好旺角”，马永学含混地说：“那是我们第一次见面的地方。”“你想通了？”冯叮当问。马永学说：“算是吧，到了地方我们再谈。”

他们在咖啡馆里坐下之后，冯叮当才知道她理解的和马永学说的“想通了”含义是不同的，马永学在暧昧的光线下绕着弯子表达他的想法，话还没说完，冯叮当打断他的话：“你不要说下去了，你想甩我是不是？”马永学说：“你让我把话说完，这根本不是谁甩谁的问题。”“那是什么？”冯叮当盯着马永学问。马永学躲开冯叮当的目光，他说：“你知道，由于我们特殊的角色，我们这样的关系是错误的。”“错误？”冯叮当放大了音量。马永学说：“你是聪明人，懂我的意思。”冯叮当说：“可是我不明白，一开始你不知道这是个错误，而是发展到今天你才发现是个错误，你是想告诉我这个？”马永学一下子回答不上来了。他找不到根据说这是冯叮当在勾引他，由于自己意志薄弱而没能拒绝冯叮当的勾引。况且，当一个男人面对一个女人的时候，总不能把感情问题的责任推给对方。冯叮当把头转到另一侧，她瘦削的肩膀有些发抖。马永学点上一支烟，急促地吸了一口，说：“好，我们之间发生的事怪我。”冯叮当把头转了回来，她说：“不是怪谁的问题，我只想要答案，你告诉我，你今天约我就是要跟我一刀两断？”马永学沉默着。“是因为周大川钱的事？”马永学仍默默抽烟。“如果仅仅是因为周大川钱的事，你可以不做。”马永学眼睛一亮，瞬间又黯淡了。他知道很多事没那么简单，还是不被牵连下去的好。“你说话呀？”冯叮当推了马永学一下。马永学说：“我是狱警，你是执行犯的家属，我们之间不能发生感情。”“不能发生？”冯叮当说：“那我们在一起做的是什么？”马永学说：“我错了，但不能继续错下去。”冯叮当立即走到马永学身边，直接坐了下来，她用哀求的声音说：“你别这样，你这样我心里难受。”马永学说：“我也很痛苦，但是我别无选择。”冯叮当想偎在马永学身上，被马永学推开了。冯叮当张开双臂，马永学也躲闪了，他起身坐在冯叮当原来的位置上。冯叮当抱头痛哭起来。

对于这次约会，马永学是做了精心准备的，他想出了五六条说服冯叮当的理由，从职业纪律到社会责任，情与理，利与弊该分析都分析了，他甚至还设计好了开头和结尾。马永学开始苦口婆心地在一旁劝解，讲了半天，冯叮当才抬起头来，问马永学：“没挽回的余地了吗？”马永学知道他讲了半天算白讲了，冯叮当根本没听进去。马永学迟疑了一下，用坚定的语气说：“这样对我们都好。”

马永学还想按他的计划劝解下去，却被冯叮当打断了。冯叮当说：“你要给我讲课就免了吧，道理从来都是说给别人的，我不想听，我最后问你一遍，真的，跟我分手？”

马永学说：“只能这样。”

冯叮当抬头擦了一下眼角，苦笑着说：“我明白了，男人都是靠不住的。”说完，冯叮当站了起来，拎起手提包就向外走。马永学追了过去，在门口被要求结账的服务员拦了一下，等他出了门，冯叮当已经上了出租车，留给马永学的是那辆出租车渐行渐远的红色尾灯。

马永学站在咖啡馆的门口，他心里五味杂陈，泛起一阵阵酸楚。

马永学和冯叮当摊牌之后，他觉得轻松了很多，毕竟，他把沉重的担子给卸掉了。可他万万没有想到，他的噩梦才刚刚开始。第三天下班的路上，冯叮当给马永学打来电话，冯叮当说：“我想清楚了，既然我们之间不能谈感情，那我们就谈交易吧。”马永学在班车上，说话不方便，他小声哼哈着。冯叮当说：“没了感情，我只能寄托钱，反正我不能什么都没有了。”马永学说：“我已经表明了我的态度，我不会帮你做的。”冯叮当说：“你没有选择，如果你不帮我，我会把我们之间的事告诉监狱的领导。”马永学没料到冯叮当会来这一手，他本来可以大声斥责她“讹诈”，但碍于环境，他只能颤巍巍地小声说：“你想讹诈我吗？”冯叮当说：“随便你怎么理解，反正你没有选择，也就是说，你是一定要离开单位的，不帮我，你灰溜溜地离开监狱，什么都得不到；帮了我，你可以主动向单位辞职，我分给你的钱足够你做你喜欢做的事了。我说过了，不谈感情，但我讲信义，我说话算数。”马永学说：“我不会帮你。”冯叮当说：“这由不得你，不信我们就……”马永学不想继续讨论下去，他把信号切掉了。不一会儿，他的手机又响了起来。马永学看还是冯叮当的号码，干脆把手机电源关闭。

夜里，马永学失眠了。不知为什么，一向强悍的他居然也有了恐惧感，他安慰自己，没什么大不了的，顶多违反纪律，最严重不过脱了警服，不至于触犯刑法。况且，他还可以不承认，他和冯叮当的交往是私密的，没人知道。可过了一会儿，他又不那么想了，自己毕竟是当事人，终归底气不足。况且，没人希望不好的事发生在自己身上。这时，马永学才意识到，不管自己在监狱里多么严厉凶悍，其实骨头里还是十分脆弱的。

当然，马永学也对他和冯叮当的关系做了分析。他不相信冯叮当跟他一点儿感情都没有，如果冯叮当与他的交往完全在演戏，一点没动真情，那是可以看出来的，把戏做到那份上，她冯叮当也太他妈神了。可如果冯叮当对他有真情，怎么翻了脸就六亲不认了呢？事情也许就是这样，马永学想，自己现在也在怨恨冯叮当，如果他和冯叮当之间没关系，仅仅是狱警和执行犯家属之间的关系，他也不会动气甚至恼怒的。

不接电话也好，关闭手机电源也好，马永学并没有摆脱掉冯叮当。第二天，政治部的老贾喊马永学："马区长，找你的！"马永学接过老贾的手机。电话是冯叮当打来的。马永学一时有些发蒙。老贾问："谁呀？找你怎么打我的手机上啦？"马永学愣一下，连忙说："我的手机忘了充电，只好牺牲你的了。"老贾没说什么，转身走了。

冯叮当说："你以为你躲我就是办法吗？马永学我跟你说，如果你逼我，我绝对说到做到。"马永学说："真是怪了，倒成了我逼你，是你逼我还是我逼你呀？我跟你说，讹诈是触犯刑律的。"冯叮当说："那好啊，你可以告我讹诈你。马永学说你别逼人太甚，鱼死网破对谁都不好。况且，你怎么就知道监狱的领导相信你的话。冯叮当说马永学我警告你，你不要抱侥幸心理，我手里有什么你不知道，但你应该能想到，我家里有很多东西，看得见的看不见的，现在科技发达，做 DNA 也不难。马永学觉得嗓子发堵。冯叮当看不到马永学的表情，她继续说，我给你三天时间，你好好想一想，我们合作对你是有利的，也是唯一正确的选择。

老贾过来取手机，问：女朋友吗？声音挺甜的。马永学含混地"嗯"了一声。老贾认真地看了看马永学，说："你的脸色很难看。"

马永学决定跟冯叮当合作，他做这个决定除了冯叮当的原因外，还有两个原因。一个是老贾，想不到老贾有着特别的好奇心，没事儿的时候找到冯叮当留下的来电记录，给冯叮当回了个电话。老贾问冯叮当是谁，在什么单位工作，为什么把电话打给了他等一连串问题。冯叮当很不高兴，她告诉老贾我是执行犯周大川的老婆，我找马永学是为了配合周大川好好改造。老贾再次见到马永学，以老大哥的客气对他说："冯叮当原来是执行犯的老婆，不是你说的女朋友啊，凡是要长个心眼。"另外一个原因是孙强给他带来的消息。孙强告诉马永学，周大川对他说，只要你对我忠心耿耿，将来肯定吃香的喝辣的。从这个情况判断，冯叮当说的那个钱应该是存在的，而且数目不小。

马永学主动约了冯叮当，表示要跟冯叮当合作，由于两人翻了脸，真的不再谈感情只谈交易了。马永学自己都觉得奇怪，当他不想做这件事时，他对冯叮当的威胁有一定的恐惧成分，可决定做这件事时，他所有的恐惧感都消失了，他又变成了强悍的男人。做好人难啊，马永学感叹。马永学说："我这个人不贪财，事情办成了，我只要五分之一，不跟你对半分。我不知道你说的一千万是不是存在，如果是 500 万，我只要 100 万。"冯叮当想了想，认可了马永学的要求。

根据他们两人策划，马永学找了周大川，告诉周大川冯叮当有了麻烦，如果周大川不把贪别人的钱拿出来，冯叮当性命难保。周大川无动于衷，在马永学的逼迫下，周大川说我没贪什么人的钱，也没钱，她是死是活和我没关系。马永学按着计划进一步说："我听你家属、也就是冯叮当说，不仅她性命难保，你老爹也性命难保，你在养老院是不是有个坐轮椅的老爹？"周大川说："他年岁大了，活着遭罪，死了解脱，我还不知道能不能活到他那岁数，他够本了。"

马永学神秘地笑着，说："那好，我看你能挺多久。"

马永学和周大川的谈话结果是他和冯叮当预料之中的，也达到了预期的目的，所以这样做，就像一项激烈竞赛前的前奏、热身或铺垫，几天后，那场竞赛才露出了真实的面目。

马永学找到孙强，告诉孙强周大川在外面有死敌，最近他的死敌已经派人进了监狱，那人的任务就是找机会弄死他，他不希望自己的监区出问题，所以让孙强把消息传递给周大川，叫他小心一些。最后，马永学告诫孙强，无论任何不能说消息是他透露的，一旦透露出去，你别想有好日子过。

孙强当天晚上就把消息传递给了周大川，周大川问他听谁说的，孙强死活也不说。周大川也不再问了。周大川似乎对这个消息不太在意，可有些的东西是藏不住的。出工时，他东张西望，尤其对新进监狱的几个人格外留意，没多久，他的脸色就像被盐水泡过一般，眼睛里布满了红血丝儿。马永学见到周大川，他知道周大川处于恐惧中并倍受失眠的折磨。马永学仍挂着神秘的表情，对周大川说："如果你想跟我谈心，我可以破例接待你。"周大川紧闭嘴巴，一幅刚毅的样子。

冯叮当在监狱规定的时间里探监。周大川见到冯叮当后并没问冯叮当什么，他头脑很灵活，他知道，如果冯叮当遇到威胁，她会主动跟他讲的。监狱探监的地方还是比较"人性化"的，那里不像会见室，更像一个快餐厅，执行犯家属可以在那里请执行犯改善改善伙食，当然，价格比市面上贵多了。监狱管理部门的经济压力很大，只好用各种办法搞点创收。冯叮当给周大川点了红焖肉、炒鸡蛋，看着曾经狂妄一时的周大川落魄的吃相，一直到他吃完了，冯叮当才说话。冯叮当说："你那些胡朋狗友都哪去了？一个人影儿都没有，还得我来看你，早知道这样，你应该对我好点。"周大川说："你他妈的别没良心，房子和车是谁给你买的，瑜伽馆是谁给你开的?"冯叮当说："你以为你真心对我好，那不过是交换罢了，换了别的年轻女人，你一样得付出。"周大川说："叮当你别傻了，你怎么知道我对你不是真心？光凭嘴哄人啊？要整实惠的，我不实吗?"冯叮当低下头，不想跟他继续讨论这个话题。周大川靠近了冯叮当，压着声音说："叮当，我有点麻烦。"冯叮当抬头瞅着周大川。周大川脑袋不动，眼睛四处转了转，小声说："有人要害我！"冯叮当惊讶地瞅着周大川。周大川说真的。"怎么害你，打你了吗?"冯叮当问。周大川说："他们想要我的命。"冯叮当笑了，"怎么可能呢?"接着又严肃了表情，"谁?"周大川说："现在还不知道，不过我知道有一个干部被买通了。"冯叮当说："你不用怕，在监狱他们不敢把你怎么样的。"周大川说："监狱的干部当然不会亲自干，可他能为别的劳改犯创造机会。"冯叮当说："别的劳改犯也不傻，他不要命了。"周大川说："我跟你说不明白，江湖险恶，你不懂。"冯叮当沉思一下，问："那怎么办?"周大川说："我会小心的，不过，必须尽快把那个干部买通了。"冯叮当问那个人是谁。周大川又四下看了看，说："二监区副区长，叫马永学，外号铁扣子。"

冯叮当抬起了头，似乎在控制自己的情绪，接着低头问："怎么买通？顶钱？那得顶多少钱？"周大川说只能顶钱。"多少？10万？"周大川说："10万恐怕不行，如果把他彻底搞定，没30万不行。"冯叮当说："你知道我没多少钱，瑜伽馆的生意不好，勉强维持费用，我的开销都在吃老本。"周大川的脸拉耷下来。冯叮当想了想说："你不是存了一些钱吗？"周大川警觉地瞅着冯叮当，果断地说："我没钱。"冯叮当说："你这样说就没意思了，不是你亲口跟我说的吗。"周大川说："我什么时候说啦，我怎么不记得。"冯叮当说："原来你在骗我呀？把你从看守所转到监狱的时候，你不让我跟你离婚，说熬个十年、八年就出来了，还说给我十倍补偿，不是你说的是王八蛋说的？"周大川点一下头说："这话我说过，可我没说存钱。""当时我问你靠什么补偿，你说你有老本，老本是什么意思？"周大川说："这个你别管，反正现在我没钱了。"冯叮当生气了，把身子转到一边，撅着嘴说："那我可帮不了你"。

周大川控制一下情绪，这个时候他不能得罪冯叮当，冯叮当几乎是他唯一可以依赖的人。周大川拉了冯叮当一把，缓和了口气说："你一个女人怎么能办这事儿，你办不了。"冯叮当问："那……找谁去办？"周大川说："找我一个哥们。"冯叮当嗤之以鼻："你哥们？他能给你出30万？"周大川说："这个你不用管，我能让你找他，他就能办。"冯叮当犹豫一下，小心地问："我找他行吗？"周大川向周围扫了一下，问冯叮当带笔了没有，他要给他的朋友写个条子。

马永学和冯叮当像革命时期的地下工作者一样，他们先是在立交桥下碰面，为了掩人耳目，前几天，冯叮当还把乳白色轿车的车窗贴了深色的玻璃膜，从外面很难看清车里面的人。马永学上了冯叮当的车，冯叮当就把车开到偏远的渔码头。

路上，冯叮当像第一次出远门的孩子一样兴奋，她不停地向马永学炫耀她的演技，如何一步一步诱引周大川进入圈套。马永学酸溜溜地说："当初你对我也施展了你的演技吧！"冯叮当打了马永学一拳，笑着说："美得你，我才不会对你下那么大的工夫呢。"

马永学也很兴奋，应该说整个计划大多都是他的主意，他也在周大川身上找到了成就感。马永学说："当初我选错了职业，我应该选择刑警而不是狱警。"冯叮当说："别自我感觉良好，要没我配合，这件事是不可能有结果的，你以为周大川那么好对付啊？"马永学叹了一口气说："我不过是说说而已，有的时候你并不能选择自己的职业。再说，我从没想参与这件事，是被胁迫的。""胁迫？"冯叮当说："不要轻易使用法律名词，我能胁迫你吗？你是警察哦。"马永学苦笑一下，说："很快就不是了！"冯叮当说："好了，别伤感了，是你亲口对我说的，你已经厌倦了你的工作，恨不得早点从那里脱身，从这个角度上说，你应该感谢我，是我拯救你了，你不需要再'背死人'了。"马永学说："不，我恨你！""为什么？"冯叮当扭着脸问。马永学说："你断了我的后路，或者说是你脱了我的警服，我只能跟着你下水了。"说着马永学感叹道："想不到我堂堂七尺男儿，竟然栽你手里。"冯叮当瞅了瞅马永学，觉得马永学的表情很严肃，她说："别这样，你现在可能有点恨我，将来说不准还感谢我呢。"马永学说："那是不能的。"

周大川让冯叮当找的人叫杜常有。找杜常有之前，马永学和冯叮当又做了精心的设计。马永学已经跟单位告病假，这次告病假很勉强。冯叮当说勉强就勉强吧，反正你也要离开了。马永学说考虑问题还是别太乐观了，如果周大川耍诡计，还需要他监区副区长的身份。

杜常有住在西山水库一个叫"嘉嘉"的农庄里，说是农庄，实际上那里是一个饲养场，养狗的饲养场，那里有各种类型的狗，没进农庄的大门，就听到狗吠和吱吱的叫声。冯叮当似乎对狗有些恐惧，进门时，他一直拉着马永学的胳膊。

杜常有站在门口，他的身边还跟着三只壮如牛犊的大犬。大犬厚实的脚蹼跑起来"噗噗"的，凑到了冯叮当的脚下，冯叮当尖叫着一跃而起，接着就瘫倒了。

杜常有在他的接待室里接待了马永学和冯叮当，他看了看周大川给他的纸条儿，随手把它放在茶几上。想了一下，又把条子拿了起来。周大川给杜常有的条子上写着这样的话："老三，哥现在有难，帮我出30个搞定马管教，不然，哥出了问题，大家后悔也晚了。具体情况你嫂子跟你谈。"杜常有对冯叮当说："大哥的事我不能袖手旁观，说说大哥怎么吩咐的吧。"冯叮当就把周大川得罪了人（得罪什么人她也不知道），现在仇家已经派人进了监狱，准备谋害他，他的仇家还打通了管教的关节，处境很危险等等。讲着讲着，冯叮当气愤起来，骂周大川的哥们不够意思，不肯帮忙什么。见杜常有之前，马永学的身份就变了，他成了冯叮当的表哥，冯叮当给他起的名字是冯国辉。

马永学过来拉冯叮当，冯叮当这才反应过来，她问杜常有："我家老周的钱是不是放你这儿啦？"杜常有愣住了："什么钱？"冯叮当说："老周当你是哥们，信任你，把钱都放你这儿，你居然不承认，都什么节骨眼儿了，眼看着老周没命？"杜常有说："他从没把钱放我这儿。"冯叮当说："你的心让狗吃了，如果老周没把钱放你这儿，他凭什么让你出30万？"杜常有说："反正没把钱放我这儿，他也不可能把钱放我这儿。"冯叮当火了，跟杜常有吵了起来。

马永学一边劝"表妹"，一边拉杜常有，把杜常有拉到门外。"我表妹心情不好，你别跟她一般见识。"马永学递给杜常有一颗中华烟。杜常有的手有些颤抖，他抽了一口烟，气喘着说："我这人啥没见过，跟我整这事儿。"马永学说："先不争论这些，眼前主要得帮我妹夫过了这一关。"杜常有说："我手头紧，现在狗市不景气……你看那些狗圈，一天吱吱地叫，干啥，吃钱呢。"马永学说："那可咋办，妹夫那头都火烧眉毛了。"杜常有摇了摇头，他说："我拿不出30万，我不是不想帮他，可我确实拿不出30万啊。"马永学把新买的手机卡号写给杜常有，他说："反正我妹夫求到你了，你尽力吧。"杜常有点了点头，自言自语："这不是逼大姑娘生孩子吗。"

马永学回到屋子里，他对冯叮当眨了眨眼睛。"咱们先回去吧，总得给杜老板点儿时间考虑啊。"冯叮当瞪大了眼睛："还考虑？再考虑就出事了。"杜常有本想说什么，使了使劲没说出来，伸出手做出无奈的样子。

马永学拉着冯叮当:“咱先走吧,表妹!”冯叮当嘟嘟囔囔地说:“反正你看着办吧,如果明天晚上之前没结果,我就……你看着办吧。”

冯叮当遇到了挫折,心情很不好。马永学反而觉得很正常,他认为这件事不可能那么顺利。不过,从周大川写信的口气分析,杜常有也不会轻易就拒绝了,给他一点时间,也许明天杜常有就会主动找他们了。“要是他不找我们呢?”冯叮当问。马永学说:“我觉得他会找我们的,他找我们比我们找他更主动。”冯叮当撇了一下嘴说:“别自作聪明了!”

那天,马永学和冯叮当分开已经很晚了。冯叮当要送马永学回家,马永学说:“算了吧,我打个出租车。不然,你送我之后自己回家我还惦记你。”“你心里还有我!”冯叮当笑着说。马永学说:“你别误解啊,现在这个时候,我不希望我的合作伙伴出问题。”冯叮当向马永学的身边靠了靠了,她说:“你跟我说实话,你彻底放弃我了吗?马永学说当我知道你把我作为实现你目标的工具时,我的心已经死了。”冯叮当说:“怎么是我的目标,应该是我们共同的目标。”马永学说:“我们没有共同的目标,我现在帮你只是拿我付出的佣金,没有目标。”说着,马永学要拉车门。冯叮当按了电子锁,马永学没拉开。

“你想干吗?”马永学问。冯叮当说:“拥抱一下。”“拥抱?”冯叮当说:“是啊,我们分手还没拥抱呢,你不觉得不够绅士吗?”马永学说:“我不是绅士。”冯叮当说:“那你总是男人吧,男人要有胸怀的。”马永学迟疑着转身,冯叮当已经把他紧紧地抱住了。马永学拍了拍冯叮当的肩膀,冯叮当摇了摇头,仍紧紧地抱着他。马永学用力把冯叮当抱住,他们一起相拥了好长时间。渐渐的,理性恢复到马永学身上。他推开冯叮当,说:“好了,这个礼仪之后,我们是彻底的合作伙伴了!”

第二天下午,杜常有单独约见了马永学,询问马永学一些情况。当他得知马永学不仅知道“妹夫”从事的“生意”,而且还帮他“走”过两批货之后,对马永学放松了警惕。他对马永学说出了自己的苦衷,半年多没做生意了,他的资金非常紧张。“被人盯住了。”杜常有说。“公安吗?”马永学问。杜常有说不是公安,是周大川的老板,周大川出事之后,黑道上有人散布谣言，他怀疑被盯住了，可长时间不做生意他的日子也不好过。杜常有试探着问马永学可不可以帮他“走”一担。马永学不想干。杜常有说你不干那我一点办法都没有了。最后，马永学表示要考虑考虑。

当天晚上，马永学紧急约见了监狱长和政委，他请监狱长和政委吃了韩式烧烤。监狱长在吃饭之前对马永学说：“说说你急着找我们的目的，我们可不想赴‘鸿门宴’。马永学说：“我在你们那儿有这么差的印象吗？”政委说：“听说你最近又泡病号，做买卖了？”马永学说：“我知道我不是一个好管教，我也承认我对自己的职业感到厌恶，时刻想逃离出去。一个月前，发生这样一件事……马永学把他和冯叮当相识，感情发展以及被冯叮当胁迫，自己破罐子破摔的事都讲了。监狱长瞅瞅政委，政委瞅瞅监狱长，两人都十分惊愕。监狱长说：“你的意思是，你完全是被胁迫的，没有自己的问题的？”马永学说：“我没推卸责任的意思，我承认我有弱点，我所以一步步走了下去，的确受到了金钱和美色的诱惑。”“诱惑？”政委说：“你说得多轻松，你知道你已经严重违反了纪律！”马永学说：“是的，这我知道。”马永学深吸一口气，抬起头说：“事情在上个星期三发生了反转，冯叮当探监后带来的消息让我意识到，周大川还有未被发现和证实的犯罪事实。同时他也提供了新的线索。今天上午，我见到杜常有，通过他可能挖出一个大的贩毒网。”监狱长和政委又相互瞅了瞅，监狱长说：“真的假的？你怎么知道这个贩毒网没被缉毒支队掌控？”马永学说：“我当然知道，我虽然不是刑警，可我也是警察。”监狱长问：“你是什么时候醒悟的？”马永学说：“我不想夸大自己的觉悟，我是冯叮当探监的当天醒悟的，就在那一刻，法律和责任又回到了我的身上。说到底我的骨头里还是一个警察，尽管我有很多困惑，也迷失过。监狱长说可你并没完全说清楚，你追踪这件事不是为了钱？马永学说我不糊涂，我知道周大川是不会把钱委托给杜常有的，他被判了二十年，他会把巨款放在一个所谓的朋友手里？他完全可能有一笔巨款，但他死都不会讲的……”政委点了点头，他说：“这样就好，你总算幡然悔悟，走到悬崖边又回来了。”监狱长说：“是啊是啊，如果这件事弄成了，你不仅赎了罪，还立了功啊。”

这时，马永学的手机响了起来，电话是冯叮当打来的，马永学向监狱长和政委示意一下。监狱长说："你接吧。"马永学站了起来，走到门厅处接冯叮当的电话。冯叮当问马永学正忙吗？马永学说："是啊。"冯叮当说："我想见你。"马永学问："有什么新情况吗？"冯叮当："是啊。""不能在电话里说吗？"马永学问。冯叮当说："电话里说不方便。"马永学明白了，他说："依我看，你根本没有着急的事。"冯叮当说："非得着急的事才可以见你吗？"马永学说："我正在办正经事儿。"冯叮当说："我的事不是正经事吗？"马永学说："别闹了，我们不是谈过了吗，现在，我们仅仅是合作关系。"冯叮当说："对了，我差点忘了。"

马永学回到监狱长和政委身边，政委问他什么事，马永学说："跟杜常有没关系。"监狱长笑着问："谈感情？"马永学摇了摇头。

监狱长和政委商量了一下，打电话把市局缉毒支队的支队长老张叫来了，他们一起讨论方案。那天晚上他们讨论得很晚，马永学没回家，就近找了一个浴池，在里面睡了一宿。

说起来，马永学当了十年的警察，可他还从未执行过这样的任务，尤其是只身执行任务。他有些不自然，那种不自然不是由于恐惧造成的，他不恐惧，而是由于陌生甚至兴奋造成的，这种感觉跟他刚毕业的时候差不多，刚参加工作时，接一个电话都接不好。在马永学和杜常有见面之前，他还把这项任务跟警匪电影联系在一起，比如毒品交易时的肃杀场面，双方拎着密码箱，嘴里叼着牙签。这边把密码箱打开，里面是摆放整齐、成沓的钱，另一边也打开密码箱，用刀子划破塑料袋，舔一舔刀上的白色粉末，于是开始交易了。交易往往不顺利，双方开始火拼。杜常有把一个花花绿绿的茶叶盒交给了马永学，说："船上的兄弟问你，你就告诉他们是送乌龙茶的，是老三让送的。""谁是老三？"马永学问。杜常有说："这个你就不要管了。"马永学问："然后呢？"杜常有说："船上的弟兄给你一个编织袋儿，你把他交给我就行。""我自已去吗？"马永学问。杜常有说："老虎给你开车，到了地方你自已上船，下了船就上车。"马永学似乎觉得意外，这么重大的毒品交易，居然简单到买一盒烟的程度。老杜说："救不救周大川就看你干得怎么样了。”

杜常有把马永学送出门，门外停着一辆旧捷达，被称作老虎的人站在车门边，两条腿拧成麻花状，若无其事地抽烟。马永学愣了一下，问：“就我们俩去吗？”杜常有疑惑地看了看马永学。马永学说：“我想，有情况了可以多个帮手。”杜常有笑了，拍了拍马永学的后背说：“放心吧。”杜常有把茶叶盒放到后座上，示意马永学坐在前面。马永学坐到副驾驶的位置上，听到后面有呼哧声，他回头一看，心差点儿没蹦出来——后面有一只大犬，粉红的舌头连着黏液，眼睛发蓝地看着他。马永学闻到一股血腥之气。

捷达车很快就进入到主干路，汇入到车的河流里，成了一辆普普通通的车。马永学想，谁会想到这个车里会有大量的毒品呢？

马永学的神经紧蹦着，现在他已经上路了，他不知道接下来会发生什么。与此同时，马永学的内心里也疑窦丛生，他担心被杜常有耍了，那样他没办法向监狱的领导交代，也没办法向缉毒支队的干警们交代。马永学开始观察老虎，老虎一幅粗粝的面孔，黑黝黝的皮肤，长相不出奇，不过是普通的职业司机模样。老虎穿着休闲的运动装，有点旧也有点脏，跟保镖、打手什么的联系不到一起，起码他的身体不够强壮，不像有腱子肉的样子。

船上？船上是哪里，渔码头？马永学想，不管老虎把他拉到那里，他的行踪张支队都会知道的，问题是，如果那个茶叶盒里真是茶叶，而他从对方手里拿回的是臭鱼烂虾，那可就鸡飞蛋打了。马永学和杜常有虽然只见过两面，但他能感觉到，杜常有是个很有心计的人。同样，杜常有也会对他做出判断，他当了那么多年的警察，脸上没写字，可习惯动作以及说话的腔调是无法掩饰的。马永学的确用心掩饰了，也许正是用心去掩饰，才更容易出破绽。在这种情况下，杜常有会大意地让他去交易毒品？这里肯定有问题，马永学想。可转过头想一想，马永学又觉得自己可能担心过头了。

老虎和马永学去的地方并不是渔码头，他们上了高速公路，一直见到“皮口港”的标示牌，老虎才拐下了高速公路。出了高速公路口，老虎去加油站加油，马永学想把那盒茶叶拿过来看看，那盒茶叶正放在大犬的头顶。马永学尝试着伸手去勾，大犬立即睁开了眼睛，鼻子旁的软皮打起了褶儿，还呜呜地低声叫着。

“加完了？”马永学问老虎，老虎瞅了瞅马永学，没说话。一路上，老虎一句话都没说。

车并没去“皮口港”，而是向山路拐去。马永学问去哪儿？老虎仍不说话。马永学觉得很郁闷，他想打开收音机，手刚伸出去，被老虎用手挡了回来，老虎哇哇地比画着，不让马永学乱动。马永学这才明白，原来老虎是个哑巴。

车到乡间一个码头时天有些暗了，他们下了车。老虎指了指海边一个机动渔船，把茶叶盒递给马永学。马永学接过茶叶盒，问老虎，你不去？老虎没明白，他又比画着，老虎摆了摆手，又用手指向下指了指，表示在原地等马永学。马永学向前走了几步，他发现他们所处的位置十分空阔，一眼就可以看出十里八里，除了海面漂浮的渔船和路边的捷达车，他看不到支援他的车辆和警力，一股孤独感立即笼罩在他的头顶，是个圈套吗？马永学想。

马永学在沙滩上走着，不知道是沙滩太松软还是自己的腿发软，他觉得自己的脚下越来越有弹性了。这时，马永学的手机响了起来，马永学看了看来电显示，知道是冯叮当打来的。他犹豫一下，还是接听了电话。冯叮当问马永学在哪儿。马永学说“在外边。”冯叮当说：“你别骗我，我知道你干什么去了。”马永学说：“我干什么你怎么会知道？”冯叮当说：“你是不是替杜常有贩货去了？”马永学一惊，问：“你听谁说的？”冯叮当说：“你不要管，你回答我。”马永学严肃地问：“杜常有对你说了什么？”“他说你替他走一单货，他才出钱救周大川。”“他还说了什么吗？”马永学问。冯叮当说：“你别管他说什么，你千万别干，他想拉你下水。”马永学笑了一下，问：“你在担心我？”冯叮当说：“真没良心。”马永学说：“你不是一直在强迫我配合你吗?”冯叮当说:“那不一样!那样你没犯罪……”马永学心里很不是滋味,刚想说什么,发现船上下来两个人。马永学小声说:“回头再打给你。”说完就关了电话,与此同时,马永学把手机电源也关闭了。

马永学站在沙滩上大声问:“大头在吗?老三让我送茶叶来了!”

马永学走到海边,两个渔民模样的人把他请到了船上。在腥臭和摇晃的渔船上,马永学把茶叶盒交给一个叫“大头”的人。大头打开茶叶盒,把茶叶从盒里倒出,里面果然有几个小包,那个包不大,有如茶叶中的防潮袋。“大头”打开一包闻了闻,露出黑牙笑了,说:“老三真他妈的不够意思,雨早就不下了,可路这么久才通。”马永学明白了,他带来的真是毒品,只是数量很小,杜常有很毒辣,一石二鸟,既让他染毒,还不构成大案。

这时,马永学看到远处有汽车的灯光,那个灯光朝他所在方向而来,越来越近,马永学想,一定是张支队他们赶来了。“大头”几个人也有些狐疑地望着远处而来的汽车。马永学知道,如果现在实施抓捕,只能抓几个小虾米,还可能打草惊蛇。他想,要立即通知张支队他们停止行动。马永学一边向船边走,一边打开了手机电源,拿出手机后立即给张支队挂了电话。马永学刚说了一个“停”字,大头身边的人就走了过来。马永学灵机一动,随手给杜常有挂了电话:“杜哥,事情办完了,还有什么交代吗?”大头也走过来,警惕地看着马永学。杜常有对马永学违反常规挂电话的行为大为不满,他刚要发火,马永学说你跟他们说两句吧,没等杜常有做出反应,马永学已经把电话交给大头。大头犹豫一下,接过电话。此刻,马永学并不关心杜常有跟大头说什么,眼睛的余光守着越来越近的汽车灯光。还好,那辆车并没有驶向他们,而是拐了一个弯,越走越远了。

大头把手机递给马永学,手机还没拿稳,马永学的肩胛就被大头打了一拳。大头说:“你别怪我,这一拳是我替老三打的!”马永学大声问:“我咋啦,你打我?”大头说:“你咋啦,你坏规矩了!打你一拳是轻的,如果不看你就是个雏儿,今天就得喂鱼了,以后长点记性。”

马永学一幅委屈的样子，嘟嘟哝哝回到老虎身边。老虎接过马永学拿回的袋子，回到驾驶室数钱。他数钱的动作很笨拙，足足数了三遍。马永学在一旁看着，他觉得那些钱不过四五万的样子，远没有达到“救”周大川的数目。

老虎数完钱，开车往回走。车上了公路，马永学才想起了冯叮当，他立即给冯叮当挂了电话。马永学问冯叮当在哪儿？冯叮当说去饲养场的路上，马永学吓了一跳，他可不希望冯叮当在这个时候搅和，无端生出枝节。马永学说自己一会儿就回去了，让冯叮当在“好旺角”咖啡馆等他。冯叮当问：“你给杜常有送货了吗？”马永学说：“我没事，一切都好。”冯叮当说：“都好是什么意思？你到底在干什么？”马永学说：“我什么事都没有，你放心吧，一会儿我去找你。”冯叮当迟疑一下：“你真的没事？”马永学说：“没事儿，过一会儿我给你电话。”

放下电话，马永学对老虎说：“冯叮当，我表妹，她有些担心我。”老虎瞅了瞅马永学，难以判断用意地摇着头。

那天，缉毒支队的干警一直跟踪着马永学和大虎，没想到，下了“皮口港”之后，大虎的车就向山区开去，马永学身上的引导信号消失了，那个特殊功率的精密仪器只适用城市及周遍地区，到了山区就不灵了。马永学和大头交易时出现的那辆车是后山养殖场的客货两用车，根本不是支援他的警车，运气在这里转了个弯。

马永学和冯叮当在“好旺角”咖啡馆见面了。马永学没把替杜常有送毒品的事告诉冯叮当。马永学只说他发现了新的线索，希望冯叮当能配合他。“你放心，”马永学说，“真的找到周大川的钱，我也独吞不了。”冯叮当直盯盯地瞅着马永学说：“你以为我仅仅是为了钱吗？”马永学反问道：“你不是吗？冯叮当低下了头，稍许又抬起了头，她说不管怎么说，我不希望你出事。”马永学说：“你担心我的安全？”冯叮当说：“安全是一方面，我相信你有自我保护能力。我主要是不想把你拖下水。”马永学苦笑一下，说：“我已经被你拖下水了。”冯叮当说：“是，可那并没有超越界限。我在电话里跟你说了，无论如何你别跟他们贩毒，一旦走上那条路，你就没办法回头了。”马永学说：“我们现在走的路可以回头吗？”冯叮当说：“当然，我只想要钱，一个做妻子的要丈夫的钱。”马永学说：“可你要找的钱是赃款。”冯叮当说：“我怎么知道那是赃款？就是赃款，我也没帮着隐匿，了不起、最多是违法。贩毒就不同了，贩毒是犯罪，违法和犯罪是一个概念吗。”马永学说：“不管怎么说，我还是要谢谢你，虽然把我拖下水，好在不想我淹死。”冯叮当笑着打了马永学一下，随即眼圈发红，扭过脸去。

马永学显得手足无措，他轻轻地拍了冯叮当一下，说：“好了，不讨论这些了。”

冯叮当抬起头，慢慢地说：“前天晚上，我们分别后我一夜没睡，我心里很复杂、很矛盾，也许我真的对不起你。我跟你坦白，认识你的确是我精心设计的，我计划利用你的工作条件帮我找到周大川藏的钱，你一定会问，我为什么选择了你？是的，我自己也说不清楚，我本来要选择二监区的区长宋连城的，可在会见室里见到你，你肯定没注意到我，见到你之后，我突然觉得应该是你，也许这就是命运的安排吧……我们交往之后，我被你深深地吸引了，真的，我说的是真话。不要以为我是个轻浮的女人，我们之间发生的感情是在我的计划之外的。可不知道为什么，我会被钱冲昏了头脑，绑住了手脚。对不起，我伤害了你，我应该向你解释清楚。你知道吗？就在前天晚上，就在我们分别拥抱时，我突然觉得我真的失去你了，我的心一会儿漂泊在空中，一会儿跌向无底的深渊。这时我才发现，我真的爱上你了。永学，现在我什么都不想要了，那些钱让它见鬼去吧，我只要你，只要你……你能原谅我吗？”

马永学在冯叮当大胆的表白面前目瞪口呆，他不知道该说什么，不过他心里还是酿起了波澜，觉得自己的眼睛也有些潮湿。他想，难道这是命运的安排，在冥冥中捉弄和考验他的情感和心智，一定让他过这艰难的一关？

第二天天刚亮，马永学就跑到冯叮当的楼下，马永学让冯叮当立即收拾东西，跟他离开这个城市一段时间。冯叮当十分迷惑，马永学告诉冯叮当她现在的处境很危险，具体情况等到了地方再说。“去哪儿?”冯叮当问。马永学说：“你先别问。”冯叮当说：“你告诉我去哪儿，不然我不走。”马永学说：“拜托，过一会儿就赶不上船了。跟我走，你还不放心吗?”冯叮当笑了，她说：“如果跟你私奔，我就走。”

马永学带着冯叮当直接去了码头。路上，马永学对冯叮当说：“本来我们是演戏给周大川看，说他的老板要害你，不想这事儿竟成了真的。”冯叮当很紧张，她说怎么可能是真的?马永学说有什么好奇怪的，你都想挖出周大川的钱，他的老板能甘心吗?

早晨8点，马永学和冯叮当上了船。上船之后，马永学才告诉冯叮当，他要带她去长山岛，到那里避避风头。“要避多久?”冯叮当问。马永学说：“不好说，要看事态的变化。如果公安部门破了案，你的危险也就解除了。”冯叮当这时才有些警觉，她问：“公安局的事你怎么会知道?”马永学笑了笑：“你不知道我是警校毕业的吗?我好几个同学都在公安局工作。”冯叮当还是觉得疑惑：“你的同学也不认识我啊。”马永学语气肯定地说：“我认识你还不够吗?别问那么多了。”

船开动之后，马永学的眼皮发沉，没几分钟就呼呼地睡了起来。

昨天，马永学一夜没睡，他和缉毒支队张支队、监狱长、政委以及二监区区长宋连城研究案情。大家分析认为，杜常有的饲养场可能是一个毒品的中转站，大宗毒品进到他的饲养场，然后再从他那里分销出去，马永学受到缉毒支队肯定的那次行动实际是一次分销。可惜，杜常有试探了马永学之后，并没有继续行动。这样看来，马永学一时半会还打入不到内部，或者说是核心层里。进入不到核心层就难以掌握大宗毒品交易的内幕。根据目前掌握的情况分析，杜常有对周大川还是恐惧的，监狱中的周大川并没有完全处于被动地位，他可以让杜常有恐惧，可他为什么能让杜常有恐惧呢?最有说服力的理由是，周大川掌握杜常有所有的机密或者说最核心的机密。杜常有担心周大川在监狱里把他供出来。因此，张支队认为还得从周大川这里入手，对周大川施加压力，周大川就得对杜常有施加压力。马永学赞成这样的分析，同时也把自己的担心讲了出来。他觉得周大川死都不会供出杜常有的，因为他供出了杜常有，虽然可以划归到“揭发未发现的犯罪事实”，属于立功表现，但他一样逃脱不了罪责，他完全可能是犯罪团伙中的主谋。第二个担心是冯叮当，冯叮当并不明白真相，现在她不希望马永学参与贩毒活动，所以随时都可能搅和进来，把事情搞糟。张支队想了半天，最后说，我建议把冯叮当送到外地控制起来，别让她插手。马永学觉得把冯叮当控制起来不是办法，冯叮当没犯罪，况且，她一旦有抵触情绪，找机会把信息发出去，那样就更被动了。马永学说这台大戏还要连贯起来，让冯叮当感觉到危险，让她主动消失，主动消失的效果肯定比被动控制要好得多。政委说这当然好，不过工作还是由你来做吧。

讨论来讨论去，他们觉得冯叮当的“消失”还真是一个突破口。如果说杜常有是一块上了铁锅被蒸煮的肉，那周大川就是铁锅下的薪火。而周大川对杜常有施加压力，就需要冯叮当这个外力，冯叮当消失了，周大川一定会感到现实的威胁，他一定会想方设法跟杜常有取得联系，并且，会对杜常有加码。当然，杜常有也不是傻子，马永学他们分析到周大川不会轻易出卖杜常有，杜常有自己也会想到这个问题。只是杜常有毕竟心虚，他一定担心有意外，意外是什么？鱼死网破就是意外。冯叮当的失踪，对杜常有来说也是个不祥的征兆。

张支队认为，最关键的问题是，杜常有必须尽快筹集到周大川需要的30万元，如果他手里没有存货了，他就得铤而走险。他一出洞，我们就有了机会。

天快亮了，张支队对监狱长说：“你们小马得借给我们用了，不过不能公开办手续，他得隐姓埋名。”监狱长说：“有什么办法，只是破了案别忘了我们，送一封感谢信也行啊。”张支队说：“那没问题。走，现在就请你们吃宵夜。”政委看了看手表，说：“现在还宵什么夜，该吃早茶了。”

船到了长山岛所属的一个叫獐子岛的海岛镇。一下船，粗蛎的海腥味扑鼻而来。马永学和冯叮当走下栈桥，见到了张支队事先安排的接洽人——当地刑警队的老方。老方穿着便衣，自称是潮汐发电站的。马永学和老方寒暄之后，老方就把马永学和冯叮当领到一家靠海的渔家旅馆里。由于当地开展“渔家旅游”活动，很多农民都把自己的房子改造成了小旅馆。那家旅馆的条件还说得过去，并不像想象的那么差，有空调和洗澡的设备。马永学对冯叮当说，只能委屈一下了。冯叮当说：“我觉得很好啊，这地方多浪漫，天天可以看海。”马永学说：“你可以看看书，这个镇上有图书馆，闷的时候还可以看电视。”冯叮当歪着头问：“你什么意思，你不在这儿？”马永学说：“我下午就得走。”冯叮当生气了：“你不在这儿我也不在这儿。”马永学说：“现在是什么时候？命都保不住了，你还闹？”冯叮当说：“你呐？他们要害你怎么办？”马永学说：“现在还牵扯不到我。”“可是，”冯叮当说，“那我要躲到什么时候啊，要知道，我还有生意呀。”马永学说：“不会太久，估计不会超过一个月。”冯叮当愣了一下，问：“你怎么知道？”马永学说：“我要帮你摆平这件事。”

马永学和冯叮当分别时，他把冯叮当的两个手机卡都扣下了，给冯叮当安装了一个新号码。马永学对冯叮当说：“这期间你不要向外面打电话，同时要保证开机，有情况我跟你联系。记住，千万不要给我打电话。”冯叮当说：“那你干脆让我死了算了。”最后，马永学妥协了，答应每天给冯叮当发一条短信息，向她报平安。

冯叮当送马永学时问道：“你做这些都是为了我吗？”马永学迟疑一下，反问道：“你说呢？”冯叮当笑了：“不管是真是假，我全当你是为了我吧。”

那天上午阴天，就在二监区劳改执行人员出操时，区长宋连城和副区长马永学吵了起来。宋连城说：“我大小也是个区长，你凭什么背着我做决定？你还有没有组织纪律性？”马永学说：“你不在家，什么事都等你做决定，我这个副区长是牌位还是摆设啊？”宋连城说：“你做错了事还有理了？”马永学火了，“你他妈别不知好歹，我帮你解决了问题，你他妈还找我的茬儿。”宋连城说：“你嘴干净点，别以为你是老同志就可以嚣张。”两个管教上来劝解。马永学大吵大嚷，一挥胳膊，正打在宋连城的脸上。

宋连城也火了：“你太不像话了，亏得你还穿这身衣服。”马永学说：“衣服怎么了，老子火了还不侍候你了呢！”管教们觉得两个领导在劳改人员面前打架实在不得体，架着把两人推到办公室里。执行犯全看傻了，他们始终没弄明白两个区长为什么打架。不过，这样的场面的确令他们机械的生活增添了新鲜感。他们用眼睛交流着，有的忍不住笑了起来。一个管教喊道：“刚才笑的出列！”

顿时，操场上鸦雀无声。

马永学气呼呼地走出监狱大门。走到门口，又把警服脱了下来，扔给门岗的警察。

张支队坐在一辆私家牌照的轿车里。他先是跟马永学握了握手，然后递给马永学一个档案袋。张支队说：“现在你是‘冯光辉’了。”马永学纠正说：“冯国辉。”说着，他拿出档案袋里的身份证看了看，没错，是冯国辉。张支队笑了，他说：“我故意这样说，想看看你是不是真的能隐姓埋名。”

冯叮当的失踪的确产生了效果。马永学离开监狱的第三天，他试探性地给杜常有挂一个电话。杜常有听到马永学的声音，连忙问马永学在哪儿。马永学说表妹失踪了，他担心自己惹祸上身，就藏了起来。杜常有问藏在什么地方，马永学不肯说。杜常有说：“大哥，别捉迷藏了，我这里也火上房了。”马永学问杜常有怎么办，杜常有要求立即见到他。

在饲养场的狼狗圈前，杜常有接见了马永学。铁笼子里的狗摇头晃尾，吱吱地叫着。笼子里散发着难闻的动物气味儿。

马永学问杜常有有没有表妹的消息，杜常有摇了摇头。马永学担心表妹被绑架了。杜常有却认为被绑架的可能性很小，“如果冯叮当被绑架了，那绑架她的人不可能一点消息都没有，没有消息的绑架是没意思的”。“那，我表妹是不是出事啦？”马永学用恐惧的语气问。杜常有想了想说，他们要对付的是周哥，不是你表妹。马永学说那你认为表妹是躲起来了？杜常有点了点头，他说这种可能性最大。

“那……我该怎么办？”马永学问。杜常有说只有一条路可走。马永学定睛看着杜常有。杜常有拍了拍马永学，口气和缓地说：“老兄，你是周哥的亲戚，也就是我的朋友，我跟你说实话，我现在已经走到了山穷水尽的地步。”马永学问：“有人威胁你吗？”杜常有摇了摇头，没说话。“那你怎么到了山穷水尽的地步？”杜常有叹了口气说：“现在最危险的是周哥，有人要谋害他，我是他哥们，我能见死不救吗？”马永学闷闷地说：“上次你也这样对我说的，我不是帮你送货了吗？可妹夫的事你还没办啊！”杜常有说：“那几个小钱还不够塞牙缝的。我不瞒你说，现在我这儿也没存货了，要想把这些问题摆平了，不干一大单是不行的。”马永学警惕地说：“你不会让我替你去吧？”杜常有说：“你放心，我不会亏待你的。”马永学问杜常有为什么不亲自去。杜常有说：“这个你不要管，一个道儿有一个道儿的规矩。”马永学说我不去，如果出了问题，还不如妹夫呢，至少他还保住了脑袋。”杜常有说：“我没那么傻，一切都在我的掌握中，出了问题也查不到你。再说，你出事了我也得搭上身家老本，我愿意出事吗？”马永学犹豫着。杜常有把胳膊搭在马永学的肩上，他说：“你不了解我，我这人最讲究了，你替我弄成了这事，我给你二十万。”马永学仍盯着杜常有看。杜常有说：“嫌少啊？按常规只给十五万，我给你加了五万呢，不是特殊关系，我才不这样干呢，这样坏规矩。”马永学说：“给我一百万我也不干，太危险了。杜常有想了想，他说那你就别后悔。马永学问杜常有什么意思。杜常有说：“你不想救你妹妹和妹夫了。”马永学瞪大了眼睛说：“我明白了，原来你绑架了叮当！”说着，马永学四下打量饲养场的房子。杜常有说：“我没绑架她，她现在很安全。”马永学说你别用这个来威胁我，我不会干的，她只是我表妹，又不是我亲妹妹。”杜常有笑了，“你表妹知道你这样说一定很生气，骂你没良心，我听她说，你还靠她吃饭呢”。马永学说：“你一定知道我妹在哪儿？杜常有眨了眨眼睛说：“这个你不要问了，我只能告诉你，她现在很安全。”“你保护她？”杜常有似有似无地点了点头。

马永学咬了咬嘴唇说：“五十万。”杜常有说你他妈抢钱啊。马永学说："就这个价码，我提着命去换，怎么也不至于二十万吧。"杜常有说："该干啥干啥去，别在我这儿找便宜。"马永学也不妥协，转身就走。杜常有见马永学真的要走，就在马永学身后大声说："二十五万，同意就停下，不同意就给我滚蛋!"

马永学停下了。"前提条件是，必须先给我付五万订金。"

第三天下午，马永学在老虎的陪同下去了机场，他们要去边境的丹东办货。马永学和老虎分别接受了任务，他们两人总的目标是一个，但具体任务是有区别的，并且两人之间也相互不通气，不能交流。杜常有的安排十分周密，马永学负责和对方联络谈判，老虎负责交易和验货，之后，他和老虎押运装满狗饲料的卡车回来，至于毒品放在饲料袋中还是别的什么地方，马永学就不清楚了。整个过程相当于给饲养场进一次饲料。

老虎跟马永学一样，也简装出行。马永学不知道交易用的现金在哪里，他不便过问，不过，他对此次出行既有担忧也有期望。上飞机之前，马永学给冯叮当发了一个短信，与每天发的报平安信息不同，他这样写道：天快亮了。

飞机起飞了，毫无困意的马永学紧闭双眼，他想，这架飞机上大概有自己人，也许没有，张支队他们已经提前去了丹东。就是人没到丹东，那边接应的人也安排好了。这样说来，一张捕获犯罪的大网已经拉开了，而自己也很了不起，他是一把插入犯罪团伙心脏的刀子，自己的行为将决定整个战局的成败。从心里讲，马永学不欢喜"卧底"这个称谓，他更喜欢"乔装打扮打入敌人内部的侦察员"这样的词。

还有冯叮当，马永学想。她现在在干什么？看书？看电视？睡觉还是在海边张望？那天冯叮当跟他说的那些话他仍记得清清楚楚。冯叮当爱他，他爱冯叮当吗？这个问题很难办，不是他爱不爱她的问题，而是他能否去爱她。马永学并不想真的脱下警服，以前以为自己对这套衣服很不在意，经历了这些事之后，他才知道自己真正想坚持的东西跟平时所想竟有那么大的区别。也许，完成眼前这个艰难的任务之后，还有一个同样艰难的任务在等待他。一道不同思路和方法、从另一个角度来说更难破解的题等着他去解开。

马永学去丹东的第三天，张支队给他打来了电话，告诉他冯叮当出事了。

原来，冯叮当两天没收到马永学的短信，她十分担心，就破例给马永学挂了电话，马永学的手机关机。冯叮当更加担心，便从海岛上下来，搭车直接去了杜常有的饲养场。

冯叮当下岛是整个侦破计划中唯一疏漏的地方，不仅如此，她的出现也令杜常有感到十分意外。冯叮当问表哥在什么地方。杜常有说办事去了。冯叮当明白了，“办鬼事，贩毒去了吧”？杜常有说：“你也不是干净人，别装正经了。冯叮当一下子火了，开始骂杜常有，让杜常有立即把马永学招回来。杜常有说：“晚了，现在他们应该拿到救周哥、你老公的货了。

冯叮当拿起电话拨了起来。电话一接通，冯叮当说，我叫冯叮当，在西山水库的嘉嘉农庄，对，我要报警！杜常有愣了愣，突然明白冯叮当在干什么。“你她妈的不想活了！”杜常有说罢，冲过来抢冯叮当的电话，冯叮当绕着车跑了起来，杜常有在后面追，冯叮当在前面跑。冯叮当身子灵活，杜常有没抓住她。

杜常有拿起胸前的口哨尖利地吹了起来，几只大犬寻声狂奔过来。杜常有对大犬舞动着胳膊：“把她撕了，撕碎她！”

冯叮当望着大犬，惊叫着拉开车门，不想她的身子只进去一半，她一条腿让大犬给咬住了……

马永学给冯叮当打电话，冯叮当的手机关机。他给冯叮当发了一个短信：我下了飞机就赶回去，等我。还有一个好消息，天真的亮了!! 冯国辉。

说是讹诈

罗序刚和老张正在审110巡警送来的嫌疑人。一个闯入女厕所、打扮得妖里妖气的家伙。在罗序刚眼里，那家伙就是城市身体上搓起的泥卷儿，看到这类人，罗序刚的情绪就发生了变化，态度便硬横起来。尤其是问他为什么去女厕所时，那家伙的舌头在嘴唇边绕了一圈，说："现在是法制社会，中国哪一部法律条义上说去女厕所犯法？"罗序刚望了望老张，老张抹搭一下眼皮，没吱声儿。罗序刚的火"腾"就串了上来，他真想上去来一家伙，在那张粉头粉面、挤眉弄眼的头上留下点痕迹。就在这时，内勤曹菁从门缝中伸出半个头，说："罗序刚电话！"

这是一个阳光热烈的日子，强烈的光线把八个人的大办公室照得连一个凉快的地方都没有，闷乎乎的，蒸笼一般。带着刚才的情绪，罗序刚接起电话。

"我是罗序刚，你是哪位？"罗序刚大声说。对方的声音还温吐吐的。"小罗，我是你孙哥。"罗序刚凑了凑眉头，他知道是谁了，是孙刚。"啊，是孙哥呀，有什么事吗？""是这样，"孙刚说："老哥现在的情况不太好，不好意思说，破产了……去年求你办的事先不办了。"罗序刚愣了愣，问："什么事儿。"孙刚说："就庄志伟那件事……"罗序刚似乎明白了，额头的血管突突直跳，他说庄志伟那件事不是结了吗？"是结了，可那也不是你办的。我花二万块钱可不是找挨刀的。"罗序刚本来在审讯室就攒了不少火，他的嗓门大了起来："老孙，你这话从何说起？"孙刚在那头也不示弱，说："这事儿说不说都没多大意思，拿了钱就办事，没办事就退钱，大家都是'讲究'人，一说就明白。"罗序刚更火了，他说："老孙，这事儿你还真跟我说不着，”说到这儿，他用眼睛在办公室里扫了一下，见户籍民警胡鹏正伸着手指计算加班日子，准备往报销单上填，罗序刚知道，别看那小子的样子挺专注，其实，罗序刚打电话时说的话他会一字不落地听到耳朵里。碍于周边环境，罗序刚总算把火压了下去。他小声对孙刚说：“这事儿你应该问问朱胖子，不应该问我。”说完，罗序刚就把电话放下了。

放下电话，罗序刚觉得自己的心沉到了底。他有些后悔，不该这样仓促地放下电话，话没说完，孙刚一旦再来电话，他接不接？不接，让胡鹏接了，孙刚说我找罗序刚，让他把我送的钱退回来，事就更大了。如果自己接呢，自己已经把电话放下了，再接就被动了，孙刚就有可能变本加厉。人与人撞到这份上，就像在一起掰腕子，你稍一松劲儿，就会被动，压力就大了。所以，放下电话之后，罗序刚就在办公桌前坐了下来，急急忙忙叼上一颗烟，眼角还望着电话机。可怕的电话声还是响了起来。电话铃刚响第一声，罗序刚就把话筒拿了起来——电话是找老张的。

罗序刚没出门，一脚门里一脚门外地喊了老张一声，又回到自己的座位上，暗自叹了一口气。

罗序刚认识孙刚至少在十个月以前，那天晚上罗序刚值班，一个满脸是血的瘦高男人来报案，他讲话缺少逻辑性，说两句就气得直哆嗦，一哆嗦就带出一句脏话。罗序刚让刚毕业的小赵做笔录，自己就看复习题，准备参加分局举行的法律知识竞赛。半夜时，所里的几个兄弟要去吃夜宵，下了楼，罗序刚看那个男人还没走。罗序刚就问：“笔录没做完吗？”那个人站了起来，说：“我在等你。”罗序刚有些发愣：“你认识我？”那人说：“是罗民警吧，你不认识我了。春海街16号楼3洞2楼的，我还给你修过自行车……”罗序刚还是没有完全想起来，不过，他当户籍民警时，春海街是他的管片儿，他似乎也觉得庄志伟面熟。“啊，…找我有事吗？”庄志伟站在那儿，显得局促不安，支吾了一番。罗序刚总算明白了他的意思，他是想请罗序刚关照。罗序刚说：“既然笔录已经做完，你先回去吧，我们调查之后再说。”庄志伟点着头，说你费心了。这时，罗序刚看到，庄志伟的眼眶子已经肿得老高，眼睛快被封住了。

那天夜里，罗序刚还真找来了小赵了解情况，看了庄志伟的报案笔录，脑袋里形成了相对完整的印象。这时，罗序刚想起来了庄志伟，也想起了庄志伟娇小而清秀的老婆。原来，庄志伟和他老婆吕秀秀都在重型机械厂工作，庄志伟在部队时是篮球中锋，复员后就进了重机厂篮球队，重机厂辉煌的时候，庄志伟也正儿八经的风光了些年，就在那个时候，他娶了在厂幼儿园当阿姨的吕秀秀。吕秀秀是重型机械厂有名的美人儿，庄志伟花魁独占，引起一些人的羡慕也引起一些人的嫉妒。不过，英雄美女型的组合还是比较符合传统的，是一种稳定的观念。重型机械厂篮球队一路高歌猛进，过关斩将，直杀到全国冶金系统亚军时，上万人的重型机械厂职工真的把庄志伟当成英雄了。

时过境迁，庄志伟还没太老，重型机械厂老了，不可能再养一个只争荣誉不挣钱的专业篮球队，庄志伟被分配去当门卫，后来，下岗下来下去，把庄志伟给下了，八千块钱买断工龄，回了家。起初，庄志伟还很有想法，走南闯北这么多年，他是见过大世面的，可真的面对社会了，并不像他想得那么简单，加上他抹不开面子，高不成低不就的，后来干脆在家闷着，有时一个星期都不下楼。再后来，厂子生存艰难，把幼儿园的吕秀秀也给下了。两口子在家里大眼瞪小眼，今天怄气明天吵嘴，也还算热闹。这样抻了一段时间，到底是女人的心理素质强一些，吕秀秀出门找事儿做了。她在一家正红火的房地产开发公司里打扫卫生，小心翼翼、一丝不苟地工作着。那家房地产公司的老板就是孙刚。

一天下午，孙刚喝醉了酒，就睡在办公室的沙发上，醒来就喊水水的，这时，吕秀秀出现了，给他送上了水杯。孙刚见到吕秀秀，突然觉得神情恍惚起来，浑身是劲儿，伸手就把吕秀秀拉倒，两人经过一番肉搏，身子单薄的吕秀秀还是被孙刚压到身子底下。按理说，孙刚身边并不缺女人。也许吕秀秀的确太吸引人了，也许是孙刚喝了酒，酒壮色胆，也许财大气粗的孙刚霸道惯了，根本没把一个清洁工放在尊重的位置上。有可能他还这样想，公司里想巴结我、主动上的女孩子多了，我看上你个半大老婆子，还是清洁工，是对你的恩赐。问题是吕秀秀不这么想，她觉得自己被侮辱了，哭哭啼啼，衣着不整地一路小跑回了家，把孙刚侮辱她的事原原本本地哭诉给了庄志伟。庄志伟是什么样的人？他在工厂时就被称为“二愣子”，考虑问题不怎么拐弯儿，线条粗，脾气大，听了吕秀秀的控诉，庄志伟决定立刻找孙刚算账，吕秀秀拉他也拉不住。临出门，庄志伟扔下一句话：不要以为我们工人阶级是好欺负的！那天晚上，庄志伟拎了一把菜刀就去了孙刚的公司。不想，他大吵大嚷着在走廊里喊孙刚你王八蛋有本事你出来时，孙刚已经从边门逃之夭夭。于是，庄志伟和孙刚公司的保安人员发生了冲突，结果，被几个小伙子给痛打了一顿。晚上，庄志伟就来派出所报了案。

罗序刚本能地对孙刚产生了义愤，在接下来的两天里，他和小赵走访了庄志伟和吕秀秀，进一步了解之后，他觉得事情并不像庄志伟说的那么简单，那么“事实清楚”，从吕秀秀那里了解到，在她遇到强暴之前，孙刚对她有过非礼的行为，并且，孙刚还把她的工资从500元提高到800元，出差回来，还给她带了一套衣服，吕秀秀半推半就，把衣服锁在更衣室的柜子里。这样说来，给孙刚定强奸罪就复杂了，况且，吕秀秀回家之后，把自己洗了一遍又一遍，衣服也洗干净了。罗序刚想，处理这个案子一定要慎重，如果告孙刚强奸，必须掌握确凿的证据，不然就被动了。就在这当口，春海街居民委员会的老付来说人情，他曾是罗序刚的棋友，两人关系十分密切，老付说来说去，无非是说庄志伟两口子人如何如何好，孙刚那样的人有钱有势，可在理儿上站不住，应该受到法律严惩什么的。老付顺便还给了罗序刚两条红塔山牌香烟。罗序刚说：“这么客气干什么，不这样我也会认真处理的。”

就在罗序刚认真调查孙刚的时候，初中同学朱胖子来找罗序刚了，他说一个哥们被诬告了，他说的那个哥们就是孙刚。按朱胖子的说法儿，孙刚是个不错的人，对朋友仗义，唯一的弱点就是好女人，有点姿色就……就行，这不、把单位的清洁工给那个了。原本，他以为那……那清洁工的胃口不会太高，结果，那清洁工要他调换工作，管办公室，没……没答应就反目为仇了，她自己闹不说，还让男人去、去公司闹。朱胖子口吃，表达内容却不吃力。罗序刚不便对朱胖子说得更仔细，只说："恐怕没你说的那么简单，如果仅仅是个治安案件也就好说了，怕带出一个刑事案件啊。"朱胖子笑了笑，把一个臃肿的信封放在罗序刚的抽屉里，说："一点……啊就意思。"罗序刚瞪起了眼睛："朱胖子，你可别害我!""我、我怎么能害你，害……你我有什么好……好处。"罗序刚的眼皮沉重起来，垂了垂，叹口气说："人家可告孙刚强奸啊。"朱胖子呲了一声，说："一个大老娘们，值得去强奸吗？你放心，我担保。"罗序刚反问朱胖子："你能担保什么?"朱胖子说："现在这类事儿谁……谁能说清楚，定强……强奸比不定强奸都难。"罗序刚想了想，觉得不管怎么说，定强奸可不是一件小事，还是慎重点好。

朱胖子留在信封里五千元钱，当时，罗序刚想，自己如果收了孙刚的钱，真像社会上流传的吃完原告吃被告了，那可就是混蛋了。那些钱在他的抽屉里安安静静地躺了一个来月，后来正赶上罗序刚用钱，就派上了用场。这期间，庄志伟也找过罗序刚两次，罗序刚正忙着手头应急的事，加上他参加分局法律知识竞赛，就把庄志伟和孙刚的事给压下了。

这期间，在朱胖子的撺掇下，罗序刚还和孙刚见了面，孙刚在星级酒店里摆下大宴，着实令罗序刚觉得孙刚仗义。席间，朱胖子列举了吕秀秀勾引孙刚的事，还说可以提供证据。孙刚打断朱胖子，说那些事不值得提，还是多谈友情，并透露出有意给罗序刚解决一套房子。罗序刚说他真需要一个房子，可以通过公基金贷款。孙刚说："那都好说，我给你成本价不就完了。"罗序刚暗自算了算，每平方米成本价可以比市场价低三百元，如果是一百二十平方米的房子，就是三万六呀，可不是小数目。那次喝酒，罗序刚也随同朱胖子对孙刚的称谓，管孙刚叫孙哥。

罗序刚在分局的法律知识竞赛中获得了冠军，发奖那天下午，他听到一个令他震惊的消息，庄志伟被分局刑警队抓了起来。中午，也就在罗序刚与派出所的弟兄们喝庆功酒的时候，孙刚正在一家大酒店喝酒，出门时，被潜伏在门口的庄志伟连捅了四刀，其中一刀捅破了腹腔的血管，造成内出血，孙刚已被送到医院抢救。后来，孙刚死里逃生，住了三个月的医院，而庄志伟也在被收押的四个月后，以故意伤害罪被判处有期徒刑五年。这件事就这么过去了，不过，在罗序刚的心里却留下了阴影，一想庄志伟，他就有了愧疚感。

老张过了老半天才来接电话，他“喂喂”了好几声，话筒里全是忙音。老张不满地放下电话，嘟嘟哝哝地对罗序刚说，他本来以为罗序刚会来换他的，见罗序刚手里拿一个钥匙练儿一圈一圈地摇着，不满地问：“你坐这儿干什么？”没什么，罗序刚说，我懒得见那个变态的家伙。“你懒得见我就喜欢见了？”罗序刚笑了，连忙说：“好好，我这就过去”。老张说：“不用了，我已经把他放了。”

“放了？”

“你不放他又怎样，这小子耍咱们，到真的记笔录了，他就一口咬定说是走错了，你能怎么办？”

这时，坐罗序刚对面的胡鹏大概把话都听去了，他咯咯地笑起来，说：“现在犯罪的主体，越来越智能化了。”

老张瞅了他一眼，没吱声。罗序刚对老张的表情没放在心上，他心里还压着一个更大的矛盾，这个矛盾就像一个将要喷发的火山，仿佛在体外都可以听到体内轰隆隆的憋闷、压抑之声。

朱胖子是罗序刚初中同学，经营一个桑塔纳汽车配件门市，有时候和罗序刚一起喝酒。罗序刚有很多同学，小学一拨儿、初中一拨儿、高中一拨儿，并不是每个同学都能在一起喝酒的。同朱胖子在一起喝酒，多少还有一些潜在的原因，一是朱胖子挺有意思的，他打小就有口吃，用口吃开一些玩笑，显得特别幽默。同朱胖子在一起，让罗序刚感到轻松；另一个原因是朱胖子的姐姐，说是姐姐，实际上是朱胖子的孪生姊妹，搞不好是他们的父母一念之差，把朱胖子给排小了。罗序刚初一时开始了青春期，朱胖子的姐姐属于第一个让他心跳的女孩子，他甚至在睡觉前产生了很多幻想，幻想他和朱胖子的姐姐之间发生了床笫之事，是时，他觉得浑身发热，口干舌燥。那一时期，罗序刚还多次做了这样的幻想，幻想有一天他功成名就，在路上遇到已经结了婚的“姐姐”，他会告诉朱胖子姐姐，他本来是要娶她的，只是，命运总是不公正的，这样，朱胖子的姐姐一定伤心得要死。一晃，眨眨眼就十几年过去了。罗序刚再次见到朱胖子，他们都成家立业，人过三十天过午了。有意思的是，罗序刚没有功成名就，高考成绩不理想，他只考了一个警察专科学校，毕业后分配在派出所当民警，几年户籍，几年外勤，直到去年才熬了个警长。而朱胖子的姐姐却考上重点大学，毕业后留在大学团委，一步步的还当了大学学生处的副处长。罗序刚和朱胖子隔了十来年才接上了头，由于有小时候的关系牵着，所以他们不陌生，很快就热乎起来。有一次朱胖子的姐姐还托朱胖子找罗序刚帮忙，他们大学一位老师想把外甥的户口挂在自己家的户口上，罗序刚高高兴兴地帮着办了。朱胖子的姐姐觉得过意不去，请罗序刚吃了饭，在饭店的包间里唱卡拉 OK，还跳三步舞。朱胖子的姐姐不知道罗序刚曾在青春期把她作为某个方面的客体，大大方方地表现她的热情，肩挨肩地唱“李家溜溜的大姐，张家溜溜的大哥”什么的康定情歌，跳舞的时候，还伸手拉罗序刚。相反，罗序刚犯过前科一般，表情呆板，手脚僵硬，拘谨而羞羞答答的样子。

现在，罗序刚需要马上找到朱胖子。拨电话的时候，罗序刚的手指尖儿有些发抖，控制住了呼吸却控制不了神经，如果说这种末梢神经活动是缘于对朱胖子的气愤——没有朱胖子的介绍他就不会认识孙刚，不认识孙刚也就没有孙刚带来的麻烦——还有他内心里，对另一个男人的愧疚所产生的不安。也许还有别的原因，比如罗序刚对孙刚的愤恨。

罗序刚给朱胖子的手机打电话，手机已经关机；给朱胖子挂传呼，朱胖子没回呼。没回呼就再挂，每隔五六分钟挂一个，一个比一个显得急躁。电话铃急促地响了起来，罗序刚抢先一步把话筒拎了起来。电话里是一个女人的声音，找胡鹏的。

胡鹏来接电话，声音软乎乎的，他把电话夹在肩膀和头之间，还背过身去。这样的电话不同于办公电话，不可能在短时间内结束。办公类电话就像通知公文，简洁明确，而私人电话就像一篇絮絮叨叨的小说，有的是闲笔。如果换了平时，罗序刚懒得关心别人打电话的时间长短，今天不同，他比谁都焦急，他在等朱胖子回传呼。朱胖子头一次这么令他全神贯注，这么盼望，他的脑子完全被朱胖子充满了。

罗序刚故意清嗓子，以提醒胡鹏讲话别占用太长的时间。猴精的胡鹏也不是不理解罗序刚的意思，问题是，胡鹏根本没有作出应有的反应。

罗序刚的血压开始升高，眼窝儿有些发热。就在这时，他口袋里的手机响了起来。罗序刚麻利的拿出手机。说："胖子吗?"

"我是孙刚。"

"我正在找朱胖子。"罗序刚说。

"找不找他还不是一回事儿?送钱那天是我们一起来的，我就在派出所楼下，车里。我也找不到他，一年半载找不到他，钱还黄了不成?"

话实在太难听了。当了这些年的警察，还没人这样跟他说话，罗序刚的脖子又涨红了。好在他拼命控制着自己，才没说出与他所处的环境不相符的话来。这功夫，罗序刚也走到了楼梯口，他说："孙老板，这里是不是有误会。"一边说着一边下楼。

"误会啥呀，谁心里都明白……"

罗序刚已经来到了派出所的门口儿。罗序刚压低了声音说："老孙，我说实话，真没拿你那两万，天地良心。再说，你好好想一想，你的事儿够哪个档，你明白我明白。现在笔录和有关证据还在我手里……"

"你想威胁我?"孙刚并不示弱："你要有本事就给我定罪。"

罗序刚也不示弱："我也不是好威胁的，你应该知道你自己是谁?真要撕破了脸，后果你应该清楚。"

"我清楚什么?这样说我还真跟你玩一玩，当警察怎么啦，就是爷?我告诉你，你三天之内不把钱退了，我就去你们派出所找你领导，我不信解决不了!"

“你这不是……”罗序刚刚想说“讹诈”这个词，见所长从一辆墨绿的北京吉普车上下来，话在舌头上滚了滚，咽了回去。所长没注意他，开门进了派出所。罗序刚气得牙根儿生痛，也治起气来：“随便，你有本事就到派出所来！”说完，就把手机关上了。

罗序刚在与孙刚的第二次较量中，表面上虽然没拜下风，实际上，他已经把自己给输掉了。放下电话他就觉得身子发空，腿有些发软。

回到办公室，罗序刚怎么也集中不了精力，手心一直在冒汗，他已经有了恐惧感，这个恐惧感在表面上罗序刚是不愿意承认的，但事实上，已经形成了。冷静下来，罗序刚对自己的草率开始后悔，他不应该与孙刚斗气，聪明的办法是先把孙刚稳住，等找到朱胖子，也许矛盾就不会激化。听孙刚的口气，他根本没有退让的意思。如果孙刚真的到派出所来了，或者去分局找领导，自己该怎么办？当然，自己可以死咬住说没收他的钱，还可以说在办理案件过程中得罪过他，所以他采取这种办法来报复他。可自己毕竟拿了人家的钱，尽管不是他说的数目，可毕竟有拿钱这一事实存在，有这样的事实，自己就硬不起来，没有神不知鬼不觉的事，就有可能露马脚。逼到最后，自己承认拿了五千元，犯的事儿不算大，可能不至于判刑，可自己就得脱警服，前些年白干了，白挨累了，什么都没有了。亲朋好友怎么看？社会怎么看？五千元就葬送掉所有的前程，值得吗？当然，这是最悲观的设想，可能孙刚根本就不能来派出所，即使他来派出所，钱不是他亲手交给罗序刚的，罗序刚就有话讲。况且，孙刚又不能证明他们以前就认识，凭什么拿钱给他，他不至于傻到拿一个素不相识的人的钱吧？这个逻辑谁都能接受。现在的关键还是找朱胖子。找到朱胖子，让朱胖子在中间调和，也许麻烦还不大。

那天下午，罗序刚开始发了疯地找朱胖子，可无论怎么找就是找不到朱胖子的影子，甚至连他的消息都没有。

那天下班前，天上噼里啪啦下了一阵小雨，雨下得不大，街道很快就干了，泛灰的地面有一些雨点印子，空气中还有锈腥的气味儿。小秋打进了罗序刚的手机，小秋说你瞎忙些什么，电话总打不进去。罗序刚说也没忙什么正经事儿。小秋似乎更加有气，说，正经事儿你却不当回事儿，我已经在姚大夫家楼下等你了。

罗序刚这才想起，昨天晚上他就和小秋约好，今天下班去姚大夫那里看病。姚大夫在罗序刚的脑子里已经成了名医了，名医大概有两种，一种是官方承认的名医，那些名医一般老百姓是排不上号的，越排不上号越名医。另一种是民间承认的名医，多以偏方治病，老百姓相信偏方治大病这个理儿，最好这个民间名医还不开诊所，住在一个普通的居民区里，隐于城市中也有隐于深山的韵致。如果官方的名医不能彻底把你的病根儿去了，那民间的名医就更有诱惑力了。罗序刚有什么特别的病吗，也不是，是很多国人都有的乙肝“小三阳”。往往越是大家熟悉的病越难治，医院的医生讲，不管你怎么治，乙肝几乎不可能转阴。

罗序刚患乙型肝炎已经一年多了，曾经休息了两个月，现在病症没有了，化验却还是“小三阳”。开始那一阵子，罗序刚的心理负担还挺重的，按乙肝的一般规律，突发乙肝、慢性乙肝、肝硬化、肝腹水，最后发展为肝癌。非常可怕。可怕还在于，医生很科学地告诉你，这个病只能维持和保养而不能根治。

肝病是个富贵病，不能让他生气上火，不能让他挨累，不能让他房事太多……还得吃好的，营养充足。对于 32 岁的罗序刚来所，“富贵”来得太早了点儿。

罗序刚休息那阵子，他整天在家里钻研有关肝病的医学书籍，肝病怎么养护，吃什么忌口等等，到后来，他自已都不知道该怎么办了。上班以后，他又进入另一种状态当中，很多时候自己都忘记自己是肝病患者。不过，在罗序刚养病期间，他的确思考了很多在平时无暇思考也无从思考的问题，有很多是关于人生方面的，积极的消极的都有。

这里可以这样大致划分一下，罗序刚在养病期间，他对自己身体的关心要比小秋强烈多了，而他上班以后，他对自己身体的关心就远不如小秋了。小秋提醒他吃保健药，提醒他下班早点回家，看电视不要太晚等等。

姚大夫就是小秋在旷日持久的寻找中找出来的，小秋列举了很多例子，比如洗衣机厂的某某已经肝硬化，吃了姚大夫几副药，就好了。比如教师进修学院教务处的某某、模范监狱的管教某某病情也比罗序刚重多少多少倍，几副药下去，一化验，啥毛病没了！罗序刚本不相信这些，可是，他经不住小秋三番五次地唠叨，就像小秋说的又不是为她自己，她唠叨也是为罗序刚好。小秋唠叨时间长了，罗序刚也觉得姚大夫是名医了。

说起来，通过有病这件事，罗序刚对小秋满是感激。他有病以前，小秋对他多是抱怨的，嫌他在外头忙，没时间顾家顾她顾孩子，有工作忙没工作也忙，喝酒玩麻将。有一次岳父过生日，小秋当全家人的面唠叨嫁给一个警察的委屈，大姐说："现在知道委屈了，当初还不看小罗穿着警服威风。""威风有个屁用，当房子住啊，当钱花啊？"当时，罗序刚的脸有些挂不住，当着大伙的面也不好使态度，只是像瞅嫖娼的人那样瞅了瞅小秋。这时，下岗的大姐夫说话了，他慢声拉语地说："警察再委屈，也比咱老百姓强啊！"

罗序刚有病以后，小秋以往的怨气少了，白天上班，早晨晚间还照顾罗序刚的饮食起居，从不担心传染什么的。罗序刚觉得，他有病是一个转折点，以前疏远的家人靠近了，而原来关系密切的人却疏远了。罗序刚上班三个月了，有一天中午吃饭，他无意间碰了同事的筷子一下，那位同事显得很紧张的样子，过一会儿，就去洗碗池不停地冲洗筷子。

其实，每个人都在通往死亡的列车上，只是通过有病，罗序刚注意了列车抖动的声音罢了。

罗序刚收朱胖子钱的事就发生在他有肝病之后，他的意志是从有病的时候开始衰退的吗？罗序刚仔细回忆着。的确，得了肝病之后，他对一些问题的看法发生了改变，但他并没有消沉下去，有的时候，他已经把有病的事忘得干干净净。那是什么？是来自生活的压力。这些年来，他的家庭一直不富裕，房子小，夏天闷得不透气，冬天又冷得要命。这不说，小秋是那种自己理想没实现而拼命在孩子身上捞理想的人，她在孩子身上敢于豪赌。从孩子上学开始，她就不停地对罗序刚叨唠，一定要把孩子送到住宿的“贵族学校”，由于经济条件的限制，一直到了孩子二年级下学期，他们才把罗明明送到了枫叶国际学校。那个学校每个学期的学费是两万五千元。而那次交款中，就有朱胖子送来的五千元。

经济因素并不是罗序刚收取不干净钱的唯一动因，这些年来，罗序刚虽然没收过别人的大钱，但吃吃喝喝，时不时收几条烟的事还是有的，也许这是一个大家都不满意但又必须生活在其中的社会环境，想摆脱也不容易。就说派出所吧，身边的人也不全是干净的，收不收钱谁也不会讲。相反，在一些人看来，既收了钱还不出问题那才是真本事，不像他罗序刚，头一回“伸手”就遇了险，是自己嫩还是点背？在罗序刚的印象里，老张挺有本事的，他有两个好朋友，买卖做得不小，在他们管片就有酒店和桑拿什么的，老张曾对他说：“关键看人得准，干我们这行，交朋友非常重要。”罗序刚当时问他：“如果你的朋友出了问题呢？”老张舔了舔干涩的嘴唇说：“那没办法，就得认倒霉。”罗序刚觉得他对朱胖子是了解的，出于对他的信任，他粗心大意地把那五千元扔在了抽屉里，没想到出了一连串的问题，朱胖子可把他坑苦了。

罗序刚来到了莲花居民小区，小秋正在一栋楼的搂门口张望着，见罗序刚走来，她不满的声音就迎了上去。“你还知道来啊，这事整的，好像不是给你看病倒像是给我看病。”小秋埋怨着，瞅了瞅罗序刚，又紧起那条修剪过的纤细的眉毛：“你怎么回事？来看病还是来办案子？”

罗序刚这才想起，自己还穿着警服。“没什么吧？”罗序刚说：“警察也得病啊。”

小秋说：“别出洋相了！现在咱们是求人家，姚大夫看你穿着警服，准没好心情，况且，人家是民间医生，不挂牌营业，搞不好还以为你来查他呢。你快把衣服脱下来。”

“脱下来，在哪脱？”

小秋四周观察了一下，她的眼睛似乎一亮，她看见不远处有一个公共厕所，就朝厕所的方向推了罗序刚一下，说：“去那儿换。”说着还把一个纸包递给了罗序刚。

罗序刚说："我里面可没背心。"

小秋说真麻烦透了，又从口袋里拿出钱来，塞给罗序刚："你到商店买一个背心吧。"罗序刚接过了纸包和钱，嘟哝一句："怎么好像犯罪一样。"小秋没听清，问他说什么，他说没什么，就走了。

姚大夫住在四楼，罗序刚进了房间就有几分后悔，凭他的经验，怎么看姚大夫也不像是什么名医。小秋却相反，极尽恭维之能事，想方设法讨好姚大夫，感谢的话一点都不吝啬。姚大夫看了看罗序刚的化验单，又简单问了问病情，然后说："你找到我可算找对了人，你放心吧，一个疗程下去，保证药到病除。"小秋立刻激动起来，那个当口，让她给姚大夫下跪她都可能做到。罗序刚有些感动，不是姚大夫的话，而是小秋的表现。也就在这时，罗序刚的心口像给什么东西堵了一下，他突然想起了孙刚的电话，如果自己真出了什么事，最对不起的该是小秋吧。

那天晚上，小秋的情绪特别好，兴高采烈的神情传递给罗序刚一个信号，只是，对于罗序刚来说，今天真不是时候。按说，他们之间也有日子没同床了，如果没发生打电话的事，罗序刚要不做，于情于理都说不过去。但是今天不行，罗序刚知道，如果自己勉强与小秋做了，他决不会集中精力，不能集中精力就不可能成功。这方面男人与女人不同，男人是绝对不能勉强的，到时候那东西不争气，就是来个不坚强，你有什么法子？预知到不成功还不如不做，顶多小秋不愉快。不愉快也比不成功之后她不高兴好。

小秋来督促罗序刚吃药，还对他说："洗个澡，早点睡吧。"

罗序刚说："手头有工作要做，今天必须完成，你说烦不烦，你先睡吧。"小秋瞅了瞅正从公文包里往外拿材料的罗序刚，果真不太愉快地回卧室里去了。

此时，罗序刚也不敢看电视，本来，电视还可以排解他郁闷的心情，可如果看电视，小秋就会有怀疑，怀疑他是不是真的有工作需要开夜车。不看电视，愁绪就阴云一般在脑前脑后密布，想摆脱都摆脱不了。

罗序刚在狭小的饭厅兼客厅里吸烟，一根接一根地吸。烟雾静静地在台灯的光线里盘旋着。仔细想一想，罗序刚觉得自己还不算是个坏人，从警这些年来，基本是忠于职守、兢兢业业的，比较有些人，自己还算是干净的。别的不说，就说感染乙肝病毒吧，很可能就是去年追捕带来的后果。去年春天，他配合分局刑警队的弟兄去追捕一个网上逃犯，那个逃犯藏匿在郊区一个平房内，夜里，翻越一个板杖子时，罗序刚的右胳膊被划出一道半寸深、十多厘米长的大口子，事后，在小镇医院里缝了八针。伤疤好了之后不到一个月，单位组织体检，一查他就成了“健康带菌者”，乙肝表面抗原阳性反应。而在上一年的体检中，他什么毛病也没有。自己被感染是缘于那次追捕吗？如果不是又是什么时候呢？问题是，即便就是那次追捕造成的，又怎么能证明呢？即便能够证明，又有什么用呢？没有任何一个文件明文规定因公“感染”会享受相关的待遇，有的规定只是因公致伤致残，感染乙肝算什么？既不算伤也不算残。当然不会有补贴，他看病的钱也限制在医疗保险卡“活的”部分之内，大量的药费还得自己负担。还有，罗序刚认为“严打”是他发病的直接诱因，当时，罗序刚连续忙了几天几夜，劳累过度，免疫力下降，乙肝就不失时机地发作了。当然，这也算不上正当的理由，别人也参加了“严打”，别人为什么不发病而偏偏你发病了呢？也就是说，无论你感染了乙肝病毒还是乙肝病发作了，都不能找到直接的因果联系，相反，如果你是在追捕时被逃犯刺伤了，这就没问题了，谁也说不出什么，还可能立功受表奖。事实上，这样的心理因素不能不对罗序刚产生干扰，特别是在家休养的时候，罗序刚的心情一度很消沉。当然，消沉也不仅仅局限于这些因素，更多的是由于身体上的变化而对人生目标进行了效正。比如，罗序刚有时觉得自己委屈，力没少出，可得到的回报呢？看看周围的人，他们胡作非为却受不到惩罚，可自己呢？社会是个庞大的复杂体，有很多人做好人，可受到表彰奖励的人却寥寥无几，而做坏事的人也不少，真正受到法律惩罚的也不是很多。罗序刚甚至觉得窝囊，人家常在河边走，鞋湿了也就罢了。他头一回下岸，就把两脚陷了进去。

这些年来，罗序刚一直是要求进步的，进步就像爬梯子，这个梯子也不是特别好爬的，一年爬那么一骨节，爬了好几年，下一阶的高度已经看到了，仿佛触手可摸了，这个当口儿，有病就够麻烦的，又来了孙刚的威胁——应该叫讹诈——几乎等于是雪上加霜。孙刚这事儿处理不好，自己前几年的梯子就白爬了，还得摔下来。也别不信，如果孙刚真来派出所找领导，即便不把他从梯子上摔下来，也够他支撑一阵子的。罗序刚心里明白，只要孙刚找所领导，只有负面影响而不会相反，在一个单位工作那么多年，不可能没有对立面，一个副所长就暗地里和他别扭，他们俩都是警校毕业的，两人之间也没什么过结，可能单单是性格上反向，不怎么对撇子。平素里，罗序刚挺瞧不起他的，可孙刚的事一旦发生就不同了。副所长想要治他，现在有了机会有了把柄，不想治他；罗序刚得一个一个所长、指导员、副所长地做工作，做到副所长那儿，不低三下四还理直气壮的吗？从一般意义上讲，几个所领导还是比较庇护他们，细想一下，庇护的大都是一般的纪律问题，有点出格儿的事除非是所领导也参与了。像他罗序刚这样，完全是个人行为的事，想得到庇护都不容易，所领导会采取观望的态度。而他的对立面，比如关系不好的胡鹏乘机添油加醋，他罗序刚的麻烦真就来了，真得从梯子上摔下来了。有的时候是这样，看似壁垒森严，实际上，堡垒内部更加脆弱。

后半夜了，罗序刚不得不上床，躺在床上，他还是睡不着，睡不着还不能翻来覆去，那样就会把小秋搅醒，那种硬憋自己的滋味就跟上了刑一般，折磨他的意志。

罗序刚睁眼躺在床上，眼前是一片黑暗，即使窗外的夜色微弱的光线也被小秋用双层窗帘给遮挡住了。这个时候，黑暗形成了一股潜在的力量，开始大面积地向罗序刚压将过来，以至他的呼吸都有些困难。收孙刚五千元钱的事，罗序刚已经做了最坏的打算，也就是说，从最坏的底线向回想，把握性或许能更大一些。如果收受贿赂成立，他就可能被定罪，尽管数额不大，不一定能被判刑，被开除公职是没得商量的了。如果自己被开除了公职，自己下一步能干什么呢？从踏上社会的门儿开始，他就当警察，手头上没技术，对其他业务也是只知其一不知其二，没一样是精通的。以前，自己是从未想过这样的问题的，也就是说，从没想过，有一天自己不干警察了，能干什么？所以，无论如何也不能让这件事发生的。但凡人都有这样潜在的本能，两利相加取其上，两害相加取其下。眼下，宁愿自己吃点亏，也要想方设法阻止“贿赂案”成立。在贿赂案发之前“私了”才是明智之举。自己吃亏在暗，定贿赂案在明，保全自己只有一条华容道。

私了就意味着同他憎恨的孙刚妥协，同他的讹诈妥协，孙刚向他索要的数目不是五千而是二万，如果不是自己不干净，完全可以把孙刚告进监狱。问题是，自己和孙刚都在污泥水里打滚，自己也粘上了。虽然自己的身上还有执法的标志，但此时，法律已经被搁置一边。在我们常规地认为法律应该如何如何时，其实法律也有它致命的死结，像罗序刚和孙刚这种情况，法律被抛在了事件之外，公平线已经模糊了边缘。说起来，罗序刚并不惧怕孙刚本人，他怕的是讹诈，警察怕坏人，有点说不过去，事实上，越惧权威的人，越是表面看十分强大的人，其实，他内心里更加脆弱。

不知道是什么时候，罗序刚决定明天一大早就去找孙刚，他决定向孙刚妥协。当然，他只还给他五千元，实在不行，二万元他也先认了，重要的是，得先把事态平息下来，等找到了朱胖子，他相信，那一万五，是不会瞎的。做出这个决定之后，罗序刚才迷迷糊糊地睡着了。

第二天早晨，老张急三火四地找罗序刚。昨天夜里，分局来电话，说劳改农场来了通报，在押犯庄志伟已经潜逃，他完全可能在家里露面，要求派出所负责监控。而在早晨的所务会上，监控庄志伟的任务当然得落到罗序刚、老张和胡鹏头上。罗序刚是警长，得牵头。所以，老张必须把这个情况尽快告诉罗序刚。

老张找罗序刚时，罗序刚正在找孙刚。罗序刚先来到孙刚的房地产公司，往日兴旺的公司办公楼前冷冷清清，大门和窗玻璃上都沾满了灰尘。

走到大门前，罗序刚还清晰地看到，孙刚公司的大门，已经被区法院的封条给封上了。

麻烦了，上哪儿找孙刚呢？罗序刚拿出了电话本，小心翼翼地翻着，终于找到了孙刚的手机号码。除了手机号码，孙刚什么也没留下。罗序刚拨通了孙刚的手机。“喂……”罗序刚刚想说话，电话里面传出来的并不是孙刚的声音，而是类似那种机制的声音：电话已经设置了呼入限制！

罗序刚犯难了，可他还必须得找到孙刚。罗序刚调动自己的经验，快速在大脑中搜寻着可能找到孙刚的线索。这时，罗序刚灵机一动，立刻给市局户政处打了一个电话，请户政处的小马用微机给他查孙刚的电话。没几分钟，小马对他说：“你这老伙计，全市叫孙刚的有 684 个，谁知道哪个是你要查的呀？”

罗序刚把孙刚公司的名字和他所能提供的情况给了小马，小马说那你就得等一等了，一时半会儿，恐怕找不到。没办法，罗序刚只好在春海小学的大墙外转悠着，显得焦急万分，六神无主。

大约一个小时以后，小马才给罗序刚打来了电话，他告诉罗序刚，他要找的孙刚已经查到了，孙刚的户口不在市内，在农村乡镇，叫二营铺子，并且，没有家庭电话。这个消息对于罗序刚来说几乎没有什么价值，即便二营铺子的孙刚是他要找的孙刚，那也是多年以前的地址了，孙刚不太可能回二营铺子，他应该在市内。问题是，这么大的城市里，人海茫茫，上哪儿去找孙刚呢？想到这儿，罗序刚的脑子里跳出了一个活脱脱的人来。上次朱胖子和孙刚请他喝酒，在场的还有一个叫“大老王”的经理，好像是经营石材生意的。罗序刚说他肝不好，不能喝白酒，那个人还说，啥肝不好？是肝缺酒吧？想起来了，想起来了。从喝酒的场面上看，大老王和孙刚的关系决非一般，他总会有孙刚的消息吧？

罗序刚又翻弄自己的小本子，找了半天，才在密密麻麻的电话记录中，找到“王经理（石材）”的电话。还好，仗着自己是一个细心的人，罗序刚松了一口气。罗序刚好不容易把大老王的电话挂通了，罗序刚问大老王如何能跟孙刚联系上，大老王说：“我还到处找他呢？这个骗子，我的买卖全让他给砸塌了。”

关上手机，罗序刚立刻觉得两眼发涩，眼压升高。罗序刚努力控制着自己的情绪，反复告诫自己，一定要想开一些，最坏能坏到哪儿？肝病是经不住这样的情绪折腾的，一定要稳住。实在不行，就去乡下跑一趟呗。按理说，目前，孙刚在市内的可能性最大，当然，也不排除他跑回了二营铺子，他现在正在躲债，跑什么地方都不奇怪，也许，孙刚是从二营铺子给他打的电话？如果是正常办案，抓孙刚的话，二营铺子也是重点监控的地点。孙刚给罗序刚打电话时，说自己破产了，但罗序刚没想到事情这么严重，严重到孙刚本人也东躲西藏的地步，这说明什么？说明孙刚更加可怕，这个时候的孙刚什么都不会在乎的，处于狗急跳墙的他，别说去派出所，什么事他都干得出来？罗序刚倒吸了一口冷气，看来，他昨天夜里的决定是有先见之明的，同孙刚妥协是唯一的万全之策。罗序刚决定下午就去二营铺子，虽然二营铺子距离市中心一百六十多公里，找一个好点的车，两个小时怎么也到了。即便是白跑一趟，他也要去试一试。

这时，罗序刚的手机又响了，铃声不仅传递到他的耳朵里，还直拨他的心弦，颤巍巍的。罗序刚一激灵，接听电话时，心砰砰直跳。

电话是老张打来的，老张问他在哪儿。罗序刚说在春海小学。“我离你不远，这就过去！”老张干净利索地说。

老张开着他那辆跑了三十多万公里，老款的“捷达”轿车，没多大的功夫，就来到春海小学的大墙外。老张下了车，就把早晨所务会的内容向罗序刚做了传达。末了，老张说，我和所里说你早晨去医院复查，打电话请假了，你可别说两岔了。怪事，你跑春海小学干啥？你儿子不是上住宿学校了吗？”

“有点……别的事。”罗序刚含混地说。

老张说：“看你挺疲倦的，不行，你把衣服换了，我带你去洗个桑拿吧，休息休息”。罗序刚说：“不用了，我这边的事儿还没处理完。”

老张拿眼睛瞄了瞄罗序刚，说：“那我先走了，有事你就给我打传呼。”

老张走了，罗序刚的腿更加发软。

这会儿，罗序刚显然不能找车去二营铺子了，老张带给他的消息同样是一枚重型炸弹，把他轰得晕头转向的。真是按住了葫芦起来瓢，孙刚的事还悬着没个头绪，庄志伟的事儿又冒出来。从听到庄志伟越狱的消息开始，罗序刚就意识到这个消息对他来说绝对不是好消息。庄志伟为什么越狱？最大的可能是报复孙刚？或许自己也难逃干系。如果当时，他把这个案子处理妥当，也许就没有后来的事情发生了。现在的麻烦在于，孙刚能管他要送礼的钱，庄志伟就不会因为送他的两条红塔山而觉得心理不平衡？就算是庄志伟对自己没那么大的仇，可一旦和孙刚再次冲突，也难免会涉及他……当然，罗序刚想，现在还不到想答案的时候，想也没用。不管怎么说，既然庄志伟能越狱，就说明他不想好了，不想好了的人是什么事都能干出来的。

罗序刚去派出所的路上，果然收到了一个陌生声音的电话。电话里的声音极其嘶哑。罗序刚知道麻烦想躲是躲不掉的，他还是来了。

庄志伟用低沉的声音对罗序刚说：“你肯定知道我出来了。可你想不到，我出来是为了解决孙刚和你。是你和孙刚害的，我才有了今天……”

“你怎么把我联系进去了？”

“你心里清楚！如果你公平地处理案子，还用我自己去杀孙刚吗？我自己不去杀孙刚，我能去劳改吗？”听到这儿，罗序刚的火又窜了上来，这种逻辑够不讲理的，可是，庄志伟就用这种逻辑思维，你也没办法。罗序刚知道，他对庄志伟解释也没有用，并且，自己决不能后退，在一个在逃犯面前，他没有一步退路了。“你想怎么样？”罗序刚厉声问。

“我想怎么样？到时候你就知道了。”

“你在哪儿？”

“这个你别管。你是警察，你不会不敢见我吧？”

“啥时候？”

“你等我电话吧……”说到这儿，对方就把电话挂了。

罗序刚木然地呆立着，过了好一会儿他才回过神儿来。庄志伟越狱果然与自己有关，只是，他原来猜测的远远没这么严重，没这么可怕。

到了派出所之后，罗序刚什么也干不下去，所以，只好心情沉郁地回了家，他紧闭房门，找了几盘基本属于盗版的 VCD，专拣紧张激烈的战争片看，他希望他的情绪能被转移，可事实上，他的心情并没有变得和缓。罗序刚觉得，自己在没有退路的悬崖上攀爬着，他几乎快要体力透支，而前面的路越来越凶险，他所剩下的，也只有放手一搏了。

现在庄志伟在干什么？他找到孙刚了吗？连他这个当警察的都找不到孙刚，他觉得庄志伟也不会那么幸运的。起码，庄志伟没有合法的侦察渠道，况且，庄志伟现在是在逃犯，他还得避免暴露自己的身份，在这种情况下找孙刚更增加了难度。此刻，罗序刚不善良地想：最好庄志伟先找到孙刚，让他们两个人火拼，庄志伟先替他把孙刚干掉，然后，刑警队再把庄志伟抓起来，这样，既可以杀了孙刚灭口，同时，庄志伟又成了杀人犯，也成功地消除了对自己威胁。罗序刚还这样想，如果他有孙刚的确切消息，他会不留痕迹地把消息传递给庄志伟的，让庄志伟替他把孙刚解决掉。想到这儿，罗序刚内心的人性又一下复苏了，他觉得那样自己的罪恶就大了。同时，他还这样想，有的时候，你也许在不久之前还是一个好人，当面对危及自己生命安全的事时，情况就发生了变化。这样说来，地狱和天堂之间就仅仅隔了一个门槛，迈到这边是天堂，迈到那边是地狱，而好人和魔鬼之间也许在特定的环境里，仅仅是一念之差。如果庄志伟找不到孙刚，恰恰先找到的是他，（罗序刚觉得他是好找的，他在明处，而孙刚和庄志伟都在暗处）他该怎么办。他想，他首先会向庄志伟解释，并会对他进行诚恳的劝诫。事实上，庄志伟也许不会给他解释和劝诫的机会。相反，凭借庄志伟以往的风格，他会毫不犹豫地对他实施有效的攻击。出现这种情况该怎么办，他没有别的选择，只有用枪来击毙他。最好，庄志伟带着凶器，并在庄志伟没有对他进行重大伤害之前，他就把他击毙了。这样，他就是正当防卫，他就可以避免法律责任。搞得好，还可以得到奖励。问题是，他并不想击毙庄志伟，他甚至同情庄志伟，内心里对庄志伟还怀有歉疚。他想击毙的是孙刚，他觉得孙刚那样的人祸害才大呢。但是，孙刚没有威胁他的生命，他不会冒触犯法律的危险去击毙孙刚，而威胁他生命的是庄志伟，他没办法。事物也许永远不会按着你的心愿发展，你只有选择保护自己的权利，却没有让事物按你的要求发展的权利。

罗序刚越想内心的痛苦越大，痛苦归痛苦，他也没办法。

接下来是枪的问题。罗序刚身上没有枪。给他配的枪统一锁在副所长掌管钥匙的一个大铁柜里，没有任务，他们平时是不带枪的。没有枪，他对应付庄志伟就没有太大的把握了。所以，明天一上班，必须把枪拿到手。罗序刚的设计是这样的，早晨，他就对老张说，有人在菜市场的人群里看到了庄志伟，他带着凶器，所以，他们得提高警惕，还必须佩上枪。老张不会多想什么，他向所领导提出枪这个问题时，老张肯定会在旁边帮腔。有了枪，他离地狱近了，也许相反，他从地狱的边缘逃了出来。

下午下班前，老张给罗序刚来电话，通知他尽快到所里去开会。

罗序刚回家已是午夜 11 点，居民楼黑乎乎的，有倾斜过来的感觉也许在有灯光和人流的居民楼之间就会减轻这样的感觉。不同的是，罗序刚家在一群居民楼的边缘，楼的另一侧是风传了四五年要动迁，而实际上仍旧低矮、破旧的临时建筑，那里面住了一些外地来打工的，很多窗口是被铁皮之类的东西挡死了的。

以往路过这里，罗序刚内心里生出的是抓坏人那样的警觉，而今天，他的内心里却充满了恐惧，位置颠倒了过来。罗序刚当了十年的警察了，恐惧是从什么时候产生的，他自己也不知道。不过，今天的恐惧感极其强烈，以至他的呼吸都有些不均匀。此刻，尽管罗序刚穿着警服，可罗序刚知道，在黑夜的掩盖下，警服的威严作用就会消失，他和普通人没有什么分别。问题的关键是，他的腋下或者腰间还没有枪。

这个时刻，庄志伟要是隐藏在一个临时建筑里，手里拿着凶器，不知不觉从黑暗的地方窜出来，他获胜的机会大概不会大。不过，罗序刚不想那么容易就输掉了，他还是紧攥着拳头，随时准备应付来自身前或者身后的偷袭。回到家，罗序刚发现自己的身上，已经被汗浸湿了。那天，又是罗序刚的不眠之夜，不过这回，罗序刚想的大多是下午想的问题，他把它作为一个计划，详细而周密地进行了布置。

那天早晨，小秋走了之后，罗序刚还写了一个类似“遗书”的东西，不同的是，他写了事情的经过，并表达了他认为应该表达的歉意。那个东西大概是他为最坏的结果准备的。然后，揣着那份文字材料去了派出所。在老张的配合下，罗序刚如愿以偿地拿到枪，拿到枪之后，罗序刚表现得很大意的样子，没有擦枪什么的，一旦计划的事情发生了，他可不想造成事先预谋的任何线索。罗序刚从派出所走的时候，还故意和曹菁开玩笑。他对曹菁说：“你答应请我吃饭都半年了，怎么还不兑现。”曹菁说：“急啥，一个月内保证兑现。”罗序刚说：“你不怕情况发生了变化，前几天电视台来采访的记者不是说吗，请吃饭过时了，现在都请睡觉。”曹菁随手把手中的油笔抛向罗序刚：“讨厌！”

说来非常奇怪，那天，罗序刚的精神绷得很紧，一向模样憨厚的他的脸上总挂着冷笑。他把手机的音量调到了最大，他甚至盼庄志伟的电话快一点打进来。

中午吃饭时，庄志伟的电话打了进来。“你在哪儿？”罗序刚问，问的时候，他瞅了瞅老张，见老张离他挺远，一点都没注意他。

“离派出所不远，在春海小学。”

春海小学？那可不是一个好地方。那地方人多，赶上学生上课还好，如果是课间，伤着学生就麻烦了。然而，这个时候他是没办法选择的，只能见机行事了。

罗序刚出现在春海小学时，庄志伟就在学校的大墙外的树墙后站着，罗序刚早有了准备，所以是罗序刚先发现庄志伟的。罗序刚走到离庄志伟四五米远的地方就站住了。庄志伟有些无精打采，他看了看罗序刚，罗序刚也看了看他。不过，这个时候，子弹上了膛的七七式手枪的枪口，在他的裤兜里微微翘起……

“庄志伟，你不应该干傻事。以前，你已经干了傻事，我不是推脱责任，给孙刚定罪是需要证据的，况且，我们做过调查，事情并不是你想的那样。”

庄志伟只是眨了眨眼睛，什么也没说。

“其实……好好改造，你很快就会出来的，我不希望你继续干傻事，把自己所有的退路都堵上……”罗序刚说到这儿，他瞅了瞅庄志伟的眼睛，他似乎觉得再往下说，也没什么更有分量的话了。

这时，庄志伟说话了：“我找你是想投案自首。”

罗序刚开始没听清楚，确认了庄志伟的话后，他愣住了，脑海中闪烁的第一个念头是，这大概是庄志伟的圈套，一旦他和庄志伟的身体接近了，也许庄志伟就会偷袭他。庄志伟见罗序刚没反映，继续说，他本来是想报复罗序刚的，见到了吕秀秀，正在生病的吕秀秀劝他，都哭抽过去了。罗序刚明白了，他说你听吕秀秀的劝告就对了，投案自首是你唯一的选择……庄志伟说，并不是吕秀秀劝的，她越劝，我越生气。……罗序刚又愣住了。

庄志伟说，是刚才过桥的时候，我才改变主意的。罗序刚用眼角扫了一眼，他看到几十米外的一个桥，桥上有匆忙而过的行人。

“过桥的时候，我看见了掌鞋那个老头还坐在那儿，他没活儿，他就依在墙边晒太阳……我就突然改变了主意……”庄志伟断断续续地说。

罗序刚更加糊涂了，他没明白庄志伟的意思，不过他还是说，“这样想就对了，已经错了一步就不能一错再错了……”罗序刚抬头看了看庄志伟，突然在他的眼睛里看到柔弱的东西，“我一直觉得对不住你，没及时阻止你犯罪。”罗序刚说。一激动，罗序刚还对庄志伟说：“我有好几个同学在劳改农场，我会关照他们照顾你……你放心，我们会配合街道照顾你的家庭，你好好改造，用不了几年就出来了。”庄志伟顿时一幅感动的样子，一立正，规规矩矩地说：“是！”罗序刚还告诉庄志伟：“你自己去派出所找老张投案自首，这样对你更有利一些。”罗序刚这样说，庄志伟感动得快流泪了，又一立正：“是！”

这样，庄志伟在前，罗序刚在后，他们一直保持着四五米的距离，直到庄志伟进了派出所，罗序刚才相信庄志伟投案自首是真的。他长出一口气，掉过头来，向相反的方向走去，此时，他发现自己攥着枪的手已经湿漉漉的。

罗序刚走到了桥头，那个老头儿眯缝着眼睛，好像在享受着并不明朗的阳光。罗序刚不知道庄志伟在修鞋老头身上受到了什么启发，他想到的结论也许与庄志伟是不同的。这时，罗序刚想起，那个老头儿在那儿已经有十来年了，平时，他从未注意过他，甚至忽视了他的存在。

当天晚上，朱胖子给罗序刚打来了电话，接电话时，罗序刚正在派出所那间空荡荡的外勤办公室里抽烟。朱胖子说："哥们，这几天让你上……上火啦?"

罗序刚果然火冒三丈，大声问："你去哪儿了?生不见人死不见尸的!"

朱胖子嘿嘿笑着，说："最近我搭上一女老板，老有钱了。这……这不，偷着跟她去了一趟南方，倒……倒车，全是海关罚没的走私车……"

罗序刚懒得听他啰嗦，直截了当地说："孙刚讹诈我。"

"我知道，下午我见过他了，他现在成了一条癞皮狗，见谁咬……咬谁，你别担心，他的钱我还给他了。"

"你在哪儿?"

"在她家……她正洗澡呢……"

"你马上过来。"

"不……不行，我现在有事……"

"我不管，你立刻就过来。"

"干……干啥?"

罗序刚有些理直气壮地说："把你的五千块钱还给你。"朱胖子在电话那端笑了起来："多大点事儿，那几个小钱给你喝酒了。"

"朱胖子，你想让我死呀！你过不过来?不过来我就开着警车去砸你那女老板的门……"

朱胖子大概听出罗序刚真火了，他说：“好好，明天我一定找……找你，真邪门!”

放下电话，罗序刚斜坐在桌子上，他几乎不敢相信，这几天积累的难题在一天之内就全部解决了，乌云说散就散了，散得自己都觉得突然，觉得有点不适应。罗序刚打开抽屉，把自己写的“遗嘱”拿了出来，刚想撕掉，想一想，他又改变了主意。他打开自己的铁柜，把那几页碳素笔写的东西放到了一处最隐秘的地方，他想，以后一看到铁柜，他就会想起这几天的经历。同时，罗序刚又恢复了自信，他还要好好爬自己的梯子，说起来，自己还是一个好警察的，还可以当更好的警察，不能因为自己身上有了污点就不能当好警察了，完全纯洁的有没有他不知道，不过，绝对的纯净怕是不存在的，尤其对一个人的一生来说。什么事也没那么单纯，没那么简单的。

再次坐在椅子上的罗序刚真的觉得疲劳了，他觉得身子发软，有“堆”下去的感觉。这个时候，罗序刚好象在大海的上空飞翔着，大海茫茫，没有起点也没有终点，暗青的海面上没有浪花，十分凝滞。他很吃力的飞着，翅膀已经受了伤，两腋有风滑过，这时他才意识到，自己原来是一只鸟。他还看到，他的身边也有很多很多他这样的大鸟，他们都在吃力地煽动着翅膀……

谁最厉害

刑事警察罗序刚破了十几年的案子，没想到轮到自己头上，做起事情来竟然那么弱智，那么小儿科。半个小时前，罗序刚让吊眼儿去“干”童大林，现在，罗序刚后悔了，他要立即找到吊眼儿，阻止他的行动。

罗序刚给吊眼儿打电话，吊眼儿的手机关机，罗序刚明知道手机关机了是打不通的，可他还是不停地打，他的期望是：吊眼儿的手机没电了，他正在换电池。罗序刚一连给吊眼打了十几个电话，手机里不断重复一种声音，无论中文还是英文，都是：“你好，你所拨打的电话已关机”。就一会儿的工夫，罗序刚的头嗡嗡直响，嗓子发干，手心潮湿。

半个小时前，罗序刚把吊眼儿叫了来，给他布置任务。吊眼儿是社会上的混混儿，号称黑白两道都混得开。不过，到了罗序刚面前，吊眼儿就成了一条摇尾乞怜的哈巴狗，他蹲过监狱，按警察的说法有前科，即便是现在，也算不上是干净的人。他是罗序刚手里的一个眼线，类似港台警匪片中的“线人”，就是说，如果他还算有“组织”的话，罗序刚是他真正的领导。刚一见面，罗序刚脸色铁青，让吊眼儿倒吸着冷气。吊眼儿不说话，他从未见过罗序刚生这么大的气，所以，在搞清罗序刚生气的原因和意图之前，吊眼儿什么话都不敢说。罗序刚沉默了许久，然后对吊眼儿说：“都说你凶，现在，到用你的时候了”。吊眼儿张着嘴，本想说什么，一想，还是把话给憋了回去，吊眼儿模棱两可地点了点头。“一个小老板。”罗序刚补充说。吊眼儿还是没听明白，不过，他用表衷心的口吻对罗序刚说：“哥你有什么事就吩咐，小弟一定两肋插刀，肝脑涂地……”说的时候，吊眼儿还将小拇指在舌头上舔了舔，然后伸在面前：“掉链子是孙子!”

罗序刚说：“我现在有个仇人，是个小老板，你收拾收拾他，怎么样?”吊眼儿明白了。按理说，警察和他是两条道上的人，而罗序刚安排的是违法犯罪的事儿，也与他警察的身份不相符。吊眼儿没立即回答，眼皮有疤痕的眼睛快速眨了眨，眼皮上的疤痕显得更加醒目。

见罗序刚之前，吊眼儿以为罗序刚要他调查前不久发生的一个案子。这一段，吊眼儿不愿意见到罗序刚，是怕自己也搅到案子里去，他觉得，有的朋友可以得罪有的朋友不可以得罪，有的朋友得罪了就增加了自己的风险。吊眼儿无论如何也想不到罗序刚会安排他干这样的事儿。吊眼儿想了想，笑着拿出一颗烟来自己先叼上，然后，递给罗序刚一颗。

在气头上的罗序刚已经不在意这些细节了，他接过吊眼儿的烟，问：“有问题吗?”

吊眼儿爽快地说：“哥你放心，这事要办不明白，我拎脑袋来见你。”要是以往，罗序刚听吊眼儿说这样老旧而滑稽的台词，肯定会笑了。这次不同，罗序刚气透了腔，血液甚至毛细血管里都含有愤怒的因子，他的脸仍铁青着。吊眼儿之所以痛快地答应，他大概有这样的心理，罗序刚终于求他了，而且是违法的事儿，这样，他罗序刚才能跟他同流合污，关系才会更近一些，以后，你罗序刚不要总给我讲大道理，你也有用着我的时候，而更重要的是，在吊眼儿那里，他有了从未有过的“价值感”。

“干到什么程度，弄死他还是废了他?”吊眼儿故意说得严厉一些，以示自己真的可以为罗序刚赴汤蹈火。

罗序刚咬着牙说：“随便。”不过，他又嘱咐一句：“掌握点分寸，既不让他死也别让他残废了，但是，必须狠狠教训一顿!”

罗序刚做出那样的决定是在气头上，人生气的时候就变得不会思考了，成了一只只想攻击的斗兽，起码的技术动作都变了形。按理说，破过无数离奇案件并且是刑警队里公认的知识警察的罗序刚稍微设计一下，就可以把自己解脱出来，既打击了童大林这个“敌人”，还保护了自己。所说的稍微设计一下，包括选择打击童大林的方式，合适的时间、地点，留下哪些证据和销毁哪些证据，这些对于罗序刚来说并不难，即使他不是出色的刑警，在刑警队这么多年，他也耳濡目染了“经验”。要知道，经验从来都是两方面的，破案积累的经验用于作案，同样是有效的。

吊眼儿离开之后，罗序刚冷静了一些，脑子也开始转了。这一冷静不要紧，罗序刚开始紧张了。他不应该这么草率地让吊眼儿去“干”童大林，不是不收拾童大林，而是要考虑周密一些，不然，吊眼儿出事了他也难逃干系。况且，他并没有想好要把童大林教训到什么“程度”，吊眼儿为了讨好他，并且，认为警察让他干的他就什么都不怕了，完全可能出手过“凶”，引发一起刑事案件。罗序刚开始后悔了，他立即给吊眼儿打电话，不想，吊眼儿的手机关机。

罗序刚仔细想了想，记得自己只让吊眼儿教训童大林，没有让他打死或者打残童大林，问题是，一旦动起手来，吊眼儿能掌握好那个分寸吗？一失手，把童大林打残废了或者打死了，问题可就严重了，凭借他对吊眼儿的了解，吊眼儿完全可能干得出来。这样一想，罗序刚越来越紧张，额头的汗汩汩渗出。

罗序刚说的小老板叫童大林，此时正在郊外的一个度假村和生意上的朋友踢5人足球，那个场地不大，草皮也不太好，像插了秧的稻田。场地不好加之童大林的体型发胖，没多大一会儿的工夫，他就气喘起来，坐在场地边儿大口的喝起了饮料。这个时候，罗序刚的妻子小秋给童大林打来了电话。小秋告诉童大林，他已经和罗序刚谈了离婚的事。

“他同意吗？”童大林仍气喘着问。

“他没说话，我估计这事儿没那么顺利，不过，罗序刚也不可能和我上法院，所以，离是肯定要离的，我的决心已经下了。”

童大林说：“好，需要我做什么你就吱声。”

小秋说：“你帮不上忙，你只要在精神上鼓励我就行了。”

童大林说：“宝贝你放心吧，我是你永远的大陆。”

放下电话，童大林的几个朋友围了过来，其中一个叫老曹的说：“给你们出个谜，大家猜一猜，谁最厉害?”几个人嘀咕起来。还没等人猜，老曹自己就说了：“大林最厉害呗，警察的老婆他也敢招惹。”大家哄地笑了。童大林咧了咧嘴，什么也没说。

事实上，童大林和小秋发生恋情并不是因为小秋的丈夫是警察，而是因为小秋是他的初中同学，初中时童大林刚进入青春期，小秋的模样经常在他睡意蒙胧之际来袭扰他，他也做了很多幻想，并在幻想中手淫，以至第二天上课无精打采的。初中毕业，小秋考上了重点高中，从此童大林就和小秋分开了。应该说，这些事都发生在童大林这一方面，小秋对此一无所知，只是童大林还是认为，小秋是他的“初恋”。一晃很多年过去了，再见到小秋是在同学会上，当年一个差等生当了房地产老板，心血来潮，张罗起了初中（他只是初中毕业）同学会，这样，相隔多年之后，童大林和小秋又见面了。见面是在今年春天，小秋已经给罗序刚当了7年的妻子。

青年时期是人生的一道门槛儿，从那个门槛迈出去，大家的区别就明显了。如同一盒弹珠落到地上，弹珠会滚向四面八方，拉开了距离和层次。童大林没有像人们常规认为的方向发展：求学、工作。而是走了一条符合自己实际情况的路子。童大林天生就是个情种，配合他生就的“忧郁”的眼神，细高并挺拔的身材，他很得成熟女性的看好，在女人圈子里混了些年，恋爱经验也飞速成长，成为女人的超级杀手。按他自己的话说：“我要看好谁，没有能逃出我手掌心的。”

前些年，童大林在广州和香港混，据说被富婆包养，每天给人家洗脚，磨指甲，还得吃药来满足需求过旺的富婆。当然，这些都是隐秘的话题，童大林如果不是在醉酒并认为面对最知心的朋友时，他是绝对不会讲出来的。问题是，我们有这样的传统，大多数人往往注重结果而不是过程，所谓成者王侯败者寇，童大林回到家乡这个海滨城市时，他已经是个有钱人了，朋友忽地一下子多了起来。童大林开了一家公司，任董事长和总经理。有意思的是，童大林开公司似乎不是为了赚钱，或者说赚钱并不是最重要的，重要的是他得有个公司，有个头衔。每天，童大林开着白色的本田雅格在街上转着，只干两件事：谈生意和谈恋爱。但是这两件事不可以混淆，谈生意的“谈”与结果不是必然联系，谈恋爱不同，谈的过程就是消费爱情的过程。

同学会上，依然风韵十足的小秋引起了童大林的注意，早年的记忆也开始复苏。奇怪的是，一向不相信爱情的童大林居然觉得爱情是美好的。于是，从那天开始，童大林向小秋发起了攻势，打出了一套组合拳脚，配和一组豪华甜腻的套餐，一下子把小秋搞得晕头转向。一向严谨的小秋哪里见过这样的阵势，虽然结婚多年，可在感情方面还算得上是单纯的，她只适应着罗序刚的方式，接触了童大林之后，没想到男人和女人的世界里还有那么多的风情和风景。爱情场亦如棋道场，虽然只有黑白两种棋子，却永远无法演绎穷尽，当然，爱情也有棋谱，但棋谱只是经验的总结和认知，不能把什么问题都解决了。或者这样说，人的感情犹如一条河流，感情生长时是河流的源头，涓涓溪流，清澈纯净，而恋爱高峰和结婚时是河流的上游，喘急激越澎湃，然后进入中段，平缓而淡漠，甚至可以感受到上游携带下来的泥沙。小秋和罗序刚的感情就处于7年之痒的中游阶段，当童大林传递给她的信息是：他们可以从上游重新开始时，她变得不安和躁动起来。客观地说，小秋的躁动也不是和罗序刚一点关系没有，这些年来，罗序刚经常值夜班，要么就到外地办案，她常常是一人独守空房。小秋还隐约地感觉到，罗序刚越来越不重视她，而且，脾气也越来越坏。谈恋爱那会儿，罗序刚像个“男子汉”那样保护她，有一次在公园门口，有两个小流氓调戏她，罗序刚三拳两脚把他们好一顿教训，坏脾气对外时，小秋觉得受用极了，可罗序刚在外面并不总能找到合理的发泄渠道，难免在她面前也坏几次，就这几次，让小秋尝到了厉害，同时，也不免心寒。而就在这时，童大林出现了。

从童大林的角度讲，他没想到自己那么轻易就得手。或许年轻时太过袒露了，小秋了解他那点底细，或许是初中时的小秋太高傲了，他在小秋面前总是觉得矮三分，不想，他的一套拳路还没打完，小秋就少女般羞涩地跟他上了床。事毕，童大林激动得有些发抖，他光着身子跪在床前，用磁性的声音对小秋说：“秋，求求你嫁给我吧!”小秋被眼前的场面惊呆了，她过来搀扶童大林，感动得泪流满面。

35 岁的罗序刚当了 10 年的警察，刚穿警服时，他毫无例外地是个愣头青，觉得自己了不起，见到谁都想要耍威风，后来经历了一些事，反而变得过于老实而沉稳了。这些年来，罗序刚经了风雨，也见了世面，他觉得自己已经知道如何处理警察这个职业和其他人的关系了。事实上，他还是觉得有很多人怕他，按老人的说法，让人怕得长“吓人肉”，罗序刚长得周正，甚至有点“奶油小生”之嫌，他之所以有这样的感觉，肯定跟警察的职业有关。或者这样说，从警多年，罗序刚不自觉地把自己放在“主体”上，而把别人放在“客体”上，他可以用怀疑的眼神瞅别人，而别人是不可以那样打量他的。除非小秋。

小秋和罗序刚结婚这些年，罗序刚还真没想过离婚问题，尽管他们吵架的时候，也说过“离了算啦”这样的话，但那只是说说而已。罗序刚承认，这两年，他和小秋的关系是不够和谐，出了点问题，可问题在哪儿？罗序刚并不清楚，他也没觉得严重到什么程度。所以，当小秋认真地跟他提出离婚的时候，他觉得十分突然。罗序刚所以觉得突然，主要是以前从没想过小秋会向他提出离婚，这是他万万没想到的。那年，罗序刚抓获公安部网上逃犯立了二等功，小秋代表干警家属到会上发言，让不轻易感动的警察们都鼻子发酸。事后，同事纷纷找罗序刚说话，认为罗序刚副大队长找了一个漂亮、贤惠、有觉悟的老婆，还讲流利悦耳的普通话，像电台的节目主持人似的。罗序刚自豪和骄傲了好一阵子。事实也是如此，罗序刚和小秋一起上街，小秋的回头率很高，次数多了，令罗序刚自己也产生了这样的想法，老婆就是很漂亮，并不能因为看时间长了就觉得不够漂亮。所以，很多时候，人的判断是需要别人的眼光帮助修正的。

当然，罗序刚也是个“刚性”的人，他并不怕离婚，他只是不能接受小秋先提出离婚。事情往往就是这样，即便到了离婚的份儿，罗序刚也不能接受小秋先提出这个事实。所以，小秋向他正式提出的时候，罗序刚缄默许久，一句话都没说。凭借罗序刚对小秋的了解，一向敢作敢为的小秋向他提出离婚肯定是有原因的，罗序刚决定搞清这个原因后再做决定。就这样，罗序刚不到三天的时间就查出了小秋的隐情，查出了她的情人童大林。罗序刚动用了“技术”手段，这一点小秋毫无察觉，仍一如既往地计划离婚的事儿。小秋犯的一个错误是，她觉得罗序刚只是丈夫而忽略了那个刑警罗序刚。罗序刚知道童大林勾引了小秋之后，他的牙咬得咯咯直响，暗自说：你小子，死定了。

罗序刚焦急地给吊眼儿打电话时，吊眼儿正在和发廊的小老板水红在出租房里云雨。这个时刻，吊眼儿大概不想有人打扰他，所以就把手机关了。

吊眼儿认识水红一个多月了。那天在水红的发廊剪寸头，他就跟水红胡吹乱泡，说自己是公安局的。水红听他说的头头是道，尽是“行话”，真的就以为吊眼儿是公安局的。她所提出的疑问是：公安局的人也剃板寸啊？吊眼说：“我是刑警，发型没有规定，况且，侦察时需要，还得化妆呢。”水红喜欢看侦破片的电视剧，她对刑警的了解来自影视剧而不是实际，所以，她觉得吊眼儿说得很有道理。知道吊眼儿是警察，水红立刻殷勤起来，她想认识这个性格豪放、善于言辞的便衣警察，这一点非常非常重要。

水红家在外省农村，她在这个城市里干了四年，她太喜欢这个气候温和、干净漂亮的城市了，她做梦都想成为这个城市中的一员，在她看来，在这个城市里生活并不等于是这个城市里的一员。要成为这个城市的一员必须得有户口，有了这个城市的户口，即使回到了老家，也会觉得自己是那个城市中的一员。也许对有户口的人来说，几乎感觉不到户口的重要性，可对一个外乡人来说，户口是一个可以直接触痛神经的东西啊。当然，水红也知道，公安局管户口，她还听自己的同乡说过，某某认识警察，花了八千元就办了城市户口。从那以后，水红就对身边的人十分留意，希望能遇到一个可以帮助自己的警察。应该说，水红的理想和每天来剃头的人的理想是不同的，每个人理想的基点不同。对于水红来说，成为这个城市的一员几乎是她的最高理想。

剃完了头，水红坚持不收吊眼儿的钱。按说，吊眼儿连唬带蒙，说自己是警察的目的就是想省几个剃头钱，同时，在“扮演”警察过程中，心里也有了某种莫名的满足感。只是在与水红一来一往的对话中，他感觉到水红细腻的抚摩，再观察水红那双妩媚的眼神，吊眼儿改变了主意。临走，吊眼儿不仅付了钱，而且多给水红十元。水红受宠若惊，她和吊眼儿推来搡去。吊眼儿说，我是刑警，更应该以身作则，不拿群众一针一钱（如果不是小学文化的水红，碰到别人的话，仅凭这句话就会对吊眼儿产生怀疑）。水红很感动，认为自己碰到了好人。争执到最后，水红说这样吧，剃头钱我收下了，多给的钱死活也不能要。吊眼儿什么都不说，转头就走。

那之后，水红和吊眼儿开始了来往，交谈中水红知道，吊眼儿还没结婚，同时，吊眼儿还往死里夸水红，说水红漂亮、能干，像他姨家的表妹，并表示自己找对象不在乎城市还是农村的，只要人好就行。这些话都搅得水红睡不好觉，她躺在发廊木板搭的既是“阁楼”又是板铺的上方，思前想后：难道自己真的开始走运了吗？旧历年前，她买了一本香港人编的流年运程，那上面说，她今年走红运，事业大有长进，婚姻会有完美的结局等等。也许，吊眼儿的出现，真的福星高照，好运当头了。可是，一个警察会找她这个外地打工妹吗？不太可能，但也不好说，凡事都有例外，况且，自己只是暂时的打工妹，将来自己成了城市人，自己不见得比他们差。话说回来，他吊眼儿也没什么出奇的，找自己这么一个如花似玉的姑娘（女人很少低估自己的美丽，大多都高估自己），还亏了吗？吊眼儿长相不好，按流行的话说有点“犯规”，可男人的长相又有什么重要的呢。思想上的问题解决了之后，水红和吊眼儿的交往就变得自然和坦然很多。

水红和吊眼儿交往过程中，必然要涉及户口问题，吊眼儿几乎没眨眼睛，一口应承下来，他说：“操，这点小事，哥给你办了。”水红瞅了瞅吊眼儿说：“你们警察常骂人吗？”吊眼儿说：“警察也是人，警察怎么就不可以骂人。”水红想了想，觉得有道理。

吊眼答应给水红办户口，这个承诺如催化剂一般，使得水红软软地倒在吊眼儿怀里。第一次和吊眼儿行男女之事，水红告诉吊眼儿自己是处女，吊眼儿不相信水红是处女，一个农村来打工的年轻女人，尤其是干发廊这样敏感的职业，这种情况能剩下处女就怪了。当然，在发廊上铺干净的花格床单上，吊眼儿的确看倒了殷红的血迹。吊眼儿睡过无数的女人，但从未睡过处女，他没有这方面的判断知识，也不相信有血就是处女。吊眼儿知道现在有人可以修复处女膜，他想，即便他睡的水红是处女，也是“美容”过的处女。有了这样的想法，必然要流露出来，所以，当水红柔情地对他说：“现在，人家可把自己的第一次给了你，你不可以负人家啊。”吊眼儿却说：“补个处女膜才几百块钱。”水红对这样的话题异常敏感，她像发了疯一般，大哭着扑到吊眼儿身上，将吊眼儿并不健壮的肩头咬出了血。

这件事就发生在几天之前，罗序刚找吊眼儿布置“任务”时，吊眼儿的肩头还有瘀血。接受了“任务”之后，吊眼儿就溜达到了水红的发廊。路上，吊眼儿觉得有些后悔，他不应该对罗序刚的指示答应得那么痛快。虽然说罗序刚布置的任务他必须完成，可总要提一点条件，比如，这件事他不能自己去干，人家是老板，一旦身边有帮手，自己不能收拾人家还可能被人家收拾了。况且，一个人去也没有震慑力。如果找朋友帮忙，就得有所表示，起码得请朋友喝酒。钱从哪出？即便一个人不请，自己去干，也不应该白干。而罗序刚在给他布置任务时，根本没有要表示的意思。走到水红发廊门口儿，吊眼儿觉得问题解决了。他想的主意是这样的：在水红那儿拿钱。因为水红要办户口，办户口就应该出点“血”，而他给罗序刚办了重要的事，作为回报，罗序刚应该帮他办户口。这样，他就曲线把问题解决了，他也心安理得地拿到了钱。这钱不是拿水红的，应该算在罗序刚的头上。或者这样说，水红拿钱办户口，由他交给罗序刚，而罗序刚让他办事，再把钱给了他。只是，他直接拿了“该拿”的钱，不用倒几遍手而已。

吊眼儿到了水红的发廊，水红明白吊眼儿的意思，打发了客人就把门关上，两人一起爬到“阁楼”上去了。事毕，吊眼儿对水红说起了办户口的事。吊眼儿说：“我是刑警，不直接管户口，管户口的是户籍警察。找朋友办事，就得上点“态度”。”水红不知道警察分工那么细致，她还以为是警察都管户口呢，不过，对上“态度”她还是明白的。她问吊眼儿上供（她老家管这样的事叫上供）需要多少钱。吊眼儿说一万吧。水红说：“人家办都是八千，你是警察，怎么还贵了。”吊眼儿眨了眨眼睛，他说你那是什么时候的价格，行情是变化的，再说，只是先准备着，到时候我见机行事，能少花就少花。水红问用什么方法办，吊眼儿说，这事儿由派出所的人办，有人死了，派出所不销户，不就剩下一个人的指标了吗？水红想了想，觉得有道理，答应下午去银行取钱。

下午，吊眼儿拿到钱，就在一家酒店里请了两个下手狠的“小兄弟”，他说一个小子把哥们的老婆给上了，咱们给他出出气，并答应事成之后，给他们每人一千元。那两个小兄弟说：“没问题，好好招呼那小子一顿，看他还敢不敢了。

罗序刚给吊眼儿打了好几个小时的电话，吊眼儿的手机一直关机，罗序刚失望了。罗序刚直接去了吊眼儿家，也没找到吊眼儿，罗序刚气得浑身发抖，他想，如果找到吊眼儿，非得给他几拳不可。随着时间的推移，罗序刚的担心也越来越重，他估计吊眼儿已经采取了行动，而他又找不到吊眼儿，唯一的办法是通知童大林，让童大林有了准备，避免和预防一下，这样，一场危机就可以化解了。问题是，真的去通知童大林，罗序刚是不肯做的，他希望童大林化险为夷吗？如果是这样的话，自己为什么还安排吊眼儿去收拾他？自己凭什么保护自己仇恨的人？可是，如果不通知童大林，吊眼儿就采取了行动，而行动的方向并不能保证按着自己的意愿发展，如果童大林死了或者残废了，自己能逃脱吗？吊眼儿被抓起来，他能保证不把自己供出去吗？当然，如果自己不承认，也没什么直接的证据，问题是，办案的人也不是傻子，一查就可以查出吊眼儿是自己的线人，而吊眼儿和童大林不认识没有利害冲突，有利害冲突的是自己……如果童大林不死还好办一些，如果童大林死了，谁也保不了谁了。

与此同时，罗序刚也这样想，任凭他去吧，怎么就知道吊眼儿能把童大林打死，人不是那么容易就被打死的，况且，自己还交代吊眼儿，不要把童大林打死或者打残废了。即使自己让吊眼儿把童大林打死，吊眼儿凭什么就那么听你的话，吊眼儿才不会为你卖命呢，如果真的出了事，你罗序刚真能出头救吊眼儿吗？这一点吊眼儿心里有数，他很鬼道，自己知道给自己留条道儿，这样说来，别说你罗序刚没让他杀人，就是让他杀人他也不会真的去干的，出了事也会先把你扔出去。即使这样想，罗序刚也不放心，一旦动起手来，谁能保证没有闪失，可能越不想出人命偏偏出了人命怎么办？这些年来，罗序刚接触了形形色色的犯罪嫌疑人，几乎没有不存在侥幸心理的，问题是，侥幸心理就像假币，到了关键时候就不好用了。

罗序刚找吊眼儿的路上，队里的内勤曹倩给他打来了电话，通知他到队里开会，说有紧急任务。罗序刚掉转了车头，直接赶回了大队。原来，昨天晚上郊区的一栋别墅里发生了凶杀案件，村长出身的老板和老伴被杀死在家里，初步判断为生意场的纠纷，对方雇人行凶，犯罪嫌疑人已经外逃。这个案子不归罗序刚他们大队管，但由于案情重大，市领导亲自过问，市公安局领导非常重视，决定抽调罗序刚所在的大队力量，参与追捕工作。所以抽调罗序刚他们大队的人，大概是考虑犯罪嫌疑人住在罗序刚他们辖区，而且，这两年，他们大队在追捕犯罪嫌疑人方面很有名气。

罗序刚坐在宋大队的身边，他在大队里是老二，一般外出追捕的事都由他亲自率队或者直接指挥，罗序刚想，这次他也跑不掉的。问题是，此时罗序刚的心境如同刚发生过地震的城市废墟，满目疮痍、尘土飞扬。宋大队叫他表态，叫了他两声他才反应过来。罗序刚目光躲闪，分心走神儿。宋大队介绍案情的时候，罗序刚恍惚地觉得跟自己有关，仿佛吊眼儿已经得手，童大林倒在血泊之中，自己虽然没用钱“雇”吊眼儿，可自己是幕后指使者，在定性上也可以说是“雇凶杀人”，要知道，雇有很多方式，并不一定要用钱的。宋大队说：“序刚，看来你又要辛苦了，不过，事情也得辩证地看，这可是难得的露脸机会。在过去的若干年里，一政治学习就学习辩证法，尽管宋大队的文化水平不高，似乎对辩证法掌握的倒很坚实，所以，他每次讲话都用“不过”转折，大事小事都用辩证法。

在这个“节骨眼儿”上，罗序刚自然不想离开本市，或者这样说，在找到吊眼儿把事情解决之前，他不能离开。可罗序刚找不到更好的不接受任务的理由，无论他让吊眼儿去收拾童大林还是小秋跟他闹离婚的事，都不是可以拿到明面上的事。罗序刚支吾着，说：我没什么说的了，宋大队你来定吧。宋大队说我来定还让你说什么，不过，我该定的事已经定了，这次追捕，我的想法你就不要去了，你在家坐镇指挥，派谁去由你定。这话宋大队已经讲过了，只是讲的时候，罗序刚没听进去。

罗序刚似乎明白了什么，他想了想，说：别我来定，你是老大，你决定我们服从就是。

会议结束，罗序刚彻底决定了放弃收拾童大林的计划，他就是挖地三尺也要把吊眼儿找到，实在找不到，他就想办法通知童大林，让他有所准备，以逃过这场劫难，童大林逃过了劫难，他自己也逃过了劫难。情形变化如此之快，是罗序刚自己料所不急的，现在，童大林面临的危机几乎成了自己面临的危机。有意思的是，导演这场危机正是他自己，所谓作茧自缚吧。

罗序刚之所以这么果断地做出了阻止吊眼儿行动的决定，应该说跟会上讨论的案情有直接的关系，它起到了警示的作用，有的时候，典型案例不仅用于警示老百姓，也直接作用于执法者。罗序刚就是在分析案情过程中被震动并猛醒的。他可不想成为一起案件的幕后真凶，然后成为阶下囚。还有一个潜在的原因是，他不能因小失大，因为一时动气而丧失了自己美好的前程。今天会上，宋大队向他做了明确的暗示，让他来做“决定”，这说明什么？说明前一段的小道消息兑现了。前一段，有人传宋大队要上调到支队当政委，罗序刚接大队长，宋大队肯定得到了明确的消息，不然，一向注意维护自己权威的宋大队不会“理直气壮”地让罗序刚做决定的。

从队里出来，罗序刚准备回家换换衣服，新任务来了，又得一阵子不能回家了，出差不说，不出差也得在队里指挥。回家的路上，罗序刚想，自己决定阻止吊眼儿还是对的，不能因为自己气愤、因为观念上饶不过弯来，就付出高昂的代价，这样，问题不但没解决，还把自己搭了进去。的确，小秋是自己的老婆，可她不是自己的附属物，她只是和自己结婚了并没有卖给自己，她有自己独立的人格和她选择的权利。即使小秋是自己的附属物，他也得好好分析其中的利害得失，从这个角度讲，罗序刚突然意识到，其实，人的任何行为都是需要成本的，你的行为和要解决的问题是不是对应的，聪明人应该用低成本而不是高成本来行动的。想到这儿，罗序刚觉得困扰自己的一个大问题终于解决了。接下来，罗序刚感到自己放松了许多。他想，并不是每个人都可以解决这个问题的，很多人还被莫名其妙的观念所束缚，办了或者继续在办很多自己认为值得实际上非常错误的事情。幸好，自己把这一关过了。

快到家门口儿，罗序刚又尝试着给吊眼儿挂了一个电话，吊眼儿的手机开机。听到振铃声，罗序刚的心突突直跳，他那么急切地希望听到吊眼儿声音。奇怪的是，吊眼儿不接电话，罗序刚一连挂了五六次，吊眼儿还是不接电话。罗序刚想，也许吊眼儿在蒸桑拿，手机放在衣物箱里。

罗序刚给吊眼儿打电话时，吊眼儿并没在蒸桑拿，而是和他找的两个帮手在饭店里喝酒。那是一个中低挡饭店，里面的人挺多，闹闹吵吵，有意思的是，饭店还学大宾馆放音乐，只是，所放的不是背景音乐而是流行歌曲。在这样的环境里，吊眼儿根本听不到手机的铃声。即使饭店的环境不嘈杂，吊眼儿也不一定能听到手机铃声，他和两个小哥们都喝过了正常的“水位线”，说话一个比一个嗓门高。

借着酒劲儿，吊眼儿吹起了大牛，他对两个小兄弟说：“你哥的后台硬着呢，你们放心，只要不出人命，我都可以把你们保出来。”其中一个人叫大黄的问吊眼儿：“真的假的?”吊眼儿说：“我操，我跟你们吹有意思吗？现在，在道上混的，没后台行吗？我跟你们说实话吧，我交给你们的事儿就是刑警队头儿的事儿，有些事警察自己能干有些事不能干，就得哥们去干。这么说明白了吧？”两个小兄弟眼巴巴地瞅着吊眼儿，大黄说：“你的意思是，姓童那小子沾上警察头儿的老婆了？警察头儿让我们替他出气？”吊眼儿神秘地点了点头。另一个叫荷兰猪的小兄弟说：“这么说，还是我们厉害。”大黄问：什么厉害？小兄弟说：“你想，警察的头儿让人欺负了给戴了绿帽子，最后还不是靠我们给摆平。大黄想了想，说：“对呀。”吊眼儿说：“对个屁，这叫卤水点豆腐，一物降一物，就像我们玩的酒令，老虎、小鸡、虫子、棒子。”说的时候，吊眼儿还用酒杯、盘子和筷子什么的摆在桌子上，作战参谋一样指点着：“警察是老虎，可警察的老婆是棒子，棒子可以打老虎，姓童那小子是虫子，专门吃棒子，我们是啥？小鸡呗，专门吃虫子。到了最后，老虎还吃我们，我们还得听警察的。社会就这么回事儿。”两个小兄弟听傻了眼，那功夫，吊眼儿成了他们眼里的哲学家。愣了好一会儿，大黄问吊眼儿：你说的警察头儿，是公安局长吗？吊眼儿含糊其词，说“差不多吧。”

大黄说：“如果是这样，我们就不掺和这事了。”

“为啥？”

“警察的事儿，我们不沾边儿。”

“错。”吊眼儿有力地一挥手：“正因为是警察的事儿，我们才要管，不仅要管而且还要管好。这可是千载难逢的好机会呀，你们想一想，你们敢保证以后不犯事儿？敢说求不着警察？要是平时，你想近乎他们都近乎不上，送钱行吗？人家稀罕你这点钱，况且，你去送，人家敢要吗？现在不同了，他有事需要我们做，不是送上门的生意吗？”

大黄说；“哥你单纯了点吧，警察翻脸比翻眼珠子都快。出了力不一定讨好。”

吊眼儿说：“这个我能不知道吗？我跟警察周旋了这么多年，什么不了解。社会上不是说吗？什么关系最铁，一起分过赃的，一起嫖过娼的。关键要看什么事儿，办这样的事儿，就把警察拴住了。明白吗？”

吊眼儿巧舌如簧，把两个小兄弟给说服了，他们纷纷给吊眼儿敬酒，并表示以后要跟吊眼儿混。大黄说："哥你放心，我们肯定把姓童那小子给作了，权当练手儿。到时候功不功的无所谓，出了事儿你保我们就行。"

吊眼儿说："一点问题没有。但是，不要把他弄死，本次行动的要求是，既不要把人弄死，还要狠狠地教训他。"说一说，吊眼儿还有了领导的口气："关键在于把握好这个度。"

两个小兄弟相互瞅了瞅，大概觉得这个"度"不大容易掌握。

他们仨人事儿没办，酒没少喝，一喝就喝了三四个小时，一箱啤酒喝没了。吊眼儿摇摇晃晃去卫生间，他刚进去，就传来了女人的叫声。原来，吊眼儿走错了方向，进了女厕所。吊眼儿回来，两个小兄弟乐得前仰后合，大黄说："老大，要不这样，我们打电话叫两个妹妹来，一起喝花酒。"吊眼儿乐了："好啊，你哥就好这口儿。"

吊眼儿拿起自己的电话，这时，他发现手机上显示有十几个未接电话。

这期间，罗序刚继续给吊眼儿挂电话，除了罗序刚之外，水红也在给吊眼儿挂电话，挂得不比罗序刚的次数少。

水红的电话吊眼儿自然不能回复，两个小兄弟正给他找"妹妹"，他可不希望水红出现给撞上，而罗序刚的电话他就不能不回了。

吊眼儿给罗序刚打了电话："哥你找我了吧，我正安排这事……"话没说完，就听罗序刚在里面骂上了。罗序刚说："你他妈的没死啊？为什么不接电话。"吊眼儿怔住了，刚才还处于兴奋状态下的他，如同晴朗的天空下载歌载舞的人群突然遭遇了雷雨大风，浇得浑身冰凉。吊眼儿还没解释，罗序刚说：交代给你的事不办了。吊眼儿觉得自己更加被动，他说："我马不停蹄，现在已经安排好了。如果着急，今天晚上……"

"你没听明白吗？我说不办了。"

"为、为什么？"

"不要问为什么，不办就是不办了。"

"可是，我已经安排下去了……"

“立即停止。”

“可是……”

“就这样吧，我还有事，有时间我跟你联系。”

就这样，罗序刚把电话放下了。吊眼儿愣了半天，才缓过神来。大黄问他什么事儿。吊眼儿说没什么事儿。“不对吧，”大黄说：“是不是警察头儿来了电话，不让咱们干了。”吊眼儿想了想，说：“他是这么说的，可是他上午刚交代，怎么这么快就变卦了？我感觉他说话不方便……不知道他到底怎么想的。”

大黄说：“是啊，人心隔肚皮，况且，警察的想法你能整明白就怪了。”

吊眼儿的眼睛不停地眨着，眨了一会儿，突然挑了一下他的吊眼稍儿，大声说：“我明白了！我明白了！”两个小兄弟都凑近了他，问他明白什么了。吊眼儿说：“他之所以让我们停止，并不是不想干，是怕我们出事连累了他，你想，他是警察，还是头儿，他最怕什么？”

大黄说：怕棒子。

“什么棒子？”

“不是你说的吗？就是他老婆。”

“我那不是比喻吗？其实我知道，他最怕出事。所以……”

“所以这事儿就不办了……”

“错。”吊眼儿说：“这事儿不仅要办，而且还要办好。”

“这我就不明白了。”荷兰猪说。

吊眼儿有点神秘地说：“你脑袋肯定让傻子摸过。你们想，你老婆让人干了，你能不生气不想收拾让你戴绿帽子那个人吗？（大黄点头，荷兰猪默许）所以呀，我的委托人并不是不想干，而是怕出了事连累到他。我们只要干得漂亮，不连累到他不就行了。

大黄说：“那我们可不干，干好了没功劳，干不好责任全是咱们的。”

“错，”吊眼儿大声说：“这样就更得干了。他说不让这么干，咱们干了，那才够意思，既帮他解决了问题，又不是跟他要人情。”

“不要人情咱们扯啥？”荷兰猪说。

“错，”吊眼儿说：“不要人情是最大的人情，你们不懂。”吊眼儿这样说，大黄和荷兰猪相互瞅了瞅，似乎明白了什么，似乎又什么都没明白。大黄说：“得了，我们不管人情不人情的，反正我们也不认识那个警察、头儿，我们只认识大哥你，只要你满意，别亏待了我们兄弟就行。”

吊眼儿说：“这就对了，现在是组织上考验你们的时候了。来，拉弓没有回头箭，就一个字：干！”

吊眼儿给罗序刚回电话时，罗序刚正在家里。让吊眼儿猜着了，罗序刚讲话的确不方便，小秋就在他旁边。罗序刚毕竟是刑警，他知道如何处理这样的应急事件，他和吊眼儿通话时并没有借故离开，就当着小秋的面讲完了电话，小秋毫无察觉。

罗序刚收拾衣服的过程中，他和小秋都没讲话，等他要离开家的时候，小秋说：“就这样走吗？”

罗序刚说：“又出了起大案，我要急着处理。等这个案子处理完，我答应跟你讨论离婚的事……但是请注意，我说的是讨论，并没有答应什么。”

小秋还想说什么，罗序刚已经推门出去了。

这样的话是罗序刚事先设计好的，他觉得在眼下的“关键时刻”，离婚不是件好事情，光阻止了吊眼儿的行动还不够，还不能离婚，如果真的离了，也要等他的大队长令下来再说。而这些，他都不能对小秋讲，他唯一的办法就是拖。拖是一种智慧、一种谋略。没有人说拖是不道德的，也没有任何法律说拖是违法的。

水红从未对吊眼儿产生过怀疑，可自己把5000元钱交给吊眼儿，尤其是她给吊眼儿连挂了六七个电话而吊眼儿不接之后，她才觉得心里不踏实了，回忆起和吊眼儿交往的过程，也觉得生出了很多疑点。水红决定立即找到吊眼儿，匆忙地打发走客人，连打扮都没打扮，就把发廊的卷闸门拉了下，去找吊眼儿了。吊眼儿和水红交往中，他犯了一个判断上的重大错误，他觉得水红是发廊女，对待男女的事不会那么认真。这个判断恰恰反了，水红不仅认真，而且有些执拗。在她看来，她把她的第一次给了“警察”吊眼儿，等于把自己的一生托付给了他，和他上床不单单是上床的问题，而是把“自己的身子”给了他。这有点奇怪，按说，水红接触的人很多都跟“风月”场所沾边儿，她应该想得开才是，奇怪也就奇怪在这里，即便是水红接触的“小姐”，有很多人在骨头里反而守旧传统。所以，吊眼儿招惹了水红，注定要被水红死死地缠住，水红绝对饶不了他，放不过他。

说来有意思，作为刑警副大队长的罗序刚找不到吊眼儿，而开发廊的水红从决定找吊眼儿到找到吊眼儿没花上一个小时的时间。水红出现在吊眼儿喝酒的酒店门口儿，吊眼儿正和大黄和荷兰猪找来的小姐喝“交杯酒。”水红大步走了过去，把吊眼儿身边的酒瓶子拎了起来。吊眼儿一看水红，傻了眼。

水红什么话也没说，拿起酒瓶子，咕咚咕咚把瓶子里剩的半瓶白酒喝了进去。

吊眼儿对大黄和荷兰猪使了个眼色，连忙站起来拉水红，水红不走，但她毕竟没吊眼儿的力气大，被吊眼拉到了饭店的门口。吊眼儿有些生气地对水红说：“我正在调查一个案子，你来干什么？”

“我来碍你的好事了是不是？”

“胡说什么。”

“我胡说，你看那几个人都是什么人？”

“他们……是我的线人，你不懂，线人就是……”

“你少来骗我。跟你黏糊那个女的也是线人？”

“她……”

“女线人？你骗谁呀？”

“她呀，”吊眼儿凑近水红，小声说：“她是我们刑警队的，化装侦察……”

水红大声骂道："孙刚（吊眼儿告诉水红他叫孙刚），你还骗？那个女的是警察？她他妈的是个'鸡'，傻子一眼都能看出来！"

这时，跟吊眼儿喝交杯酒的小姐过来了，她挎住吊眼儿的胳膊，问："孙哥，她是谁呀，能介绍介绍吗？"

水红大叫了一声，发疯一般冲了过去，劈头盖脸把那个、被吊眼儿称作女警察的人好一顿棒打。

罗序刚带两个警察去了黑龙江一个叫方正的县城追踪犯罪嫌疑人，那里不通火车，他们在哈尔滨改坐客车，折腾了半天才到达方正。到了方正之后，他们才知道，犯罪嫌疑人已经离开。罗序刚给宋大队打电话，除了报告情况之外，还发了几句牢骚，他说犯罪嫌疑人刚跑，如果不是办案经费不足，他们就可以打出租车而不用等长途客车，就不会耽误时间了。宋大队说，既然犯罪嫌疑人已经跑了，你们就回来吧。"小罗你也别上火，没抓到逃犯，表面上看不是好事，不过，从另一个角度说，也可以磨炼我们的意志，不见得是坏事。当然了，从磨炼意志的角度来说是好事，尤其是你，将来当了头儿，更应该沉得住气，要有举重若轻的态度，这很重要。不过，从追捕罪犯的角度说，没抓到人，贻误了战机，的确令我们的工作很被动。"其实，在哈尔滨换车时，他们本来可以早一趟车的。只是罗序刚还牵挂着童大林的事，他担心吊眼儿喝酒之后不按自己的指示行事，弄出点节外生枝的事儿，自己就被动了。为稳妥起见，罗序刚到车站对面一个食杂店，用公用电话给童大林的单位挂了电话。一个小姐接的电话，问罗序刚是哪的。罗序刚说自己是网络公司的，和童总有一比生意要谈。这也算是经验吧。有一次，罗序刚带警校刚毕业的小孙去调查摸底，小孙上楼敲门，一个也敲不开，急得一头汗。罗序刚问他怎么说的，他说"公安局的"，罗序刚说，你跟我来，说着带小孙上了楼，敲门。里面问谁呀？"查暖气管道的。"门开了。罗序刚对小孙说："凡事不能太教条了。"

童大林公司的小姐说，我们童总去广州了。

"什么时候走的？"

“昨天啊。”

“什么时候回来?”

“一个星期吧。”

“可以把童总的手机号码告诉我吗?”这样说大概是想把戏演得更真实，其实，罗序刚有童大林的手机号码。

“不行，我们不可以随便把老总的手机告诉别人。”

放下电话，罗序刚舒了一口气，他自言自语：童大林，我暂时放你一马。

这世间的事就是这么巧合，罗序刚他们到方正时，那个犯罪嫌疑人刚离开不到20分钟，也就是说，如果罗序刚不打那个电话，他们就可以早半个小时到达方正，也许就将犯罪嫌疑人抓住了。只是，这些罗序刚都不能说。

罗序刚对宋大队说：“我想在这里留两天，一是和当地公安部门联系一下，请他们配合，进一步排查一下；二是如果嫌疑人返回方正，正好抓他。”宋大队想了想，说：“那先这样吧，如果有了新消息，我再通知你们，不过，通知你们不一定来得及，实在来不及，我再派人。”罗序刚听到这儿，心向下沉了沉。他想，有些事可能是自己判断错了。宋大队说话的口气并不像他要离开的样子，如果他离开了而自己接任大队长的话，不可能不把他调回去。

罗序刚越想头越痛，他告诫自己干脆不再想了，反正自己的选择是正确的，正确在于，他不在本市，就可以避免和小秋接触，就可以拖离婚的事，而且，在提拔自己当大队长的关键口儿离开一下，也是好事，以静待动，可进可退。罗序刚这样想，并且认为是正确的。

事实上，童大林并没有去广州，他告诉公司的人这样说，他并不知道有个罗序刚在盯着他，他这样说的主要目的是躲小秋。自从和小秋在同学会见面，童大林就发了烧一般，时时刻刻想见到小秋，想方设法讨好小秋，那个时候，小秋让他干什么他都能干，可和小秋上了床之后，他的热情就徒然降温了。童大林降温的原因并不是小秋不好，的确，在床上小秋表现得很被动，多少还有一些羞涩，可这些对童大林来说并不是缺点，相反，这些是童大林在别的风骚的女人身上所见不到的。问题并不在于这些，问题在于，童大林身上固有的对女人的征服欲，越难征服的女人他的斗志越高，使出的手段也越多，当这个女人被征服以后，童大林就精神萎靡，浑身发软，像泄了气的气球，松松垮垮。小秋当然不知道这些，她所感觉到的童大林是充满激情的，甚至是真挚的。比如，童大林在他们做爱之后跪在她的面前，流着泪恳求她嫁给他。小秋被深深打动了。也许，对于童大林来说，当时他并不是在演戏，那就是他表达激动的方式，甚至是真实的心里流露，只是，做爱的瞬间他那么想，可事情过后，他又不那么想了，就这么回事儿。因此，当小秋告诉他，她已经同丈夫谈了离婚的事，童大林才彻底醒悟了。事实上，他不可能和小秋结婚，他要的是爱情而不是婚姻，婚姻是要付出成本的，童大林可不想让一个女人给束缚住了，尤其是一个老女人。他想，如果真的结婚，他一定要找一个有钱的、起码比自己小10岁的女人，这个女人无论如何也不会是小秋。小秋不过是他对少年丢失尊严的一个补偿，圆一个旧梦而已。总之，梦毕竟是梦。

童大林打电话告诉小秋，他要到广州处理一笔生意，起码一个星期的时间，同时他还告诉小秋，关于离婚问题要好好想一想，彼此需要点时间，按以往的经验，女人的热情一旦被点燃起来，扑是很难扑灭的，最好的办法是，慢慢冷却它。

沉浸在爱情中的小秋轻易就相信了童大林。她每天给童大林打一个电话，关心一些饮食、睡眠方面的事，童大林以为自己很成功，又开始有条不紊地对新的猎物进行追逐。他怎么也不会想到，就在这个时候杀出一个吊眼儿。

那天中午，童大林正请银行负责外汇业务的小营业员吃饭，那个文静的小女孩是他刚发现的猎物，这时，三个表情古怪的男人在门口等他，他还没打开自己的车门，其中一个留平头、吊眼儿梢的人走到他跟前，对他说："哥们，跟我们走一趟。"童大林愣住了，他瞅那几个人的目光很凶，知道不会有好事儿，大脑在瞬间一片空白。童大林勉强支撑着，他严肃地说："我不认识你，凭、凭什么跟你走？"吊眼儿小声说："别废话，我不想让你在这儿流血。"童大林傻了，他几乎没有了思考的能力，扔下银行的小职员，就跟吊眼儿他们上了一辆事先停在路边的出租车。

吊眼儿他们把童大林带到了海边公路上，那里悬崖峭壁、树林稠密，行人和车辆也很少。吊眼儿把童大林推到悬崖边儿，对童大林说："现在，你自已跳吧，我们不推你。"荷兰猪手里拿着刀，假笑着说："是啊，推你下去，我们就成了杀人犯，你自已跳下去……"童大林冷静了不少，他连忙说："哥们，到底怎么回事？我怎么得罪几位大哥了？我做错了什么？"大黄说："你做了什么你自己心里明白，你跳不跳？你不跳我可推了，大不了，你是失足落水……"荷兰猪说："你不跳也行，把你的卵子籽挤出来，省得你到处跑骚！"童大林似乎明白了，他咕咚一声跪在地上："我错了，几位大哥饶命，几位大哥饶命。"吊眼儿走到童大林面前，搬起童大林的头："别说，这小子长得是挺帅的，要不怎么讨女人的喜欢？"与此同时，吊眼儿看到，童大林的裤子已经湿了，他用刀挑着童大林的裤子，说："这小子是个孬种，吓尿裤子了。""啪"！吊眼儿给了童大林一个嘴巴："说，你都错在哪儿了。"大黄和荷兰猪见吊眼儿已经动了手，就挤了进来，对童大林拳脚相加，把童大林打得满地打滚，跪地求饶。打过了，吊眼儿坐在童大林对面的石头上，让童大林坦白交代。这会儿，吊眼儿仿佛成了审问的警察，并不直接问你已经掌握的情况，只是让你自已说，而童大林说的几乎每一件事都与小秋和罗序刚无关。每说完一件事，吊眼儿都摇了摇头，说："还有！"

大黄和荷兰猪不像吊眼儿听得那么有滋有味，他们到一旁抽烟。而吊眼儿的兴致正浓，他像一只捉到老鼠的猫，并不急于咬死它，而是放在自己的控制范围之内，戏弄和玩耍。吊眼儿对童大林说的床上事尤其感兴趣，细节是什么，采用了哪些姿势等等。问的时间长了，童大林也有些醒悟，他见大黄和吊眼儿不在身边，立即抓住机会，小声对吊眼儿说："哥你就告诉我吧，到底是谁要我的命？"吊眼儿说："这个你别问，反正有人出钱。”童大林说：“哥我知道你们不容易，不然不会这么干，这样吧，他出多少钱，我给你5倍。”“错，”吊眼儿说：“钱是一方面，钱不是最重要的，咱得讲哥们义气。”童大林说：“是。钱不是主要的。可我有决心改，为了表示我的诚意，我给你们10万元，算做辛苦费，收了钱，你们还想要我的命我也没什么话说了，反正我做过努力了。”童大林这样说，吊眼儿笑了起来：“你小子还挺会办事的。你怎么给我们？”

“我卡上就有，一会跟你们去银行取。”

“你想套我们啊。”

“我哪敢，套了你们，你们再把我送到这儿来。不用你们推，我自己跳。”

吊眼儿眨了眨眼睛，他说那我可得把话说明白，你出10万是买你自己的命，你可不能让我们去杀那个人？

“大哥说的哪个人？”

“……让我们杀你的人。”

童大林苦笑着：“我哪敢呐，本来有错的是我，我只能破财免灾了。”

吊眼儿想了想，说：“我看你这人也挺痛快的，这样吧，我们哥仨就饶了你。不过，以后招惹女人别招惹到警察。天底下女人有的是，为啥要自己找挑战呢？”

吊眼儿这样说，主要是被10万元给兴奋了，一激动就把不住门了。本来，他还嘱咐大黄和荷兰猪，千万不能把罗序刚给露出去，不想，自己不经意间就给暴露了。童大林说：“那是那是，我不是个东西，烂仔。我一定吸取教训……”其实，吊眼儿不想杀童大林，从来没杀他的念头，他和大黄他们商量，准备好好教训他一通，让他住半个月的医院，也就给了罗序刚交代。原本，他想会有一场冲突的，不想，童大林那么尿泥，经不住拿捏。而10万元可是他意外的收获。童大林提到10万元时，吊眼儿的内心里就涌起一阵一阵狂喜，他想，也该他发财，就在前两天，他从水红那里拿了5000元钱，喝酒的时候；水红突然出现，跟他大闹了一场。水红走的时候说：“我现在明白了，你是冒充警察在诈骗啊，你现在把我的钱还给我。”吊眼儿从水红那儿拿到钱之后，交了手机话费，还买了一条名牌T恤，请大黄他们喝酒用的也是那份钱，他当然还不上了。水红说：“我给你两天时间，如果你不把钱还了，我就报110。”吊眼儿还为这笔钱发愁呢，不想，在童大林这儿，他有了意外收获。

吊眼儿把大黄和荷兰猪找到一边，他对大黄和荷兰猪说，这小子已经服了，他还答应给咱们点辛苦费。荷兰猪问：“多少？”吊眼儿说：“一万。”大黄说：“行啊，多少是多啊。”吊眼儿说：“那可不行，兄弟们冒着风险，他就给一万哪行，我管他要三万，咱们哥们一人一万。”大黄有些紧张：“这样行吗？不能出事吧。”吊眼儿说：“你们放心吧，有事由哥兜着。是他自愿给的，也不是咱们抢的。”

大黄和荷兰猪相互瞅了瞅，在荡漾着喜悦的目光中默许了。

罗序刚离开五天后才回来，他们坐的那趟车是夜车，下车时天还没亮。罗序刚到家将近5点。这个时间，小秋还在睡着。

罗序刚小心翼翼地打开家门，没进卧室，直接躺在沙发上。在方正这几天，他整天都在想小秋的事，尤其是昨天夜里在车上，他想到了离婚问题。他想到离婚问题不是小秋想离婚，而是罗序刚也想离婚。罗序刚这样想，既然发生了这样的事，维系和小秋的婚姻也没多大意义，无论罗序刚怎样努力，到头来都可能是留住了人留不住心。况且，无论小秋还是罗序刚，都属于完美主义者，发生了这样的问题，再恢复到以前的状况恐怕很难了。所以，罗序刚决定回家之后就跟小秋谈，同意离婚。他要和小秋心平气和地谈，财产分割上他也准备让一让小秋，毕竟夫妻多年，还是有感情的，总不能夫妻不做还成了仇人。当然，同意离婚并等于马上就办，他要等任命大队长的令下来。他想，小秋得到他的承诺，也不会闹了，愿意在家住就在家住，不愿意在家住，离婚前这一段，回她妈家也行。这样做，对于他们两人来说，都解脱了，而对于自己的仕途来说，还稳定了大后方。

这些都是罗序刚找的外在的原因，有一个更隐秘的原因罗序刚是不能讲出来的，那就是：罗序刚自己也有潜在的离婚愿望。一个人面对另一个人久了，都会多多少少地生厌，无论男人还是女人。社会上总有源源不断的新的诱惑，这些诱惑在特殊条件下会使原来稳定的结构发生了变化，况且，男人和女人不同，35 岁的男人还很年轻，而 35 岁的女人就有点走下坡路的意思。如果罗序刚和小秋离了婚，罗序刚有可能找到比小秋更年轻、条件更好一些的人。现在的罗序刚和 7 年前不同，那时他一脸稚气、没一点积蓄。现在不一样了，他现在是刑警大队的副大队长，马上就要当大队长，如果自己当了大队长就相当于副处级干部，35 岁的副处级干部，是年轻的干部。目前的社会状况下，他选择空间的可就大了。完全可以找一个没结婚的姑娘。别的不说，刑警队里的内勤周倩就可能。平时，周倩跟自己合得来，没事总往他身边凑，跟他开一些半真半假的玩笑。罗序刚去方正的头一天，周倩还找他，对他说："罗队，跟你讲一个笑话，题目是谁最厉害。罗序刚笑了，他说笑话还有题目？"我加的。"周倩说。周倩讲的笑话是这样的：一个出租车拉了一个乘客，到站了。乘客拿出一把水果刀削自己的指甲，一边削一边说：你看，我这出租费该给吗？司机瞅了瞅，从座位下面拿出一把大菜刀，刮自己的胡子，一边刮一边说：你觉得你不该给吗？罗序刚笑了起来，说："我也给你讲一个。也可以叫谁最厉害。法国人说他们的白兰地厉害，喝了以后走几步就倒了；英国人说他们的威士忌厉害，喝了立刻就倒；中国人说还是我们的二锅头厉害，你们一会看吧。于是，三人用老鼠做实验。一个老鼠喝了白兰地走了几步果然就倒了，另一个喝了威士忌没走就倒了，到了第三个老鼠，它喝了二锅头之后，竟然兴奋第跑回到洞里。法国人和英国人都说，你们的酒不厉害，是假的。这时，老鼠手里拿着大砖头，从洞里出来，问：猫呢？猫在哪儿？"周倩大笑起来，笑得直捶罗序刚的胳膊。

罗序刚临走，周倩还偷偷送给罗序刚两瓶口腔清新剂，她对罗序刚说："乡下刷牙不方便……"当然，罗序刚想和小秋离婚并不是因为周倩，他和周倩只是比其他人更近一些的同事，并不能确定他离婚了就可以和比自己小 10 岁的周倩结婚。罗序刚对离婚后的优势状况不过是推测出来的，也许，推测出来的空间比具体到某一人身上还有吸引力。因此，罗序刚更加觉得在对待童大林的问题上，自己做得对。现在，他的想法和当初的想法发生了重大的转变，他甚至觉得自己应该鼓励童大林把小秋“抢走”，这样，既达到了让小秋离开自己的目的，又把所有的“理”和“同情”都留在了自己这一边。当然，罗序刚在思考这些问题时，心情也是十分复杂和矛盾的。

罗序刚在家里沙发上躺着，不知什么时候小秋出现在他的面前。

小秋穿着睡袍站在他的对面，大声喊：“罗序刚，你真卑鄙！”

罗序刚爬了起来，说：“一大早晨的，你喊什么？”

“我问你，你凭什么跟踪我？”

“我跟踪你？我什么时候跟踪你了？我刚从黑龙江回来……”

“别狡辩了。你干了什么你自己知道。”

罗序刚意识到，可能是吊眼儿那头捅了娄子。他严肃起来：“那我告诉你，我没跟踪你，是你自己把事儿露了，怎么？你觉得你做得很正派、很坦荡、很心安理得是不是？”

“……我没说我心安理得，可我没犯法，你呐？身为执法人员，你以为你了不起了，你就可以执法犯法？”

“我执法犯法？我犯什么法了？”

“要我戳穿你吗？罗序刚啊罗序刚，我和你生活了这么多年，我怎么也没想到你既然雇人去杀人……”

“什么？我雇人去杀人？你不要血口喷人！”

“怎么？说到你痛处啦？我血口喷人？我怎么不喷别人？”

“好，就算我犯法，那你为什么不去告我？”

“告你，那要看事态的发展，到告的时候自然就去告了。”

罗序刚在小秋的话里侦察到了必要的信息，他缓了一口气，说：“无中生有，胡闹！”

罗序刚和小秋吵完之后，他就找到了吊眼儿，吊眼儿见罗序刚脸色铁青，他知道自己还是没让罗序刚满意。罗序刚说：“我告诉你不让你找童大林了，你没听清吗？是我没说清楚？”吊眼儿说：“你说清楚了。是我自己想干的，哥你有胸怀，你宽宏大量，可我心里转不过弯儿来，我替大哥不平。”吊眼儿还告诉罗序刚，他没把童大林怎么样，只是吓唬他一番，打了他一顿，没什么事儿，他自己也认错了。“这事儿跟哥你没关系，是我跟童大林个人的事儿，已经搞定了。”罗序刚听吊眼儿讲了教训童大林的经过，他知道吊眼儿不敢骗他，放心不少。其实，最关键的是10万元的事，吊眼儿自然不能跟罗序刚说。事已至此，罗序刚教训吊眼儿也没用了，就把他劈头盖脸地臭骂了吊眼儿一通，然后回了刑警队。

罗序刚走后，小秋在家里蒙头大哭，他恨死罗序刚了，她发誓一定要跟罗序刚离婚。原来，小秋给童大林打电话，觉得童大林不像以前那么热情，她有些心寒，隐约地觉得童大林有些靠不住。而罗序刚出差之后，小秋整理家里的东西，眼前总离不开罗序刚的影子，小秋开始有了内疚感，觉得这件事自己做得有些过分，她想等罗序刚回来好好谈一次，包括和童大林的事她也想谈一谈。小秋做了这样的决定之后，就给童大林打了一个电话，她想要童大林明确的态度。通电话时，小秋说：怎么总是我给你打电话，而你不给我打电话？以前你不是这样的啊。童大林说：“你还说呢，我怎么敢给你打电话（其实，这正是童大林找的借口，吊眼儿找他之后，他顺水推舟，把冷落小秋的责任推到了罗序刚身上），我差一点就没命了。”小秋问怎么回事，童大林说：“你丈夫厉害啊，他是警察，他雇人杀我。”小秋一听，觉得两眼发黑，天旋地转。小秋觉得罗序刚比她想象的还可恨、还恶劣，她让童大林去报案，童大林不肯，他说：“我在明处人家在暗处，我可珍惜自己的小命儿。”“小秋，你是这个世界上难得的好女人，可惜啊。小秋，我向你提出一个请求，以后你不要找我了，不然，我的命难保啊。”小秋说你要是个男子汉就不要说这样的话。童大林说我算不上是男子汉，你把我看成懦夫、怂包蛋什么都行，反正我不能再见你了，我已经答应他们了，不答应怎么办，不答应我就在这个世界上消失了。小秋的眼泪当时就下来了。她咬着牙说：“罗序刚，你不是人，你不得好死。”

童大林并没有讲他给吊眼儿钱的事，他的确不想把事态扩大，他只想摆脱小秋，客观上，这件事还给了他绝佳的理由和借口。

问题是，童大林并没有想到，还有人不肯就此罢休。

罗序刚到了刑警队，听说犯罪嫌疑人在河南的一个城市里露面了。他主动请缨，要去河南抓人。罗序刚所以要离开，是不想面对小秋，他知道，吊眼儿没把童大林怎么样，他就放心了。问题是小秋，小秋和他闹的劲头儿挺足，现在的主要矛盾已经由童大林那头转移到了小秋这头。他只能采取躲的方式。在这个关键的时期，他可不能有一点闪失。宋大队不同意，他说："这次你在家坐镇指挥，派别人去。"罗序刚说："不行，在方正，到了手的鱼在我的手里漏了网，我要亲自去抓他。"宋大队笑了，说："你也不是当一天两天警察了，怎么还这样稚气。案子不是一天两天破的。"罗序刚还是坚持要去。无奈，宋大队把罗序刚将要提大队长的事说了出来。"我本来不想这么早告诉你的，"宋大队说："既然如此，我就跟你说了吧，据可靠消息，这个月底前就能下文。要知道，当了大队长，身上的担子就更重了。当大队长当然是好事，不过，你也得有吃苦甚至受委屈的准备，不过，你还年轻，前途无量啊。"

罗序刚努力平静着自己，今天，宋大队那种平时让他觉得不怎么舒服的辩证法，这会儿听来也顺耳多了。

罗序刚和宋大队分手之后，他决定再找吊眼儿一次，如果吊眼儿不听话，他就把他关起来，他手里握着吊眼儿的把柄，随时都可以抓他。这个时候，可千万不能出事啊。

吊眼儿在童大林那里拿到了 8 万元钱，就把水红的 5000 元还了，剩下的钱足够他潇洒一阵子，他开始出入高档酒店和娱乐场所，把水红扔在了一边。水红并没有对吊眼儿彻底失望，尽管她怀疑吊眼儿是假冒的警察，但即使是假冒的警察，她想，只要吊眼儿真心对她好，她什么都认了，自己已经把"身子"给了他，她还有什么选择？老人讲嫁鸡随鸡嫁狗随狗。水红自然逃不出这个套子。

这几天，水红干脆把发廊关了，整天对吊眼儿进行跟踪。在跟踪时，水红发现吊眼儿和一个人在茶馆里谈了老半天。那个人开一辆车，就停在路边，交警也不管。水红问路边的人，交警为什么不管。那人说，你没看车号吗？公安局的车，他们自己家里人的车当然不管了。水红看不懂车号，在她的印象里，警车都是带警灯的。那人说，你没看到车号前面的字母吗？G，就是公安局的意思。水红懵了。从窗口看，那个人和吊眼儿在讨论什么，像是在谈工作，也许，吊眼儿没说谎，他真的是警察。有的时候是这样，你想这个人不是什么的时候，越想越不像，而想这个人像什么的时候，越想越像。她在饭店里堵到吊眼儿和小姐喝交杯酒的时候，怎么想怎么觉得吊眼儿是个骗子，而现在，越想越觉得吊眼儿是个化了装的便衣警察。

水红跟踪吊眼儿的时候，罗序刚正跟吊眼儿谈话，吊眼儿信誓旦旦，表示绝对不会给罗序刚再“添乱。”罗序刚也威胁了吊眼儿，告诉他，随时准备抓他。直到罗序刚觉得吊眼儿不可能在给他惹事，心里踏实之后他才离开了吊眼儿。

童大林在海边受到吊眼儿他们的惊吓，一连病了好几天，第三天他的精神刚有些恢复，就给新认识的银行女职员挂了电话，他并没有从这件事上汲取教训，在他看来，任何事情都可以用钱来摆平。他还记得他给吊眼儿钱的时候，吊眼儿的嘴唇有些发抖，说：“哥们今天对不住你了，我看你也是个爽快人，以后有用的得着哥们的地方就吱一声，哥们肝脑涂地，在所不惜。”有些事情就是这样，好事可以变成坏事，坏事也可以变成好事。花钱躲过了一场灾难，当然，因为这件事，他也可以理直气壮地疏远小秋了。

银行的女职员不在，童大林对接电话的人说，我姓童，让她回来给我回电话。没多大一会工夫，电话就响了起来。童大林以为是女职员，用柔软的声音说：“喂!”对方是男的声音。“你是谁?”童大林问。对方告诉他，他们就是前几天送他到悬崖边的人。童大林以为是吊眼儿，问他有什么事儿，对方说："我们想向你借几个钱花。""借钱？那天不是给了你钱了吗？""你没给我们，我说，你也太不讲究了，拿我们哥们当猴耍，凡是拿我们哥们当猴耍的，都没好果子吃。"童大林明白，不是吊眼儿，而是另外两个人。他问这事还没完了吗？对方说："有完，但你必须整明白了，你给了吊眼儿10万，我们哥们干晾着，不太讲究吧。""那，你们还想要多少？""不多，跟吊眼儿一样多就行。"童大林十分吃惊："10万？""是每人10万，我们两个，一共20万。"童大林说："这事儿我跟你们说不着，我找你们的头儿。"对方说："他不是我们的头儿，我们是我们自己的头儿。"可是……"。对方说：我不跟你多说了，要钱要命你自己决定，不过，不能时间太长，一个小时后我再给你打电话。

放下电话，童大林彻底傻了，如果说拿10万元他还挺得过去，再拿出20万，就冲破他所能承受的界限了。童大林不傻，他知道凡事都是有成本和界限的，拿出10万，他够大方的，如果再让他拿钱，他是不会接受的，况且，今天拿出20万，说不定明天还让你拿40万，没个完的。他知道自己陷入一个无底无边的黑洞之中。

电话的确是大黄和荷兰猪打的，他们在吊眼儿那儿每人拿到了一万元，他们本应该高兴才是，按原来的计划，他们参与行动，每人只能拿到一千元。而有些事就这么怪，人的欲望无止境的，尤其是荷兰猪听到了吊眼儿和童大林的谈话，知道童大林一共给了他们10万元，除了他们每人分到一万元，吊眼儿独吞了8万元。这样，他们不仅不感激吊眼儿，相反，还引发了不满。事后，他们两人多次商量，觉得童大林是个难得的猎物，既有钱又胆小，并且，他身子不干净，有那么多可以抓的把柄，所以，他们决定对童大林下手。当然，他们也讨论了索要钱的数目，开始是10万，后来又涨到了50万，讨论来讨论去，决定还是20万比较合适，既可以找到借口——和吊眼儿一样（吊眼儿分给他们每人一万元，童大林当然不知道）。估计还在童大林的承受范围之内。应该说，事情发展到这一步，已经与他们最初的动机没了关系，也就是说，大黄和荷兰猪不是为了给罗序刚出气，而是进入到讹诈阶段。

童大林不知道这些，经过一番痛苦的思索，他决定报案了。

童大林报案是报110，由于他在罗序刚大队的辖区，所以案件就分拨到了罗序刚他们大队。罗序刚知道这件事是下午，他刚从局政治部回来，领导找他谈话，正式通知他，局党组已经讨论通过他任大队长，公示过后，局里将正式下文件，这期间，罗序刚主持大队的工作。

中队把童大林被敲诈的案子报上来，罗序刚头上的汗当时就下来。他无法按捺自己，也忘记自己处在“节骨眼儿”上，他气急败坏地说：“吊眼儿他妈的是不是不想活了。说完，就带着几个人去抓吊眼儿。路上，罗序刚的心砰砰直跳，不用手摸都可以感受出来，他想，大概自己没有当大队长的命，偏偏在这段时间出了这么多的事，对自己的考验也过于严酷了。现在的情形发生了本质的变化，童大林不仅不是他打击的对象，还成了他保护的对象，不保护他怎么办？如果童大林出了事，追查起来，根儿还在他，尽管他后来不让吊眼儿干了，采取了他所能采取的措施阻止吊眼儿他们干，并且，后来发生的敲诈的事跟他没了关系，可真的出了事，自己毕竟是源头。当然，这个源头在法律上不会成立，罗序刚最初让吊眼儿教训童大林和后来的敲诈案件没有必然的因果联系，你总不能看见有人从银行里往外拿钱就抢，还强调别人拿钱诱惑你了。可是，在工作环境中，这个源头就会成立了，人们会把间接联系和直接联系混淆起来，会认为是他罗序刚导致了一个重大案件的发生，而且，处理不当还会出人命，即便查明了原因，罗序刚虽然不能受到处分，可当大队长总是不太合适吧。人言可畏，大队长的位置有好几个人盯着呢。

有意思的是，童大林最初是罗序刚的仇人，罗序刚要“收拾”他，发展到后来，罗序刚和童大林成了一条线上拴的蚂蚱，一损俱损。道理再简单不过了。童大林出了事，他罗序刚也跟着受损失。所以，罗序刚必须以迅捷的速度破案，保护他的“仇人”童大林。

罗序刚他们很快抓到了吊眼儿。当罗序刚把手铐子扣在吊眼儿手上时，吊眼儿想，完了。10万元的事罗序刚知道了。可当罗序刚审问他的时候，他才明白，原来是大黄和荷兰猪闹的事，他十分积极地配合罗序刚，在当天下午就把大黄和荷兰猪抓住了。大黄和荷兰猪承认自己敲诈童大林，可奇怪的是，他们都没提10万元的事。警察也找童大林录了两次笔录，他提到悬崖的事，但没提他和小秋的关系，没提罗序刚，也没提10万元。吊眼儿逃过了一劫。

吊眼儿出来的第二天，他在五星级酒店挥霍了一天，他庆幸自己又躲过一次灾难。不想，水红又来找他。水红死死地纠缠他，他就打了水红一个嘴巴。他告诉水红："我他妈的不是什么警察，是一个无业游民，是一个地痞无赖。水红说好，你厉害。咱们走着瞧！

那天晚上，吊眼儿在酒店里嫖娼，让水红给举报了。公安局治安大队迅速出击，抓了个现行。同时，水红还举报吊眼儿冒充警察欺骗钱财的事，吊眼儿被立了案。罗序刚听到吊眼儿被抓的消息，他只是摇了摇头，这次，他不想保他了。

就在吊眼儿被抓的当天，河南方面也来了消息，在逃的杀人嫌疑人已经抓获。罗序刚松了一口气，堆积在面前的一系列问题都解决了。他独自把自己关在办公室里，足足抽了半盒烟。这期间，周倩来找了他两次，没话找话。罗序刚只是点了点头，没接周倩的话茬儿。经过一番思考，罗序刚决定在公示结束前主动辞去大队长的职务，并在那天下班前，他就找了上级领导。

半年后，大队长罗序刚和妻子小秋谈起往事，罗序刚说："当初你没离开老罗（指他自己）是对的，不然，你会后悔一辈子的。上哪儿再找老罗这么好的人？"小秋说："你别臭美了，两条腿的蛤蟆没有，两条腿的人到处都是。"罗序刚说："本来嘛，我多大度啊。我这样想，小秋毕竟是个单纯的小女孩，不谙世事，犯了错误我要拯救她帮助她才是。"小秋立刻大嗓门起来，她说："哎！罗序刚你别不要脸，你当你是谁呀，你是上帝呀？谁用你拯救？说不准谁拯救谁呢。"

说话时，他们正横过马路。小秋挺着怀了孕的大肚子。就在要过马路的一瞬间，被罗序刚给拉住了。一辆车呼啸着过去。"好险啊。"小秋说。罗序刚笑了，他说："这个世界就是这样，稍不小心就会酿成大错。有时，甚至正确的事情一旦过了点头，就变成了错误。"小秋回过头来，说："罗序刚你啥意思？"罗序刚说："没别的意思，意思是让你小心点。"

求你揍我一顿吧

大宝这几天眼皮总跳，按通常的说法，左眼跳财右眼跳祸，问题是，一会儿左眼跳一会右眼跳，跳得大宝十分烦躁。大宝回家，眼皮上沾着一个大米壳大小的纸片，母亲见了，很是担心，她反复嘱咐，开车要小心点儿，车可不长眼睛。母亲这样说，大宝有些不耐烦，他说车是没长眼睛，可我长眼睛了。

严格地讲，大宝心情不好也不完全是因为眼皮跳，在眼皮跳之前，他就觉得心里发闷，人都有心情不好的时候，问题不在于心情好或者不好，难题出在，大宝找不到使他心情不好的原因。在一群也开出租的哥们那里，比较流行的一句话是：给我一个理由。对方通常在无法解释的时候说：因为我帅呀。现在，自己跟自己说“因为我帅呀”，肯定不解决问题，而且，只有脑袋有病的人才会这样自己宽慰自己。

大宝是夜班司机，按约定，他要在晚上 6 点接班。由于心情不好，这几天接班他总不准时，晚！白班司机大老徐也不是车主，跟他一样是“打工师傅”，大老徐见大宝拎一瓶冰红茶过来，涨红着脖子说：“哥们你讲究点好不好，瞅你眼睛都瞅残了。要知道你现在来，我一个大活早干完了。”大老徐说的“大活”是出租车行业里的通俗语言，是指超过 50 元以上车费的生意。大宝漫不经心的样子，问道：“今天的活不好吗?”大老徐的脸仍春风吹不透的样子，他说：“溜了一天，就晚上碰到一个大活，还没干成。哥们，照顾一下，你光棍一条无所谓，我可得养家糊……糊……糊口。”大老徐有不严重的口吃，平时还好，一生气，就结巴。大宝见大老徐动了真气，就把新买的只抽了一颗的石林烟递给大老徐，“得了，这盒给你消气。”大老徐的胳膊用力挡了一下：“你少来这套”。话音一落，大老徐似乎又改变了主意，他把烟拿在手里，临走，他对大宝说：“下……下不为例!”

大宝接车不久，就有一个身材魁梧的人来打车，那人面无表情，“去鸡场。”大宝回头瞅了瞅，那人就一句话，后面没了。大宝想，机场可是个大活儿，怪大老徐没福分，只是，自已现在的心情，大活儿也高兴不起来。

去机场的路上，大宝和乘客都闷着，大宝几次想找个话茬儿，从后视镜里看到那人的表情，到了舌尖的话又咽了回去。车已经开出立交桥，面无表情的人说话了。“去哪儿?”大宝回了一下头，心说这就怪了，你不是去机场吗?

“这是去鸡场的路吗?”“不是机场的路是哪的路？我只知道这一条路。”面无表情的人开始有表情了，不过那表情很凶恶：“小子，你别把我当外地人糊弄，你去哪个鸡场?”“这就怪了，还有几个机场?”

“停车，”身材魁梧的人拉住大宝的后车座。大宝一下火了，大声说：“你想找事吗?”

那人似乎比大宝还凶说“找事咋的?”

大宝一个急刹车，把车停了下来。大宝在对方的目光中激发了斗志，他真想和这个找事的家伙打一架。就在大宝和身材魁梧的人目光较劲儿的过程中，大宝突然想到眼皮乱跳的事，不知道为什么，他的心开始收缩，觉得没了力量……

爱好诗歌的警察罗序刚今天值夜班，今天是他和妻子小秋结婚的纪念日，本来，他打算和别人串一个班，陪小秋吃一顿饭，甚至到海滨广场走一圈，浪漫一下。只是，罗序刚知道下一个班的大冯正准备去医院护理母亲，而再下一个班的老马和他多少还有点不睦，好强的罗序刚最终还是没好意思说出口。罗序刚值班时，他突然想给小秋写一首诗，用这种方式来表示他的歉意。问题是，罗序刚憋了半天，怎么也写不出来。罗序刚想，大概因为自己很久不写诗了，也许还有一个更重要的原因是，情诗比较适合婚前那个阶段，而现在，写情诗真的比请吃饭、买礼物给妻子难多了。

就在罗序刚搜肠刮肚的时候，巡警送来两个脸上有血的人，两个人出现在办公室里，罗序刚还没从“文学情境”中回到现实。况且，警察见受伤的人就跟医生见受伤的人一样，司空见惯，不会有什么特殊的反映。罗序刚看了一眼墙上的挂钟，时间是晚上10点47分。巡警认识罗序刚，他说：“罗警长你值班啊，这两个小子在四姐妹饭店打仗，饭店里的人报了110。四姐妹饭店归你们辖区管吧。”罗序刚说：“是啊。”往下的话罗序刚没说，四姐妹饭店不仅在他们派出所的辖区，而且，还属于自己的责任区。罗序刚和两个巡警寒暄了一番，出门送他们，罗序刚说：“你们帮我盯着点，发现断手指的人通知哥们一下。”其中一个巡警笑着问：“有奖励吗？”罗序刚说：“当然了，到时候好好请你们一顿。”

罗序刚回到派出所，把警校实习的学生叫过来一起记笔录，“坐吧。”罗序刚对两个脸上有血的人说。两人迟迟不肯落座，罗序刚抬头看了看，他明白，这两个人都没少喝酒，意识到这一点之后，他才觉得房间里充满了酒气。“挺有量啊。”罗序刚说。按着一般的规律，应该等醉酒的人酒醒了再讯问。不过，罗序刚已经把实习生叫了来，并且自己也拉开了架势，所以，只好把讯问进行下去。

这种情况下讯问，效果是不会好的，对此，罗序刚有心理准备，只是，他没想到效果尤其不好。他费了半天的周折，才知道两人一个叫解宝辉，是出租车司机，驾驶的出租车号为C37201。另一个叫许强，是新世纪大酒店的保安。两人本不认识，在四姐妹饭店相遇之后打了起来。至于为什么打了起来，两个人都说不记得了。和醉酒的人谈话是一件十分痛苦的事情，痛苦不仅在于你要闻他呼出来的经过胃酸发酵过的酒味，而且，他们思维混乱，胆大而盲目，也就是说，在醉汉面前，警察体现不了威严，没了威严去讯问，效果能好就怪了。罗序刚知道纠缠下去也徒劳无益，于是就把解宝辉和许强分别关押在两个房间里，他还带着实习生去了四姐妹饭店，他们去四姐妹饭店时已经是午夜12点了，饭店的门已经上锁，罗序刚敲了十几下，才有人过来开门，让他们进去了。罗序刚嘟哝了几句，他的意思是，我们为了你们这么晚了都不能休息，你们怎么还不积极配合。饭店不积极也是正常的，两个人打架并没给他们造成多大的损失，一是打架的时间很晚，没有别的客人；二是损坏的东西也不多，啤酒瓶子不算，摔坏的只是三个盘子两个碗。根据饭店提供的情况，晚八点左右，身材魁梧的人（许强）先来喝酒，后来，瘦子（解宝辉）也来了。喝到十点左右，饭店的客人走没了，这两人不知道怎么凑到了一张桌子上，服务员说："他们两人喝得挺对脾气的，又要了8瓶啤酒，喝酒的过程中，两人还勾肩搭背的。至于为什么打起来了，我也说不清楚，离他们的距离远，等听到声音，两人已经打了一大半，战事快结束了。"

罗序刚他们回到派出所已经是凌晨1点半了，上楼前，他还分别看望了许强和解宝辉，许强已经睡沉，张着大嘴，呼噜打得山响。解宝辉也睡了，只是，他在熟睡中还蹙着眉头，这一点被敏感的罗序刚抓到了，解宝辉的表情引起了罗序刚的关注。

那天晚上，罗序刚对案件形成这样的概念。解宝辉和许强本不认识，只是酒后滋事，两人的伤也不重（解宝辉的眼睛被打肿，嘴唇被打破，鼻子流过血；而许强除了脸被抓破外，基本没受伤），社会危害也不算大，可以定位于治安案件。处理上，罚款和拘留都可以，属于可拘留可不拘留之列。罗序刚想了想，还是决定拘留一个，人选是许强。

为什么是许强而不是解宝辉？是因为解宝辉那个让罗序刚关注的蹙眉的表情吗？如果是，也仅仅是表面的原因。在罗序刚看来，两个人打仗，总有一方的责任大一些。当然，在这一点上，警察之间也有不同的认识。一种是原因说，一种是结果说。比如老马，他比较看重原因。也就是说看"这事是由谁引起来的，赖谁？"并作为案件处理的依据。而罗序刚则倾向于结果说，也就是说，他看重社会危害后果如何，罗序刚觉得自己更接近于法律精神。所以，罗序刚在对待许强和解宝辉打架这件事上，他必然会选择许强作为处罚对象。在这起案件中，许强身材高大魁梧，而解宝辉身材瘦弱，表面看许强以强凌弱，事实上也是，许强没吃亏，而解宝辉被打得很惨。法律是什么，在老百姓那里当然也包括罗序刚这样科班出身的警察身上，在潜意识里也把法律和公平等同起来，显然，这是对法律理解的不完整，问题是，没人会把法律条文都背下来的，包括执法者。

事实上，罗序刚选择许强为处罚对象，还有其他的原因，一个外在的原因就是拘留指标问题。按理说，罗序刚已经完成了今年的拘留指标。他所以再增加一个是想还老马的人情。去年年底，罗序刚没完成指标，通过所里内部调剂，把老马的指标调剂给了罗序刚，为此，罗序刚一直觉得自己欠老马一个人情。指标是硬的，派出所不达标，不能评先进，相关的待遇也没了，派出所再分配在每个民警身上，谁完不成指标，相应的荣誉和待遇也没了。当然，拘留指标并不是唯一的指标，还有破案率什么的，很多。不过，大家都知道，拘留是个重要的指标。在这种情况下，可拘留可不拘留的，一般就跑不掉了，只能被拘留。还有一个潜在的原因，更加促使罗序刚下决心处罚许强，因为许强是保安。

按理说，保安和警察的关系要比一般老百姓的关系近一些，毕竟，保安的很多工作是在帮警察的忙。罗序刚对保安有看法主要是自身的原因，他曾经被保安打过，并由此而引发出对整个保安的看法。警察被保安打了，有点说不过去，表面看也不合理。但凡事都有特殊的情境，罗序刚被打的事发生在十个月以前，他和报社副刊部的编辑吃饭，吃过饭之后，编辑要到歌厅唱歌，他就陪着去了。他们一人找了个小姐，边唱边喝，一喝就喝多了。结账时，罗序刚觉得自己是警察（他又不好暴露身份），要求人家给打八折，人家不同意，罗序刚觉得在朋友面前没了面子，态度强硬起来。他们都喝多了酒，自然会磨叨来磨叨去的，在争执中，保安以为罗序刚是来找事儿的，就来个先下手为强，把罗序刚打了一顿，这下，罗序刚被打清醒了。有意思的是，身为警察的罗序刚被几个保安打了，他反而不让报社的编辑报案，实实在在地吃了个哑巴亏。警察能吃这样的哑巴亏？能，而且正因为罗序刚是警察，所以才吃了这样的哑巴亏。很多事情就是这样，如果罗序刚不是警察，他一定要一个说法的，问题在于，罗序刚是警察。他可不想自己和打人的保安一起被押到派出所里接受讯问。警察被打了不是件光彩的事，况且，自己是在歌厅里被打的，如果是在执行任务时受伤则是另一回事了。尽管自己在歌厅里没干越格儿的事儿，那个界限不管喝多少酒他都能把握的，他只跟小姐唱了歌跳了舞，可别人不一定这样认为，表面不说，背地里还不知道怎么议论呢，传来传去，就会传出这样的话来：罗序刚利用职权（虽然那个歌厅不在他们管片），玩小姐不给钱，还以警察的身份威胁老板，老板的手下以他冒充警察为由打了他一顿……这样，他罗序刚有一百张嘴也说不清了。所以，罗序刚只能选择吃哑巴亏。当然，后来那个歌厅的保安出了别的事，正是罗序刚的警校同学处理，帮罗序刚出了气。其实，罗序刚决定要处罚这个保安，也不完全处于个人恩怨，毕竟许强没打过他，打他的保安和许强没一点关系。只不过是通过那件事，使得罗序刚对保安这个职业有了新的认识，觉得他们狐假虎威，容易施暴，连警察都敢打，老百姓还放在眼里吗？

因此，保安许强自己撞到罗序刚这个枪口上，算他流年不利吧。

大宝清醒过来，他已经在派出所里了，大宝知道自己在白山路派出所，以前他来过白山路派出所，所以，他很快对身处的环境做出了判断。很显然，自己是被锁在临时关押审查对象的房间里，那个房间的窗口对着全市规模最大的立交桥，那个立交桥在空中拍照，是一幅壮美的荷花图案。立交桥对大宝做出判断起了至关重要的作用。现在，大宝已经完全清醒了，同时，大宝也知道，自己受了伤，伤的部位火辣辣的痛，大宝摸了摸眼眶，知道自己的眼眶已经被打肿了，摸了摸鼻子和嘴唇，嘴唇似乎也被打破了，还有，自己右手大拇指关节也有挫伤。大宝想，看来，一场战事还是没避免。

大宝清醒之后，开始对昨天晚上的事做了回顾，他知道事情出在四姐妹饭店，在此之前，他只送过一个客人，那个不愿意讲话的客人要去“鸡场”，而他误听为“机场”，在郊区环境保护局门口差点打了起来，如果不是他意识到眼皮跳的事，那么，这场仗的发生就是傍晚而不是夜晚了。后来，大宝先软下来，说：“我这样走没错，去飞机场这条路最近。”对方说："谁他妈说去飞机场了，我说去鸡场，有"飞"字吗？"大宝本想说那你也没说有"养"字啊。想了想，大宝没说。他说："这样吧，算我听错了，我现在送你去养鸡场，车费你看着给吧。"大宝这样的姿态，对方也没什么话讲，一场一触即发的战事避免了。战事是避免了，大宝的心情却没有好转，不仅没好转，反而进一步恶化。因此，这一经历和晚上战事真的发生也有着潜在的联系。

大宝从鸡场回到市里，把车停在公共汽车站前的一个岔路口上，也就是四姐妹饭店门前。很长时间没有客人，大宝就给小春风挂了电话。大宝已经很长时间没跟小春风联系了，按小春风的说法是，他们之间出了问题。大宝反反复复地想，也想不明白小春风说的问题是什么。小春风是地方剧团的演员，演过《白蛇传》中的青蛇，演过霍小玉也演过江姐。大宝和小春风认识是在表姐的婚礼上，男方请了剧团的演员，其中就有小春风，当时，小春风没唱戏，而唱了两首通俗歌曲，坐在下面的大宝直盯着小春风看，自言自语地说：这个妞长得还算"正点"。朋友对他说，你想什么啊，一个车夫，在旧社会也就是骆驼祥子，还琢磨人家，那可真应了癞蛤蟆想吃天鹅肉那句话了。大宝说本来我也没想什么，让你们这一说，我还真去泡泡她，泡不成算个追星族，泡成算中了福利彩票。说完，大宝就去找小春风敬酒。那天也巧合，小春风唱完了歌急于赶场，拿了红包急着要走。大宝说："我送你。"小春风看了看大宝，没说什么就上了大宝的车。在路上，大宝往死里夸小春风，小春风知道大宝夸得比较离谱，可她还是吃吃地笑，用小嗓说："你这人真逗。"就这样，大宝和小春风相识了。大宝是和小春风认识两个月后上床的，那是在大宝朋友简陋的家，条件很差，事毕，大宝觉得很恍惚，自己真的和小春风上床了吗？本来以为是癞蛤蟆想吃天鹅肉，不想，这么简单，简单到自己都不相信的程度。那天晚上，大宝以一种激动甚至忐忑的心情对小春风说："我一定努力干，成为一个有钱有地位的人，这样，你跟着我也不至于掉份儿。"小春风惊讶地瞪大了眼睛说："你想什么呀，我可从来没说要嫁给你。"大宝想一想也是，笑了，他说："那你和我在一起，只是玩玩。"小春风把眼睛瞪得更大，她说："你说什么呀，这么流氓。"后来大宝去小春风所在的剧团兼剧场看过戏，那里弥漫着陈旧的气息，一个可以容纳150人的剧场，坐了不到30人，而这30人有九成都是老年人。小春风对大宝说，剧团不景气，她们只拿百分之五十的工资。大宝似乎明白了，原来套在小春风头上的光环是人们观念里的，事实上，小春风并不是天鹅。大宝这样判断不免从一个极端走向了另一个极端，关键是小春风不这样想，她本来也没把单位的工资当回事儿，剧团里的人都在外面挣钱，有的去演影视剧，有的做生意，实在不行的也去酒店里串场表演。在小春风那里，她也没把大宝放在对象的位置上，或者这样说，她毕竟还算一位有名气的演员，就是剧团黄了，她一分钱不挣，也不可能嫁给一个开出租的司机，即使大宝奋斗到当了车主，她也不会嫁给他的。小春风只是把大宝当成一个朋友，一个崇拜自己、随时可以叫来为自己服务，而且不用花出租车费的朋友而已，至于为什么和大宝发生了床笫之事？从小春风的角度来说，也没什么奇怪的。人嘛，在一起时间长了，就不会那么戒备。况且，大宝也是很帅气的小伙子，而小春风也青春旺盛，在特殊的心态和环境下就发生了。这样说来，并不是说小春风是随随便便的人，只是，事情发生就发生了，小春风不是一个背包袱的人而已。

问题是大宝不这样想，和小春风上床之后，大宝开始频繁地给小春风打电话，一下子把小春风给吓着了。小春风大概产生了误解，以为大宝在纠缠她，所以，她很郑重地跟大宝谈了两次，不让大宝破坏她的生活。大宝本来也没想破坏她的生活，也没那么真的想娶小春风，他只想给小春风打电话，听小春风发脾气，幻想和她重温旧梦。只是他越这样，小春风越躲着他，到后来，小春风一见是他的电话，就骂一句："去死吧你！"接着把电话关了。大宝知道，他没希望了，但他有过明确的希望吗？按他最初的设想，他已经中了福利彩票，到了后来，大宝给小春风打电话不再是希望，而是一种恶作剧心理，每次见小春风发火他都忍不住想笑，就像小时候，自己拿一个毛毛虫吓同桌的女同学，女同学越躲他他越往人家身边凑。现在，自己是毛毛虫还是拿毛毛虫的人？打扰小春风成了一种快乐无比的事情。

大宝在四姐妹饭店门前闲得难受，就用手机给小春风打了电话。小春风一定在来电显示上看到了大宝的电话号码，小春风接了电话，她说："大宝你到底想干什么?"大宝说："我没想干什么，我只是想你了，跟你聊聊。"小春风说："你的脸皮真厚，我告诉你，你再骚扰我，我就报警。"大宝咯咯地笑了起来，他说："好啊，你现在就报警，我等着。"小春风说："大宝你个王八蛋！去死吧！"大宝还是咯咯地笑，他喜欢听小春风骂人的声音，那是一种戏曲腔调。

小春风放下了电话，大宝知道她一定又关机了。不过，无聊的大宝又尝试着给小春风打了一个电话，不想，电话通了。电话响了几声，对方拒绝接听。大宝意识到，小春风一定在等人电话，不然，她不会宁愿被大宝打扰也不关机的。等谁的电话呢？一定是个男人。大宝这样判断。有了这样的判断，反而激发了大宝的斗志，他不停地给小春风挂电话，小春风不接大宝的电话，也不肯关机，看来，大宝的判断是对的。就这样，大宝给小春风挂了一个多小时的电话，他一定要把小春风的手机打没电，不想，最后还是自己的手机先没电了。这一个多小时，大宝没干活儿，所有的收获就是：把手机电池打没电了。一切复归平静，大宝也像瘪了的气体人，耷拉脑袋了。恶作剧带来的快乐毕竟是短暂的，大宝压抑、沉闷甚至恼怒的心情没有得到缓解和改善。相反，还有加重的意思。

大宝进四姐妹饭店大概是9点左右。他要了两个小菜、两瓶啤酒，自斟自饮。两瓶酒很快喝掉了，大宝犹豫了一下，他计划就喝两瓶，他是这样想的：就两瓶酒，下半夜还得干活儿。可有的时候，计划是计划，喝到两瓶之后，大宝的想法变了，他想再喝两瓶吧，不干就不干吧，反正也不差一天晚上。事实上，大宝喝酒并不能解决心情不好的问题，只是在表面上麻醉了一下。大宝把四瓶啤酒喝完，饭店里的客人也走差不多了，只有靠窗的位置上还有一个人，也在独自喝酒。大宝瞅了瞅那人，那人也瞅了瞅大宝。大宝再瞅那人时，那人用酒杯示意了一下。这样，大宝就拎着酒杯过去了。"再上两瓶，记我账上。"大宝口气硬朗地对服务员说。

坐下来之后，大宝知道那人叫许强，是新世纪大酒店的保安。许强说他今天过生日，自己给自己过生日，挺没面子的。大宝说：“原来如此，我来给你过生日。”大宝还让服务员去买蛋糕。“记我账上。”大宝仍仗义地说。服务员说：“太晚了，买不到蛋糕。”许强也拉大宝，他说我过生日从不吃蛋糕，你陪我喝酒就行。于是，两人放开量喝，没多久，桌子上的空酒瓶就排成了排。交谈中，大宝知道许强从小就喜欢武术，还在武术培训学校培训过，那个武术学校收费很高，在招生广告上承诺，毕业安排工作。许强家境不好，母亲为了他的前途东借西凑，凑足了6000元的学费，一年之后，许强结业了，被推荐到新世纪大酒店当保安。到了酒店他才知道，当保安并不需要专门的武术培训，他的同事很多都是从农村来的，一进城就当了保安。许强觉得自己花了冤枉钱，并且，他还觉得自己大材小用，生发出不得志的郁闷。许强说：“不管怎么说，我也是有本事的人，挣那几个小钱，还得整天小心翼翼，恭恭敬敬地给人开门，敬礼。就今天下午，一个‘鸡’进酒店，我开门慢了一点，她训斥我没眼色。你说，我他妈混得还不如一个‘鸡’？”大宝说：“咱们不一样吗，我什么客人都得拉，为人民服务嘛。”许强瞪大了眼睛，他说：“‘鸡’不是人民。”大宝说：“是啊，‘鸡’不是人民……可是，那‘鸡’是什么呢？”

他们一边讨论着一边喝着，喝酒过程中，许强对大宝说：“我妈说女怕嫁错郎，男怕做错行。我就选错了行。”大宝说：“我不同意你的说法，我最羡慕有功夫的人，就说今天晚上吧，我碰到一个缺心眼儿的，他说去机场，我拉他去机场，走了一半，他又告诉我是养鸡场，还跟我来横的，我要是有你的本事，非教训他一顿不可。”许强说：“你别打断我。我说我选错了行是有根据的。”

“什么根据？”“我选的是一个没落的职业。”“没落是什么意思？”“就是不符合时代潮流。”大宝笑了：“你挺有见识啊。”许强说：“你别打断我，你想啊，有功夫有啥用，现在是啥时代了？科技时代。我承认，我出拳很快，可是，你再快能快过子弹啊？我的个人悲剧是：我错生了时代，如果我生在古代，起码能干个大将军。”大宝想了想，说：“你说的有道理，我们都错生了时代，我妈说我脑子灵活，是个经商的材料，如果在古代，我肯定能成为大商人。”许强说：“你跟我不同，经商可不是没落的职业，现在正是经商的好时候。”大宝说：“好什么好啊，脑子灵活的人有的是，古代就不同了。”许强显得吃力地思索了一番，然后说：“有道理。”

夜里11点左右，大宝和许强都喝得睁不开眼睛了，他们搭肩拢背，以兄弟相称。许强说自己现在真想找茬打一仗。大宝眯缝着眼睛，附在许强耳边笑着说：“求你打我一顿吧。”许强摆动一下手：“打你？你那小样儿经不住我一拳。”大宝说：“你吹，虽然我没练过武术，也是条汉子。”许强回手就给了大宝一拳。“只用了三分力。”许强说。事实上，酒喝到这份上，许强并不能把握他用的是几分力，就是他说的三分力把大宝给打痛了。大宝火了：“你他妈还动真的了……”说着，把杯里的酒浇到许强脸上。于是，两人就打了起来。

大宝醒来不久，罗序刚就找他做笔录。大宝把和许强喝酒和打仗的经过复述一遍，“我本来是开玩笑的，不想他真动了手。”

“就这点原因吗？”罗序刚问。

“就这些。”

“你再仔细想想，还有没有别的原因？”

“没有了。”

“要知道，签了字就不能改了。”

“……我知道。”

罗序刚讯问完大宝，又开始讯问许强。讯问许强之前，罗序刚还用手铐子把许强扣在暖气管子上。

“为什么打人？”罗序刚严厉地问。

“他让我打的，他说求你打我一顿。”

“他让你杀人你也杀人？”

“……”

“一共打了几拳？”

“不记得了。他也打我了。”

“现在我问的是你，没问他。”

“大概五六拳吧……”

“打在什么部位？”

“没在意，这重要吗？”

“你说呢？有的部位可以伤人，有的部位可以打死人。你不是练过武术吗？你应该懂。”

“我没想打死他。”

“那你想什么？”

“什么也没想。当时迷迷糊糊的。”

“迷糊还能伤人？如果你迷糊，受伤的应该是你而不是那个人。”

“可是，我真没想伤他，是他让我打他的，本来是开玩笑……”

“把人打伤了还说开玩笑？现在还要等诊断结果，如果那个人的伤够伤害等级你就准备去劳改吧，玩笑？一个玩笑换几年徒刑！你挺会开玩笑啊。”

罗序刚这样说，许强就变得沉默了，沉默了一会儿，他突然跪了下来，他说：“我知道错了，千万别让我进监狱。”

“起来，这里可不兴这个。”

……

罗序刚整理完大宝和许强的询问笔录，所里的民警陆续来上班了。在交接碰头会上，罗序刚谈了自己的意见，他提出要把“打人的”许强的材料报到分局，给予许强 15 天拘留处罚。“老大”孙光峻上午要到局里开会，所以简单地听了一下情况，没表态。他只是问了罗序刚一句：“你觉得怎么样？”

罗序刚笑着说：“你看你问的，让我自己怎么回答。如果我说不行，你会说不行你还报，如果我说行，不是自己肯定自己吗。”

孙光峻笑了，他说：“那就报吧。”孙光峻把讯问笔录拿在手里翻了翻，漫不经心地问："被打的人去医院了吗？""没有。"罗序刚说："看样子不算太重。"罗序刚本来想解释，昨天晚上本打算让大宝去医院检查，一方面他的伤势不重，另一方面，他醉得厉害，去医院大概也看不成病。所以，罗序刚就想等到早晨观察一下再说。早晨，大宝和许强都十分清醒，更没有必要去医院检查了。当然，在询问的时候，罗序刚问过大宝用不用去医院，大宝说不用了，只是受点皮外伤。孙光峻没有继续往下问的意思，罗序刚也就不解释了。翻完了材料，孙光峻说："这个，解宝辉——孙光峻把解（谢）读成了解放的解——最好到医院做个诊断，这样，给姓许那小子定拘留理由更充分一些。"罗序刚犹豫了一下。孙光峻大概明白罗序刚的意思，他说："你该休息休息，让老马接着处理一下。"

老马处理也名正言顺，他是管片民警，大宝的家正在老马的管片之内。

罗序刚走后，老马就接手大宝和许强的案子。于是，这个案子也出现了另外的走向。老马认为，这个案子要么都不拘留，要拘留就两个一起拘留，如果只选择一个的话，那应该是解宝辉而不是许强。

前面提到过，老马是看重原因的，不像罗序刚，看重的是结果，所以，老马在审查讯问笔录时，越看越生气。老马觉得罗序刚的判断有问题，本来这是件无事生非的案子，而起因正是大宝，如果大宝不是没事找事要许强打他，许强就不会打他一拳，也就不会发生打仗的事了。所以，真正无辜的应该是许强。

为了慎重起见，老马还查阅了大宝的户籍材料，老马有一个重要的发现，大宝曾经是不良青年，有过前科。五年前，大宝曾因打仗斗殴被行政拘留7天。老马想，姜还是老的辣，别看罗序刚那小子平时挺牛的，觉得自己是个"知识"警察，可在实际办案中，那些东西不一定都好用，还得有经验。如果不是自己有经验，搞不好就办了个错案；如果办了错案，就会冤枉好人；如果冤枉了好人，自己就失职了。老马把大宝受过处罚的材料复印了一份，附在讯问笔录的后面。老马知道这个材料也是十分重要的，这个材料说明什么？说明大宝本来就不是好东西，恶习不改。这进一步印证了老马的判断，在大宝和许强的案件中，大宝是罪魁祸首。同时也验证了老马的经验，这个世界上从没有“无因”的“果”，也从没有“无果”的“因”。想到这儿，老马有了一种满足感，他将拘留报告上许强的名字改成了解宝辉，然后，慢悠悠地点燃一颗烟。

其实，老马“推荐”大宝拘留接受拘留处罚，还有另外潜在的原因。一是他还有拘留指标没完成，他把罗序刚的建议改过来，他觉得不仅纠正了一个错误，而且为自己改来一个指标，名正言顺，一举两得；还有一个更潜在的原因是，老马对保安的印象总比一个受过处罚的普通人要好。或者这样说，在感情倾向上，老马是倾向许强这一边的。以前，老马当过派出所的经警，负责管理保安为所里创收，他几乎是保安的头儿，那些年，老马由带兵的营长转业到地方当了一个普通的民警，有一种莫名的失落感，只有在管理保安那两年，他才体会出被尊重的感觉。所以，这些都促使老马下决心要拘留大宝。

决定之后，老马也有些犹豫，主要是担心罗序刚对他有想法，平时里，他和罗序刚就不怎么对话，其实他和罗序刚之间没什么本质矛盾，既无过节，也不是竞争对象，只是性格上有点犯克，他尤其看不惯罗序刚跟诗有关，一个警察怎么可以跟诗有关系，在老马看来，人一沾诗的边儿就像被醋泡过了，发软，而警察的职业正好相反，应该是坚硬的。可从罗序刚的角度来说，他也许看不惯老马的“老练”，老马深谙人情世故，让罗序刚觉得“俗”。现在，老马将罗序刚的意见翻了个个儿，几乎等于把自己公开摆在罗序刚的对立面上。考虑来考虑去，老马决定先征求一下罗序刚的意见再报上去。

老大孙光峻吃完中午饭回来，红光满面的。局里规定，工作期间禁止喝酒，不过开会就属于另一种情况了。好在孙光峻喝得不算多，处在刚刚有点兴奋的状态。孙光峻在派出所的走廊里遇到了老马。孙光峻问，材料齐了吗？老马说材料是齐了，只是，我还想和罗序刚碰一碰。孙光峻说材料齐了就报啊，现在都几点了？老马说是这样，我和罗序刚的看法不一样，所以……孙光峻似乎明白了什么，他说你把材料送给我，我看一看。

孙光峻看材料时，老马就坐在他办公桌对面的椅子上，孙光峻反复认真地看了两遍，抬起头来："你认为应该拘留解宝辉?"老马说是，同时，把自己为什么要拘留解宝辉而不是许强的理由说了一遍。老马这样说，孙光峻觉得有些为难。说起来，罗序刚和老马都可以处理这个案子，罗序刚是治安警，案件发生在他的责任区的饭店里，而老马是户籍警，解宝辉居住在他的管片里。他们都有责任调查也都有权利提出自己的看法，问题是，老马和罗序刚的看法不一致，并且是截然相左的意见。而从孙光峻的角度来说，他觉得无论是强调原因还是强调结果，罗序刚和老马都有一定的道理，既然都有道理，单独处罚哪一个都有些不妥。同时，孙光峻还这样想，不管什么理由两个人在公共场所滋事，还损坏了饭店里的物品，处罚就都处罚……孙光峻把自己的想法对老马说了，老马缄默着，缄默是老马一贯的做法，让对方探不明他的心态，你说他服从领导的决定也好，你说他被说服了也好，你说他不高兴了碍于面子不反驳你也好，怎么想都行，重要的是，他没做出令你不高兴的事情来。孙光峻见老马没反映，他说说句心里话，这两个小子的行为处在可拘留可不拘留的线上，怎样处理都没错，我所以这样想，主要是考虑我们这个地段的实际情况，老马你注意到没有，最近街上的治安案件是不是多了点儿，乱世用重典，我看这个时候重一点处理比轻一点好，不然会产生连锁反应的。老马想了想，似乎意识到孙光峻在搞平衡，他慢悠悠地说：都拘留也行，不过，拘留时间还是有区别的好。孙光峻问老马多少。老马说解宝辉 15 天，许强 7 天。孙光峻快速翻了翻眼睛，说那就这样吧，你 1 点钟把材料送分局，4 点钟以前把他们两人送走，可别超过 24 小时，这么点事儿让人告一下，得不偿失。

老马点了点头，拿起孙光峻签了字的材料向门外走，走了两步，他回头对孙光峻说："小罗那头……"，孙光峻挥了挥手，说："罗序刚的工作我做。"

老马刚走，孙光峻就接了一个电话，这个电话不同于一般的普通电话，它使得事件的走向又发生了变化。

电话是市公安局政治部主任林浩打来的，其实，林浩什么都没说，只是问，解宝辉的事儿是怎么回事儿。孙光峻就把解宝辉和许强酒后打仗的事概括地对林浩汇报了一下。最后，孙光峻还解释一句：“不严重。”林浩说“啊，没什么，有个朋友托我帮着问问。”林浩的电话就放下了。整个过程中，林浩只说了两句话，而这两句话也没有明显的倾向性，尽管如此，林浩的电话在孙光峻这头还是引起了强烈的反映。孙光峻刚刚被称为“老大”，一个月前，老大上调到分局刑警大队当队长，他这个老二就自然排到了老大的位置上，副所长主持工作。也就是说，孙光峻干的是所长的活儿，但职务还是副所长。这个阶段应该说是最难熬的，工作要有成绩，还不能出问题。按孙光峻自己的话说，既要求有功还要求无过。孙光峻小心翼翼，谨小慎微，生怕自己在正式下文前有闪失。所以，在这种情况下，林浩的电话不可能不让孙光峻敏感。按干部管理权限，孙光峻能否当所长主要取决于分局，可市局政治部毕竟是上级领导，而且是管干部的，如果林浩对自己不满意，不用多说什么，甚至在说同一句话时语气不同，就可能让自己多“主持”一段时间。这些问题对于当了十来年副所长的孙光峻来说，利弊关系泾渭分明，不用耗费很多脑筋，孙光峻很快就知道自己该怎么做了——立即放了解宝辉，拘留许强。如果把许强也放了，肯定不是最好的选择，有很多既清晰又模糊的原因存在着。当然，孙光峻要放解宝辉，也不是原则性问题，如果解宝辉犯了大事，触犯了刑律，就是市局公安局局长来电话，他也不会私自放人的。什么是原则问题什么不是原则问题，他孙光峻心里还是有数的。

老马刚出了派出所，孙光峻又把他叫了回去，孙光峻对老马说：“情况发生点变化，放了解宝辉，拘留许强。”老马惊讶地张着嘴，没等他说话，孙光峻说：“不要问我为什么，我所以不解释肯定有无法解释的理由，照着办就是了。”

“问题是……”

“不是不让你问理由吗？”孙光峻大声说，几乎有吼的意思。

大宝被关了一夜加半天，尽管时间不是很长，但他心理上却经历了很多曲折，就在他对接下来的事做出种种不好的推测时，派出所的人却把他放了。大宝一出派出所，小春风就在路边的一个出租车上喊他。大宝走了过去，问小春风："你怎么在这儿？小春风立刻瞪起了眼睛，她说你这个白眼狼啊，要不是我救你，你就被送看守所了。"

小春风说的没错，是她救了大宝，不然，大宝还真的去蹲拘留所。事情是这样的。昨天晚上，小春风的确在等一个电话，近一个时期，小春风和一个做房地产生意的老板打得火热，该做的事做了，也谈婚论嫁了，只等着老板和老婆离婚，就可遂了心愿。本来，小春风和老板约好晚上谈他离婚的事，在等老板电话期间，大宝给她来了电话，她关掉电话，大宝再挂，当时，小春风极度恼火，恨不得找到大宝把他杀了。一直等到晚上9点多，那个老板还没来电话，小春风长期维护的矜持也守不下去了，她主动给老板挂了电话，老板的电话关机。小春风不甘心，就去老板常去的饭店找他，找了七八个地方，终于在一家咖啡店找到了老板。老板正和一个女孩儿交谈着，完全可以用含情脉脉来形容。小春风努力控制自己的情绪，躲在人工假树的后面观察着他们。小春风看到，老板在与那个女孩交谈中，一会摸摸女孩的手，一会儿理一下女孩的头发……小春风再也忍不住了，老板那些动作几乎就是对自己的翻版，她一下子出现在老板的面前。"可以给我一个解释吗？"小春风说。老板并没有像通常这种情况下，男主人公表现出的那种惊慌失措，他只是笑了一下，说："啊！这么巧啊，让我来介绍：这位是电台的节目主持人小伊，我的女朋友。"小春风瞪大了眼睛，心想，她是你女朋友，我是什么？老板这样介绍小春风：剧团的名旦，获过国家大奖的小春风，我女朋友。节目主持人笑着向小春风伸出手来："你好。"小春风没理主持人，她问老板："你不是要跟我谈结婚的事吗？"老板一副疑惑的样子："你没搞错吧？我跟你谈结婚的事？我从不跟人谈结婚的事。你不会把别人的事记在我头上吧？"一瞬间，委屈的泪水溢满小春风的眼眶，她咬着嘴唇，声音清楚地说："你可以再重复一遍吗？"老板不高兴了，说："你几个意思？我答应过你什么了吗？"小春风傻了，她拿起咖啡桌上的酒瓶子，将酒全倒在桌子上："王八蛋、烂仔、臭流氓……"小春风一边哭着一边骂，趺趺撞撞离开了咖啡店。

在同一时间内，大宝和许强在饭店里喝酒，小春风自己在家里喝酒，大宝喝醉了，小春风也喝醉了。早晨起来，小春风洗了澡，像平时一样坐在镜子前化妆，描到眼眉时，小春风想到了大宝。从小春风的角度来说，她并没有认为大宝机关枪发射似的给她打电话是恶作剧，相反，小春风觉得还是大宝真心对她。以前，她对大宝死缠烂打的做法十分反感，认为是纠缠，现在，受了伤的小春风觉得那是一种执着，在当今社会里真是难能可贵啊。于是，小春风就给大宝打电话，大宝的手机关机，小春风猜到大宝是给自己挂电话时打没了电，这样她就更想找到大宝。上午，小春风好不容易找到了与大宝换班的司机大老徐，大老徐说："你还不知道啊，大宝被派出所抓起来了。"

小春风去了派出所，到了派出所门口她又犹豫了，自己毕竟是演员，演员这职业特殊，你不认识人家，人家可能认识你。况且，进了派出所，警察问她和大宝是什么关系，她怎么回答。要知道，此时的小春风，心里还挂着房地产老板给她的伤呢。在派出所楼外，小春风也给熟人打了电话，熟人说："你赶快找人吧，不然，你那个朋友肯定被拘留了。"小春风很着急，急中生智，她突然想到了林浩。

剧团红火那几年，林浩是他们的常客，几乎每个星期的演出他都去捧场，有的戏不知道看了多少遍了，可他还看，遇有自己喜欢的角色演出，他还现上一捧鲜花。剧团里的人几乎都认识林浩，公认林浩是铁杆的戏迷。这两年，剧团不景气，演出也少了，林浩并没有断了和他们的联系，有的时候和朋友吃饭就请剧团的几个主要女演员，以卡拉 OK 的方式唱戏曲，而且，林浩还可以蹬场，跟着过一过戏瘾。小春风也参加过林浩组织的活动，只是，小春风对他们的活动热情不高，有好几次，她都找借口推掉了。

小春风给林浩挂电话，林浩知道是小春风，很高兴。小春风把大宝打仗被关在派出所的事说给林浩听，林浩说："你放心吧，我这就给派出所打电话。”林浩给派出所挂过电话之后，他又给小春风回了电话，他说：“你放心吧，你朋友的事已经安排好了。”小春风说：“真谢谢你了。”林浩笑着说：“你怎么谢我呀？”小春风知道林浩在开玩笑，她也开玩笑说：“你要我怎么谢我就怎么谢。”林浩说：“我的要求不高，周末我请几个朋友吃饭，希望你能赏光。”小春风说：“这个呀，太简单了。没问题！”

放下电话，小春风就去派出所门口等大宝，等大宝那段时间，小春风觉得清醒了不少，自己这样做是想和大宝旧梦重温，甚至发展感情？当然不是，小春风从没想和大宝有个结果，可既然不要结果，自己为什么还浪费了大半天的时间去找他，为他周旋呢？小春风想，也许这跟自己的性格有关，小春风觉得自己虽为女性，身上还是有豪气的，不管怎么说，大宝也是自己的朋友，朋友有了难处就应该伸出手来拉一把，自己没本事讲不了，自己有条件拉他一把为什么不做呢。当然，在潜意识里，小春风大概还有这样的想法，在关键时候救了大宝，大宝还不知道怎么感激他呢。有时候是这样，同样一件事，锦上添花人们记不住，而雪中送炭就不同了，现在，她为大宝做的事就是雪中送炭。

小春风万万没想到，大宝摇摇晃晃地从派出所出来，愣愣地给了她几句，一点感激的意思都没有，小春风觉得自己很失败。

罗序刚睡了一上午的觉，外面发生的事他什么都不知道。中午，罗序刚醒了，醒来之后罗序刚有一种丢失了什么的感觉，他坐在床边想了半天，没想出什么结果，当然，罗序刚也想到昨天结婚纪念的事儿，由于值班而影响了和妻子的聚会。不过，罗序刚觉得这是显而易见的，不是隐藏的原因，丢失的感觉应该是潜藏的因素引发的。算了，罗序刚想，想不清楚就放一放吧。起床之后，罗序刚给小秋挂了电话：“你中午回来一趟？”小秋在电话另一端说，回去干什么？“我们一起纪念啊。”小秋说：“你有没有搞错，昨天才是结婚纪念日。”罗序刚说今天补上。“你以为什么都好补啊？”小秋说。说是这样说，小秋还是回来了。

小秋进屋，见罗序刚没穿衣服，她说真行啊，这么长时间了还没穿上衣服。罗序刚说我不是怕麻烦吗，说完，罗序刚过来拉小秋。“干什么，你！”罗序刚没说话，一下子把小秋抱起来，小秋故意挣扎着，叫喊：非礼呀！”还频繁地蹬着腿。罗序刚把小秋放到了床上，开始解小秋的衣扣。小秋见罗序刚动了真的，她按着罗序刚的手，说：“干吗呀，大白天的。”罗序刚显得脸皮很厚的样子，说：“白天怎么了，哪条法律上规定白天不能跟老婆做爱。”小秋说：“不行，我不习惯白天的……”说是这样说，小秋还是应和了罗序刚……事毕，罗序刚从床上爬起来，小秋还在床上躺着，看着罗序刚穿衣服。罗序刚穿好了衣服，回头看了一眼小秋，他说你怎么还躺着，小秋说：“我等你给我穿衣服。”罗序刚说别淘气，自己穿。“不，让哥哥穿。”小秋平时从不管罗序刚叫哥哥，只叫“小罗”或者“我家小罗。”只有在床第之事的前后，她才哥哥、哥哥地叫。无奈，罗序刚过来给小秋穿衣服。

一边穿衣服一边说：“你觉得我们的纪念活动怎么样？”“什么纪念活动？”“做爱呀，以做爱来纪念结婚纪念日，不是最好的活动的吗？”小秋瞪圆眼睛，说：“你说的什么呀？哪有这样纪念的？人家都是吃饭、送礼物。”罗序刚说：“那样多俗气，什么活动都吃饭，好像我们挨饿挨惯了，多单调、多没智慧。我觉得，我们的纪念方式是最恰当不过的了。”小秋说：“脸皮真厚！”

小秋嘴上这样说，但心情很好，夫妻俩手拉手下了楼，准备在小区对面的西餐厅里继续他们的纪念活动。走在小区的广场上，小秋看到一只小狗，她拉了拉罗序刚，一脸天真的样子说：“看见这只小狗了吗？打一歌名。”罗序刚不善于猜谜，尤其是小秋让他猜谜，他对小秋让他猜谜有了过敏反应，每当小秋提出猜谜，他就会立刻警觉起来。在他们夫妻之间，遇到猜谜、脑筋急转弯什么的，罗序刚都占不到便宜。前不久，小秋出了这样一个脑筋急转弯：一只大猪领着五只小猪过河，而船上只能载一只大猪和四只小猪，于是，大猪就领着四只小猪过了河。过河之后，大猪数了数，觉得自己的孩子一个不少。问，为什么？罗序刚说了好几种答案，小秋都说不对，最后，罗序刚投降了，让小秋告诉他答案。小秋说：大猪不识数。罗序刚被小秋套了进去，笑得十分尴尬。

“猜呀？”小秋问。

罗序刚紧闭着嘴，不猜。

小秋说那就告诉你吧——长大后我就成了你。

罗序刚一听，忍不住大笑起来，笑了半天，他突然收敛了笑容，严肃地对小秋说：“都是坏人骂我们是警狗子，作为警察的妻子，你怎么也开这样的玩笑。”

小秋看出罗序刚认真了，她说：“你看你，知道是开玩笑还翻脸，说你是狗你就是狗了，再说，狗有什么不好，我就喜欢狗，我可没骂你的意思，我骂你不是骂我自己吗？你是狗，我不是狗老婆吗？”

罗序刚仍绷着脸，不肯给小秋笑容：“不管怎么说，以后不要开这样的玩笑。”

小秋说：“哎罗序刚你干吗呀，你没病吧？”

“你才有病呢！”罗序刚说。

罗序刚下午 2 点左右到了派出所，一进派出所，他先到关押大宝和许强的房间看了看。他没看见大宝，却看见了许强。许强蹲在地上，他没看见罗序刚，事实是，罗序刚也只是望了望。这工夫，老马从楼梯上走了下来，正好和罗序刚撞上了。罗序刚问老马：“这小子怎么还没送看守所？”老马白了罗序刚一眼，没说话。罗序刚觉得老马的态度很奇怪，他当然不知道上午发生了那么多的变故，所以就追问了一句：“分局还没批下来吗？”老马瞅都不瞅罗序刚，说：“你问我，我问谁去？说完就走了。”

罗序刚望着老马的背影，想说什么又说不出来，只说了一个动词：“操！”

原来，老马没去分局送材料，他对孙光峻的决定有看法，虽然上了年岁，他一样闹情绪，所以，孙光峻只好派别的民警去了分局。

罗序刚上楼后就去找孙光峻，孙光峻正在打电话，他本想问一下案子的情况，见孙光峻没完没了地忙，点了点头就离开了。孙光峻不知道罗序刚要干什么，他以为罗序刚在家里睡足了觉来所里上班，到他这里报个到。所以，他也对罗序刚点了点头。

那天下午，老马几次出现在罗序刚的办公室，他似乎想说点什么，欲言又止。罗序刚猜想老马对自己的态度后悔了，想来解释解释，又不好张口，罗序刚才不主动说话呢，他就想看看老马，怎么下这个台阶。

事实并不是这样，老马找罗序刚不是向他解释什么，他是想质问罗序刚，孙光峻突然的变故令老马产生了这样的误会，他认为放了大宝而单单拘留许强是罗序刚在背地里搞鬼，本来，他老马已经纠正了罗序刚的错误(老马这样认为)，罗序刚不会甘心别人改变他的想法的，平日里，罗序刚就留给他这样的印象，罗序刚喜欢甩法律名词，动不动就主观客观内涵外延的，老马十分反感这些，他觉得罗序刚那些东西是花拳绣腿，舞台上的把式，给别人看的。如果仅仅是给别人看的倒也可以原谅，问题是，罗序刚不那么认为，他觉得法律和真理常常站在他那一边，钻牛角尖，甚至有点刚愎自用。当然，老马也想到过别的方面，比如人情关系等等，可想来想去，他还是觉得罗序刚的嫌疑最大。当然，老马也承认，罗序刚未必就和解宝辉有什么关系，罗序刚坚持的不是解宝辉的利益，而是维护自己的利益——自己的判断，也就是面子。麻烦就麻烦在这里，这个问题远比解宝辉和罗序刚有人情关系还麻烦，如果是前者，老马要应付的是解宝辉，而后者就不同了，他要应付的是罗序刚。也就是说，这个事件的关系由警察对处罚对象的关系上升到警察和警察的关系——如果把解宝辉拘留了，就证明罗序刚错了，罗序刚是不会承认错误的，他会想尽各种办法维持“原判”，这样才证明自己没错。老马这样想，罗序刚肯定会了解这个案件的处理情况，当他得知自己的意见被否定时，肯定会找关系，而罗序刚的同学校友什么的遍布了公安局，他是聪明人，他知道找谁对正在小心翼翼地等待“转正”的孙光峻说话好用。在他离开孙光峻办公室的时候，那个神秘的电话就打了进来，使得孙光峻立刻改了主意。老马所以有这么完整的想法，也不完全是主观推测，因为孙光峻给了他一个重要的提示。孙光峻匆忙地做出了决定，不由分说，甚至还有点神色慌张。这说明什么？说明孙光峻既无奈又要顾及关系。首先，老马排除了孙光峻营私舞弊的可能性，孙光峻人还算正，他没发现孙光峻在办案中徇私情，而更为重要的是，这个小案子值得不值得徇私情，谁都知道这个案子的两位主角可拘留可不拘留，如果徇私情完全可以名正言顺放人，用不着这样一波三折。并且，根据老马掌握的情况，一上午时间，没人来找过派出所，没人来打探消息，除了他、罗序刚和孙光峻，就连解宝辉本都不知道要拘留他，这个电话也来得太是时候了。还有，如果孙光峻迫于上面的压力，他起码要跟老马解释一下，起码说说自己的难处，以往，孙光峻很直爽，也发牢骚。所以，罗序刚参合这事的可能性最大，也只有他给孙光峻施压，孙光峻才不便跟老马解释，他毕竟主持全所的工作，他不能在同事之间制造矛盾。

老马犹豫了再三，他还是想找罗序刚谈一谈，老马觉得如果自己的推测是事实的话，这已经不是他和罗序刚个人关系的问题，而是一个原则问题。

大宝出了派出所没多久就和小春风不欢而散，小春风临走还骂了大宝一通："算我瞎了眼，认识你这个臭无赖。解宝辉我现在郑重地告诉你，你要是个有脸皮的人，以后就别给我打电话，再打电话我就报警，告你骚扰我……大宝被小春风骂得迷迷糊糊的。小春风走后，大宝又莫名其妙地回到了派出所，值班的警察问他落什么东西了吗？大宝摇了摇头。警察问他干什么，他又摇了摇头，直到他听说许强还关在派出所，他才清醒了。

3 点多钟，大宝出现在公安分局的走廊里，他吵着要见局长，门卫正在阻拦他时，分局局长正好从外面回来。局长问门卫怎么回事，门卫说这个人不知道局长姓什么，还硬要闯局长办公室。局长说："你这样可不好，开门评议整顿机关作风活动，就是要虚心接受群众的监督。我强调过多少次，要热心为群众服务，按你的说法，我只能接待认识我的人了。"说完，局长就把大宝叫到了办公室。

"请坐。"局长说。

大宝不敢坐，规矩地站在局长办公桌的对面。

“坐坐。”局长说，语气传递给大宝的不是客气而是命令，大宝“嗵”的一声坐在了双人沙发里。

“你找我什么事儿？”局长问。

大宝支吾着，眼睛看着书柜边的一箱矿泉水。局长以为大宝要喝水，就说：“想喝就喝吧。”大宝鼓起勇气，走过去拿了一瓶矿泉水，咕咚咕咚喝了半瓶，然后用手背抹了一下嘴，嗓门挺大地对局长讲了自己和许强打仗的经过。

在大宝讲述时，局长翻着桌子上的材料，其中一个材料就是上报许强拘留的材料。等大宝不讲了，局长也把材料看了大概。

“讲完了？”局长问。

大宝点了点头。

“可我没听明白，你到底是什么意思？”

大宝说我的意思是，不应该拘留那个人。

“打你的人？”

“是啊。”

“为什么？”

“是我让他打我的，不然，就什么事都没有了。”

局长笑了，他说：“经常有人找我，不过像你这种情况我还很少碰到。挨了打还替人家求情。你得告诉我，你是真心的吗？”

大宝点了点头。

局长又仔细看着材料，点上一颗烟抽了一口，然后放在烟缸上。在烟雾缭绕中，局长令大宝十分不安地思索起来。大宝觉得局长思索起来，那双小眼睛一点儿都不漂亮。

局长拿起了电话，他对派出所孙光峻说：许强的材料我看了，你们怎么搞的，现在解宝辉就在我的办公室，他请求不要拘留许强。我建议你派人把材料拿回去，再调查一下，研究研究。

放下电话，局长对大宝说：“我这样处理你满意吗？”

大宝没回答局长，专注地问：“还拘留那个人吗？”

局长说这个问题我现在不能回答。局长见大宝还发愣，补充一句："不过，你找我的目的已经达到了。"

那天晚上大宝没休息，准时找大老徐接车，大老徐说这么准时？我看还是得接受教育啊。大宝笑着给了大老徐一拳，说："你可别惹我，反正我的眼睛已经肿了，不怕加点彩儿。"大老徐说："我可惹不起你。"同时，还伸出大拇指，磕磕巴巴地说："英……英雄啊。"

大宝驾着车在街上行驶着，打开车窗，风涌了进来，在他的脸上肆意掠过，很温和也很适度。大宝觉得奇怪，自己那种莫名的烦恼没有了，眼皮也不跳了。人可真贱，挨了一顿揍，心里反而痛快了。

大宝的出租车在霓虹灯闪烁的城市里幽灵般穿梭着，他突然有了刚开车时的感觉，也就在那一瞬间，大宝突然意识到什么，也许是社会节奏太快了，自己的心太劳累了，所以才莫名其妙地烦恼，才没事找事，当然，这念头在大宝的脑海里流星一般的闪烁，并很快划了过去，他不会继续深入地进行思考的。

大宝的车路过新世纪大酒店，他在酒店的门口转了两圈，然后停了下来。他想起要给小春风打个电话，拿出手机，大宝才意识到，这一天自己的手机没机会充电……

大宝的出租车停在新世纪大酒店门口时，罗序刚和老马正在一家街边小饭店里喝酒。下午，两人之间面临的一场冲突在傍晚就冰释了。很多事情就是这样，说复杂真的很复杂，说简单也十分简单，老马把事情的经过一讲，相互交换一下意见，两人的误会也就解开了。误会解开了，反而使他们两人的关系进了一步。罗序刚主动提出要请老马吃饭，他说想起去年你拨给我拘留指标的事，我还欠你的人情。老马说要是这样我就不去，除非我请你。两人争来争去，最后罗序刚说，要不这样，这次我请你，下次你请我，总可以吧。老马想了想，大概觉得这样还算公平，就同意了。

在街边小店里，罗序刚和老马要了四个小菜，四瓶啤酒，一边喝一边聊，过去，他们几乎没单独在一起喝过酒，不想，两人喝酒还十分对撇子，都属于豪爽型的。反正他们都不值班，又没穿警服，喝酒时很放得开。

喝酒过程中，老马解释说，他所以要拘留解宝辉，是因为解宝辉的责任更大一些，也就是说，是解宝辉引起的，如果解宝辉不惹许强，也就没有后来的事情了，比如说，解宝辉那天晚上没去饭店吃饭，是不是就不能碰到许强？即使解宝辉去了饭店吃饭，不喝酒是不是也没事儿了。好，就算喝了酒，如果他不主动到许强的桌子坐下来，就没有后来的事了吧，坐下来也不要紧，好好喝酒呗，不好好喝酒，没事让人打他，你说这事儿是不是怨解宝辉？罗序刚说：“你这样说也不是没道理，可是，如果许强不打他，也就没事了。法律看的是结果，比如说，我打了你一拳，用了同样的方式和力量，会出现很多种可能，一种可能是被打的一方什么事也没有，就不够处罚。一种可能是碰巧把人家的肋骨打折了，就得按伤害罪论处。进一步假设，不巧打到了人的要害处，出了人命，就成了过失杀人。请注意，我们的前提是用了同一种力量和同一种打击方式，结果可能就完全不同。”老马想了想：“你这是假设。”罗序刚说：“你不是也在推测吗？如果解宝辉没去喝酒、没去干嘛，没让许强打他，可事实发生了，就不会有假设了。”老马想了想，没怎么想明白，不过，他不想和罗序刚争论下去，同时，也模糊地觉得，罗序刚的话不是一点道理没有。

不管怎么说，罗序刚和老马喝得还是挺愉快的，不然，他们就不会喝了 13 瓶啤酒，这是事先他们无法假设，也是后来无法推测的。

罗序刚和老马离开饭店已经是夜里 10 点多了。他们在夜晚梧桐叶子遮挡路灯的人行道上摇摇晃晃。他们都喝多了。

罗序刚口齿不清地对老马说：“老马，我们做这样一个假设，比、比如说，在街上你看到一个小伙子尾随在一个女人后面，我们都知道他要对女人抢劫，这个时候你怎么办。”老马说：“你在考试吗？”罗序刚说：“我不过随、随便问问。”老马说：“我会死盯着他，等他动手抢劫了，就冲上去，抓个现行。”罗序刚说：“要是我，我就不会这样，我会在他抢劫之前，出现在他身边，甚至暗示他我是警察，防止这起犯罪的发生。”老马说小罗你太理想化了，他不在这儿犯罪还会在别的地方犯罪，对待罪犯不能心软，只有严厉打击教育他，才可以挽救他。”罗序刚说问题是，在抢劫之前，他还不是罪犯……老马说我不和你争、争论了，总之，你太理想了。”罗序刚说：“理想没什么不好，其实我相信所有的警察都有理想主义的色彩，只是，有些东西我们并不知道怎么做更合理。比如我刚才提到的假设，我的做法可以避免一次犯罪，但我得不到荣誉，而你的做法可以得到好处，甚至可以立功受奖。”老马说：“我没得到好处。”罗序刚说：“是，你没得到好处，我不过是打个比方。”

“打比方也要实事求是。”老马说。

罗序刚和老马走到立交桥下，他们离派出所还有400米左右的距离，罗序刚开始呕吐起来，他蹲在地上吐，老马给他捶后背，捶一捶，老马也开始吐了。吐的间歇，罗序刚问老马：“一会儿还回派出所吗？”老马说：“应该回去看看，办公桌的抽屉还没上锁。”罗序刚说：“老马，你说咱们当警察的，也真够不容易的，别人并不了解我们，不要说别人，有的时候，我自己都不理解我自己。小的时候觉得当警察威、威风，当了警察之后才知道当警察多不容易……别的不说，咱们什么时候有过星期天和节假日？一年三百六十天……”“是三百六十五天。”老马补充一句。罗序刚接着说：“加班加点是经常事，可加班费才几个？按国家的规定，加班费应该是150%，节假日应该是300%。不合、合法呀。”老马说：“可、可不是嘛。”

“……老马。”罗序刚叫道。

“恩？”

“有时候心里挺憋屈的。”

“可不是嘛。有时候心情不好，又说不出为什么不好。”

罗序刚笑了起来，他附在老马耳边小声说：“老马，求你揍我一顿吧！”

老马也笑了，说：“别以为我老了，我估计打你没问题。”

“别吹了。”

老马上去就给了罗序刚一拳，醉了酒的老马无法控制出拳的轻重，一下子打在罗序刚的下巴上，把罗序刚给打痛了，罗序刚有些恼火："你他妈的还真打呀。"说罢，一拳打在老马的眼眶子上。老马也火了，于是，两人摇摇晃晃地打了起来。

路边的行人看见罗序刚和老马打架，连忙给 110 报了警，说："长白街上有人扰乱公共秩序，在打仗斗殴……"

稻草

初月又一次走进大雾里，那雾是乳白色的，没有气味儿没有声音，除了感觉自己在漂浮之外，看不到任何动的东西。在大雾里会有一种没有尽头的感觉，无论你怎么努力都是不见成效的。好在初月看到了清明，清明走在她前面，可不知为什么，初月怎么也追赶不上他。初月快走，清明也快走。初月还喊不出声音，她急得眼看就流出眼泪。初月觉得她在雾中挣扎得很累了，这时，清明突然停了下来。初月用拳头捶清明宽大的肩膀，她说你干嘛这样对我呀。清明侧过头来，初月差点吓昏过去——清明的脸像套上尼龙丝袜子一般，五官都看不清楚……初月翻身起来，看看床头的闹钟，时间是早晨6点20分，天已经麻麻亮了。

初月用手抹了抹湿漉漉的额头，她叹口气又躺下，想把刚才那个梦续上。

外屋传出菜刀碰砧板的声音，初月知道母亲在切芥菜干，她家的早饭有吃咸菜的习惯，那些芥菜先是被切成片，晒成半干，用的时候再切成丝，泡在酱油里吃，一咬嘎蹦脆。除了切芥菜干还有别的声音，母亲像在跟谁说话？这会儿初月已经彻底醒了，她竖起耳朵仔细听着，好像是小姨，她正和母亲在议论自己。

初月轻轻把门掀开一个缝儿，外面的声音果然清晰了一些。

“……可不吗，我都让她愁死了。”母亲的声音。小姨说：“要不我劝劝初月，为一个罪犯守妇道，太不值了。”母亲说：“没用，我跟她谈过了，油盐不进，像喝了迷魂汤似的。”小姨说：“清明那小子有什么好，要长相没长相，要钱没钱，当初我就不同意他们谈对象。母亲说现在的孩子，哪个听大人话呀。”

初月本想起身把门推开，告诉她们不要背后讲究人。她还没起身，母亲又说：“一会吃饭你别提清明啊，这阵子我觉得初月不大对劲儿，一天也没个话儿。”小姨问：“怎么啦，抑郁啦？母亲说听不懂你说什么，反正别提。我看你还是别关心初月了，关心关心你自己吧，你还不够愁人啊！小姨大声说，怎么啦，你是不欢迎我吧？”

初月知道，小姨一大早跑到她家，一定是跟小姨夫打仗了。小姨和小姨夫经常打仗，一个月不打，两个月肯定熬不过去。姥姥活着的时候，小姨生了气就跑姥姥家，姥姥去世以后，小姨就跑她家，母亲排行老大，自然就成了小姨的“娘家”。在初月的记忆里，最初小姨和小姨夫打仗，小姨一跑娘家小姨夫还挺害怕的，上门来承认错误来哀求请小姨回去，后来习惯了，小姨夫也不来找了，反正用不了三天，小姨肯定回家，她惦念孩子，也惦念家里的猪和鸡。母亲说：“瞧你们那个德行，闹了好好了闹的，早晚有一天会闹出点事来。”小姨瞪起了眼睛，说：“有你这样当姐姐的吗，不帮妹妹出气也就罢了，还诅咒人家。”说母亲没帮她确实冤枉母亲了，当初小姨夫动手打小姨，母亲也看不下眼，现在都什么时代了，小两口闹别扭就动手，动手动惯了还了得，搞不好要出人命的。母亲帮小姨出了不少主意，告诉小姨，要么离婚，要么彻底把他的毛病板过来。可谁也没想到，不到三天小姨就跟小姨夫和好了，和好之后，小姨把母亲说的话全告诉了小姨夫，母亲落个里外不是人。小姨和小姨夫打仗就像拧松了的螺丝，滑扣了。别说母亲，就是初月也有些担心，小姨和小姨夫的武装冲突不断升级，不知道会不会出现什么意外。

初月想了想觉得自己也无聊，自己正困坐愁城之中，哪还有功夫替别人瞎操心。

6点半，闹铃响了起来。初月还没起身，小姨就推门进来。小姨说：“初月啊，昨天晚上文娱频道的电视剧看了吗？”初月问：“你昨天没看吗？”小姨坦率地说：“昨天晚上你小姨夫发彪，我光顾得跟他生气了。给我讲讲，老二爱的那个女人死了吗？”初月说：“我没看。”小姨很不理解，说：“这么有意思的电视剧你不看？”初月说：“没心情。”小姨说：“那你可亏大了，你不知道……”初月说：“小姨麻烦你出去一下，我要穿衣服。”小姨表情有些不自然地说：“还害羞啊，你的什么小姨没看过？”初月满脸涨红地说：“小姨你说什么呢！”

小姨说：“好好好，小姨不说了，真是的，小姨要是有你那么漂亮的胸，巴不得让人家看呢。”说着，笑着退了出去，

初月去稻田干活，小姨也陪着来了，她虽然在姊妹中排行老小，身上有二个姐姐二个哥哥，可她一点都不懒，出嫁以前经常待弄稻田，干起活儿来比初月都熟练。小姨说，好长时间没闻这股子泥腥味儿了，一闻还怪亲切的。初月不说话，继续给稻子除草，脚下的靴子在泥塘里吱扭地响着。小姨说想起当年，我哭天抹泪儿就想摆脱稻田地，你知道吗，春天插秧的时候，腰都要累折了，晚上睡觉都不敢平躺着，后脊梁一挨炕，刀割似的。初月还是不说话。

太阳出来了，初月的额头上已经密布了汗珠儿。小姨站了起来，她的一只胳膊拧到身后，轻轻地捶了捶。小姨问：“初月，说真的，你没想到城里去吗？”初月也站了起来。小姨说：“稻田的活儿最要人命了，现在哪有姑娘家干这么累的活儿了，初月啊，你算是咱村里最后一个古董了。”初月说：“想有什么用，除了种稻子我什么都不会，到城里要饭去啊？”小姨说：“话一让你说就难听了，小满子哪方面能赶上你，可人家在城里混得不挺好？他爹把小二楼都盖了，听说弟弟娶媳妇的钱也攒齐了。”初月说：“她是她，我是我。”小姨感觉到自己说的话有些冒失，连忙说：“当然了，拿她说话是不太妥当……就说我吧，当初我凭什么嫁到矿上，还不是为了摆脱稻田地，单比条件，我能嫁给你小姨夫？我这一朵鲜花都插到他那堆牛粪上了，他还打我，居然还打我！”初月刚想说什么，小姨立即说：“可话说回来，矿上的生活总比咱村强呀，毕竟挣工资，吃商品粮。怎么样初月，小姨帮你在矿上找一个，你放心，现在农村的条件变了，咱也不低人一等了，现在找肯定不会付出我当年的代价。”初月说：“小姨你别逗我了，我的情况你也不是不清楚。”小姨说：“不就是领了个证吗，也没正式办呀，没办就不能算结婚。”初月说：“法律可不那么说，领了登记

证，就是合法的婚姻关系了。”小姨说：“这傻姑娘，活人让尿憋死，别说没在一起过日子，就是在一起过日子了，那还准许离婚呢，婚姻自由吗！再说，清明要是关个十年八载的，你凭什么为他浪费青春，初月啊，你今年虚岁26了吧，十年啊，一下子变成36岁的女人，看看我，我今年才34岁，成啥样儿了，要知道，女人的好日子并不长。”初月叹了口气，说：“小姨我跟你说实话吧，如果清明不出事，也许我们之间真的断了，可他进了监狱，这个时候跟他离婚，总觉得道理上说不过去。”小姨说：“啥道理，如果讲道理才离婚呢，他清明犯法又不是为你犯法，是他自己不学好，你凭什么等他？”初月说：“可是，他已经到这个地步，我不能再给他雪上加霜了。”小姨看了看初月，像城里人那样说——道理真是害死人。

初月和小姨上田埂时，她发现小姨白皙的腿上粘着黑色的点子，点子下面还挂着鲜红的条儿。初月大声说：“你怎么光脚下田了？”小姨笑了笑，说光脚舒服。初月拉住小姨说：“别动，你腿上叮了蚂蟥。”小姨低头一看，吓得跳了起来。她大喊大叫：“怎么有蚂蟥！怎么会有蚂蟥呢！”

清明出事时初月去海边的城市里找过清明，下了火车，天就一直阴着脸，四天时间也没开晴。在蒙蒙细雨中，初月深刻地体会到那个城市的冷漠和傲慢，她知道自己和城市是有距离的，自己是一粒飞舞在原野上的蒲公英，落在城市里找不到生根发芽的地方，即使风把她吹到潮湿的角落里，她仍旧无法扎根。清明曾信誓旦旦地对她说：“等我发达起来，一定在城里买楼房，接你去住。”初月说：“我没那么高的奢望，如果你在城里真的学了本事，那我就知足了。”清明说：“凭什么，都是人还分三六九等吗？我就不信，城里人是人咱就不是人啦。看着吧，将来咱就做城里人，让城里没本事的人到农村来！”初月在清明的眼中看到一种东西，她一时还不能对那种东西做出判断，她不知道那是信念还是愤怒。初月说：“怎么，说一说你还能了？”说是这样说，不过初月还是有一种满足感，几乎所有的女人都希望自己的男人有抱负，哪怕吹吹牛也好。

清明出事并不在人们的预料之中，尽管事后有人说，我早看清明那小子有问题，迟早得出事。初月去找清明爸，她想跟“公公”一起进城想想办法，也许能给身陷牢狱的清明一点帮助。村子与清明所在的城市相距800多公里，他们在城里没任何关系，七盘八拐地找点关系也不会有什么分量，也就是说，初月和“公公”进城，从本质上说并不能解决什么问题。清明爸不跟初月进城，并不是他把结果都预测到了，而是懒得去管，他说当你的面我不该说这样的话，可麻烦是他自己找的，该！自作自受，就得法律办办他！

初月含着眼泪到了雨水充沛的海滨城市，她只找了潘叔，其他村里人她一个都没找，一方面联系不上，关键是她不想跟任何人联系，包括小时候一起跳了无数次田字格的小满子。潘叔说详细情况我也说不清楚，听说清明跟人家打仗，把人家的一只手剁了下来。初月问人死了吗？潘叔说不太清楚，估计是没死，如果死了人，就不能说砍人而说杀人了。

初月四处打听清明的情况，潘叔并没陪她，潘叔什么也不懂，况且工地的活儿也离不开。初月就一个人跑着，她去了清明打工的单位，单位的人说他早就离开了，她去出事的饭店，也没多大的收获。初月去派出所，派出所的民警说是分局办的案子，到了分局，分局又说是市局刑侦支队办的案子。初月到了刑侦支队，刑侦支队的人说办案人到外地追捕逃犯去了。无奈，初月又去了看守所，到了看守所，接待她的人同意让初月给清明存二千元钱，但不同意初月会见，无论初月怎么商量、哀求，接待人员都不答应，说：“我知道你大老远的来不容易，可我不能违反规定，因为那个案子还处于侦察阶段，案子办结之前清明是不能和外界接触的。”

初月无望地跑了一天又一天，晚上，她回到地下室改造的简易旅馆。一进房间就是发霉的气味儿。卫生间里恶味扑鼻，水龙头滴滴答答不停地滴水，一面贴着胶带的镜子已经花花塌塌，看到镜子里自己的黑眼圈儿，初月心里说，委屈你了初月，再坚持一下，清明需要你，他现在没人可以指望，一定要振作起来，坚持就是胜利。初月合衣躺在床上，她的泪水还是泉涌一般，不停地往外冒。

初月刚要睡觉，隔壁又传来了男女欢好的声音，不知那两个人是什么关系，他们十分嚣张，把本来就不隔音的间壁墙敲得砰砰直响……那几天，初月深受隔壁的声音骚扰，有喝酒猜拳的，哗哗啦啦拍麻将的，可那些都没男女制造的声音更伤害人，初月把枕头压在耳朵上，上面还蒙了被，奇怪的是，那声音还阻挡不住。初月觉得自己脸热心跳，同时联想到监狱里的清明，她的心里又苦又涩，一阵阵泛酸。

很多办法都是在走投无路的时候想出来的，当初月走进蓝城律师事务所的时候，她似乎看到了希望，接待她的是一个白面馒头面孔的律师，他微笑着，没有居高临下的感觉。初月多少懂得一些法律知识，多少懂得和真的懂得是不同的，当律师答应可以帮她时，一瞬间，初月的内心里还产生了依靠感。初月说："我在这个地方无亲无故，叫天不应叫地不灵，全靠你帮忙了。"律师说："应该的、应该的。"初月问："花多少钱可以把清明保出来呢?"律师说："不是花钱的问题，看来你对律师这个职业还不够了解，我们是维护委托人、也就是你，以及当事人、也就是你丈夫的权益，但我们改变不了法律事实，这个你明白吗?"初月迟疑地点了点头。最后，律师提出5000元的高额代理费，初月的心凉了很多。

在城里奔波劳碌，初月没倒下，可回到家之后，初月大病了一场，病榻上她常做阴雨绵绵的梦，看不清的街道和朦朦胧胧的高楼，的确，城市对她来说的确是深不可测的，她没办法搞清楚，不仅搞不清楚方向，更搞不清里面的结构——由人组合成的复杂的结构，似乎每个部门每个人都是一道铁丝网，让你跨不过去也钻不过去。身体恢复一些，初月就去房后的大沙河，小的时候，大沙河是她常玩的地方，在柳毛棵子里藏猫猫，在河草里拣鸭蛋。现在河边不再有散放的鸭子，鸭子都被专业户圈养起来。河边也没嫂子婶子们排成排洗衣服的场景了，女人们一边用棒槌捶着石板上的衣服，一边大声说话、无遮无拦地大笑，现在谁家都有洗衣机，不会到河边洗衣服了。坐在大沙河边，初月看到芦苇花穗在夕阳中金光耀目，看到夜色中的大沙河平板而缓慢地蠕动，一河月光，银波粼粼。

初月以为请律师代理跟买东西一样，花了钱就会产生结果，她每隔一个礼拜给律师打一次电话，律师告诉她情况基本搞清楚了，清明的案子属于故意伤害，估计得判十年左右。如果想少判两年，还要另拿十万元疏通关系打通关节。初月当然拿不出那么多钱，律师要的5000元代理费还是她多年积攒的准备用来置办嫁妆的私房钱。初月问律师拿十万就能保证少判两年吗？律师说有可能，但谁也不敢打保票。初月把律师的话转达给清明他爸和他哥，他们都表示拿不出那么多钱。真的拿不出钱，初月也死心了。

上秋时传来消息，法院已经对清明做了判决，清明将在监狱里服刑十年。初月也没再给律师打电话，她觉得5000元也不算白花，表面上买了个消息，不太值得，可从另一个角度说，也给自己买了个安慰。现在清明的案子水落石出，好也罢不好也罢，毕竟有了结果。

收割稻子时，小姨又回来了，她掉了不少头发，嘴唇也肿得老高。母亲看不下眼，说："太不像话了，打人不打脸，拳头还上嘴唇了，一头是硬拳头，一头是牙，嘴唇不烂了才怪呢。"小姨呜呜地哭，说这次非离婚不可。

奇怪的是，小姨脸上的肿块还没消，她自己就先忘记了，跟初月去割稻子，有说有笑。初月被小姨的乐观感染了，她说："小姨你真神，上次你说清明得蹲十年八年，真让你说着了，你是怎么算的？"小姨说："我哪会算，我不过随便说说，巧合了呗。"初月说："你别谦虚了，现在你再预测一下，我跟清明的结果会怎么样？"小姨说："我不知道，不过我希望你跟他黄了，那时候判决没下来，你拿不定主意可以理解，现在板上钉钉了，你不会真为清明守十年的活寡吧？"初月的脸上掠过了阴云，目光也忧愁起来。小姨说："那太不人性了，旧社会也不会那么没人性啊，初月啊，我觉得你要提出离婚，全村人都会理解，清明和他家也会理解的。"初月打断小姨的话，她说："别说我了，你不是也要离婚吗？要知道，你说的话可神啊。"小姨立即严肃起来，她说你可别方我啊。初月说："我就知道你不是真的想离婚。"小姨说："我跟你的情况不同，你小姨夫也没进监狱，也没判十年……"小姨看了看初月的脸色，把话头收住了。

每到稻米下来的季节，村里就热闹起来，今年到村里收购稻米的仍是姜大牙，他是"老客户"，对村里稻米专业户的情况了如指掌。姜大牙的车就停在村委员会的门前，搬下几箱饮料，抬下大称，他背着手到羊汤馆喝酒，他的手下就忙开了。凡是送稻米的人都会得到饮料，评了等级过了称，拿到条子就到羊汤馆找姜大牙拿钱。姜大牙收购的稻米全运到镇上，在那里统一包装，以“冷水大米”的名分上市。其实真正的“冷水大米”只产在60公里外冷水村，特殊的地理环境和泉水构造成就了“冷水大米”的独特品质，可生产“冷水大米”的水田毕竟有限，总共不过百八十亩，稻子还没收割，早就被人盯上看管起来了。真的“冷水大米”在世面上难得一见，于是，冷水村方圆百里水田生长的稻米都借了品牌的光，这件事早就不是什么秘密了。当然，除了冷水村之外，这一带的稻米质量都是不错的，况且，村里人只负责卖自己打下的稻米，至于姜大牙和经销商们如果包装跟村里人没关系，也管不了。

初月完成了稻米交割，到羊汤馆点钱时发现姜大牙多给了500元钱。初月把多余的钱放在姜大牙的桌子上，她说姜叔，是不是算错了。姜大牙快频率地眨着眼睛。初月没明白姜大牙的意思，在她的印象里，姜大牙平时也有眨眼睛的习惯，尤其是喝了两盅酒之后。无奈，姜大牙把初月叫到一边，小声说：“你这姑娘，不会看眼色啊。”初月迟疑地摇了摇头。姜大牙说：“清明的事我听说了，知道你现在挺难的，姜哥就一点意思，别闲少，算是雪中送炭吧。”初月显然对姜大牙自降辈分的称谓很留意，她强调说：“姜叔你的好意我心领了，可这钱我说什么都不能要。”姜大牙眨着笑眯眯的眼睛，他说：“怎么？不给我面子？初月说我不想欠任何人的人情。”说完转身就走。姜大牙愣愣地看着初月，眨眼睛的频率更快。

秋收过后的大地没了覆盖，灰黑的泥土裸露出来，田畴显得有些苍凉。想一想，从春天到夏天再到秋天，翻地、灌水、播种、施肥、除草、放水、收割，看着稻子冒芽、莹绿、抽穗、结实，当这一切的结局仅仅换成了口袋里一沓钱，初月的心里突然空空荡荡起来。以前，她从未有过这种失落和失意的感觉……就在初月望着大地发呆时，镇上的邮差骑着摩托到了她跟前，把一封信交给了她。

信是清明写的，清明告诉初月，法院判决后他就转到了监狱，分在二监区。他的生活已经安顿，而且很有规律，每天早晨6点起床，晚上还能洗澡，他写道：初月你放心吧，在政府的帮助下，我已经认识到自己的错吴（误），我一定好好改造，回（悔）过自新，争取提前释放出获（狱）。

还有一个好消息要告诉你，我已经报名参加法律自学考试，好好学习，三年可以拿大专票……信上，清明很乐观的样子，初月想，也许清明是为了安慰她才这样写的，不过，初月也想知道清明到底对自己的罪行做了怎样的反省和忏悔，仅仅一句认识到“自己的错误”显然不是初月想看到的，还有，他并没有表达对初月的歉意。

母亲接过清明的信，看了一遍又一遍，放下信就唉声叹气。初月说：“你叹什么气啊，有了消息总比没消息好，你没看后面写的吗，清明居然还想学习了。”母亲说：“我真不知道清明这孩子怎么想的，你们的事他一句都不提，明知道我们不是落井下石的人家，可做个姿态总应该吧，他就是主动提出跟你离婚我也不一定同意啊？这倒好，一句话都没有。”初月问：“那他该怎么写？”母亲说：“我不知道，可我要是清明，我会说初月还年轻，我不能影响她的幸福。”初月说：“既然他这样说你也不同意，何必送空人情呢。母亲的眼泪立刻下来了，她说我苦命的姑娘啊，比你妈心眼儿还实，他提出了，我们可以不同意，可也总算多了一条路啊。”初月的眼睛也有些湿润，她说：“妈，我知道你的心思，你太在乎情理、也太在乎别人怎么看了。其实，我跟清明离不离婚不在于谁先提出来，相反，我觉得清明挺有男人性格的。”母亲说：“男人性格？冷酷、下手狠就是男人性格？初月，妈也打年轻过来的，妈了解你现在的想法，妈当姑娘的时候也喜欢有个性的小伙子，可那是一种不对的感觉，女人需要的是漫长的日子啊。”初月很久没见到母亲那样伤心，她抱着母亲，轻轻地拍着她的肩膀。

那天晚上，初月还给母亲拔了火罐，先是用一只罐子给母亲走罐，她发现母亲的后背起了“痧”，母亲火大是肯定的。拔罐的时候母亲说：“生你的时候是我自己接生的，把脐带拎到嘴边，用剪子一剪。”初月说：“为什么到嘴边呢！”母亲说：“老辈人都说，那个位子能让孩子吃饱饭。”初月说：“那也太危险了，应该找医生接生。”母亲说：“不是生活困难吗，接生婆接生得2块钱。”

村里的稻米该交的交了，该卖的卖了。不想，下霜的时候，居然有城里人到村里收稻草。收稻草的是一个戴眼镜的小伙子，挨家挨户送名片，很多人家都叫错他的名字：霍烨。

霍烨第一次到村里采集稻草样本时没见初月，三天后霍烨又到村里，他主动找了初月，刚巧，那天初月正从稻田往家里运稻草。霍烨对初月说：“经过检测，你家的稻草最符合标准。”初月说：“你找我就是告诉我这个吗?”霍烨说：“还有，我很好奇……”初月瞅着霍烨，想知道他说的好奇是什么。霍烨说：“我听说你家稻子是你一个人种的，我觉得你一定很神奇，见到你，就更觉得你神奇了。”初月说：“没什么神奇的，在我们这儿，女人种水稻很平常。”霍烨说：“可你是个女孩子。”初月看了看霍烨，觉得霍烨的表情有些夸张，初月笑了。霍烨说：“原来我以为你长得高高大大，没想到你这样娇小。”初月说：“只是种水稻，也没做什么惊天动地的事情。”说着，初月伸手去拖打了捆的稻草，霍烨连忙过来帮忙，不想，霍烨拉了几下，很吃力。初月说：“算了，你们城里人干不了这个。”霍烨立即澄清，说：“我不是城里人，我一直生活在农村，上了大学才进城。”初月说：“在农村，你也没干过农活吧。”霍烨承认干得不多，他的老家在山区，主要农作物是玉米和黄豆，到了农业科技大学之后他才接触水稻，在学校的教学基地，他插过秧，割过水稻，他说干一天活儿胯骨都像卸下来似的。“我觉得农活中，种水稻是最要人命的了。”初月笑了，她说种水稻是累人，可总得有人干啊。

村里的水稻专业户确认霍烨真的要收购他们的稻草，普遍感到意外惊喜。以梁叔为首的农户按照原有的思维习惯，采取了对付姜大牙的办法，在羊汤馆里热情地招待霍烨，霍烨被村民的热情烧灼了，没多久就被灌得大醉，把吃的东西都吐出来，几乎吐出了苦胆汁儿。

梁叔他们把霍烨安排到路边，一个为过路的汽车准备的小旅馆休息，不想，到了傍晚找他时，霍烨已经不见了。梁叔他们以为霍烨搭车回城了，就各自散去。

霍烨来到了初月家，初月家没人，霍烨摇晃着身体转了两圈，让凉风一吹，酒劲儿又上头了，他干脆躺在地上，天当房地当床，觉得十分舒服。

初月陪母亲去县里医院复查回来，看到门口躺着的霍烨，吓了一跳，她走到霍烨身边，闻到浓浓的酒精味儿，这才有些放心。初月拉了拉霍烨，霍烨说："别拉我，让我再休息一会儿，一会儿就行。"初月大声说："躺在这里不行，会受病的！"霍烨努力睁开眼睛，他认出了初月。

初月在路上拦了一辆货车，把霍烨送到镇中心医院，挂了一个吊瓶，霍烨才彻底清醒了。霍烨说："多亏了你，不然我就出事了。"初月说："没那么严重，不过，你还是要学会控制自己，酒大伤身，当年，我爹就常喝醉，如果他不那样糟蹋身体，就不会走那么早。"霍烨说："我本来就不能喝酒，这回知道厉害了。"

初月问："你怎么走到我家去了。"霍烨说："我也不知道，喝第五杯酒的时候我还有印象，后来的事一点都不记得了。"初月本想再说什么，想了想，还是沉默了。

见霍烨已经清醒了，初月说："你在这儿休息一晚吧，我也得回家了。"霍烨看了看表，已经夜里 10 点半了，"这么晚怎么走，不安全啊"。初月说："没事，我找个熟人，用摩托车把我送回去，不然，我妈该担心了。"

初月刚要出门，霍烨又把初月叫住了。霍烨说："有些话，我本不该讲，可我觉得你们非常朴实善良、人都很好，而且，你们的生活真的挺苦，打那些稻草也不容易，你跟村里的农户通个气，别互相杀价，我把公司收购的底价告诉你……"初月的脸有些涨红，好象探听了别人的秘密一样。初月说："谢谢你，不是所有人都对农民这么好的。"霍烨说："我也是农民出身啊，我知道你们多辛苦，不应该占你们的便宜。"初月目光更加柔和，她问霍烨，"为什么花那么多钱收稻草。"霍烨说"出口日本。"

初月回家已经是午夜了。母亲果然站在门口等她，见初月进来，母亲忙用笤帚给初月扫衣服。母亲问："戴眼镜那小伙子没事吧？"初月说："没事了。"母亲说："老梁他们没安好心，你说他们灌一个孩子干啥！"初月没说话，若有所思的样子。母亲有些担心地问初月怎么啦？初月说现在的事儿越来越让她想不明白了。什么事想不明白？初月把霍烨对她说的话讲给母亲。霍烨他们公司收购稻草出口日本，除了编制榻榻米之外，更多的是给一种叫和牛的牛做饲料。那种牛吃稻草、喝奶、听音乐，养着专门吃肉的。据说在城市里一市斤和牛肉要八九百元。这两年，稻草的价格也节节攀升，出口价格几乎比稻米都高。初月说："现在，很多东西都颠倒了，让人理解不了啦。妈你说，如果稻草卖得比稻米还贵，那还是稻子吗？"母亲惊讶地张着嘴："是啊，祖祖辈辈都没听说过，稻草比稻米还值钱。"那天夜里，初月一夜未眠，母亲也没睡个安稳觉。

下雪了。初月眼中熟悉的稻田不见了，那些"方格"被雪抹平，大地平平坦坦，一片银白。上午，邮递员给初月送来一张两万元的汇款单，那个数字对初月来说是一个天文数字，她觉得眼睛被针刺一般，目光本能地从高额的数字上跳开，随即，她又看了看汇款单，的确是两万元。会不会寄错了？初月想。可仔细核对汇款单的地址和姓名又都正确。直到看清汇款人的地址和名字时，初月才确定这个汇款的确是给自己的。汇款的地址是清明打工的那个海滨城市，汇款人叫周全礼，初月不认识周全礼，但周全礼名字后面的括号里写着"清明托"的字样。看来，钱是清明托一个叫周全礼的人寄的，问题是，清明出去打工不到半年就出事了，他怎么会有这么多钱？且不说出事期间花费很大，就是一分钱不花，清明也不可能挣到两万啊。邮递员走了之后，初月越想越觉得不对劲儿。下午，初月去了清明家，想跟清明爸妈说说这个情况，走到清明家门口，初月又觉得不妥，她还没搞清清明的意图，怕把事情复杂化了。再次见到邮递员，初月说："这笔钱是我对象寄来的，我觉得他更应该寄给他爸。"邮递员说："你还不知道啊，清明他爸也有，不比你的少。""也是两万吗？"初月问。邮递员点了点头。

雪晴那天夜里，房上的风呜咽地鸣叫，初月的心仿佛也被风抽着丝。高额的汇款令初月陷入极度紧张的状态之中。她知道，这笔钱不可能是清明打工挣来的，既然不是打工挣来的只能跟犯罪有关，犯罪攫取的钱不就是赃款吗？初月还有一些法律常识，她知道隐藏赃款是违法的——清明的钱成了烧红的火炭。

这样看来，问题也许比初月想的还复杂，这笔钱从天而降，初月一点迎接它的准备都没有，还有没有其他情况初月不知道呢？初月本以为自己对清明的事是掌握的，她所知道的消息比较母亲、清明他爸妈、他哥哥以及村里人算是最权威的。清明进城后先在修船厂工地当力工，4 月末跑到服装批发市场当保安，7 月 21 日和一位货运业主发生冲突，种下了仇恨的种子，一天傍晚，他在一家饭店再次遇到那位业主，就冲进饭店把对方砍成重伤。如此说来，清明没抢劫也没偷窃，哪里会来这么多钱呢？初月决定尽快去海滨城市一趟，她一定要把事情查清楚。

早晨吃饭，初月把自己的想法对母亲讲了。母亲似乎猜出了女儿的心思，说："去吧，反正入冬也没多少农活。"初月说："这次去恐怕要呆上一些日子，别的我倒不担心，只是牵挂你的身体。"母亲说："我没事，还是处理好你自己的事吧，早早晚晚要处理的。"母亲想了想，又补充一句："这个时候，清明非常需要你，我不知道蹲监狱是不是跟有病住院的心情一样，特别盼望有人看望。"

按着监狱方面的规定，初月和一大批探监的人等候在一个偌大的会见室里。那个会见室有些像车站的候车室，一侧门和外界连接着，一侧则关闭着，还有剪票口模样的栏杆。这个会见室比较"人性化"，里面有快餐店那样的桌椅，进去的人都事先选定一个位置，桌子上有一张菜谱，是白纸打印后塑封的。家属会见服刑人员时可以像饭店里那样点菜，只是价格惊人的昂贵，比如外面一盘韭菜炒鸡蛋 8 元钱，那个单子上标注 32 元。会见室的一角是食杂店，供应各种食品、饮料、罐头和烟，只是没有酒。价格也比外面高出三四倍，由于监狱方面规定探监人员不准携带任何东西，所以探监人的购买力极其旺盛。

初月已经十个多月没见到清明了，她不知道清明会变成什么样儿。有一点初月是清楚的，监狱里的伙食不好，清明肚子里一定很亏。初月拿着菜谱盘算来盘算去，最后还是下了决心，点了一个 65 元的红烧肉、38 元的西红柿炒鸡蛋。会见的时间到了，执行犯们排着队出来了。会见的场面并不显得特别，大家的眼睛都很好用，瞬间就找到了该找到的人。初月也看到了清明，看到清明的一瞬间，她的视线模糊起来。

清明坐在初月的对面，他很规矩的样子，说话的声音也不大。这时，初月才认真看了看清明，清明几乎没太大的变化，只是比以前黑了一些。说起来，初月和清明的感情算不上很深，他们从谈对象到领结婚证，初月一直朦朦胧胧，似是而非，只是觉得女大当嫁而已，没想到，这特殊的环境里，初月怎么也忍不住心酸，泪如泉涌。清明在自己的身上找了找，没找到东西，就尝试着用自己的袖头给初月擦眼泪，初月用胳膊挡住清明，从便包里拿出纸巾，将纸巾捂在嘴上。

清明保持一种僵直的微笑，他四下瞅了瞅，脚在桌子底下踢了踢初月。“别哭了!”清明说。初月摇了摇头，还是止不住汹涌的泪水。会见室的服务人员开始给各个桌子上菜，上菜的速度很快，大概早已经准备好了，或者说那些菜是用大锅烹制的，几分钟的工夫，初月点的两个菜都摆在桌子上。清明轻轻推了初月一下，说：“菜上来了，吃吧!”他说话的口气，仿佛探望者是他，而被探望者是初月，他在请初月吃饭。初月擦了擦脸颊，对清明笑一下，说：“吃吧。”清明不知多久没吃肉了，他的吃相如非洲草原上饥饿而贪婪的狮子，终于捕获到新鲜的猎物。饕餮中的狮子嘴上沾满血迹，而清明的嘴角粘着油污。清明抬起头问，你怎么不吃？初月说我来的时候刚刚吃过。清明说那我就都吃了！说着，他用菜汤泡馒头，把盘子收拾得干干净净。初月努力控制着自己，不让泪水继续外溢。

清明吃完了，一边打着饱嗝一边用筷子的小头剔牙，剔一剔，他突然低下头来问初月：“你收到钱了吗？”初月说收到了。“多少？”清明瞪着眼睛问。初月说两万。清明点了点头，说：“那就对了。初月，这是第一笔钱，以后每年都有……”初月立即拉住清明的胳膊，她用眼角扫了一下周围，周围的人都在压低声音说话，整个会见室嗡嗡的，混合回响，很难听到别人在说什么。初月拉了拉清明的胳膊，她问清明，钱是哪来的？清明说朋友给的呗。朋友？朋友凭什么给你那么多钱？清明说：“我这人讲义气，为人仗义，现在我落难了，朋友自然会帮我。”初月说：“不对，你没跟我说实话，你讲义气也好仗义也好，以前怎么没人给我钱呢？”清明说：“以前我不是没出事吗？”初月说：“清明啊，求你了，跟我说实话行吗？两万，不、四万块钱啊，那得什么样的交情？”清明说：“男人之间的事你不懂。”初月说：“清明，你犯糊涂的代价已经够大了，也该清醒清醒了，你不会想再加害我、加害你爸妈和你哥吧?”清明说:“初月你说什么呢,我怎么能加害你们呢?”初月说:“你不是不知道,花脏钱是违法的。”清明明白了,他说:“初月你放心吧,这钱不是我偷的也不是抢的,是……真是朋友帮的。人生在世,谁没个沟沟坎坎,有人帮帮也正常的,说书的说,大奸臣秦桧还有三个好朋友呢?何况我。”初月说:“你不跟我说实话,我的心就总悬着。”清明说:“初月你把心放到肚子里,这钱真不是脏钱,是朋友给的。”说着,清明抬头瞅了一眼并没点亮的日光灯说:“我对灯发誓,那些钱绝对不是脏钱!”

探监之前,初月已经有了心理准备,她知道清明未必跟她讲实话,可她还是抱着一丝希望,见过清明之后,初月彻底失望了,她了解清明,她知道就是再找清明十次,他不想讲也白搭。初月离开监狱就下了决心,她一定要把这件事搞清楚。

城市锁于浓雾之中,人就被困在其中了。初月突然有种感觉,分辨不清是在真实的城市里,还是在梦境里。海滨城市的雾与乡间的雾不同,乡间的雾来得快走得也快,而这个城市里的雾来临之后,恋恋不舍,经久不散。雾不散去,初月的梦也醒不过来。

一直到了晚上,初月才见到潘叔,潘叔让初月跟他一起吃饭,初月才想起自己一天没吃东西了。吃饭时潘叔问初月去监狱看清明了?初月说上午去的。潘叔叹了口气,说:“我真后悔当初,不应该带清明出来,我应该知道那小子不上正道。不想出力气,还想挣大钱。有些话本不该我说,进了城,他就跟小满子联系上了……”“和小满子联系上了?”初月十分吃惊。潘叔说:“是啊,小满子干哪行的,跟她联系能有什么好事。”初月羞愧地埋下了头,她说:“看来,我不知道的事还真的很多。今天我去找他,本希望他跟我说实话,可是,他怎么都不肯说。”潘叔愣愣地看了看初月,他说:“你找清明,不是跟他离婚的啊?”初月说:“我来问他钱的事。”潘叔用拿着筷子的手捶了捶头,说:“初月啊,刚才我说的话不算数。”初月苦笑了一下,说:“没事儿潘叔,我知道你是为我好。”潘叔说:“算我多嘴,算我多嘴。”初月拍了拍潘叔,安慰潘叔一番,还把清明往家寄钱的事对潘叔讲了。“潘叔，你知道周全礼这个人吗？”潘叔想了想，摇头，再想想，又摇头。初月说：“以前从未听说有周全礼这个人。”潘叔说：“工地上肯定没有……会不会是服装批发市场的，清明干保安的时候认识的呢？”

服装批发市场比初月想象的还大，一个望不到边的楼群，楼群被一块块广告牌子粘连着，像贴着花花绿绿封条的旅行箱。楼外摆着横七竖八的各色车辆，拥挤得连下脚的地方都难找。楼里更拥挤，人头攒动，熙熙攘攘，进去没多久，初月就浑身冒汗，飘下的发丝紧贴的在额头上。从早晨5点到中午12点，初月几乎跑遍了批发市场六个楼层，问遍了所有穿保安制服的人，还是没有查到周全礼这个人。初月失望了，她筋疲力尽地坐在批发市场外的货箱上，望着川流不息的人流，觉得自己掉到了汪洋大海里。

下午，批发市场周边的人开始稀落，很多店铺和摊位都关闭了。初月突然想起了霍烨，霍烨也在这个城市里，她的口袋里就有霍烨的名片。收稻草那天，初月本以为霍烨见她会很不好意思，他在醉酒的状态下，把公司收购价格泄露给初月，事后，他一定会后悔的，初月想。事实上，霍烨并没不好意思，他像什么事都没发生一样，很顺利地完成了稻草的收购任务。临走之前，霍烨送给初月一本公司的商务笔记本，那上面有年度日历、国内区号、度量衡换算表以及外贸缩语什么的。微风中，霍烨突然问初月一个问题，“你用的是什么香水？”初月愣住了，脸有些发热。初月说自己没用过香水。霍烨说：“那，化妆品呢？”初月笑着说：“农村人不流行用化妆品。”霍烨说：“那就怪了，第一次见你我就觉得你身上有一种特别的香味儿，好像，好像春天柳芽那种清新的气味。”初月的脸已经红透了，她小声说：“我自己怎么不知道呢。”霍烨看出了初月的窘迫：“我的名片上有电话，有事就给我打电话吧。”初月点了点头，拿出名片才发现，原来霍烨和清明打工在同一座城市。初月告诉霍烨自己的对象也那个城市打工，说不准她还有机会去那里呢。霍烨笑了，他说：“好啊，你去的话，一定给我打电话。”按着霍烨名片上的地址，初月找到斯大林路32号，那是城市高楼密集的地方，每座大楼都30层以上，抬头望望高楼，觉得那些楼要从头顶压下来。进到写字楼的大堂，初月在金属标牌密密麻麻的名字里找到霍烨所在的公司。初月到了28层，向坐在灯光明亮处的接待员打听霍烨，接待员告诉初月，霍烨去日本培训去了。初月问什么时候回来，接待员说一个星期以后吧。初月又问了些稻草收购的事，接待员很礼貌地回答，最后，接待员对初月说，有什么话要留下来，我转告给霍烨。初月说不用了，等他回来自己再给他打电话。

初月坚持认为，寻找周全礼是查找巨额汇款隐情的关键。但在接下来几天里，初月的收获并不大，她所获得的有效信息是，清明早在出事前十天就不在批发市场当保安了，那十天他去了哪里？为什么十天后发生了伤人案件，他离开那十天，跟伤人案件有没有内在的联系？初月想过来想过去，想法就跟一只困在玻璃瓶里的蜜蜂一般，以为看清了方向，可冲过去就被玻璃挡了回来，冲来冲去，毫无结果。

初月出现在律师事务所时，那位雌激素旺盛的律师并没认出她，律师热情地问初月“有什么需要帮助吗？”经过初月提示后，律师才把种水稻的姑娘跟初月联系起来。说起案子，他说了一大堆功劳，他做了如何的努力，还请审判员吃饭，洗桑拿，“要知道，这些都是额外付出的。”初月笑了笑，表示谢意。律师说：“你应该知道，抢劫罪是很难减刑的，努力到这种程度，已经非常非常不容易了。”初月打断律师的话，说：“我对象没抢劫啊？”律师似乎意识到自己张冠李戴了，他一边翻动自己的材料夹一边问，你对象叫什么名字来着？“曾清明。”初月说。律师点了点头：“对对，曾清明。找到了，在这儿……我跟你说，这个案子比那个抢劫的案子还难搞……”律师唠叨半天，然后问初月：“你认为呢？”初月茫然地点了点头，律师说的那些她都没听进去。好在那个律师自己有些歉疚，当初月把清明寄钱以及她怀疑案子之外另有隐情讲给他听时，他给初月出了个主意，他说：“如果这个案子是有背景的，比如有人出钱雇你对象行凶，如果你能说服你对象站出来检举揭发，有立功表现，你对象还有机会减刑。”初月听明白了，她用十分的感激目光望了望律师。律师感觉到了，不好意思地笑了笑。

小满子紧皱着修剪过的纤细的眉毛，她自言自语道:：“周全礼？周全礼？没听说过。”初月说：“你再仔细想想。”小满子利落地从烟盒里抽出一颗烟，点燃，使劲儿吸了一口，仰着脸思忖着。过一会儿，小满子用夹烟的手摆了摆，说真想不出有周全礼这个人。

小满子开了一个理发美容店，一层做头发，地下一层做皮肤护理，生意还算红火。初月注意到，很多客人都是小满子的回头客，一进门就跟小满子打招呼。来的客人有理发、烫头、染发的，初月说：“没想到你还能经营这个。”小满子说：“我刚到城里就学理发，给人家洗头，当小工的滋味不好受。”话题快到敏感处了，初月连忙转移了话题，她说：“今天还好，雾总算散了。”小满子说：“是啊，这个城市离海近，夏天下雨冬天下雾。”初月想，事情就是这么难以说清楚，如果不了解小满子的底细，谁知道小满子是靠做那个才积累了财富，才开了这个店面呢。现在认识她的人都知道她是老板，可这个老板是用什么代价换来的？从另一个角度说，小满子被一些人尊重着，被靠她吃饭的另一些辈分小的打工妹拥戴着，他们知道支撑这个店铺的钱是什么钱吗？体面的老板曾经做过什么有谁在意呢？也许钱就是钱，钱本身没有灵魂，无须做出判断。

初月的心思似乎被小满子猜中了，小满子的脸色难看起来，她对身边一个无所事事的小女孩呵斥道：“别那么不长记性，告诉你几遍了，客人一离开椅子，就把地上的头发茬儿扫了。”小女孩像一个犯了错误的小学生，两手在胸前搓着，连连应承。突然，训小女孩状态中的小满子笑容可掬地站了起来，她的脸色变化很快，向一位皮肤白嫩的高个子男人走了过去，“哎呦，发哥你可来了，好几天没见到你了，我们都想你了。”被叫“发哥”的人笑了，说前几天去韩国了，今天刚下飞机。小满子说：“快下楼去吧，你的崇拜者还念叨你呐。”说着，小满子陪着意气风发的“发哥”下楼去了。

小满子回来时对初月说：“你别想那么多，我这里做正经生意。”小满子这样说，初月反而犯了错误一般，满面羞红。也算是巧合，那天另一个熟人也出现了。刚一开始，初月并没注意到那个推销染发剂的瘦女子，她讨好地跟小满子讲着什么，讲一讲，小满子想起了初月，她招手让初月过去。小满子说："这是马丽萍，初月你不认识了？咱们在大屯中心校读初中的同学!"初月觉得眼熟，还是有些想不起来。"姜初月，我们班的。"小满子说。马丽萍笑着说："你好。"说着伸手要跟初月握手。初月尴尬地笑笑，不自然地回应了马丽萍。小满子对初月说："你还没想起来啊？小马是二班的学习委员，在中心校也是学习尖子。"初月含糊地说："啊，知道……"小满子说："人家跟我们不同，医科大学毕业。"马丽萍的脸红也红润了，她说："小满子你就别提这茬了，读大学怎么拉，还不得给你配货，哪有你这个有产阶层成功。"

马丽萍走后，小满子的话多了，也刻薄起来。她说："马丽萍怎么样，她倒是读大学了，全家人勒紧腰带供她上学，别的学校四年毕业，她得五年，怎么样？毕业了连单位都找不到，一个医生要干好几十年，毕业生一年一大堆，医院就那些医院，找不到工作也没什么好奇怪的。我是没上过大学，可我上的是社会大学，初月你可能看不起我，可我告诉你，社会知识我比马丽萍多多了，我经历过的人和事她马丽萍十辈子都赶不上，你信不?"小满子说的时候，初月的脸红一阵白一阵，她知道小满子说的话都是针对她，甚至有些后悔见小满子，事实上，如果不是因为不争气的清明，并且自己走投无路，她无论如何都不会去找小满子。

马丽萍这个靶子被一顿狂射，小满子的气还没顺过来："我知道村里有些人瞧不起我，我给我爸妈盖了房他们也说三道四，有个唾沫星最多的人，谁我就不说了，得了重病，居然托我到医院去找医生。"初月的头埋得更低了。小满子不管初月怎么想，她继续愤慨着："我跟你说初月，我家盖房的钱是干净钱，是我开理发店挣的。话说回来，什么叫干净什么叫不干净？有些体面的女人傍大款，有些有地位的女人傍高官，她们还不是一样卖自已，不过是价格手段高一些罢了，我没觉得自已怎么脏，要说脏她们更脏，她们灵魂肉体一块买，昨天我看手机短信，我觉得说得太他妈对了，低级的脏自已，当然也污染社会，而那些高级的不仅污染社会还危害社会。"小满子慷慨陈词，初月这头却受不了，她勉强支撑着自已，仿佛一个蜡人，在小满子的高温下逐渐发软，快堆下来了。

小满子把肚子里生锈的炮弹都发射出去，她不再郁闷了，看着眼睛湿润的初月，她的心又软了。她走到初月身边，轻轻摁了初月的肩一下，说："初月你别怪我，说心里话，我心里的委屈没人知道，今天见到家乡人了，就控制不住自己。"初月摇了摇头，什么话也说不出来。

小满子突然发了神经，她一下子跳了起来，她说："初月，你说的周全礼会不会是周老三。""周老三？"初月抬头问。小满子说："是啊，周老三叫周大军，在社会上混，谁知道他真名叫什么。以前我叫过'红红''丽丽''蔓蔓'，十多个名呢。给你寄钱，他大概用身份证上的名字。这样吧，今晚我约一下周老三，如果是他没什么话讲，如果不是他，说不准他认识周全礼，知道周全礼的情况。他是个混儿，认识的人多。"初月有气无力地点了点头。

周老三果然是"周全礼"，见到初月后他显得紧张地问，钱没收到吗？初月说钱收到了，我想知道，你为什么给我寄钱，周老三说钱是老板让寄的，我可没贪一分。初月问老板是谁，周老三说这个你就没必要知道了。

初月和周老三见面，才知道热闹的服装批发市场，表面虽然看不出什么，其实内部的利益争夺还是很血腥的。根据周老三讲的情况，初月的头脑中勾勒出这样一个轮廓：有一个幕后老板垄断了市场进货运输渠道，对不听邪硬参与进来的竞争者采取暴力手段，并通过暴力来威胁、恫吓其他人。清明充当了工具，他受人指使、代人受过，最重要的，还伤害了无辜。初月的心跳开始加快了，指尖发凉。

小满子对周老三说："你他妈太不够意思了，把清明送进去了，还哥们呢。"周老三说："大姐这你可冤枉我了，是我送他进去的吗？是他自愿的，他不干还有好几个人愿意干！""凭什么啊？"小满子问，"讨好老板吗？"周老三说："算是吧，更重要的是，清明需要钱。""钱？"初月瞪大了眼睛。周老三说我们老板非常讲究，凡给他卖命的他都不亏待，进监狱的他照样给钱，而且给的更多。小满子说："我才明白，原来蹲监狱也是一条挣钱的道啊，我说清明怎么这么勇敢呢。”初月瞅了瞅小满子，小满子说：“你应该比我了解清明，别看他一脸硬汉气派，其实是个纸老虎，胆子并不大。”初月对周老三说：“那公安局怎么不抓那个老板呢？”周老三立即严肃起来，说：“跟老板有什么关系，又不是老板去砍人。”“可砍人是老板支使的啊！”“谁能证明老板支使了？清明出事那天，老板在南方呢。”小满子说：“是啊初月，老板是有关系、有身份的人，他能让自己牵连进去？那也太没头脑了。”初月说：“那看怎么说了，我不相信黑白颠倒，纸里终究包不住火，清明不说，我去告，就不信告不出结果。”周老三用嘲笑的口吻说：“看把你能的，想整老板的也不只你一个人，哪个不比你的本事大，再说了，如果你把老板惹火了，你也完蛋了，你想，清明替老板砍别人，就没人替老板来砍你？”小满子见状赶紧打圆场，说初月只是随便说说。

吃过饭周老三先走了，走之前他对初月说：“回家该干什么干什么，以后每年都有钱，如果你想清明早点从监狱出来就把嘴封严了，别节外生枝，不然鼓弄出事来谁也收拾不了。”初月一声不响地哭了起来，这一哭就没完没了，怎么劝都没用。小满子闷头自己喝酒，喝的眼睛发直。小满子说：“初月啊，你还好，你还有眼泪可流，我一点眼泪都没有了，就是天塌下来，我也哭不出来！”初月瞅都不瞅小满子，只管哭自己的，小满子也不瞅初月，她唠叨她的。小满子说：“城市里的竞争多疯狂啊，现在有人说限制农民进城的户口，根本不是，户口不就是个本儿吗？再说现在户口也没啥大用了。根在哪儿，根就在……刚从农村出来，要技术没技术，要头脑没头脑，怎么跟城里竞争？”其实我能理解。初月抬起头，对小满子说：“那也不能走歪门邪道啊！”初月的声音很大，把小满子吓着了，小满子没理会初月，独自喝了一大杯啤酒，然后，温和地说：“你慢慢就明白了。”初月盯着桌子上的杯子，她问小满子：“我可以喝点酒吗？”

初月醒来发现自己合衣躺在一张大床上，她身边是小满子，她放心了。初月记不清喝酒之后的事了，只是觉得自己的手指和膝盖有些痛，她爬起床，到外间找水喝，压水暖瓶里是空的，灯光下，初月发现自己的手被创可贴包着，她想，自己的手一定破了，是小满子帮着缠上的。退下裤子，初月仔细检查了身体，发现右侧膝盖有些红肿，自己是在哪儿摔的呢，初月实在想不起来。严重的口渴驱使她到了厨房，打开水龙头，咕咚咕咚喝了起来。

初月回到卧室，发现小满子正在阴暗的台灯下织毛衣，初月几乎被眼前的景象迷惑了，此刻的小满子显得那么文静、那么淑女，跟白天浓妆艳抹的小满子判若两人。小满子说："我小时候最稀罕五颜六色的毛线了，梦想着能自己织一件新毛衣，可惜，那时候太穷了。可谁能想到变化得这么快，农村的年轻人也不穿手工织的毛衣了，没事的时候我就织毛衣，织了十几件，一次都没穿过，给谁谁也不要。"初月上了床，说："那你还织它干什么？"小满子说："不知道，也许是寂寞吧。"初月不言语了。小满子放下手里的毛线，她转过身对初月说："初月你知道吗，在我心里你一直是我最好的朋友，这些年你不理我，我知道你瞧不起我，说心里话，我自己都瞧不起自己。"初月言不由衷地说："没有小满子，我没瞧不起你。"小满子说："你说谎，你就是瞧不起我，我也没指望你瞧得起我，脚上的泡是自己走的，怨不着别人。"初月似乎被小满子的真诚感动了，反而觉得自己有些愧疚，自己跟大多数村里人一样，本能地排斥着小满子，从来没尝试着站在她的角度去想问题，哪怕客观地分析一下也好。不知为什么，初月对小满子讲起了收购稻草的事，她说现在农村的稻草都卖钱了，农村会越来越好，不用到城里来挤，明明知道自己竞争不过人家，还非要来竞争，当然要付出重大的代价。小满子说："也许将来农村会好的，可那跟我们个人有什么关系，要知道，女人的青春是短暂的，经不住熬的。"讲着讲着，初月又讲起了霍烨，讲的时候目光都十分柔软。小满子说："那个小伙子看好你吗？"初月说："别瞎说，那是不可能的。再说，我有自知之明，我能配上人家吗？一个干农活的姑娘，还结婚了。"小满子说："这个世界上什么事都可能发生，像你这样保守的人有，也有很多人观念很开放。你见的世面还少啊。"初月说："不管什么观念，我也不可能跟他发生什么。"小满子说："要不说你死性呢，交个朋友呗，男人和女人之间除了那事就没别的啦？你完全可以抓住这个机会，让他帮你介绍介绍，给他们公司当代理，咱那一带的稻草都由你来收购，这样，你就可以把稻田包出去，不用自己下田了。”初月说：“凭什么呀。”小满子说：“什么都不凭，也许人家就看好你的勤劳、善良和正直呢。”初月说：“小满子你真敢想啊。”小满子说：“不是我敢想，是你太不敢想了。”初月说：“不说这些了，当前最重要的是解决清明的问题。”

天早就亮了，由于小满子的窗帘是多层的，外面的光亮只能从缝隙里挤进一点。初月问小满子：“清明出事以前找过你吗？”小满子瞅了瞅初月，想在初月的表情上找到什么，初月笑了，说：“我只是问问。”小满子说：“得了吧，你还是想复杂了，那我告诉你吧，清明的确跟我有来往，我还帮他的头儿介绍过小姐，但我对天发誓，我跟你家清明绝对没什么事儿。”初月打了小满子一下，说：“看把你紧张的，我也没说什么呀。”

初月看了看表，才知道已经到了中午11点了，她跳到地上，把窗帘拉开，阳光轰然扑进，屋子瞬间明亮起来。小满子用手捂着眼睛，大声叫着：“关上关上，太刺眼了！”

初月点了“红烧鸡块”和“粉条炒肉”，然后，十分安静地坐桌子前等清明。在预定的时间里，清明随着闪烁着渴望目光的执行犯们鱼贯而出，夹在其中的清明不仅不兴奋，反而面带愠色。清明见到初月问的第一句话是“你怎么还没回去?”，初月说：“你的事还没完。”清明说：“我得关十年，你就在这儿等十年啊。城市里的花费多大，你不是不知道。”初月想了想说“先吃饭吧，吃完再说。清明白了初月一眼，接着狼吞虎咽起来。

吃完饭，清明用手抹了一下嘴说：“明天你赶紧回家，我这里你不用牵挂。”初月说：“事情没解决之前我是不会走的。”“什么事情?”清明问。初月说：“你还问我，还不是你的事。清明说我的事不早定性了吗?”初月说：“还没有，我调查清楚了，你是受雇行凶，真正的凶手现在还逍遥法外，你只是一只替罪羊。”清明瞪大了眼睛，瞅着初月什么也说不出来。“我说的不对吗?”初月问。清明像秋霜打过的烟叶，膀子耷拉着，他小声问：“你听谁说的?”初月说：“你别管谁说的，总归是事实吧。”清明说：“你别听人瞎说，不是那么回事。”初月说：“事到如今你还不跟我说实话，你还当我是你对象吗?清明啊，算我错看你了。”说着说着，声音有些哽咽。清明说：“你别难过了，我不和你说是怕你跟着操心，知道多了也没啥好处。”初月说：“我跟着操心?你不说我就不操心啦?你说说看，谁家的对象被关十年她不操心上火……啊?清明，我跟你说心里话，原来，我以为你一时冲动失手犯了罪，我可以原谅你，不想，这个案子是有预谋有准备的，你说，你这样做对得起谁?对得起你爸你妈你哥还是对得起我，你凭什么让家里人跟着担惊受怕，跟着受人白眼，凭什么让我陪着你守活寡，女人的好日子就那么十几年，让我为你浪费，凭什么，你说啊?”清明发呆地看着初月，一句话也说不出来。

“你为什么不说话?”初月摇了摇清明。清明压低了声音说：“你是想跟我离婚吗?初月说不是没有这种可能。清明又不说话了。”初月说：“怎么，你觉得我不该跟你离婚吗?”清明苦笑一下，说：“你想离婚我能阻止得了吗?”初月说：“如果不离婚，你必须按我说的做。”“做什么?”清明问。初月说：“你把幕后指示你的老板揭发出来，让他受到应有的惩罚。我咨询过律师了，律师说你要揭发新的犯罪线索，有了立功表现，就可以减刑，早点出去了。”清明说：“那是不可能的。”初月紧盯着问：“是你不想?”清明说：“我和老板中间还有一层，并不是老板直接安排的，再说，我手里也没证据。”初月说：“那没关系，查案件是公安局的事儿，你站出来作证就行了。”清明还是摇了摇头，说：“这样，你们就太危险了。”初月说：“你担心我们危险啊?他们又不认识我们，总不至于追到咱村去找你家找我吧?要我看，是你自己胆小，怕自己危险吧?”初月的话刺激了清明，他说：“我怕危险，这些年了，我虽然没钱，可立在天地间我也是根棍儿，头掉了碗大个疤瘌，我怕过什么!”初月说：“好，既然你不怕，那我给你一个礼拜的时间，一个礼拜，足够你考虑和报告的了，下个探监日我听结果，如果你坚持不做，我们的缘分也就尽了，到时候我找你办手续。”

清明闭着眼睛，两只拳头紧紧攥着，仿佛要把里面的什么东西握碎了。

“我说的你都清楚了吗？”初月问。清明抬起头来，说：“办手续就办手续吧，我做人不能没信用。”

初月被清明气得浑身发抖，眼泪又涌了出来，她说：“好，话可是你说。不过曾清明我告诉你，即使办了离婚手续这事我也要管到底，你不是不出头吗？好，我出头，我去公安局报案，别小瞧了我，既然我能查出你是被雇行凶的，我就能查到指使你的人，能查到幕后的老板……”清明一下子把初月的胳膊拉住了，他说：“初月我求求你，求求你别这样做，这样他们会杀你的。”初月说：“我不怕，事情到了这步田地我还有什么好怕的，与其把整个青春都浪费掉，还不如拼一下呢。”清明把初月的胳膊拉得更紧了。他说：“初月，是我对不起你，我欠你的我知道，现在后悔什么都晚了。现在我已经搭上了，千万不能再把你搭上，你能听我劝告吗？”初月说：“这件事我想得很清楚，没商量的余地。”清明说：“初月，初月，你不能听我把话说完吗？说心里话，当初跟你登记我就非常有压力，你是那么好的姑娘，要人品有人品，要模样有模样，别人都说好汉无好妻，赖汉骏马骑，那不明摆着说我是赖汉吗，我真的想让你过好日子，想让别人看得起，可进了城我才知道，想挣钱哪那么容易。我承认我这人没本事，所以一急就下了道。我发现蹲监狱可以挣钱，一年有两万元块的补偿，可你侍弄稻田太累了，一年下来搞好了才挣5000多元，我可以蹲监狱受苦，不想让你那样苦……我说我干这件事是为了你，你信吗？”初月看了看清明，突然看到清明眼里的泪花。她第一次看到清明眼里的泪花，那个泪花瞬间开放在初月的心里，将她的心洇湿了一大片……

初月买了一个小灵通，她在这个海滨城市里有了一个属于自己的“号码”，初月打的第一个电话是给小姨，她告诉小姨，由于清明的案子有了新的情况，她要在城里耽搁一段时间，快的话能回去过大年，如果慢了，就得一个冬天，等开春种水稻的时候再回去。小姨问清明的事又严重了吗？初月很有信心地说，应该说朝好的方向发展，出现了新的转机。初月告诉小姨，她打电话的目的是让小姨照顾好母亲，她最放心不下的就是母亲了。小姨说这个呀，这个你放心好了，她是你妈可也是我姐啊，我有几个姐？还不就一个，你把心放在肚子里，好好处理自己的事情吧。

那天的天很蓝很透彻，街景如水洗过一般，清清亮亮。走在街上，初月不经意间想起了霍烨，她知道霍烨该回来了。初月不知不觉转到霍烨公司的大楼下，望着大楼初月想，卖稻草都可以在这么气派的大楼里办公，种稻子也不是没前途的，而且她相信，她种水稻的本事大楼里的人肯定比不过。初月在楼下往霍烨的手机挂了一个电话。霍烨一下子就听出了初月的声音，霍烨说初月啊，听说你来找过我，你最近还好吗？初月说还好。霍烨说我出去培训走了半个月，刚回来，我还想着怎么找你呢，我真的很想见见你，你现在在哪儿？初月迟疑一下，想了想说，我已经回村了。霍烨，我想跟你说，你是我特别想感谢的人，真的，谢谢你。

放下电话，初月想，霍烨是个聪明人，他应该知道我的电话号码是这个城市的……

陪大师去讨债

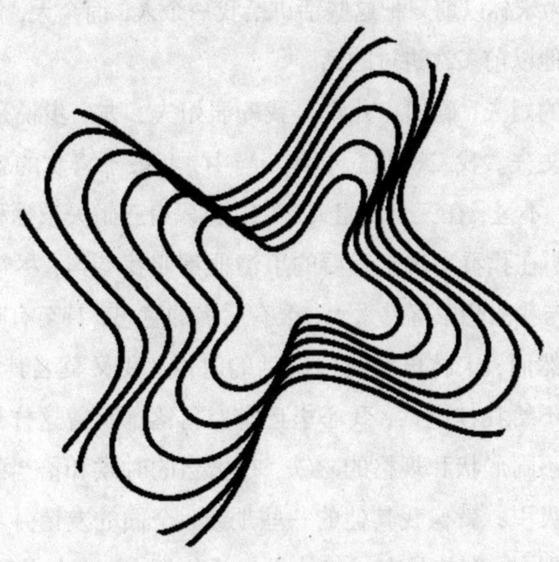

宋林在皇城酒店的大厅里仍然表达他在多次谈话中表达过的愿望。他表达的愿望是：坚持一下，把企业眼前的难题解决了，他就找一个尽管清贫一些但一定清闲的单位，那样，他就可以在家里从容不迫地看看书，干一点自己喜欢干的事。他讲这些话时，他的身边除了我之外还有另外两个人，所以，我这样认为，也许宋林真的有这样的想法。我之所以这样笼统地做出判断，是因为宋林以前只把这些话讲给我一个人，而今天，他显然不是对我一个人重复他以前多次讲过的话。

宋林是我的姐夫，确切点儿说是我的表姐夫，进一步说是我二姨第三个女儿喜萍的丈夫。我二姨的三个女儿当中，我最不喜欢的就是神神道道的“三表姐”，不过，在三个表姐夫之中，也只有三姐夫宋林和我的来往最多。有很多次，在我看来属于重要的事情他都叫我参与，尽管有几次我参与之后，收获与我的想象落差太大，很有后悔的意思，甚至有时告诫自己不要再参与了。然而，宋林再给我挂电话的时候，我又莫名其妙地参与了。如果他长时间不给我挂电话，我心里还空空落落。我曾这样想过，我与宋林的关系就像不同形状和规格的磁铁，在恰当的时候和恰当的位置上，我们彼此信任和吸引，就像我其他的一些朋友，全面的友谊并不多见，有的是交流思想的朋友，有的是在一起放松娱乐的朋友，有的是需要彼此互相帮助的朋友，有的是情感依托的朋友等等。我与宋林的关系也是一样，长时间的交往，亲戚关系已经如流入地下的河流一般，被忽略了。我们都把对方当成朋友，亲戚关系已经被淡化了。并且，我们之间仅是一种“局部”密切的朋友关系。

在柔和的烛光勾勒下，浑圆的餐桌前围坐着包括我和宋林在内的四个人，我们相互注视，都会发现对方具有明显的油画效果。我的左侧就是宋林请的核心人物曹大师，右侧是纯老外——柳芭。宋林在我的对面。他的身边也是曹大师和柳芭，不过，位置正好与我的相反，也就是说，曹大师在他的右侧，而柳芭在他的左侧。

曹大师几乎完全秃顶，光亮的头顶周围是浓黑的长发，头发的长度足可以披肩，有点像海里的一种章鱼类的生物。他的脸暄胖，面色苍白，有如加了漂白粉的馒头。刚一见面，宋林向我介绍他时，他目光迷离地对我微微颔首，握在我手中的他的手也软绵绵的。“绝对的大师！”我表姐夫宋林喜悦地说。柳芭是白俄与中亚混血的俄罗斯姑娘。我猜想她大概是外语学院的学生，见面时我对她说：“哈拉少”（俄语“好”一词的中国式发音），柳芭对我的问候没有做出相应的反映，她用比较标准的汉语对我说：“你好！”表情极其严肃。

我与曹大师首次见面是在宋林的办公室，而与柳芭见面是来这座城市之前，在我和宋林户籍所在地那个城市的飞机场。说起来是三个小时之前的事，现在则不同，我们已经有了一定的接触，并坐在烛光融融的大厅里。大厅里的音乐也很好，旋律流水一般，在似远似近地流淌着。最重要的是，我们都是宋林请来的，说雇佣的也行，下一步，我们将围绕同一个目标，必须团结奋斗。

在我们真正成行之前，我知道宋林的处境并不好，他是一个老牌国企的厂长。那个企业在历史上很有名，我上小学的时候，我们班有七八个同学的家长是那个木材加工厂的职工，当时那个企业叫红旗木材加工厂。一说谁谁是“红旗”的，说的人有羡慕的情绪，而被说的人则表现出相应的自豪。我读小学二年级时，小学还有工宣队代表，工宣队的代表姓周，高个子，宽宽的肩膀，黑红的额头有一块月牙疤。周代表就来自“红旗”。当时，学校的教学秩序不好，学校里边乱，校外的小流氓也常来学校捣乱。还别说，无论是校内的淘气包还是校外的小流氓，几乎没有不怕周代表的。周代表整天阴沉着脸，他的威严来自他所在的那个社会阶层普遍的接受度，来自那种朴素的性格的力量。

有一次，我和班里的一个同学逃学，跳围墙的时候，被周代表发现了，他也爬上了墙头，站在墙头上骂正在往树林里消失的我们："你们这帮兔崽子，胆大包天，学校的围墙他妈的也敢跳？"事后，由于恐惧，我不得不向父亲承认逃学的错误，尽管那样会冒着被父亲教训的风险，不过，父亲的教训总比周代表教训的风险要小些，况且，父亲教训我之后，他就成了我的后台，他不会允许周代表超出限度地对待他的儿子的。我母亲知道了这件事，她对周代表骂人的事并不十分在意，她说工宣队的人讲话都那么"粗野"。

宋林当厂长的时候，木材加工厂已经不像当年那么辉煌了，偌大的厂区荒凉了很多，沿铁道线的地方，还长了没膝的蒿草。木材加工厂有退休职工一千多人，在职职工两千多人，有很大一部分职工下岗。宋林当这个厂长，很重要的因素是历史的选择。也许只有在这个时候，木材加工厂的日子不好过了，他才当上了厂长。如果不是这样，宋林也许还在技术科当科长，最多也就当个管技术的副厂长。谁想，木材厂走到历史的这个阶段，宋林竟坐上了他小时候想都不敢想的位子。文化大革命前，红旗木材加工厂的厂长都是有一定行政级别的老干部，第一任是老红军；到 1978 年大规模平反时，任厂长的冯厂长也是 1946 年参加革命的。宋林接厂长的时候三十九岁，比我大两岁，他大概是木材加工厂有史以来最年轻的厂长了。

有一次在宋林的办公室，宋林对我说，小的时候，为了做养兔子的木盒子，他从木材加工厂的后墙爬进去，拿一些半成品的木料。那是太阳出来前的早晨，工厂大墙内外极其静谧。他见没人看守，就战战兢兢地从墙底下残破的洞口爬了进去，结果正进入人家设好的陷阱，工厂保卫科的人引蛇出洞，把他抓住了。宋林被保卫科审讯、扣押了一个上午，他说那段经历他无法忘记，每每回忆起来都心有余悸，一直到他读大学，他还不敢回忆那一段往事。

"其实那年我才九岁，我三十九岁的时候居然是这个厂的厂长了。真是应了那句老话，三十年河东三十年河西。"

说是这样说，我知道宋林的心理十分复杂。他当这样一个并不容易让人乐观的木材厂的厂长有多难恐怕只有他自己才能体会得到。所以我起码有三次对他开了内容类似的玩笑。这世上的事儿是平衡的，有多大的收获就需要多大的付出，你想轻松自在还想占着厂长的位子，我看挺难的。即便有这样的好事恐怕也摊不到你的头上。我怎么看你前世也没修这样的福……我表姐喜萍，我就更看不出来了。

宋林不理会我这样说他，目光凝重地看着我，说："其实我这人绝不是坏人，我打心眼里想给木材厂干点好事儿，起码让职工都能发出工资。我在这个厂的时间长，我了解他们，他们为这个厂付出的太多了，他们的要求并不高。说实在的，我可以不当这个厂长，可以拍拍屁股就走，问题是我这一走，觉得挺对不起工友们的，也挺没名的。"宋林说的大意就是这样，我相信他说的是实话。

后来木材厂在宋林的手里的确发生了一些转暖的变化，不过，宋林也很快迎合了社会上的潮流，花钱出手很大，经常出入酒店和娱乐场所。有一次三表姐喜萍问我，你三姐夫在外头喝酒的时候是不是经常带姓吴的狐狸精。我知道喜萍说的狐狸精是指财务科的吴会计。吴会计是位长相艳丽的单身女人，尽管她美得缺乏气质美得过于俗艳，却常让男人在她面前显得局促不安，或者目光有神，激发出无限的斗志。宋林参加一些社交的场合会带上吴会计，我参加的时候，也产生过我前面说到的男人们通常有的状态。所以，我对三表姐喜萍说："我以律师的身份向你证明，表姐夫与吴会计之间是清白的。如果这里有什么苗头的话，那么，问题不是出在表姐夫身上，而是出在我的身上。我和吴会计之间有好感，彼此眉来眼去的。表姐夫看出了这一点，所以，我参加活动的时候，他就让吴会计参加。"
"那你表姐夫更坏，他这是怂恿你往悬崖边上走。"

我说："我喜欢往悬崖边上走，过瘾！"

三表姐喜萍大概不觉得我说的是玩笑话，面部表情严肃起来，说："我得对你三姐夫说，不用你这样的法律顾问，如果用下去，你不把他带坏了才怪呢。"

我说："谢天谢地，你以为我在宋大厂长身上还占了什么便宜。你知道我搭了多少精力，可收入呢？不好意思说，说出来怕人家笑话。”我这样说，喜萍就没话了。不过我相信，喜萍一定会把我的话转告给宋林，我也相信，宋林听了这番话心情一定十分复杂，并且一定会加深他对我的友谊，如果宋林再把话传到吴会计那里，我想，我也没有什么亏吃。

不管怎么说，宋林的确了不起，他任厂长两年时间，工厂已经有了很大的变化。当然，一下子红火起来也不现实，但精明的宋林的确使面临破产的木材加工厂度过了最艰难的时刻，尽管还没有彻底摆脱危机，工厂毕竟大面积恢复生产了。

在我们此次动身的前两天，宋林又给我打电话，他在电话里说他现在是闯关的时候，主要问题是资金周转不良，多年前形成的三角债就像长熟的疖子一样，开始鼓头流脓了。这一点我是清楚的，我是他们厂的法律顾问嘛！一年来，宋林被接连不断的官司纠缠着，不用说别的，就连我们律师事务所正常收费他都拖欠着。说起这件事，他讪讪地笑着，说：“你不关照谁关照，表妹夫嘛！”

我对他提“表妹夫”向来反感，不过反感归反感，我所坚持的概不赊账的戒律还是让滑头的宋林给破了。

宋林给我打电话说他有办法解决了，他在电话里的声音有些发颤。我体会出他的激动后，说：“谁那么倒霉，让你当救命的稻草给抓住了。”宋林在电话的另一端大笑，笑够了，说：“你来就知道了。”

我是在宋林的办公室里见到曹大师的，第一次见面的印象我前面提过，总之感觉挺特别的。经过介绍之后，曹大师就坐在背着玻璃窗的沙发上，他正襟危坐，双手放在膝盖上，有点像旧时行伍的军人。我坐在他侧面的沙发上，我观察他时，他目光专注地盯着前方，那目光与季节形成了强烈的反差。

宋林说曹大师是很不容易见到的，他具有特异功能，不仅可以预测你的命运，还可以治病，他最拿手的是空中取药。我愣愣地瞅着宋林，我知道宋林一向不相信这些的，他曾对我说过：“你表姐迷信，洗头都选吉日，不信你到家里看看，这几年我家挂的挂历都是老黄历，上面印着开市、动土吉，出行、嫁娶凶什么的，她就按那上面的办。”我说：“如果哪天印着出行凶，表姐就不出门啦？”宋林说：“倒没有那么严重，不过，有一天在过街天桥上，一个人给她算命，让她躲星，她还真一天没出门，把窗帘严严实实地捂着，蒙着被躺在床上，我开门她都冲我吼叫。”宋林说他自己从来不信这些。我相信他说的话。

曹大师的语言很少，宋林介绍时，我对他点了点头，他才对我点了点头。

当时，我还不知道宋林的用意，只是感觉到宋林对曹大师过度恭维，令我十分不舒服。我有些挑战性地对曹大师说，我听说有的大师用气功给人看病，有特异功能，不巧我刚刚作了身体检查，可以请大师给我看一看吗？宋林听我这样讲，很不高兴地对我说：“你先歇一会儿，还没轮到你！”

宋林说话的功夫，果然有人敲门进来，进来的人一共有四个，我看其中的一位眼熟，好像昨天在电视新闻里见到过，即便不是电视新闻里的人，起码也与他长得相像。

宋林连忙迎上去，面部的表情十分丰富。从宋林的态度上我断定那人应该是电视里讲话的宋林企业的主管领导，另一位也应该是领导。而他们带来的两位上了些年纪且有些发福了的女人应该是他们的家眷。宋林大概遵守着一种约定，他没有介绍几位来宾的身份、只介绍来宾是“我的老领导”。介绍仍坐在沙发上的曹大师是“曹大师”，而我这个关键时候为他排忧解难的法律顾问被他遗忘了。我索性坐在宋林办公桌对面的椅子上，翻着一份当天的晨报，报纸上的健康版吸引了我。那上面有大蒜杀菌功能的介绍，常吃西红柿的好处，以及关于“脑白金”的宣传广告，广告的大意是：吃了脑白金可以让人年轻，回到青春岁月什么的。

在同一间房间里，分成了两个格局，一面是曹大师和围坐在他周围的几位领导和领导的夫人，他们小声地讨论着。一面是我，我在窗外投进的光线下读报纸。我打定主意不参与他们的事。谁想，宋林在这个时候像喊他的工作人员一样叫我小津，“给我们倒点水来”。

当时我真想过去给宋林一拳，打在他小时候伤过有点歪斜的鼻子上。

想归想，事实上我还是一声不响地过去给他们倒水。这时，我觉得奇迹出现了—— 我看到曹大师正在咬一个水杯，尽管那个水杯不厚，但能咬得咯嘣咯嘣作响也真是不容易。曹大师把在场的人的目光全吸引过去，我倒水的水平本来就不高，有一些水溅在一位领导夫人的怀里。

领导夫人友善地瞅了瞅我，表示不介意。

我本想说对不起。不知怎么冒出了一句“不用客气”。说得我自己都莫名其妙。

曹大师将一块咬碎的玻璃块从嘴里拿了出来，他在我们跟前晃动了一下，说：“我现在把它吞掉。”话音一落，他就放在嘴里，又发出了咯嘣咯嘣的声音。不一会儿，他张开嘴，示意他已经吞掉了。

在座的几位来宾都热情地给曹大师鼓掌，我也情不自禁地鼓了掌。

接下来，曹大师开始给来宾看病，他几乎不瞅我们，只是眯缝着眼睛看自己摊开的双手。过了好一会儿，他对电视上讲话的那位领导说：“你的心脏不太好，血脂高。还有，你的肾虚，是不是口渴？有的时候尿尿不干净，滴在裤衩上……”那位领导还没说话，他身边一定是夫人的人说：“大师，这简直太对了。”曹大师又说另一位领导也有高血脂症，是脑血栓的前期，还有痔疮。另一位领导身边的夫人也说太对了。曹大师慢悠悠地说话，对面的人都像一种珍稀鸟类一般伸着脖子，像是完全丧失了自我，小学生似的望着高深莫测的曹大师。

眼前的情形使我觉得新奇，或者换句话说，几位有身份的来宾在曹大师面前的样子让我产生很多想法，我知道他们已经完全被曹大师征服了。同时，我还在想，人真是有意思，他们这样习惯于表现傲慢的人居然还有这么老实、谦恭的一面。

那是一次成功的测试，从大家的表情上就可以看得出来。尤其是宋林，他的神情十分得意，好像成功的不是曹大师而是他自己一样。他语气硬朗地说：“走，去唐王酒店！”

大家还没动身的时候，不知道是谁放了一个不响的屁，紧接着就有一股浓烈的臭鸡蛋的气味传递过来。宋林也一定闻到了那种气味，奇怪的是他竟然瞅了我一眼。我觉得奇怪，在场的除了他之外有六个人，他凭什么就认为是我放的屁呢？

这样，我对宋林已经有了不满，动意不与他们去酒店了。不过回头一想，如果我不去酒店宋林就一定认为屁是我放的。再说，我与宋林计较这点儿小事与我律师的身份也不相符，所以，等他们相互谦让着向外走的时候、我便紧紧地跟在他们的后面。

到了唐王酒店，我才受到他们的注视，宋林也才把我介绍出去。我的律师小津。宋林简约地说。我主动一一与他们握手，说了“幸会幸会”那句套话。

除了说那句套话之外，我就不再有发言权了。他们是真正的主人和客人，彼此交流着。在座的几位都给曹大师敬酒，曹大师也不过分推辞，只是他的酒量实在有限，喝一点，眼睛就发红了，眼睛发红了情绪也跟着发生了变化。曹大师说他给北京的大人物看过病，他点出了某某，那名字令在座的人目瞪口呆。他还说他曾出访十多个国家，给总统和国会议员看过病。他的一番话使在座的几位屏住了呼吸，目光小心翼翼地围绕着曹大师的表情转。

曹大师越讲心情越好，说“我看你们几个人都不错，前世积了不少的德，这样吧，我没什么送你们的，我送给你们几个人二十年阳寿吧。”

这话令在场的人心惊肉跳，如同我一样。曹大师说得多谦虚，没什么送的，就二十年阳寿！曹大师说完，他的手在空中捞月一般，灵巧地转动了一下。然后，把手摊在我们面前，他的手里果然有一丸棕黑色的药丸。

我相信在座的人和我一样目瞪口呆。

“这是空中取药，”宋林说，“我听说失传几百年了。”

曹大师将可以延长阳寿的药丸递给他身边的那位电视台讲过话或者与电视台讲话的人相像的人。那人站了起来，恭恭敬敬地用双手接过去，他激动的样子像小说上常写的那句——激动得不知该说什么好了。

在众人期待的目光下，曹大师继续空中取药，他的手臂在头顶飞舞着，一会儿取来褐色的药丸，一会儿取来土黄色的药面，一一分给了宋林请来的四位来宾。轮到我了，曹大师似乎知道我与宋林的关系，他对我说：“咱们常见面，以后再给你。”说完他又瞅着宋林说：“发功是需要体力的，不能太多。”宋林说：“就是，您一定注意保养身体，小津没问题，他不挑！”

我尴尬地笑了笑，确实也没什么可说的。

得到药的几个人与我的情绪相反，他们语气坚定地让宋林给曹大师加菜，加甲鱼汤和三鲜鱼翅，我知道那个酒店的三鲜鱼翅是一百六十八元一份，既然给曹大师要的，就不能不给四位来宾每人一碗，给来宾每人一碗，就不差我这个常年法律顾问了。大家都有了，宋林也就不差自己一碗了，如果他自己不要，会让客人们产生别的联想。七个人，一千多块钱，宋林情不情愿都得出血。我心里暗想，一向自认为精明的宋林，这次恐怕打错了主意。

加的菜上来之后，趁他们敬酒的时候我离开了充满中草药味的房间。去了一趟洗手间，然后，我就坐在休息厅里。那里的沙发有些古朴，伪红木雕着民族传统的龙凤图案，举目望去，与大厅里洁白的欧式装修不太协调。我点了一颗烟，借着向外吐出的烟释放胸中的郁闷。我对面的墙上是一幅画框精致的油画，我知道那是当下流行的电脑仿真名画，看到那幅仿真名画，我知道自己不知道的名画太多了。我从来没见过那幅画，自然也不知道那画的名字，那幅画的画面用文字来描述是很难成功的，所以我对画面的描述只能是我片面的理解。画面是一个讲究构图的石雕凉亭，石料应该是大理石的。凉亭被婆娑的树枝和树叶所围抱，远处是海，一定应该是海。这幅画的关键是光与色的组合，画面上的树枝树叶摇动着，光影摇动斑驳，你会身临其境，周身是风。画面让我想起了山雨欲来风满楼那句古诗。也许此刻我的内心也一如那远处的海，正长风浩荡，波涛澎湃。

宋林也去洗手间，见我坐在休息大厅，他就坐了过来。“怎么样，长见识吧。”他拍了拍我的肩。我知道他还处在兴奋的状态之中，就说：“是挺特别的。”宋林笑了，说：“他可是我的宝贝。”我也笑了，大概笑出了幅度。我说：“你在电话里兴奋的就是这个宝贝呀，你真的相信他会帮你摆脱危机？”宋林认真地瞅着我，大概觉得我的话过于突然，他一时还没有拐过弯来。我说："我的意思是我体会出一点江湖的味道。换句话说，你总不至于让他吃玻璃碴、空中取药卖钱来维持你们厂的运转吧。"

宋林也点了一支烟，他深深地吸了一口，对我说："你是知道的，我现在是有病乱投医。一千两百万的债务眼看着就泡汤了。我总得找个解决的办法啊。"宋林这样一说，我就沉默了。一千两百万的事我知道。宋林没当厂长的时候，木材加工厂与外省的一个有背景的公司合作，联合承包九个林业局的木楞场。这种方式合作成功，自然会给木材厂带来可观的利润。事实上，三年期间，木材厂陆续投入银行贷款一千五百万，头几年还获得了几十车皮的原木，后来，干脆没有了。宋林上任后，开始追讨对方的欠款，钱花了不少，官司也打了两年多，还是没有什么明确的结果。我们律师事务所接手时，对方已经开始破产清算。这个案子本来就十分复杂，头绪多，证据又少。当然，我也清楚，宋林他们厂占理。对方也不是真的破产，不过是用破产的方式来逃避债务。我知道对方也有同我一样围绕着法律界限帮着出花点子的人，加上人家是本乡本土的，地方保护主义严重。官司怎么打也是一锅粥。尽管我善良地想这个官司早晚能得到公正处理，可着急的是宋林，他快等米下锅了……

宋林说："我基本把情况摸清了，这一千两百万还有另外一个解决的渠道。只要老莫出来说话，帮着办这事儿，就可以把钱弄回来。"我问老莫是谁。宋林说："到时候你就知道了，反正是一个有地位有势力的大人物。我说凭什么，就让曹大师给表演一番，一表演就一千两百万？鬼才信。""你急什么？"宋林显得比我还急躁。他说："你觉得你人情练达是不是？我现在不这么看了。……我跟你说，我接触过老莫，那可是真正的大人物，可以说是刀枪不人。我听说给钱、送女人，都不好使。后来我想了想，也难怪，人家不缺的东西你送上去，人家自然不稀罕。就在我一筹莫展的时候，曹大师出现了，他的出现让我看到了希望的曙光。"宋林喋喋不休地说，他说话的口气既是介绍性的也有教导我的口吻。他说的大意是对待像老莫那样的大人物必须采取相应的办法。老莫那样的大人物什么都不缺了，他却缺少年轻和健康，越是大人物他越珍惜未来的岁月，越是重视健康。所以，只要他对症下药，他相信会有奇迹出现。这个曹大师就行。

“你相信他行？”

“今天的情形你都看到了，你不觉得挺成功吗？”

我想了想，自己也有些糊涂。我对宋林说：“不管怎么说，我必须得对你说实话。我怎么看也看不出曹大师是大师。”宋林有点紧张地扭过头问我：“此话怎讲？”

我说：“他有的地方故作高深，有的地方又像街头变杂耍的，我觉得这里边有破绽。”

宋林说：“你只是用俗人的眼光看问题，真正的大师不能只看他的外表，这一点你比我清楚。形式有那么重要吗，关键是内容，比如他空中取药，你能解释清楚吗？”

我说“暂时不能。”

宋林说：“我对曹大师有细致的观察，他几乎出神入化了，他平凡得比你我都平凡，这才是大师的风范。”

我问宋林：“你是怎么请到曹大师的？”宋林说这不是问题的关键所在。

“那什么是关键呢？”

“你没问到的那些。”

我们在飞机场见面时，曹大师就像熟人似的用眼神与我交流了。与宋林同来的，还有俄罗斯姑娘柳芭。柳芭不像我印象中的外国女人那么富有热情，她始终冷冰冰的。好在柳芭长得漂亮（也许她在俄罗斯姑娘当中算不上漂亮，只是我接触的外国姑娘有限，缺少参照），即便高傲一点，我认为也是可以接受的。对于柳芭的出现，我这样想，宋林一向固守他理工科的思维模式，他对此行一定做了周密的安排，这些安排是按照数学逻辑关系事先设定的，尽管缺乏想象能力，却也显得密不透风，公式模式一般。我说宋林缺乏想象主要不是指他在筹划期间，而是他筹划之后，他设定了一个自认为周密的计划，就会有条不紊地严格实施，在实施中显得教条，而且缺乏创造性。所以当我在飞机场看到曹大师和柳芭时，我知道他们两个人，包括我的出现都是他预先设定的结果。我是律师，宋林需要法律上的顾问，如果与对方正面接触，我代表比较正式的一面。柳芭大概是他请来的“托儿”，在一些宴请的场合或者谈生意的时候，有真正的老外（不是有外国护照的华人），或者说一眼就可以看出来的外国人合作，无疑会增加洽谈的力度。而曹大师才是主角，大戏还得靠他演，可以猜测，他的成功与否直接关系到我们此行的成败。

与此同时，我还这样认为，有曹大师与我们同行，宋林这次去讨债的调子基本定了，所以我知道我不会太劳神费力，权当是一次放松的旅行就得了。

我用眼睛扫了一脸严肃的柳芭，心想，这个白皮肤的姑娘还是挺可爱的，她肩负重任的使命感令人肃然起敬，不像我有时表现出缺少责任心的样子。但问题的根源也许在于宋林，他把我们设定在他的计划方案里，我们全被蒙在鼓里，我们不过是他计划中的一个棋子。我充其量也就是围在老帅身边的“士”，搞好了也不过是活动范围大一些但不能过河的“象”。柳芭也就是小卒子，过了河才可能发挥大一些的作用，只有曹大师是主力，是“车”或者“马”。

现在，我们就坐在皇城酒店二楼的餐厅里，烛光融融，使我们的面部表情都富有人情味儿。宋林说难得有这样放松的机会，说的时候他瞅了瞅柳芭，又瞅了瞅曹大师。我说这啤酒的口感不错。

宋林没稀得理我，他瞅着另外的人微笑着说：“我给你们讲一个笑话，其实也不是真正意义上的笑话，是打比方，把女人比成鱼。”曹大师抬起头问：“是吃的那个鱼吗?”宋林说是。柳芭眨了眨眼睛，我不知道她听没听明白宋林的话。

宋林继续说：“老婆是咸鱼，放在家里不动也坏不了，吃的时候尽管太咸却解决实际问题。”我和曹大师都笑起来，曹大师边笑边说不错，挺恰当的。

宋林自己不笑，他接着往下说：“朋友的老婆是金鱼，只能看不能动。”我们又笑，柳芭也开始跟我们笑，不知她是真笑还是陪我们笑。

“情人是河豚，处理好了味道鲜美，处理不好容易中毒。”

曹大师扭头问：“宋林，这个，怎么解释。”我解释道：“河豚鱼的皮和血有毒，吃的时候得处理干净。”曹大师想了想，笑着说这个也不错。

宋林接着说：“娱乐场所的小姐是鲇鱼，嘴张得大，浑身溜滑。”我说这个不算太精彩。曹大师也说这个不算太好。宋林说：“得细咂摸，才能品出味来。”曹大师瞅了瞅我，我笑而不语。

宋林继续他的话题，“未婚的姑娘是甲鱼，一碰她她就咬住你不松口。”这个不用仔细顺摸，他的话音刚落，我们就开怀大笑，笑够了，我瞅着柳芭，对宋林使了一个眼色，说：“你可要小心点儿，别让身边的甲鱼咬住了。”宋林这才笑，他边笑边说：“外国进口的甲鱼同国内的甲鱼不一样，不会下口死咬的。”

柳芭抬起头来，她面带微笑地说：“甲鱼是不是你们说的王八。据我所知，中国有一句俗话用绿壳的王八来比喻，不过不是来比喻女人，而是与男人有关系。”

宋林瞅了瞅我，我也瞅了瞅宋林，我们忽视了柳芭的汉语水平，也忽视了她的头脑，她远比我们想象的厉害。

宋林对柳芭充满歉意地笑了笑，突然将话题转了回来，他说：“一个女人又同时是好几种鱼，在家里丈夫面前是咸鱼，在丈夫的朋友面前是金鱼，在情人面前是河豚……你想一想，是不是这么回事？”

曹大师油汪汪的嘴里嚼着牛蹄筋，一边点着头，一边言语不清地说有道理。

我们放松谈笑的时候，宋林的手机响了，他先热情地“哎呀”了一声，站了起来，站的时候大声说：“我这就下楼去接你。”

宋林的声音很大，我们都抬头瞅他，我们邻桌的几个外国人也瞅着他。

宋林对我们三个人打了一个手势，就匆匆忙忙下楼去了。我想，宋林说的关键人物老莫大概就要出场了。

宋林一走，我们相互对视一下，似乎在突然失去了“领袖”的环境中，开始重新寻找着中心人物。我瞅了瞅柳芭，柳芭的下巴向上翘着，显得有些缺乏根据的高傲，我对她陡然增加了反感，就转过头来，把正脸对给了曹大师。不想，曹大师并不买我的账，他用专注的目光盯着柳芭，露出讨好般的微笑。我觉得自己挺无聊的，就叮叮当当地用镀镍的小勺搅咖啡杯。

不一会儿，宋林陪一个年轻人走了过来。我当时的感觉是：这也许不是老莫，如果是宋林说的老莫，那老莫也太年轻了。在这之前，我对宋林说的重要人物——老莫有过几种猜测，首先，我揣测老莫是那个省市掌握实权的领导，即便不是现任的领导，也是人虽然退休，但仍有影响力的德高望重的老领导。第二种揣测是，老莫可能是一个年轻人，现在流行一种称谓，称老什么什么，其实是对有本事的年轻人的称谓。比如，这个老莫是经商的高干子弟，宋林走了他这条线，以求挽回一些损失。还有，最后一个揣测是，老莫是黑道上的人物，我在律师行业里接触过这样的债权人，在极端特殊的情况下，他们请黑道帮着要债。尽管我知道，宋林对后两种选择的可能性比较小，特别是第三种，几乎没有可能性。宋林是聪明人，也是善于把握自己的人。不过话说回来，宋林被逼到这份儿上了，干出什么令人意外的事也不好说。

宋林和新来的客人坐下来，宋林介绍说："这是张兄。"刚坐下来的张兄欠了欠屁股，向我们示意一下。接着，宋林又一一介绍了我们，顺序是：曹大师，柳芭，最后是津律师。当然，我已经想到，最后是我。

张兄很健谈的样子，也许是个性使然，也许是对我们几个人根本不太在意，他说老莫如何忙，现在还在接待重要的客人什么的。他说他也特别忙，本来可以早一点来，由于谁谁谁而脱不开身，所以能现在赶来，还是经过努力，费了一番周折的结果。

宋林迎合着说："我知道你一定很忙，你能来都出乎我的预料之外。够不够朋友我有体会。"宋林说话的表情在我看来有点觍着脸。

张兄说："老莫今天恐怕来不成了。他一再嘱咐我要赶来看看你们，并通过我对你们表示歉意。"

宋林一副受宠若惊的样子，连连说："莫老真是客气！"

我瞅了瞅曹大师和柳芭，他们俩人的心思似乎不在宋林和张兄身上，他们的目光游移着，各怀鬼胎的样子。

我想到我自己，我想我的目光也一定不够专注，在别人看来，也会认为我心怀鬼胎。

宋林仍按他的思路进行着，他征询张兄，要不要喝点酒。张兄连忙摆手，他说酒对他来说就是灾难，他现在不喝酒。“目前，保养是我生活中的一个重要内容。”说话时，他年轻的面孔显得很生动。

“既然是这样，我就不客气了。”宋林仍觍着脸，讨好地对张兄说：“一会儿，咱们到房间去，请曹大师给你调理一下？”

张兄瞅了瞅曹大师，说：“那就麻烦了。”

曹大师没有言语，只是含蓄地点了点头。

接下来，我们就陆续起身。宋林叫服务生结账。有意思的是，服务生还没有拿来账单。宋林就把长城卡拿了出来，明晃晃地在手里掂量着。这时，宋林转头对我说，“你带客人上楼，我一会就到。”

我只好按他的吩咐，乘电梯上了十八楼。

宋林在凯莱酒店开了三个房间。如果不是因为柳芭是女人，开两个标准间，正好可以住四个人。而依着目前的情况，柳芭肯定要占一个房间。而另一个房间完全可能是曹大师的。我肯定不会享受单间的待遇。

我们到了房间所在的楼层，我正寻找开房门的钥匙，宋林就赶了上来。房门打开，他们谦让了一番，就进了1806房间。

进房间后，说了几句常规的客气话。宋林就恭维地对曹大师说：“请大师给张兄看一看！”

曹大师目光有神地盯着张兄，房间里立刻就静了。在极度的寂静下，曹大师的目光渐渐地把张兄坚硬的目光给软化了。

突然，曹大师大声说：“哎呀，你目前面临着转折呀！”

我们几个人都把目光对准了曹大师。

曹大师沉静了一会儿，才用肯定的语气对张兄说：“不用多久就有结果了。”

张兄对曹大师的话很快就有了反应，他问：“是理想的还是不理想的？”

曹大师说：“当然是理想的。本来，天机不可泄露，我只能提示你一点：“你很快就升了。”

张兄似乎舒了一口气，瞅着宋林，用附和曹大师的口气说：“本来，我去年就该调整的。看来是时机不到啊。”

宋林也舒了一口气，他显得非常兴奋，比张兄还显得兴奋。我想，刚才他也许比在场的所有人都紧张。

我也有些紧张，紧张得有些莫名其妙。从心里讲，我对曹大师那一套打心眼儿里不认同，可奇怪的是，在这个时候，我似乎站在了曹大师的立场上。心里所想的是，即便曹大师是假的，在这个时候，也千万别露了馅儿。

后来，我还想过这样的问题，张兄也未必就百分之百地相信曹大师，但曹大师给他调理之后，他在老莫面前的表现就跟宋林相差无几了。也许他们都有同样的心态，既然是通过我介绍的，就得把面子给足了。这就相当于谁都不肯承认自己的智力差，眼光不行一样。当然，这都是后话。

接下来，曹大师对张兄说：“现在你从口袋里拿出一百元钱，随便写一个字，然后再放到内衣口袋里。”张兄困惑不解，但还是一一照办了。

于是，曹大师在地上反复走着，大家不知道他要干什么，都屏住呼吸，目光跟随着他移动。几乎在大家的猜测进一步复杂的时候，曹大师开始舞动着两手，两只手交叉翻飞，速度越来越快。突然，他的手停住了，一张一百元的票子从手里生了出来。

曹大师把手里的钱交给了张兄，说：“看看，是不是你写字的那一张？”

张兄表情惊讶地看了看钱，又连忙翻自己的内衣口袋，结果，空手而进空手而出，他内衣口袋里的钱不翼而飞。“是是！”张兄连连点头。

曹大师说：“我所以取你一百元钱，是引你的财源。我说的你明白吗？”

我看到张兄和宋林都盲目地点着头。

“你不一定明白。这就像农村的压水井一样，得倒一瓢水引一引，才能压出更多的水来。”

“我还有财运？”张兄已经显得天真了，他瞪着眼睛问。

“何止是有，你有大财呀。”

张兄自然高兴，但面部表情不十分强烈，我想，他的心花在这个时刻也该怒放了。

再瞅瞅柳芭，柳芭也被曹大师的手段给镇住了，她眨着假睫毛般的眼睛，愣愣地瞅来瞅去。最高兴的当然是宋林，他像得胜的将军一般，两只手交叉在肚子上，一副胸有成竹的样子。

面对短时间发生的事，我的大脑也瞬间空白了。我不知道曹大师取钱是怎么回事，也来不及猜测。起码，我对曹大师表现的方式不敢小觑，他想表现的也许正在于取钱的本领，他却把这个本领隐藏起来，突出了目的，这个目的就是帮助张兄像引水一样把财源引出来。这样看来，这个曹大师挺不简单。

开局不错，接下来气氛就不一样了。张兄主动请曹大师为他调理，感谢的话也频繁起来。由于给张兄调理身体，他必须得脱衣服，所以柳芭就得回自己的房间。对于我来说，宋林似乎觉得我在场也不方便，就用目光暗示我，那意思是，张兄一个人光着身子，自然不希望更多的局外人看他。在某种意义上来说，把裸体暴露给别人差不多等于把隐私暴露给人。而我出了房间之后想，这完全是宋林的主意，他大概觉得，我还没有资格介入到可以看张兄裸体的份上。还有，那个神秘的张兄到底是干什么的，我不得而知。

回到房间，我仍旧回忆曹大师空中取钱的事，我翻来覆去的想，还是觉得曹大师没有接触张兄的衣服，尤其是内衣。

房间里就我一个人，我打开了电视，一个一个频道换着。我心事重重，卫星电视频道并没有给我带来多大兴奋。

现在我体会到，在杂乱而显得热闹的状态下，人是最孤独的，也是最需要排遣情绪的。想到隔壁房间的柳芭，她大概也同我一样需要排遣情绪。我想了想，就按仿羊皮夹里的服务指南指示，给柳芭所在的1807房间打了一个电话。

电话响的时候，我又有些犹豫了，这个行为似乎有些缺乏思考并显得冒失。就在我准备把电话放下的时候，对方接通了电话。

“你好，我是……”我声音缓慢，还没有说完，柳芭在电话的另一端说：“是津律师！”

我说：“对，是我。”并补充说：“晚上好。”

柳芭也在另一个房间说：“晚上好。”

“希望设有打扰你。”

柳芭说没有打扰。

我说“我一个人在房间里感到十分无聊，想同你聊聊天。如果，方便的话，我可以去你的房间吗？”

柳芭几乎没有犹豫，说：“随时欢迎。”

我放下电话，不知是喜悦还是紧张。我的手有些发抖。我犹豫了一下，最后还是去按了柳芭所在的房间的门铃。

柳芭出现在门口儿，她的头包着毛巾，穿一件显然是来这座城市之前就准备好了的睡衣，并且那件睡衣也应该是在中国买的，睡衣的质地和颜色都比较中国化。我想，柳芭一定刚刚洗浴过，我给她打的电话，她大概是在卫生间里接的，这样看来，柳芭已经超出了我对她的想象和猜测。

柳芭大概看出我的迟疑，她把门开得更大一些，微笑着问我：“为什么不进来？”

我只能进那间房间了。

进了房间之后，我坐在椅子上，我旁边另一只椅子上挂着柳芭的内衣，包括粉色的胸罩。而窗台上，挂着衣挂，衣挂上搭的不是衣服，而是刚洗过的短内裤。柳芭坐在我对面的床上，她歪斜着身子，床头灯光完整地衬托了她极具诱惑力的身体的轮廓。

我突然有了晕眩感，呼吸急促，血液从下往上涌。

柳芭不说话，她好像看出了我的窘态。越是这样，她越不肯同我讲话，她不会化解我的难堪，她可以像观察一个要发情的公猫一样。观察本身就是一种愉快。

我只好自己来调节了，我说：“这个房间挺热的。”

柳芭直盯盯地瞅着我，还是没有说话。

我说：“我对俄罗斯的感情是复杂的。比如说，我读的文学作品，俄罗斯的最多。从小的时候就读，小的时候读高尔基的《童年》《在人间》和《我的大学》，奥斯特洛夫斯基的《钢铁是怎样炼成的》，还有《毁灭》《第聂泊河畔的灯火》以及马雅可夫斯基的诗歌……到了中学，开始读普希金的《叶甫盖尼·奥涅金》，托尔斯泰的《复活》《战争与和平》，以及后来读的《父与子》《这里的黎明静悄悄》…… 我上大学的时候，我初恋的女友还给我买过康·帕乌斯托夫斯基的《金蔷薇》，那里有一句话我今天还可以背出来，‘为幸福、欢乐、自由而战斗的号召，人类心胸的开阔以及理智的力量战胜黑暗，如同永世不没的太阳一般光辉灿烂……’我喋喋不休地讲着，柳芭仍旧保持着开始的姿势。

我接着说，我说：“人小时候的阅读环境和内容是极其重要的，它是个体生命中的组成部分，它会影响这个人一生的……”

柳芭仍神秘地微笑着。

我讲不下去了，觉得自己像一只不断鼓胀的气球，很快就要爆炸了。

我觉得有被嘲弄的感觉，有些失却水准和礼貌地说：“如果你对我的话题没有兴趣，我现在就可以闭上嘴巴。”

柳芭笑了，她说：“你说了很多我不知道的东西。其实，文学很好，可那些不实际，我们现在需要的是这个。”说的时候，[illegible]的手指捏在一起[illegible]动作的含义，[illegible]对于金钱的表达方式是不是国际化，也不知道那个动作是不是柳芭到中国以后才学到的，反正我明白了，明白了，我的心也开始冷却了。

[illegible]

接受[illegible]

我觉得自己[illegible]

了我的方式。这样，我再看柳芭时，觉得[illegible]

感到是一种廉价的诱惑。

当时，在那种状态中，我不知道在我和柳芭的思维上，谁的思维更接近真理。我当时唯一的想法就是快点离开这个房间。

我站了起来，想出的借口是“真不巧，我还应该回房间打一个电话。”

柳芭友好地说：“你可以在这里挂电话的。”

我笑一笑，向门口走去。

柳芭也站起来，她发愣地瞅我，目光似乎在询问我为什么。

我没有给柳芭任何答案，只给她一个背影……

回到房间，我的心情十分不好，在当时，我几乎不知道应该做什么。后来看到低平桌上摆着些洋酒和饮料，我抱着一种无责任心的态度，不管那些酒的品牌，按照顺序喝了起来。喝得醉意朦胧的时候，才上床睡觉了。

我是突然醒来的，一睁眼睛，就看见眼前白花花的东西。我吓了一跳，定睛看了看，才看出是宋林。宋林光着膀子站在我的床前，床头灯正好打在他的身上。

“你想吓死我呀？”我说。

宋林说：“我倒不想吓死你，可你快折磨死我了。”

“怎么啦。”

宋林说：“以前你的呼噜水平也没这么高啊。今天我可领教了。照这样的打法，我不死才怪呢。”

我嘟囔着说：“那你应该同曹大师一个房间！”

宋林说：“不用你教我该怎么做。”

我说：“那我就没办法了。”说完，我扭过身去，想继续睡。

“你想得美。”宋林过来揪我的耳朵。

我只好坐了起来，不满地瞅着宋林。

宋林说：“就算你可怜我。行不行？我明天还有重要的工作。你让我先睡，等我睡着了你再睡。”

我看了看他，有些夸张地说：“好，我给你倒地方。我这就去找你那个娜多斯小姐，我相信在一定的条件下她会接纳我的。”

宋林立刻站了起来，他连忙说："不行！"

"为什么不行？"

"这是我的事。"我夹上了衣服，装成要出门的样子。宋林以极快的动作把我的胳膊拉住，他说："你再胡闹我跟你翻脸。"

我笑了笑，说："她的房间里住了别人了吗？"

"反正你不能去！"

我看宋林的脸色不好，他恐怕当真了，并且，还真有翻脸的意思。

我说："我不过是想开一个玩笑，你大可不必跟我甩脸子。"

"你爱怎么想就怎么想吧。"宋林扔给我一句，就独自躺在床上，我看了看宋林，平时，宋林并不爱翻脸，也许真是我闹过了头。我也倒在床上，心情十分糟糕。听到宋林轻微的呼噜声，我也迷迷糊糊地睡着了……

第二天早晨吃早茶，除了曹大师、宋林和我之外，张兄也在场。我想起昨天夜里宋林跟我翻脸的样子，也许与这个张兄存在有某种巧合吧。如果他昨天住在宾馆里，就有可能住在柳芭的房间。这样说来，宋林就太不是东西啦，他带柳芭来，不仅仅是一般意义上的公关，而是一个用来做交易的妓女……想到这儿，我又觉得宋林不会堕落到这份儿，也许住在柳芭房间里的人是曹大师，如果住在柳芭房间里的人是曹大师，宋林也应该是知道的，不然，他就不会用那种态度坚决地阻止我了。也许，谁也没住柳芭的房间，而是张兄和曹大师住在一个房间，就在我对柳芭作各种猜测和想象的时候，柳芭在餐厅的门口儿出现了……

承接着昨天夜里的惯性，宋林仍然对我不满，只是在大家面前不表露那些情绪罢了。张兄的情绪似乎很好，他对曹大师说。"早晨我跟莫老通了电话，我对他说您绝对是大师。他听了挺高兴的，让我们今天搬到希尔顿大酒店去。"

宋林瞅了瞅张兄，还没有说话，张兄说："莫老对'希尔顿'印象好。"

宋林连忙说明白了。

柳芭走到我们的餐桌前，我们已经吃了一半了，她对大家点了点头，径直走到曹大师身边坐了下来。有些讨好地对曹大师笑了笑，问："我穿这件衣服漂亮吗？”

我瞅了瞅宋林，他的眼皮耷拉着，懒得理我的样子。

我又瞅了瞅张兄，张兄的眼神挡在眼镜下面，无法判断。

上午九点，我们准时搬到希尔顿大酒店，在一个光线充足的大套间里，我终于见到神秘的老莫。

老莫坐在沙发上，玻璃窗直射进来的阳光照在他身子的一侧。老莫与我想象的完全不一样。清瘦而白净，表情属于在大街上常见到的那种，一点也没有大领导的派头。不过，通过张兄小猫一样恭顺的表情可以看得出来，老莫远比他的表面要不同寻常得多。

大家互相介绍一番，客气了一下。接下来，就该曹大师出场了。曹大师的眼睛挺亮的，他大概属于兴奋型的，越是庄重的场合，他表现得越“超凡脱俗”。

曹大师用气功给老莫测过之后，对老莫说：“你的肾虚，是不是口渴？有的时候尿尿不干净，滴在裤衩上……”

老莫没有说话。

张兄的眼神儿反而活跃起来，仿佛被诊测出病状的不是老莫，而是他一样。

曹大师说我看你这领导不错，前世积了不少德，“这样吧，我没什么送你的，我给你取点药，不但可以把病去根，还可以给你延长二十年阳寿！”

这话一出口，老莫的眼睛忽地亮了一下。张兄连忙看着宋林，宋林的眼睛眯缝着，他显得信心十足。

就在这时，曹大师的手已经举过了头顶，他的手在空中翻动了一下。我见过他“空中取药”，所以，等他的手下来时，我知道他的手里已经有了东西。果然，曹大师小心翼翼地把手摊开，他的手里出现了一丸棕黑色的药丸。

我相信，除了我和宋林之外，其他人一定大吃一惊。

老莫站了起来，一改平静的态度，连忙来拉曹大师的手，说：“大师，谢谢、谢谢！”

曹大师笑了笑，一副高深莫测的模样。

宋林及时地插话说：“现在请曹大师休息一下，一会儿再给莫老调理调理。”

老莫连声说：“好、好、好。”

这时的宋林难以抑制内心的得意，颇有些眉飞色舞的意思。他用眼神暗示了我一下，我明白他的意思，他又要把我和柳芭请出去了。本来，到了这个阶段，即便宋林不用眼神儿提示我，我也会撤出去的，他这样提示我，我反而对他反感起来。我对在座的人说：“我和柳芭有事要出去一下。”

宋林说：“对，那件事你们先去办，我找你们的时候，再用手机联系。”

他这样一说，我更加恼火，我走到宋林身边，小声对他耳语。我对宋林说的话是：“宋林，你是个王八蛋。”

宋林惊讶地眨了眨眼睛，不过在那种场合，他只能是应了那句在六七十年代比较流行的话——哑巴吃黄连，有苦难言啊。

骂了宋林，我的心里透了点气儿，也痛快不少。和柳芭出了门，我对柳芭说：“怎么样，到外面转一转吧，我可以舍命陪君子。”

“舍命是什么意思？”

我说：“就是那个意思。我国是礼仪之邦，谦辞很多。”

柳芭笑了，说：“那太好了。”

当时我想，反正我得找点事儿做，就计划和柳芭浪漫一点，到这座城市好玩的地方逛一逛。累的时候，还可以喝点咖啡什么的。

柳芭对我提出的建议十分高兴，走出酒店的旋转门，她就主动来挽我的胳膊。我问柳芭：“我看你对曹大师挺热情的！”

柳芭又笑了，面部表情活跃起来，说：“我想重用他。”

我问她：“如何重用曹大师。”

柳芭说：“我想要他教我技术。”

我明白了，柳芭说的重用，准确地表达应该是“利用。”

“想让他教你什么技术，取药吗？”

“不不，”柳芭连连摆头，一边做着动作，一边认真地说：“我不学那些，我要学白手取钱。如果我学会了白手取钱，我就成富人了……”

我实在是被她的样子逗坏了，放声大笑起来。

“为什么笑？”柳芭的目光充满了疑惑。

我说：“你太幽默了。你相信他真能空中取钱？如果他有这样的能耐，他还跟我们出来给人家看病？”

“可是，我亲眼看见他取钱来的。”

“好，”我摆了摆手：“即便他可以空中取钱，你以为他会教给你吗？你想得太不着边际了。”

柳芭还是一副认真的表情，她说：“按你们中国的话说，功夫不负有心人。”

我更加大笑，笑得肚子都有些痛了。

柳芭眨了眨眼睛，严肃地问我：“为什么这样笑？”

“因为不可能。”

“就是不可能，你也没有理由这样大笑！”

那天上午以至到下午三点之前，我都陪着柳芭在外面逛着。只是没有我想象的那么浪漫，柳芭像很多国内的女人一样，对逛商店更感兴趣。而对于我来说，陪女人逛商店简直成了一种刑罚。我说的逛商店，核心在于“逛”上，就是说，柳芭并不是真的想买东西，至少她自己并不想买，她只是浏览、比较、鉴别和欣赏。我陪她走得两腿发软，那一刻，我几乎羡慕起柳芭的耐力了。我不明白，她怎么会在眼花缭乱的商品面前保持清晰甚至持久的乐趣的？尤其是柳芭在她喜欢的商品前驻足的时候，我还有这样的猜测，柳芭也许在等待我的态度，如果我想讨好她，就应该主动去买那个东西送给她。事实上，我不可能去讨好柳芭，昨天夜里我在柳芭的房间里有了短暂的接触，从那个时候开始，就注定我不会对柳芭有什么特别的暗示或者表示。

所以，柳芭欣赏商品的时候，我站在离她适中的距离上，并保持着平和的中性态度。柳芭似乎看出我陪她是经过一定努力的，就笑着说：“陪女人逛商店是做一个好男人的基本功。这一点是第一重要的。”

“那么，第二点呢？”

“第二点是记住第一点。”

我想了想，笑了起来。

三点的时候，宋林给我打来电话。在电话里他的口齿含混，我在电话的这一端似乎可以闻出酒气。

这样，我就和柳芭返回到凯莱大酒店，把柳芭送回房间之后，就用力敲我和宋林住的房间的门。

房门一开，刺鼻的气味就包围了我。

宋林用醉酒后的笑容对我笑着，眼神儿里荡漾着夸张的欢乐。“你不觉得有话要问我吗？”他说。

我知道老莫那儿一定有了理想的结果，不然，宋林就不会用那种多少让人觉得“多情”的眼神儿同我讲话的。我不想让他太得意了，不提他希望我提的那个话题。

我对宋林说：“你赴盛宴的时候不想着找我，现在找我干什么？”说的时候，我把一张餐费条子放在床头柜邻近他的那一侧。“这是请俄罗斯小姐的费用，你给报销吧！”

宋林大声说：“这个算什么，屁大点儿的小事儿！好办，你先拿着。”

我说：“算了，还是给现钱吧，我这一拿还不知拿多久呢……这一点，我了解。”

宋林根本不管我的思路，说：“你猜怎么着，老莫高兴了。来的路上，我还担心不能达到效果。没想到，真是没想到，曹大师立了大功，呃！”

“看你喝那熊样儿，别说了。”

宋林说：“我高兴，我心里痛快。我高兴你还不让吗？”

我说：“你多厉害呀，谁敢不让你高兴。”

“算你有眼力。呃！”宋林仍不在意我的态度，继续说：“我跟你说实话吧，这个曹大师不过是引路的，还是我的一番话把老莫感动了。接触了老莫我才知道，其实，一些大人物并不像有些人想的那样。”

“看来真正的大师是你自己。”

“不是，老莫才是真正的大师，老莫高兴了，打一个电话，孙老板就乖乖地来了。你猜怎么着，老莫就说一句话，‘小宋挺不容易的，你有困难也要解决一下’。”

我知道宋林说的孙老板就是欠他们钱的大东亚集团的老总，他们终于坐在了一起。“你猜怎么着，孙老板还请我吃了饭，那地方别提多讲究了。有些东西我还第一次吃，像鹿舌头、熊掌、犴达罕的鼻子……喝酒喝出了情绪，孙老板跟我称兄道弟的。他目前也困难，不过他答应先解决几百万，还承诺陆续还剩余的部分……呃！”

我说：“无论怎样也不该喝那么多的酒。”

“喝得值！”宋林说，“真他妈的值啊！后来，孙老板以为我不行了，他说还钱的基数是三百万，我多喝一盅他多给十万，你猜怎么着，我一连喝了三十个，他太小瞧我了。三钱的小酒盅，三十个还不到一斤……六百万呐！老围（他突然不叫我小津了）！”

“酒话值得信赖吗？”

“可除此之外，我还有什么办法？”

我说：“当然有，现在像你们厂那种情况的大企业也不少，大家都在想办法，你也不一定拼自己。再说，路子多了。像改组了，改造了，融资了，发行股票了……”

“那些路我要走，这个的路我也得走。怪了，”宋林嗓门挺高地说，“搞企业我比你懂，用不着你来教育我。”

我说：“行，就算我多嘴……”

我的话音刚落，宋林就“噗”的一声，从嘴里喷出呕吐物来，由于喷射的压力大，有一半的东西溅到了我的身上。我连忙扶他去卫生间，他弓着腰，两手扶在抽水马桶的水箱盖上，哇哇地吐开了。

我敲打着他的后背，眼看着他把胃里的东西全吐了出去。“吐吧，我说，吐干净就好了。”

事实并不是这样，宋林已经彻底醉了，没有东西吐的时候，他也干呕着，干呕时，他的脸憋得通红，一边呕一边呼吸艰难地咳嗽着……他弓着的身子也渐渐低了下去，后来就蹲在坐便池边，两只手抱着便池，整个头部探到了里面。

我看出宋林特别难受和痛苦，心里也不好受。我扶了扶身子发软的宋林，随手拿了一个漱口杯，接了些水，递给他。“喝点水漱漱口！”

宋林努力着抬起了身子，他把手搭在我的肩上。

这时，我看见他的脸上已经满是泪水。

我的心立刻抖动了一下，我从备品架上拽下一条毛巾递给了他。

宋林擦了擦鼻子，说：“我难不难只有自己知道呀！算了，不说这些。”

我带着安慰他的口气说：“我知道…… 我理解你。”

我把宋林搀出了卫生间，并把他扶到床上。这时，他脸色苍白，手冰凉冰凉的。我拉着他的手，又摸了摸他的额头。

宋林把他的另一只冰凉的手放到我摸他额头的手上，小声说：“老围，别跟我计较，我现在真是不容易。也不怕你笑话，这次出来的费用，我动用了你表姐的私房钱。不过，你可千万别告诉喜萍……”

我突然鼻子有些发酸，声音也有些发颤地说：“你真小瞧我了。”

宋林终于睡着了，我坐在他的对面，静静地看着脸色苍白而憔悴的宋林，看了好长一段时间。

这时，宋林翻了一个身，他突然笑了，笑出声来。我的泪水再也抑制不住，哗地流了出来。

半年后，因为代理一个伤害案件，我到西山精神病院调查，在精神病院的院子里，我突然看到了一个熟悉的身影。不用怎么费力我就认了出来，是曹大师，尽管他的头发剃短了，我还是在瞬间就认出了他。

我对陪我的杨医生指了指不远处的曹大师，说：“那个人我认识。”

杨医生说：“曹辉呀，挺可惜的，据说原来是个不错的魔术演员。”

“是挺可惜的。”我说。

“你，过来。”杨医生对曹大师说。

曹大师像士兵一样，一路跑了过来。杨医生指着我问他：“你认识这位先生吗？”

曹大师点了点头，接着，打了一个立正：“报告，认识，他是新来的！”

我家的保姆梦游

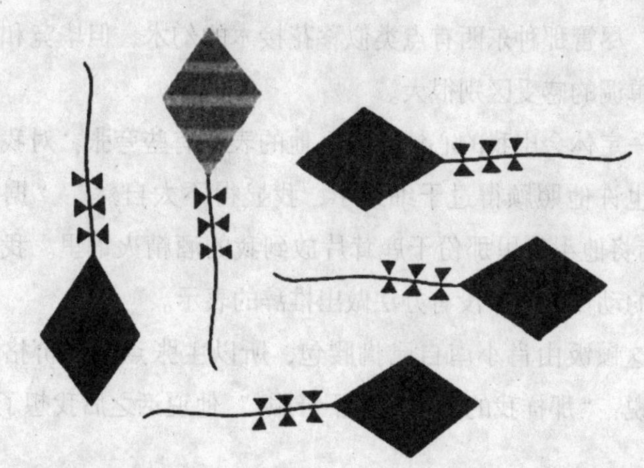

我得说明，如果那天不是因为心情不好，并且喝了那么多的酒，我是不会去那种地方的。当然，平时我也有很多心情不好的时候，也有喝醉的时候，我都没去那种地方。可能是两个因素结合在一起，也可能是冥冥之中注定要发生那件事的，就这样，那天的事儿发生了。

在那之前，我和肖小南到了鹿茸肥牛火锅城，时间大概是中午 12 点左右，走过冬天泛灰的街道，火锅城花花绿绿的小旗就飘到我们的视线里，而里面暖融融的气浪和一些漂蜡的绢质植物和花卉，则进一步把我们带到另一个季节，尽管那种东西有点类似移花接木的幻术，但毕竟和窗外街树凋零、色彩单调的感受区别很大。

肖小南一定体会出我的心情不好，他的表情有些夸张，对我的反应也显得敏感，也许他照顾得过于细致了，我显得不太自然。“据说鹿茸特补。”肖小南将他小碟里那份干鹿茸片放到我的酒精火锅里。我几乎在他主动而周全的动作之间，没有办法做出推辞的表示。

我知道这顿饭由肖小南自己掏腰包，所以主张点一些价格偏低的东西。肖小南说：“那样我的心里反而不舒服。”他说话之后我想了想，就依了他。

说起来，那个火锅城属于大众化的（流行的说法叫工薪阶层消费），铆足了劲儿花，也不能让肖小南把衣兜倒翻出个儿来，问题是肖小南自己掏腰包，一种似乎约定俗成的想法是，自己掏腰包就不同于花公款，就得省着点儿，这个想法是惯常的，我知道很多人都这样想。

肖小南点了上脑什么的精肉，还点了一瓶五粮液。肖小南当然了解我的酒量，也知道我最喜欢喝五粮液。既然依了他就依到底吧，反正，我觉得会有机会还他这份人情的。

很快菜就上来了，很快酒精火锅就开了。在热气蒸腾之中，我们开始举杯，一盅接一盅地喝了起来。渐渐地，我的眼睛也有了光泽。几年前，我曾嘲笑冯厂长，皮肤粗糙的冯厂长平时言语木讷，谨小慎微，可两盅白酒进肚，他的眼睛就发亮，不仅语言铿锵有力，而且极端大方。所以，当时找他办事的人，都在他喝酒之后签字，从不失手。事后，冯厂长回忆起来，悔得肠子发青，可一沾点酒，老毛病又犯了。我嘲笑他是因为我当时不会像他那样，也不希望自己出现那种状况。谁知，一年又一年过去，我怎么喝都清醒的优势渐渐退化了。虽然没有冯厂长那么严重，不过，对酒的控制能力有了明显的下降。

除了酒和菜的话题之外，肖小南一直在寻找既不涉及我心情不好，又能使我心情好转的话题，这一点我能看得出来。做好这一点很难，不过，在这方面肖小南算得上是高手。“这几天和嫂子通话啦?”肖小南问。

我缺乏耐心地“哼”了一声，肖小南当然知道，雯是我引以自豪的，我也在很多场合表露过自豪。只是肖小南不知道最近的一些变化，也就在我工作上陷入极端困境的时候，雯也来找我的麻烦，我感觉到她想结束我们之间的契约，只是有些顾虑，犹疑不决罢了。一想这个又有些黯然神伤，当初如果不是我的倾力帮助，雯的英文成绩再好，她也不会去美国那所名校读硕士的……“来，喝酒!”我说。

肖小南一定在我的神态里读到了内容，他立即转换了话题。“你家的保姆还梦游吗?”

我笑了笑，说：“最近好一些了。”

我家的保姆也是雯找的，她在国外读书之前，把她五姨的四女儿叫了来，那女儿也叫兰儿，和雯的小名一样。不过见到兰儿无论如何也和身材娇好、皮肤白皙的雯联系不起来。兰儿来我家之前，她还没出过大山，她老家还有大骨节病（克山病），脸上布满了像感染过结核病菌般的红血丝。当矮粗而黑红的兰儿用沙哑的声音叫我“姐夫”时，我的心有一种说不出的滋味儿……夜里，雯与我疲劳地躺在床上，雯说："我知道你会嫌兰子丑，对她不满意是不是？可找一个你满意的我就不满意了。"

我问她："此话怎讲？"

雯笑起来，说："说起来呢，你以前的表现还不错，反正在我这儿没什么前科，不过以后就不敢保证了。况且，我一出国就是几年，一旦哪天你熬不住了，失了身，我可有责任啊……"

"明白了。"我说。

雯还接着说："我费尽了心机选择了兰子，一是兰子老实能干，可以照顾你的饮食起居；二是兰子忠诚，替我监督你，我的良苦用心你可别辜负了。"

我说："佩服佩服！"

"你什么意思？"雯问。

"就是敬佩的意思。"

雯出国了，冰冰（我的女儿）也送到寄宿学校。平日里，就我和兰子生活在一起。开始那一段，由于雯的速成教育，她还注意克服固有的生活习惯，后来见我对她也没有明确的要求，就渐渐懒散下来。比如她没有洗澡的习惯，比如她擦地板只擦显眼的地方，比如她在买菜的时候不十分高明地赚我的小钱，还有，她在女人周期性失血的时候不用卫生巾什么的，而是用洗手间里的手纸或我带回来的报纸，并十分显眼地扔到纸篓里……如果说这些我还能容忍的话，那么，最让我无法容忍的是，她竟周期性梦游。在星期一或星期二的夜里，我睁开眼睛一看，我卧室的门前站着一位披头散发的女人……可怕的是，她的梦游在周期性之中又毫无规律可言，比如，我觉得她这两天该梦游了，不敢实睡，朦朦胧胧之中天就亮了。兰子的房间却一夜宁静。等我实在熬不住了，蒙头大睡时，我的门外传来了莫名其妙的声音……我曾就此问题质问过兰子，她委屈得噗噗落泪，她什么都不知道，如果她知道就不是梦游了。问题是，第二天她对头一天夜里发生的事一无所知，这样的折磨，属于无辜地折磨！

肖小南笑着说这很有意思。我问他说的有意思是指什么。

“当然是梦游。”肖小南说，“你想一想，如果哪一天晚上，你家的保姆先去厨房取来菜刀，嘴里念叨着：这把刀太钝了，剁这么大块儿的骨头太不容易了。然后，接连向你的脚脖子砍去……”

我说：“那是不可能的，现在，我每天晚上都锁卧室的房门。”

“不过，”肖小南说，“我还是建议你把她辞了，即便她对你没什么威胁，如果她自己在夜里产生了幻觉，看到窗外是烟雾缭绕的仙境，就从窗口爬了出去，你家可是五楼，下去的结果……当然，你是知道的。”

听肖小南这样说，我的心忽地向下一沉。也许暴露给肖小南的目光瞬间黯淡了许多。肖小南连忙说：“你是知道的，我喜欢胡思乱想，记得两年前我在党办时你还批评过我。”

大概肖小南以为关于保姆的话题过于激烈了，刺到我敏感的神经，或许是这样，但不是因为保姆，这一点，肖小南当然不会知道。我说：“没什么。”

我们就这样，一喝就喝到天渐渐暗了，一瓶五粮液被我们平分了。喝到这个时候，我越来越压抑，想什么事什么事儿就堵在胸口，越想不想，它们越往你的脑子里钻。肖小南面色油红，呼吸粗放，往往喝到这时候，他就兴奋起来，今天他同样兴奋，只是顾虑到身边的我，不能淋漓尽致地发挥罢了。

“要么这样，”肖小南提出建议，“我们去潇洒一下。”

我想了想，似乎觉得在当时的境况下，去潇洒一下是个非常好的提议。“当然，”我说，“当然要去。”

那之后，我和肖小南叫了一辆出租车。记得那辆出租车很破旧，里面脏兮兮的。司机好像是外地口音。问：“去哪儿？”肖小南说：“找一个唱歌的地方，小姐大方一点的。”以前我很少坐出租车，反正有肖小南在前面坐着，一切由他安排，我自然不必费太多的脑筋。不知出租司机是怎么想的，他拉着我和肖小南几乎转了大半个城市，就这样，我们来到了南塔。

说实在话，我在这座以重工业闻名的城市里生活了三十几年，南塔，我还是极少去的。那地方原来是棚户区，听说这几年建了两个低档商品的批发市场，低档的娱乐场所也跟着繁荣起来。“穷鬼大乐园”，听一听这雅号，我这样的身份能去吗？

当然，今天特殊，只是我和肖小南两个人，而且是肖小南自己安排的，他当然可以安排到这里也可以安排到那里。来南塔这地方，可能是想省点钱，也可能是他对娱乐场所也不够熟悉，听凭出租司机的安排了。

“穷鬼大乐园”那条街除了饭店、歌厅和桑拿之外，什么也没有。我小的时候，那里是红旗公社的菜地，学工学农那段时间，我们还唱着歌来这儿接受贫下中农的再教育。

我们的车就停在一家门面相对讲究一点的“练歌城”门前。肖小南和司机讲着什么，大概是找一些对方的不足，以便在付款问题上占得优势。我则透过车窗观察那个练歌城，练歌城的“练”字挺有意思。

我和肖小南交换了一下眼神，肖小南就下了车，我则缩头待在车里，等肖小南回来。我这样理解：肖小南先下车探视一番起码有两个原因，一是看一看这里的小姐漂亮与否，另一个更重要的原因是，看一看有没有我们厂的下岗女工在这个练歌厅里陪酒，关于这方面的传闻，我已有耳闻。

我和肖小南走进了这个叫“飘”的练歌城，我努力表现出很习惯这种场合的样子，大模大样地穿过大厅。大厅里坐了两排小姐，她们的目光同时注视着我和肖小南，我们在目光形成的压力下，走过了那个大厅。

肖小南早已选择了一个包间，包间里有低矮的桌子，桌子周围是脏兮兮的沙发。我坐下之后，看到门的上方有一幅画面与人体艺术联系起来但又十分猥亵的镜框画。这时，我想这个房间里的气味一定充满霉菌，只是由于我饮酒过量，而使嗅觉发生了障碍。

肖小南说：“领导，自己去选一个（小姐）吧！”

我说：“无所谓，你就叫一个吧。”

肖小南说：“这怎么行，每个人的眼光不同，你的口味我怎么可以代替？”

我想了想，就站了起来，再次来到坐了两排小姐的大厅。来到大厅，我立即感到信心大失。以前，我陪过一些身份不同的客人，到舞厅跳跳舞的事也有过，但那大都是办公室或业务部门安排的，我已经习惯了计划配给制，安排哪个人算哪个人。而现在，一种近乎冒险的感觉出现在我的体内。我努力控制着自己的情绪，走到一位年龄似乎不大，脸色白皙的小姐面前，习惯地伸出我的右手指，点了点她，然后转身向回走去。

那位小姐随着我走了过来，进了小包间，并大大方方地坐在我的身边。

肖小南也找了一个小姐，他搂着小姐的肩进门时，我说："叫小姐点菜。"

肖小南瞅了瞅我，很显然，他与我有不同的看法，他大概觉得，喝酒的阶段已经结束。我前面说过，我是在心情不好的情况下喝的酒，而且喝多了。体内燃烧的酒精已使我丧失了常规的心态，这种时候，我一定将思维停留在我积累较多的层面上，并将其贯彻始终。

肖小南在我的眼神里做出了判断，没说什么，转身去叫服务生。服务生来了，是位白净净的小伙子。"服务生"这名称同"小姐"一样，被时下加上了特殊的含义，与词源毫无关系。

我亲自点菜，很快点了六个菜。"再拿一瓶白酒。"我说。

肖小南瞅了瞅我，欲言又止。

我意识到自己的兴奋有点过了头。我扭头看了看身边的小姐，我还没认真地看她，没同她交谈，我的兴奋出现得有些超前，并有点不着边际。

在菜什么的上来之前，我身边的小姐问我姓什么。

我瞅了瞅肖小南，这会儿，肖小南似乎躲避我的目光。

"姓……王。"我缺乏底气地说。

"王大哥。"小姐故意柔软地称谓我。

"王大哥是外地人吧？"小姐继续问。

我含糊地点了点头。

"我知道，来我们这儿的人，一般都是外地人。"

我又点了点头。

“王大哥是老板吧?”

我看了看她那张对我微笑并努力使自己婀娜的面孔，反问她：“你看我会是什么职业?”

小姐笑了起来，她说：“我看就是老板。”笑的时候，已经把她的手拱到我半张开的手里。

我不置可否，态度暧昧。

接下来该我问她，她回答得十分流利。

“我叫鸿雁。”

“二十二岁，属羊。”

“本市人，原来在绢花厂工作……”

我知道绢花厂，离我们厂不远，两年前就被并购了。我问叫鸿雁的小姐绢花厂的特征，并试探了相邻的我们厂的特征，她回答得十分正确。我当时想，如果她说了真话，她对我倒也诚实，如果她说的是假话，那么，我一定碰到了一位老练的家伙。

很快，酒和菜已经上齐，我开始主动给自己倒酒，还极力鼓弄肖小南和两个小姐喝酒。就这样，我开始一大口一大口地喝酒，吃着叫鸿雁的小姐递来的菜，尽管她的动作过于庸俗，我还是一一领受。

喝了这么多的酒，加上我在鹿茸火锅城的酒，加上一路上所饮的凉风。我已如离弓之箭，无法控制自己的情绪了。当时，我一定瞪着血丝飘红的眼睛，声音也特别洪亮。

“你知道我是谁?”我大声问叫鸿雁的小姐。我又指了指肖小南，对两位小姐说：“你们知道他是谁?”

肖小南不停地对我挤着眼皮。我根本不理会肖小南，继续说：“我是重机厂的厂长，他是我的办公室主任……”

肖小南一拍大腿，他当时一定暗暗叫苦，完了，全坦白交代了。不过肖小南还是久经考验过的，他在旁边解释说：“我们老板喜欢开玩笑。”

他这样一说，反而激发了我的斗志。我大声说：“开什么玩笑，我说的是实话。他叫肖小南，我叫林大辉。怎么啦肖主任？怎么说咱也是汉子，坐不更名行不改姓。”

本来我来这里潇洒仅仅局限于外在的层面，我知道，不突破那个层面性质就不会改变。况且，这些年来，我还从未在娱乐场所有过宣淫行为。所以，我不怕披露自己的身份。当然，如果不是因为饮酒过量而缺乏理智，我也不会那样冲动。

肖小南哭笑不得，他站起来，说是去“方便”一下。

陪肖小南的小姐和肖小南出去，叫鸿雁的小姐顺势倒在我的怀里。我的情绪依旧持续着。我对叫鸿雁的小姐说：“我今天喝酒是因为心理压力太大，你知道吧，地方大企业，加上退休职工，六七千人要吃饭，我这个厂长好当吗？不错，我们是亏损企业，有一半的职工下岗了，你说，我希望厂子亏损吗，希望职工下岗吗？”

我抚摩着叫鸿雁的小姐的头，絮絮叨叨地说着。叫鸿雁的小姐把我的酒杯拿了过去，说：“我替你喝了，就一饮而尽。”

“你说，我容易吗？来这儿之前，我的办公室主任像贼似的查看一番，看看这里有没有我们厂的下岗女工，如果遇到我们厂的下岗女工，不把我吃了才怪呢。工厂弄到这份上，当领导的还潇洒？我跟你说，我到这里来可不是公款，是刚才那位肖主任请我，他自己花费……”

叫鸿雁的小姐将手扶在我的腿前，抬头眼睁睁地望着口若悬河的我。

“你说说，我现在的滋味好受吗，一进办公室就被堵住了，这个要债，那个要报医疗费，回家也是，有的时候半夜十二点了，楼下还有人等……别的不说，你见过这样的场面吗？工人拿两把菜刀，咣叽一声扔到你的桌子上，说，你不给我解决咱们就同归于尽。

叫鸿雁的小姐说：“我看过电视，当厂长是不容易。”

我不知道叫鸿雁的小姐指的是电视上的什么，电视剧还是综合新闻，不过从我的体会来说，那些东西即便不是骗人，也是简单化了的，我相信他们没有真正了解企业，现在，大家对问题的看法不那么单一了，心理承受能力也强了，可问题远不是人们所想象的那么简单……我对叫鸿雁的小姐说：“和你探讨这些你也不懂。”

“怎么不懂，你以为做小姐的都没脑子。”叫鸿雁的小姐说。

我瞅了瞅她，正过身子又给自己倒了一杯酒。

叫鸿雁的小姐善于察言观色，她用胳膊拐了我一下，说：“你别喝了嘛!”

我说：“你闭嘴，我的办公室主任都不敢阻止我喝酒。”

叫鸿雁的说：“不是关心你吗，唱首歌吧?”

我说：“你唱吧。”就将杯里的酒一饮而尽。

我一直难觅平衡的是，为什么不是别人而是我。我是说，这个有七十年历史的老厂，它的经营管理者也有几十位了，为什么单单是我，在我的手里，这个厂子完了……也许，工厂也和人一样有它的生命周期，可我是年轻的呀，我敢肯定地说，我是这个有过辉煌历史的工厂最年轻的厂长之一。当然，也是当厂长时间最短的厂长之一，五个月就要寿终正寝了，短不短?

算我命不好吧。我曾将此话对我大学的同学津子围讲过，他说这很公平，不可能什么都是你的。他的话没毛病，不过，我也知道他的话有隐藏的含义。说起来，在同学当中，我算是幸运而得志的人，在婚姻生活上，我娶了有家庭背景且容貌出众的“校花”，一毕业就分配在政府机关，二十七岁就提了处长。就在我春风得意的时候，我有些不安分了。刚刚走上处长的位子，离下一个目标必然有一段过渡期，恰恰在这个过渡期，我按捺不住激越的心情，并对机关古板呆滞的节奏产生了抵触情绪，于是，跑企业搞调查，到处发论文，在自认为时机成熟的时候主动提出来到大企业锻炼。

我选择了重机厂。

选择重机厂是因为它是大一型企业，按习惯，大一型企业的厂长应该地方副局级，重机冯厂长还有一年就退休。我去那个企业当副职过渡一下，很快就会接班，这一点我看得十分清楚。这些年，我在机关经历了一些考验，也积累了经验，我知道我走这步棋顺理成章。同时，为我下一步的发展也打下了基础。捞得了“有基层工作经验”的政治本钱。

事实上，我如愿以偿地坐在了厂长的转椅上。只是，在完成这个目标的过程中，我的头发掉了很多，鬓角也白了三分之一。起码有两点是我缺乏估计的：其一，在当厂长的过程中，我付出了巨大的代价，经历的、感情的，甚至道德上的。我不愿细想那个过程，一想心都发颤……再一个就是我好不容易当了厂长之后，我虽然全身心地投入，竭尽全力想挽救颓势，最终还是兵败如山倒。如同电影里演的，披着军大衣一脸苦相的败军之将，等着人家的收编和整编。收编我们的人十年前在重机厂当过临时工，因为偷工厂的角料给开除了，现在，人家是发达集团的总裁。我最后将要行使的权利，是我与他在契约文件上签字。

我多次思考这样的问题，也许像冯厂长那样甚至比冯厂长还糟糕的我的前任，他们把重机厂搞得浑身是病，到了我接手的时候，已经病入膏肓，我的血再热，也回天乏术。凭良心说，无论从哪个角度，我都希望把企业搞好，我一上任就励精图治，全面改革，我每天六点就到单位，我一面大力清理三角债，一面努力激活厂内生产和管理机制；一面不断同外商接触，想打开一条新路，一面建立新型的销售网络……这些理论上通行的做法在落实的时候，被我的属下弟兄们搞得一塌糊涂。

也许责任在我，我的这些能力和办法和我前任那些企业“官员”一样，计划那时候还行，后来就是跟着摸不着边际的市场跑，比如当初，我主动选择企业的时候，我的目标是根据当时的状况设计和定位的。结果，时间早跑出了我的计划。从另一个角度来说，我这样的“官员”，也许从根本上就不适合领导企业，坦白点说，我到工厂之后，把所有的精力都用在怎样当厂长上，积累的经验和经受的考验是这方面的，与经营企业无关，或者说与现在常说的市场经济无关……

叫鸿雁的小姐刚唱了一首歌，什么歌我几乎没有印象。她唱歌的时候，我被支离破碎的思考搞得发呆。

歌曲终了，对面的电视显示屏显示出电脑自动评分：99 分，下面还有一行搞笑的字：名歌手诞生。

叫鸿雁的小姐表示谦虚，说：唱得好不一定分高，唱得不好可能分高。“别光我唱，咱俩合唱一首吧？《萍聚》怎么样？”

我有些不耐烦，说，你唱吧。

肖小南这时候带那个小姐回来，他的表情有点怪异，脸也像刚刚洗过。

我大声对他说：“你把我扔在这儿，你跑哪去了？”（实际上，我不该再耍厂长的威风了。）

肖小南笑了笑，说：“和小姐那个去了。”

我没笑，我不能因为他这样说，就解除了他的嫌疑。我知道，肖小南善于以“真”乱真，他自己说过，现在的时代假乱不了真，只有“真”能乱真。

我说：“你真行啊，看我这个厂长不行了是不是？”

肖小南说：“行不行你不要问我，要体验一下才知道，或者问一问你身边的小姐。”

我知道肖小南反应快，他用调侃来化解我严肃的话题。说起来，肖小南还是我的校友，算我的师兄，论能力和水平，肖小南绝对在我之上，我刚到重机厂的时候，肖小南还在党办当秘书，他乒乓球打得好，我和他是在工厂文化宫的二楼里认识的，那时肖小南穿一件洗得有白茬的厂服，黑红的大脸庞，我还以为他是车间里的技工。他的球技不错，有点出神入化。不过在与我的较量中他还是输了，我知道他是故意输给我的，不过，他伪装得十分得体，没有任何破绽。由此，肖小南留给我深刻的印象。

后来他对我说他也是海大的毕业生，当我确信他是我的校友而不是车间里的工人师傅时，我立即对他改变了看法，也就是说，我开始形成的良好印象发生了改变，我几乎觉得我的校友是不该这样柔软到跟多须的章鱼一样的。那年秋天，我考虑办公室主任的人选，肖小南也被我列入人选之中。下决心之前，我又和他在起灰的大乒乓球室打了一场球，我心里暗暗想，如果肖小南再故意让我，我就把他的名字从办公室主任的候选人名单中划掉。事实上，肖小南又巧妙地输给了我。我看了看肖小南，心理复杂起来。第二天研究干部，我还是提了肖小南。人性弱点啊！

现在，我快穷途末路了，我身边很多人能离开的都离开了，好在还有一个肖小南，我想，这时我看他的目光一定隐含着感激之情。肖小南没有注意到我的目光，他大概听陪她的小姐讲荤笑话，听一听，突然笑了起来，把本来就小的眼睛笑得更小。

“肖主任，”我喊了他一声。

肖小南连忙将注意力集中到我这里。

我说：“现在，我郑重地敬你一杯酒。”

“这怎么好意思。”肖小南连忙端起了杯。我对他谦恭的态度一向比较藐视，而在同时，我接受这些谦恭却十分舒服。我说：“说实话我挺感激你的，在这个时候，我才真正认清了你，晚了点。”肖小南没说什么，我开始大声说话，整个房间里的人都能听见。

我说：“我这个马上要破产的厂长不行了，厂子好的时候，身边总围满了人，不说别的，光厂一级的领导就十一个，副厂长，副书记，工会主席，纪委书记……他们都对我好，好得那天我脸上长一个小疙瘩，他们都来问长问短的，现在呢，树倒猢狲散，都他妈的没影了。没影了不说，有人居然起来整我。”

肖小南说：“脚正不怕鞋歪。不过，通过这事儿，可以看出罗大刚根本不是什么好东西。”

罗大刚也是我一手栽培的，我刚来重机厂的时候，为了培植我的势力，我从机关里调来了罗大刚，在机关里，罗大刚不过是主任科员，我破格提拔他为副厂长，为此，我还做了大量的工作。谁想，我自己给自己培养了“掘墓人”。

说起来，我和罗大刚并没有什么矛盾和个人恩怨，如果有，也该是他对我的培养和信任充满感激。而在外在形式上，他的确做得很好，后来，他当了副书记，也可能是因为当了副书记他不满意？也可能是当了副书记之后有了大块的时间琢磨我或者说我的位子。在竞争当厂长的日子里，我常和罗大刚一起研究对策，在我和罗大刚齐心合力赶走老冯时，罗大刚的确立下了汗马功劳。罗大刚做得很好，他也积累了对付我的经验，于是，当我坐在老冯的位子上的时候，我就成了他要搬掉的对象。

我确信如果不是因为厂长那个位子，罗大刚就不会对我那么仇视和敌对的，而且还是肯讲心里话的朋友。事实一如我的猜测，罗大刚对我的感谢溢于言表的时候，他已经暗藏杀机，等他自认为时机成熟时，就翻脸了。

应该说，我不仅对罗大刚的人品判断失误，对重机厂的情况的判断也大失水准。罗大刚对我的攻击，加速了重机厂的破产。其实，即便不是罗大刚在“堡垒”内破坏，重机厂也是要走这一步的，只是，罗大刚使它加速了。

我对肖小南说：“我这一辈没恨过谁，如果有，就是罗大刚了。”

肖小南说：“罗大刚那样的杂碎就是欠砸，不行，我找几个人废了他。”

我说：“行。”

其实，我知道肖小南说的和我说的都是气话，都是连自己也觉得没影的事，不过气话总得让人说，特别是在女人面前。

事实上，罗大刚比我境况还惨，他犯了一个幼稚的错误，他在与我共同奋斗的时候，他的确是主力，他分享着我们成功的快乐，一旦将这种喜悦惯性发挥下去，并对我实施打击的时候，他过高地估计了自己的能力。结果，他应了一句人们常说的老话，搬起石头砸了自己的脚。

出事时我在香港，那是我第三次去东南亚招商，那也是我急迫的希望，我站在这条沉重的破船上，如果将厂子评估后的资产拍卖，所得的资金恐怕连地下的管道的翻新和改造都不够。眼看着连利息都付不起了，我只好把赌注下在合资上，期盼通过合资注入生机，带来活力。就在我躺在香港旺角的一个宾馆里时，家里却发生了天翻地覆的变化。联合检查工作组下到我们厂。调查我的“八大罪状”。我贪污受贿，搞女人，出卖国有资产等等……

说良心话，我当厂长期间一腔热血，真想有所作为，真想把企业搞活。我也敢对天发誓，我没贪污过工厂的钱，我并不缺钱花，况且我当厂长有形无形的特权发挥着作用，用我自己花钱的地方很少，我还年轻，我为什么要贪污和受贿呢？当然，我的确铺张过，挥霍过，可这账记不到我的头上，是企业多年的惯性，我只是在那辆停不住的车上而已。况且，出去招商，没场面行吗，领导到厂里来了，职能部门到厂里来了，没场面行吗。现在的事就是说不清，就是专门检查招待的人来了，你按要求的标准招待一下试一试？他们走的时候就得骂你猪脑子，让你等着。

所以我把握了一条，折腾多少没关系，只要自己不揣腰包就行，自己揣腰包一分钱也不行。

想到这些，我感慨地对肖小南说："我也真喝够了。说不准这次兼并还是好事呢，塞翁失马么。"

肖小南说："别想这么多了，咱们到这里来是找乐子的，"他朝叫鸿雁的小姐处努了一下嘴，接着说，"咱们花钱就是消费她们的。"

我说："喝酒，再敬你一杯。"肖小南说"这次算我敬你。"

我问肖小南，怎么看胡才这人？我前面大概提过胡才，他就是发达集团的老板，接收重机厂的人。

肖小南说"操！"

我听过胡才的一些传闻，据说十年前他小偷小摸的，后来做买卖，靠骗什么的，不过他越骗越大，名声越来越响。他没读几天书，却在名片上印有"经济学硕士"。他也是好多机构的会长、理事什么的，他说他跟北京的谁谁"铁"，还真能拿出与人家合影的照片做佐证……前天他在五星级的香格里拉请我，他显得宽厚地对我说："你好好干，我不会亏待你。我这个人，"他说，"我这个人不把钱看太重，重要的是事业。"

我把胡才说的话说给肖小南，肖小南又说："操，这个世界怪了，能把坏人变成好人，把好人变成坏人。"

肖小南还说："一位很多人都知道的伟人说过这样的话，资本积累初期是'流氓经济'。不过有的人还真蜕变成了贵族。可话说回来，胡才不可能，他穿破棉袄腰系麻绳的时候我就认识他。"

我说："现在可今非昔比了。胡才一直表现出他有教养的样子，连你说的粗话都没有。"

“操，”肖小南说，“他扒了皮我认识他的骨头。就说这次兼并吧，决策那伙子人备不住还偷着乐呢，其实，早被那小子算计了，他的意图我知道，借国有大企业这个壳，再鼓弄公司发行股票，上市……”

我瞅了瞅肖小南，肖小南的能力被我低视了，如果我早一些发现这一点，起用的助手是肖小南而不是罗大刚，也许我不会走到今天这一步，也许重机厂还有希望。

不过我对肖小南说：“我无所谓，兼并之后我就走人，我也会想办法安顿你，只是重机厂的人要倒霉了。”

肖小南说：“这就不好说了，反正，历史有历史的走法，多想也没有用。”

我想了想，说：“喝酒！”

这个时候，肖小南眼睛里也有了酒的光泽，他眼睛发直地瞅着陪我的小姐。说：“陪好我的老板，听到没有？不然，没有小费。”

叫鸿雁的小姐搂着我的胳膊，问我“我陪得怎么样？”

没等我表态，肖小南说：“不行。你，”他指了指叫鸿雁的小姐，说：“你过来我跟你谈一谈。”

叫鸿雁的小姐嘟哝着，大意是她陪得挺努力的，只是你们老板太严肃了。

叫鸿雁的小姐坐在肖小南的身边，肖小南在她的耳边说着什么，表情上看是他教训着叫鸿雁的小姐，不过动作里有狎昵之态。

我作为男人本能的那种嫉妒被肖小南牵引出来，尽管叫鸿雁的小姐仅仅是陪酒的，她可以陪任何人，这会儿陪你，我们走了之后他又会陪别人。本来用不着在意的，问题在于我自己都不清楚为什么会这样。

我大声对肖小南说：“肖小南，你把我的人……放回来！”

肖小南对我笑了笑，对叫鸿雁的小姐说：“为了证明你陪好我老板了，你过去亲他一口。”

叫鸿雁的小姐果然动作敏捷地来到我身边，在我的右脸上来了一口，我觉得像被冰凉的东西触及了一下，叫鸿雁的小姐笑了起来，说：“这回行了，我给你盖了个印儿……”

我没笑，仍闷闷地坐着。叫鸿雁的小姐挽着我的胳膊小声对我说：“难过是没有用的，现在亏损企业多了，就说我们家吧，姐妹四个，两个下岗了。你呐，怎么说也是厂长，和我们比不强多了，我们不还得活吗。再说，如果心情不好就能发展企业，我也帮你心情不好，帮你哭。”

肖小南在我们斜对面笑了起来，他说小姐说得对，到这里就是找乐子吗。说着，他又指了指叫鸿雁的小姐，“你说你见过我们这样文明的客人吗？”

叫鸿雁的小姐说：“我第一次陪这么大的厂长，要是以前，我想见都见不到呢。”

肖小南还是笑，（我发现他喝酒喝多的特点就是笑，笑得不着边际。）他说：“你要是早认识我老板，何必在这样的地方。我老板给你安排一个位子，当接待办主任……”

尽管是开玩笑，我还是被肖小南的笑感染，也一定在脸上露出了笑意。我对叫鸿雁的小姐说：“要是以前还真行，安排谁，干什么，我说了算。怎么样？你要想从良就跟我干吧，别看我是亏损厂长，百足之虫死而不僵。”

肖小南又在一旁爽朗大笑，说：“小姐挣钱多，她可不愿从良。老板，你别小瞧小姐，她们也是生产力，她一个人一年挣十好几万，十好几万，一百人的企业除了成本人工税收什么的，纯利润十好几万，那就是可以挂牌的好企业了，人家是高薪阶层。”

这会儿，我有些嫌肖小南唠叨了，我没理会他，问叫鸿雁的小姐：“你真挣那么多钱吗？”她说：“怎么说呢，反正不太好说。”

我说：“那我就不能安排你了，我安排的工作，最多也就是一个月几百块钱。”

叫鸿雁的小姐说她不信，她见过一些当官的，都说自己挣钱少，可花起钱来都挺大方的。“你见过他吗？”我指着肖小南问叫鸿雁的小姐。

叫鸿雁的小姐摇了摇头。

我问肖小南："老肖，你跟我说实话，你在办公室主任这个位子上贪没贪公款？……我都到这份儿了，绝对不会追究你。"

肖小南咯咯地笑，说："我不捞点咱俩哪有钱到这地方消费。"

我愣住了，一时判断不出肖小南是以假乱真还是以真乱假。

这时，歌厅里的服务生来敲门，把肖小南叫了出去。

陪肖小南的小姐对我说："先生大概第一次来我们这里，来我们这儿的多是办事的。"

我问："办什么事儿。"

"你知道。"

"我不知道。"

她说："来这儿的客人一般都不会超过一个小时，办了事就走，不像你们跑这儿来喝酒，一喝就没完，都三个多小时了。这样影响小姐的生意……"

我瞅了瞅叫鸿雁的小姐，她没言语。

我又有些激动，说："我就在这儿喝酒，就不办那事儿，不行吗？"

陪肖小南的小姐不出声了。叫鸿雁的说："我挺佩服你，我今天不要小费也陪你。"

我被叫鸿雁的小姐的话感动了，我用力攥了攥她的手。叫鸿雁的小姐小心地擦她刚才留在我脸上的口红。说："你回家让夫人看见就麻烦了。"

我说没事儿，老婆在美国。

叫鸿雁的小姐听我讲老婆离开了三年，就问我有没有找一个情人。我说没有，不是没有条件有，你想我是几千人的厂长，我身边有一大批年轻的女人，光大学生就好几十个。可惜，厂子不行了，我哪有别的心情……不知道为什么，我眼角痒痒的，用手擦了一下，竟然是泪水。我喃喃着对叫鸿雁的小姐说："我听到一些传闻，说我们厂的下岗女工有的做了陪酒小姐，我真的觉得对不起她们，心里充满了罪恶感……你别介意，我没有瞧不起你们这一行的意思，我只是心里……难过！"

肖小南伴着爽朗的笑声进来了。他说我给你们讲一个笑话。

两位小姐都注视着肖小南。肖小南没讲出话来，就哈哈大笑，他边笑边说，真有意思。

陪他的小姐说："怎么有意思，你说呀。"

肖小南还是笑，他刚要说，自己就笑个不停。说一说又笑个不停。最后，他说，你们说有意思吧。

我相信我们三个人谁也没听明白肖小南说的是什么，谁也没笑。

我知道，肖小南也喝到了极限。

到这时候，我们的潇洒也该结束了，临分别，我从口袋里拿出了名片给叫鸿雁的小姐，我说我今天挺愉快的。叫鸿雁的小姐说她也是。

肖小南让我先走，他留下来给小姐处理小费。

出了叫"飘"的练歌城，街上已经人少车稀，凉气进入我的腹腔，我真的有些飘忽了。

肖小南从练歌城乐哈哈地跑出来，把我推上一辆出租车。我把出租车的车窗玻璃摇下来，不停地摆着手，只是，在车开了的时候，陪我的叫鸿雁的小姐的身影并没有出现。

肖小南在前座上递给我的名片，说："我给你要回来了。"

"可我已经给了那个小姐。"

肖小南哈哈笑着，说："怎么可以把证据留给她们呢。"

"我堂堂正正的，我不怕。"

肖小南似乎不笑了，他语气和缓地说："堂堂正正不说明问题。"

出租车开始转弯了，我被摇晃了几下，觉得天旋地转起来，眼前的串串街灯也模糊起来……

我醒来时，窗前的天光暗青色，我知道天快亮了。

我知道我在努力回忆昨天夜里的事。

下了出租车，是肖小南送我上的楼，我回到家就开始呕吐，全吐在客厅里的地毯上。保姆小兰起来为我打扫我呕吐的脏物，还为我冲了茶水。

当时我觉得心里如火般燃烧，一定哼哼唧唧的。小兰就拿来醋瓶子什么的，碰得叮叮当当直响，她大概实在不忍心看我受罪，她就抱着我的头，往我的嘴里灌酸的东西。“喝点醋解酒、喝点醋解酒……”

就在这半梦半醒之间，我忽然觉得搂着我的是阅敏，阅敏丰腴的前胸就在我的头顶，她的头发软软地飘荡在我的脸上……我猛一翻身，把阅敏压在我的身下。

就在我与阅敏进行一半的时候，我发现我身下呻吟的女人不是阅敏而是保姆小兰，我当时差点昏了过去。

后来，我努力回忆着，后来我好像去卫生间冲洗，冲洗了好半天……我确信，我的确是和我家梦游的那个保姆小兰发生了事，我几乎不敢想那些事，一想就觉得天空一片昏暗。

门外传来了声音，是小兰做早饭的声音，我甚至听到了她在轻声哼着曲子，并不时有炊具碰撞的声音。

我的心开始在黑暗中漫无边际地飘荡起来，痛苦无助。当时，我只有一个强烈的愿望，但愿昨天的事，我和小兰都是在梦游……

天就这样渐渐亮了，我的恐惧也随着天一点点放亮而不断重复加重。

这时，我听到了小兰走近我房门的恐怖的脚步声，门开了，小兰出现在门前。我看到，小兰居然穿着我爱人以前穿过的睡衣，她以女主人的口气对我说：“太阳照屁股了，还不快起来，死鬼！”

我的眼前一片昏暗……

重机厂被重组后的一天，我收到了“鸿雁”的一封信，鸿雁在“飘”用的是真名，她告诉我，她就是重机厂的下岗职工，在我进“飘”潇洒的时候，她就认出了我这个令她们下岗的厂长，她说她本来是想在我这里套取一些“铁证”，准备为下岗的姐妹们出一口恶气，后来她被我的真诚感动，认为我是“好人”，她说人生不容易，大家都不容易，她不知道能不能帮助我，但有机会还想跟我这样的好人“共事”。看到这儿，我的泪水还是忍不住了。我想，鸿雁真是过奖了，我是好人吗……我自已也说不清楚！

明天的太阳

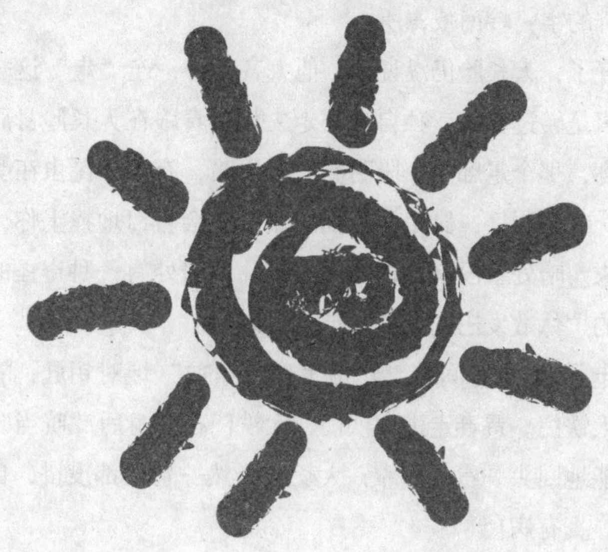

大长脸把衣服扔贾春的过程中，一直没有说话。不仅现在没说话，之前他几乎也没怎么说话，反正对于贾春那种心都起了厚厚的茧子的人来说，大长脸说什么话他都不会在乎的，大长脸偏偏一句话都不说，令贾春觉得少点什么似的。那个汗衫是橘黄色，贾春动作麻利地把汗衫套上了。大家不要误会，此橘黄色非彼橘黄色，这个橘黄色跟火灾现场活跃的消防警、地震现场以及工程抢险现场救援人员无关，甚至跟下水道维修工、环保清洁工都无关，有关的仅仅是橘黄的靠色而已，贾春橘黄色汗衫上有一排繁简体混排的字：岭南戒毒所。

衣服穿好了，大长脸仍没说话，他太吝啬了，连“走”这一个字都不舍得说，他只是转过身来，独自向外走去。贾春跟在大长脸身后，他们走过长长的走廊，那个走廊里一段明亮一段昏暗，有很多昆虫在明亮的吸顶灯下飞舞着，走到明处，昆虫中笨拙的蛾子就会盲目地撞上你，撞在脸上还留下了粉末。暗处就没有这样的问题了，但暗处有一种奇怪的味道，好像某种腐烂的尸体散发出的漂浮不定的气味儿。

大长脸走到 14 号房间前，开始“哗啦哗啦”地对钥匙，随后，动作娴熟地打开大铁门。贾春走进大铁门，大铁门在他身后“咣当”一声关闭了。贾春本能地回头一看，我靠，大长脸居然一句话都没讲，自始至终一句话都没讲，真有病！

这时贾春觉得自己的脑袋被钝物猛击一下，他的头顶顶满环绕的金星，一下子摔倒在地，等他发觉那个钝物是拳头时，心窝被飞来的一脚准确地踢中。贾春在地上滚着，滚了两圈又被拎了起来，装死狗？接着前胸又被掏了两拳。贾春强忍剧痛，跪到地上，高声喊着饶命。这时房间里静了下来。上面一个声音慢悠悠地说："你丫是新鬼吧?"

贾春没搞清问话的含义，旁边一个哑嗓子的人小声说："第一次进来的!"

"贾春说是，是新鬼!""抬头让爷看看!""还他妈的挺白净，嘿，整个一瓜子脸儿。"贾春刚要抬头向上看，被人打了一耳光："妈的，首长让你抬头了吗?"

上铺的首长慢悠悠地说："小白脸也得按规矩来呀，要不，就有人认为我不公平了是不是?"首长说完，下铺的两个人就把贾春架了起来，刚才打贾春那个胳膊三角肌文着大人物头像的家伙开始对贾春宣布罪状和刑罚，一口东北腔："妈拉了比的，进组不知道打报告啊?我看你犊子是皮子紧了，你哥我帮你松松皮子，让你知道啥叫规矩。"旁边哑嗓子说："管事儿，我看这小子顶不住大活儿，还是三侠五义吧。"管事儿应该是个"职务"，管事儿对哑嗓子说："警卫你是不是看好这犊子啦?"哑嗓子说："你别埋汰人!"管事儿抬头瞅了瞅上铺的首长，首长说："我这儿放权儿，你照量着办吧!"

管事的说看在首长的面子上，今天就三侠五义。三侠：金鸡独立、跑马射箭、野狗钻档；五义：卡脖、气锤，腰花、拐子、握心脚。贾春还没明白这些词的含义，架着他的两个人让贾春单腿站着——原来这么个金鸡独立。两个人窜到贾春身上，要求他坚持15分钟，如果不到15分钟，就拳脚相加，并且重来。事实上，惩罚贾春的并不是管事的和两个帮手，屋里所有的人都来实施刑罚，花样繁多，每进行一种，对方还要告诉贾春刑罚的名字，并让贾春说谢谢，谢过之后，才能进行下一个。"三侠"进行完了，"五义"刚进行完卡脖，贾春就瘫成了面条儿，两条裤管被尿湿透了。

警卫说："没想到这小子这么尿泥!"管事的很不开心的样子，他说这犊子装熊，明天早晨好好让他报钟。

贾春一直以为他早已把生死置之度外了，可那天晚上他突然有了恐惧感，他觉得他熬不过那个臭气熏天的夜晚。躺在床上，听四面八方传来的放屁声、呼噜声、哼唧声、咬牙声，而他强忍肉体的剧痛还不敢出声，他不知道自己能不能活过这个肮脏的夜晚。

突然，有一只手在他身上轻轻地滑动、抚摸。贾春猜想大概是那个叫警卫的家伙，只是他连动弹的力气都没有，他仿佛在死神的召唤之中向无边的黑暗坠落，旋转着、羽毛一样慢慢地飘落……

太阳升过了窗口，直射的光线正好照在贾春的脚丫子上，其实他刚刚入睡没多久，梦中，他回到了中学时代，母亲拉他起床，他嘟嘟哝哝，口水流了出来——拉他的不是母亲，是管事儿的。管事儿显得兴奋地大声说："报钟开始啦!"

贾春还没反应过来，警卫和另外一人抱起贾春的大腿，管事儿的和另外一人抱起贾春的肩膀，管事儿的喊："现在开始报钟，北京时间5点整。""当!"随着第一响声，四个抱着贾春像撞钟的原木，头朝铁门撞去。原来报钟跟和尚撞钟差不多啊。"咚"的一声，贾春的头结结实实撞在门上。"当!"又撞了一下。"当、当、当……"贾春再次昏厥过去。

死也是不容易的，难熬的是在死亡线上挣扎。三天过去了，贾春在苦苦支撑的同时也基本搞清了大致的情况。14号房共住了8个人，等级森严，他是最底层的新鬼。首长的地位最高，除了戒毒所规定的出勤任务，他是8个人中的一把手儿，什么活都不干，被子有人叠，碗筷有人洗，烟灰缸有人刷，而这些活儿还轮不到贾春，那些活儿是警卫的，警卫主要给首长服务，首长的一个眼神儿他都马虎不得，那些被子叠成了豆腐干儿，棱角分明，绝对不比部队里当兵的叠的差。管事儿是首长的得力干将，专门管理新鬼。还有二铺、三铺什么的，地位主要是根据家属的接见次数和向首长上钱的多少来调整，只有新鬼倒霉，所有的脏活累活儿都是新鬼的，吃苦受累不说，还得任别人发泄出气。

那八个人中，乙肝、性病、肺结核……什么病都不新鲜，早晨跑操，吃过早饭就开始打针吃药，福康片、安君宁、美沙酮……有人咽下去就呕吐起来，新鬼得马上过去收拾，擦得干干净净。最恐怖的还是报钟，中午十二点吃饭前，就撞十二下，晚上要看情况，报钟还分大钟小钟，大钟十八点，撞十八下，小钟是六下，指的是下午六点。新鬼如果想改变地位只有两条途径，一条是再来新鬼——顶替自己的替死鬼；另一条是家属接见，及时上钱……

吃过中午饭，首长开始每天的例行会议。“现在开始开会！”首长说：“先总结一下，大家说说吧，今天谁犯错了，举手！”一些人举起了右手，贾春四下看了看，也把右手举了起来。“那你说说吧，怎么错的？错在哪儿？”贾春小声说：“二铺今天拉稀，每拉一次我应该清洗一次便池，上午第三次，我有些马虎了。”话音刚落，首长一甩手，一个烟灰缸飞了过来，正好打在贾春的额头上，贾春觉得头皮麻了一下，接着就有湿热的东西流在脸上……首长骂道：“你丫的都明白啊，明知故犯是不是？”

贾春一手捂着头，连忙点头说：谢谢！谢谢首长！

躺在床上，贾春眼前都是橘黄色，贾春首先想到的是削了皮的胡萝卜……当然，橘黄色也是富足的欢快颜色，显得格外活泼而热烈。看到它很容易让人联想到收获的秋天，丰硕的果实，当然，它也是一种警示性的颜色，因为显眼吗，比如马路上的警戒线，比如火车头，比如登山服，救生衣等等。如果橘黄色混入别的颜色会怎么样？紫红色的血迹，就显得很脏了，如果掺杂很多黑色，就会显示成烧焦的颜色，如果加上奶白色呢？那就太甜腻了，贾春忽然想起一种说，据说餐厅里用橙色装饰可以增加食欲，只是目前他一点饥饿感都没有。

贾春终于活到了又一个橘黄色的出现，他莫名其妙地第一个冲了上去，朝橘黄色的新鬼捣了一拳，而在接下来的又一个太阳升起的早晨，他也是第一个抱起橘黄色新鬼，开始了撞钟。

贾春正在打扫卫生，管事的喊他，贾春，沙管教找你！贾春有些紧张，连忙跑了过来。贾春报告，请管教指示！沙管教声音不高，只说，你出来一下，我跟你谈谈。贾春跟在沙管教身后，从走廊出来，直接到了操场。来到操场，第一眼就可以看到对面那块醒目的牌子：“贩毒是杀人，吸毒是自杀”。那是炎热季节里的理想天气，天阴着，雨却没下出来。沙管教转过身来，他是位老管教，一头白发，脸上皮肤松弛，像凉在冰箱之后塌了皮的馒头。沙管教的脸色也不好，白中泛灰，严重睡眠不足的样子。

沙管教问贾春：“你知道我为什么找你吗？”贾春首先想到的是“做思想工作”或流行一点的说法叫“心理辅导”。因为贾春从沙管教的目光中判定，这个管教不属于怒目金刚，也不属于凶神恶煞一类。贾春还没说话，沙管教就说：“我是宣传教育科的老沙，我找你是关于文学。”贾春愣住了。沙管教自管按自己的思路说下去，“我查了你的档案，我应该叫你贾老师……”贾春吓坏了，他立即打一个立正：“报告管教，贾春不敢！”沙管教拍了拍贾春的肩膀：“别紧张，我都说过了，咱们现在谈文学，我知道你是省话剧团的编剧，除了贾春之外，你还用过“春天”的笔名，你写过的话剧获过顶级的大奖……对不对？”贾春说自己现在是有罪的人，惭愧惭愧！

沙管教说：“今天我们只谈文学。”

贾春认真揣摩沙管教的意图，他的声音渐渐弱了下来：“请管教指示！”

沙管教说不瞒你说，我也写作，不过跟你们专业的比，我只能算是个文学爱好者。贾春刚想说什么，又怕说错了，只好调整表情，做一个好的聆听者。沙管教瞅了贾春一眼，开始介绍起自己，他业余写作三十年，发表了300多万字作品，当然绝大多数是在行业内部的报刊发表的，新闻、报告文学、散文、小说，什么都写。介绍过程中，沙管教还从牛皮纸档案袋里拿出两个证书，递给贾春：“你看，我是《利剑》的签约作家，还有这个，《卫士》的特约撰稿人。”贾春接过来看了看，表示敬佩地说：“真了不起！”沙管教显然知道贾春在恭维他，可还是笑呵呵的收回了两本证书。沙管教说：“近两年我不写小说散文了，费力还不赚钱，我开始写剧本——是电视连续剧剧本，我听说写一集电视剧能顶好几部长篇小说的稿费。”

贾春认真地听沙管教讲话，也掉到他讲话的情景中，他几乎忘记自己的身份。“谁说不是呢，也太不合理了。”贾春说，“怎么样，你写的剧本拍了吗?”贾春问。沙管教的目光有些暗淡，说：“没拍，一年多了。一说拍就让你改，改完了又没动静了，再一说拍又让你改，改完了又没动静……”“太不像话了！”贾春说。沙管教转过头来，说：“一会儿我把剧本拿来，你帮我看看行吗?”贾春这才意识到自己所处的位置，他马上一个立正，大声说：“按管教的指示办！”

沙管教说：“你不用来那一套，反正在我面前不用，我也不是你的管教。”

贾春说：“那我可不敢……”沙管教说：“没事儿，咱们是文友。对了，以后你有什么事儿就跟我说，如果有人欺负你，告诉我一声，你要给家里捎个信或者你家里给捎个东西啥的，也别客气……你知道我不应该这样做，你的档案我看了，你跟贩卖毒品的不同，你只是吸食毒品……”

贾春感动得眼泪快出来了，沙管教给他的温暖也太出乎他的预料之外了。

贾春回到监室，管事儿的档在门口儿，管事儿的说：“过来擦厕所！你犊子别想错了，认识莎士比亚就升级了？啥是比呀，你知道吗？你还老老实实做三铺，不然，让你回到新鬼！”贾春没说话，慢慢地走向卫生间，卫生间刚刚有人吐过，臭气熏天。

后来还是警卫的提醒才让贾春明白了内情。沙管教是强制戒毒所宣传教育科的干事，爱好文学，爱好了一辈子，以至白发苍苍。他在戒毒所的警官中几乎没什么地位，戒毒所的警官管他叫莎士比亚，强制戒毒人员也管他叫莎士比亚，这个称谓是从什么时候开始的，谁第一个这样叫他，都无从考证。沙管教算是强制戒毒所里的“文豪”，所以叫莎士比亚也贴点谱儿，问题是，具体按在沙管教身上，总有戏谑的意味。有意思的是，沙管教并不在意别人这样称呼他，习惯了，麻木了，还是本身就乐滋滋的接受呢？那天，例行的上午操刚刚结束，沙管教就站正在篮球架子下面等贾春。管事的大声说：“犊子，莎士比亚又找你了！”

贾春用了两个晚上看完了沙管教写的三集电视剧剧本，他很认真，在A4纸打印的剧本上，写了密密麻麻的修改意见。贾春问沙管教，这是已经有人约稿了还只准备投稿呢？沙管教说他也说不清是约稿还是投稿，“这两者有啥区别吗？”贾春说：“当然有区别了，据我了解，现在影视剧圈里非常江湖，水很深。上当受骗的事多了去啦，一般情况下都是约稿，先给定金才能写故事大纲，到了写剧本的时候，又得拿百分之十五的预付稿酬。不然，你写完了，别人不要了，就是把你的故事给偷了你也没办法……”沙管教说：“我也听说了，问题是我这个剧本折腾了好几个来回，我自己都没信心了，别说跟人家谈定金，能拍就谢天谢地了。”贾春点了点头，说：“如果是这样，我就没什么可说的了。”沙管教说：“那就谈谈剧本吧，你觉得怎么样？”贾春支吾了一下。沙管教接过剧本，一眼就看到上面凌乱的字码儿。“贾春，你一定要说真话，说真话才能对剧本好，当然，也对我好，我最想听到真话你明白吗？”贾春想了想，立正道：“报告管教，贾春说的谨供参考，说得不对的地方你别介意！”沙管教亲切地拍了拍贾春的肩膀说：“现在咱俩是同行关系，都是搞文学的嘛，知无不言，言无不尽，这才是朋友关系明白吗？”贾春又一个立正：“贾春明白！”

接下来，贾春就口若悬河地讲开了，从选题到结构，从情节设计到人物塑造。“还有这些地方，我都给你列了出来，就是雷同的桥段……”沙管教打断了贾春问：“什么是桥段？”贾春说：“桥段嘛，桥段就是情节和处理的手法，怎么说呢，比如以前看电影、看电视剧什么的，经常有大家都熟悉的手法，比如心情不好就阴天，就属于雷同的桥段，没有陌生感。”沙管教说：“我明白了，就是雷同吗？”贾春不知道怎么回答，含糊地点了一下头。“我给你读一读我划出的雷同桥段：1. 先拍镜子水面的倒影，之后转到真实场景，很多电影都常用的手法。2. 听到噩耗，手上的茶杯一定会掉到地上碎掉。3. 遭遇突变、伤心难过地冲到外面，外面正在下暴雨。4. 不敲门闯进去一般会遇到两件事中的其中一件：上吊或洗澡，你这剧本里是上吊。5. 人一死，镜头一转，就是一张黑白照片。6. 坏人偷偷向主角开枪，一定有一个人喊“小心！”并替主角挡枪。7. 电视剧中有钓鱼的镜头，一般都是两个人在谈话，但谈话结束时肯定会钓上一条鱼，你这里也是。8. 看见心爱的人睡在床上，一般都会给他盖被子。9. 一旦得了绝症，就故意把自己的女朋友气跑。10. 信上看不清楚的字肯定是关键词。11. 一阵剧烈咳嗽后用手绢儿捂嘴，一般都会吐血。12. 昏迷中的主角醒来时总是手指先动。13. 冲向一扇要关闭的门一般都是刚刚好冲进去……”莎士比亚——沙管教用敬佩的目光专注着贾春。自言自语地说：“专业，专业啊！”

贾春从沉浸中恢复到现实的角色，他规规矩矩站在那里，观察着沙管教的反应，体会着沙管教话里的真实含义。沙管教说：“专业是没办法的事情！那你说，肖莎如果不上吊，那她怎么死好呢？跳楼吗？”贾春的心被针刺了一半，胸部本能地抖了一下。跳楼这个词，是他本人记忆中的死穴。沙管教说自己为肖莎想了很多种死法，可找不到一个更好的。“肖莎是谁？”贾春莫名其妙地问了一句。沙管教一愣，从苦苦思索的神态中返回到只有他和贾春谈话的那个破篮球场。剧中的二号女主角啊？沙管教这样的说的时候，贾春才意识到自己的不礼貌，沙管教一定认为他没有认真地读他的剧本，他对他白白倾注了感激和钦佩之情。

“对对，肖莎肖莎，你看看我，上午吃了太多药了，这个药拿脑子，经常记不住人名。”沙管教对贾春的解释给予了宽容的微笑，他说：“这个我能理解，怎么样，你好人做到底，帮我改改？”贾春说：“那我可不敢。”沙管教说：“没事儿，是我让你改的不是你想改的。再说了，按你的说法，我就是参考呗。对了，下午我去找你们二区的区长，调你到我办公室帮忙，主要是腾出时间帮我改材料。我仔细看过你的档案，你只吸毒没贩毒，不是重罪。我说过了，只是改材料，别提剧本的事儿。”“我明白！”尽管贾春压抑着自己的兴奋，可声音还是暴露了自己的意图。

贾春白天帮莎士比亚改剧本，晚上还得回14号监房。监房里的人并没有因为他被宣传教育科抽调而高看他一眼，反而产生了嫉妒心理，厕所还由他负责，他不打扫，残留物就沤在那里发酵。贾春一进屋，管事的就踢了贾春一脚，“你犊子挺舒服啊？大半天没见影儿，你舒服了我们就得遭罪啊？臭了我们一天了。”首长也很不高兴：“你立马去收拾干净，不干净，你丫就给我舔喽！”

贾春把自己的身子扔在床上，他恨自己的身体，如果这个身体停止了循环，细胞不再分裂，肌肉腐烂，他也解脱了，一了百了。他知道这个房间里的人都是灵魂与魔鬼签了约的，身体不过是躯壳，不过是行尸和走肉。夜深了，不知道深到什么时候，房间里仍蒸笼般闷热，各种人体生理气味混合在一起，发出了馊巴味儿。贾春的身体大量排汗，黏叽叽地洇湿了一大片，他想，腐烂下去，最好快快地腐烂……这时，一只手伸向他的身体，贾春懒得去理会……

早饭过后，警卫伺候首长抽烟，一支烟抽到一半，首长突然打了警卫一个耳光：“丫的犯骚啦？半夜三更的，以为老少爷们儿都不知道是不是？看在你跟我跑前跑后份儿，你自裁吧，自己拿门去夹手，下次就没这么幸运了，下次再影响大局，就得折胳膊折腿儿啦。”

屋子里的人都响应着，有的吹口哨有的敲不锈钢的餐盘子。警卫二话没说，自己走到门前，把一只手放在门框上，另一只手拉开了门，抡圆，“咣当”一声。警卫立即坐在地上，痛苦地哼唧着。贾春看到，没多大一会儿，警卫的手背就肿得老高，黑紫黑紫的。

二监区领导来调查，14 监室的诸位口径一致，警卫自己也说是不小心弄伤的，他明明知道要被监区处罚，还斩钉截铁的回答，是他自己不小心而不是故意弄伤的。

很多事情都说不清楚。贾春在帮莎士比亚改剧本的过程中，莎士比亚的态度也是变化无常的。比如，明明有一段改得贾春很满意，莎士比亚看了却很不高兴，有些沉闷地在地上走来走去，说：“剧情本来不应该是那个样子，你为什么会这样安排呀？”贾春说：“生活有时候是这样的。”莎士比亚说：“生活是生活，剧情是剧情，生活和剧情是不一样的。”而当贾春烟瘾发作，狂躁不安或者卷曲着身子发抖时，莎士比亚总能安静地坐在他的对面，适时地送给他一杯温水。在贾春不得要领，苦思冥想的时候，莎士比亚却笑容可掬，给他送来了热茶，那些茶显然不是好茶，茶杯里有明显的茶叶梗，茶杯上还残留一圈圈儿的茶垢。这不怪莎士比亚，他就喝这样的茶，毕竟茶水是热的。莎士比亚说："老弟，这会儿，"沙管教管贾春叫老弟，"他说你用心改吧，只要这个电视剧能拍摄就算大功告成，到时候算咱俩共同的作品，我是第一作者，你是第二作者，考虑到我已经完成了剧本，你只是对剧本删删改改，稿费我占八成，你占两成，这样行吧。"贾春很感动："别说两成，就是一分钱不给，管教叫你帮忙你还有什么好说的。"

可正当贾春暗自喜悦的时候，莎士比亚又不高兴了，他用手指点着贾春新修改的一段文字，不满地说："你猪脑子啊，都跟你说了几遍了，肖莎不要去酒吧，那个地方不适合肖莎，她可是良家妇女。"

"良家妇女就不去酒吧啦?"

莎士比亚说："良家妇女就是不能去酒吧!"

剧情可以不符合逻辑，就如同贾春突然昏厥一样，他在电脑前苦思冥想的时候，突然昏厥过去，这样，他被送到了监护室。贾春第一次住进监护室，那个充满了酒精、来苏儿味道的地方。14 号监室也充满了酒精和来苏儿的味道，不过那些味道被其他味道混合了，生成了新的令人窒息的气味儿。监护室不同，很单纯，像在医院里，贾春开始享受那种气味而唤起的感觉了……

在半梦半醒之间，贾春被一只纤细的冰凉的手碰触到了，那个手在他的胳膊上绕着，伴随一种好闻的、甚至令他晕眩的气味儿，他的心跳开始加快，呼吸也急促起来。这时，他的手背被金属尖利地刺痛了一下……小白月也是这样刺痛他的，他的心被瞬间的刺痛之后，他觉得自己再也摆脱不掉了。

那时候的京剧院还在"大庙"那儿，大堂里处处显露着陈旧，掉了漆的复合板椅子，动物脱毛一般斑驳的墙皮，然而，当聚光灯打亮，当京胡响起、鼓板敲起，小白月款款地出现在舞台中央，一切都不一样了。她身段柔软，婀娜多姿，一个眼神儿、一个唱腔都那么出神入化，贾春觉得他已经分辨不出哪个是小白月哪个是窦娥了。当然，那时候贾春还不认识小白月，不过他知道，出色的演员绝对是需要天赋的。舞台上，窦娥声音清脆凄楚，二簧散板唱到：虽然是天地大无处申辩，我还要向苍穹诉告一番！接着，窦娥撕心裂肺地道白：天哪，天！——想我窦娥遭此不白之冤，我死之后刀过头落，血喷白练；三伏降雪，遮满尸前；还要山阳亢旱三年，以示屈冤！

贾春的眼皮儿再也包裹不了泪水，决堤一般奔涌而下。

小白月是天生的尤物，皮肤白皙，白得可以看清下面泛青的血管，漾波流盼的眼神儿，婉转动听的声音，贾春相信，任何男人在她面前都无法抗拒，都会嗓子发干，心跳加速。新婚是在母亲去世前那个单位宿舍楼里，门脸和床头墙上都贴着喜字。贾春趟在小白月怀里，他问："你说，有多少人打你的主意啊，有权有势的领导，腰缠万贯的老板，我只是个穷文人，你咋就嫁给了我了呢？我真的像明清小说写的那样，卖油郎独占花魁了。"小白月抿嘴笑着，用手指轻轻地戳了贾春一下，声音好听地说："臭美吧你！"贾春还是纠缠着这个话题，那天晚上，他们已经像古典小说写的那样"云雨"了两次，停下来，贾春又问了同样的问题，小白月脸颊红润，娇羞地说："你人好。我没觉得我怎么好啊。你人真实。""我真实？其实不全是的，我跟你讲的故事，我上中学时，把坏人打跑了，其实不是那样，是我跑了。"小白月咯咯地笑着，说"我知道，你讲的时候我就知道。""你知道？你怎么知道的？""因为编谎言时，你的眼睛不瞅我。""啊？看不出你这么有心计。"小白月说："都是说笑话，我欣赏你什么你知道吗？"贾春摇了摇头，小白月说："你有才！"

过后想起来，贾春自已都莫名其妙，小白月欣赏的才是什么呢？编故事的能力？他编故事，演员在演。的确，贾春身边的几个编剧朋友几乎都找的演员，这个组合也算是中规中矩。那个夜晚也是他认识小白月之后，小白月第一次沾酒，她不喝酒是因为要保护嗓子，这是事实，不过在贾春这方面来感觉，即便小白月不喝酒也非常容易被燃烧，没结婚时，他们拥抱接吻，小白月总是呼吸急促、声音变调、周身瘫软。贾春想，以后一定不让小白月喝酒，好在她的职业对她有所约束，不然，被别有用心的人灌酒，小白月恐怕要吃亏了。

现在小白月就躺在新婚的屋子里，她含情脉脉地看着贾春，渐渐的呼吸又急促起来，贾春被小白月调动着，一把把小白月拉了过来。小白月嘴里说着不要啦，可还是半推半就。第二天上午，母亲在门口反复弄出响动，贾春和小白月才不得不起床。他们一夜云雨了五次，小白月起床后小声说，我的胯骨都痛了。贾春也说，我的小肚子痛。可说的时候，贾春觉得自己身体的某一部位又有了反应，也许正是因为小白月身体里发出的诱惑的气味儿……

不知道是什么时候，小白月出现在他面前，下垂的头发婆娑在他的脸上，身体的气味浮动在他面前，他伸出胳膊把小白月抱住了……想死我了，贾春这样说。

“干什么？臭流氓!”他被人推搡开。贾春一惊，眼前是一位穿白大褂的年轻姑娘。

这是贾春第一次见到韩玉萍，绝对的美女胚子，他想象不出，这样漂亮的女孩子怎么会和他们——这群被称之为“人渣”的人在一起，后来从14号监室了解到，韩玉萍是护士学校毕业的，可她为什么到强制戒毒所工作？不知是就业困难，还是真的充满爱心，想拯救他们这些管不住自己的灵魂更管不住身体的人呢？

以韩玉萍的美丽，就是在社会上也属于危险系数较高的人，到了这样的地方，危险系数是不是会更高？有人说吸毒的人已经没有了性，事实并不是这样，他们要的可能是外人无法理解另外一种，是什么，就不好形容也不必形容了吧。

关于韩玉萍面临的高危处境，贾春从管事的那儿找到了一些论据，一次出操，韩玉萍从大楼的外挂走廊里走过，一群人都侧过头去，注视着韩玉萍的身影，管事的小声对贾春说：“我让她浪，一旦有机会，我非干死她不可。”

天气最热的时候，管事的还是和贾春消除了敌意。贾春昏厥之后，莎士比亚格外照顾他，还真诚地对贾春说：“太大的忙我也帮不上，除了让你不干重体力活儿，在我这儿改稿子之外，你外头有啥事儿，捎个话儿，递点东西啥的，我还可以。”这是莎士比亚第二次对贾春说，贾春觉得莎士比亚不是客气。那次，管事的要稍两条烟，贾春去求莎士比亚，事情还真办成了，管事的对贾春表示感激。感激的方式有很多，其中之一是管事的对贾春讲了14号监室戒毒人员的内幕。首长在外面曾经是个有权有势的人物，在里面，因为有钱，就可以做老大。管事的原来是商品交易市场的打手，他没多少钱，但为人仗义，社会上有一些朋友，他和14监室所有人不同的是，他是自己主动被抓进来的，而别人都是被动被抓的。管事的说，据说这几个月外面风声紧，在戒毒所里安全些，不然，被抓去劳教就不是三月而是三年了。

在管事的那里，贾春还知道了一个惊人的秘密，首长一直在偷偷吸食毒品，他有办法搞到毒品，具体什么办法管事的没说。从知道那个秘密开始，贾春就对首长是如何得到毒品这个问题充满好奇。后来贾春做了几种假设，其中的一种假设是，首长利用清扫院子的机会，在指定的地点收到从高墙外抛过来的“食物”。问题是，反复那么多次，为什么一次都没有被发现呢？

贾春和莎士比亚讨论如何处理肖莎的死，贾春不同意上吊，更不同意跳楼，他说就是割腕、吃安眠药也不应该上吊跳楼，莎士比亚问为什么？贾春说那样死遭罪，而且样子也不好看。莎士比亚说正因为这样，观众才能动心，才能跟着痛苦。可为什么要把观众搞痛苦了呢？因为现在的观众麻木了。可是从人物的角度，还是要合情合理。莎士比亚不高兴了，他又开始满地走，他说合情合理的事情还有戏剧性吗？贾春说其实我们怎么写也写不过现实生活，不说别的，你们自认为戒毒所管理得水泄不透，事实是这样吗？说到这儿，贾春突然意识到自己失言，好在他没透露出首长以及监所内吸毒相关信息。莎士比亚沉默了，贾春紧张起来，他怕莎士比亚追问下去，问不出来再把他送到二监区继续深挖。不想莎士比亚突然笑了，他说这很正常，所有的地方都不会水泄不透。贾春吊起的心缓缓地放了下来。

按照疗程的规定，今天韩丽萍给贾春打最后一针，他本想对韩丽萍致歉并做一番解释，可从韩丽萍的戒心以及生冷的表情看，他说什么都没有意义，他只是珍惜和韩丽萍短暂接触的时光，深深地呼吸，想把韩丽萍的气息尽可能地贮存在自己的体内、深埋在记忆里。贾春这样做还是有了效果，在后来难熬的深夜，他的身边一直漂浮着女人的气息，他梦见了自己的小妖精——小白月。

吸毒的时候，我们觉得那里是天堂，醒来之后才发现，其实我们活在地狱！小白月曾对他说过。可惜，说这话时，他们都成了瘾君子。

小白月是如何成为瘾君子的，对于贾春来说一直是未解之谜。她自己就有十来种说法，有的甚至自相矛盾。后来贾春也吸毒时，他才苦笑起来，让一个吸毒的人——一个把灵魂贱卖出去的人跟你说实话，那不是天方夜谭吗？不要说讲实话，当贾春采取一切办法挽救小白月的时候，小白月却偷偷地对他下毒，一点点把他也拉上了生命的不归之路。贾春自己深陷其中不能自拔时，他对小白月拳脚相加，他要杀了小白月，小白月却好看地对他笑着，她说你来呀你来呀，我等着呢。事情就是这样，站在不同的角度肯定有不同的想法，贾春为挽救小白月所作的所有努力，在小白月烟瘾发作时都是阻碍、麻烦和敌对，为了让贾春和她同甘共苦，她偷偷地对贾春下药，让贾春也成为她的同类，到那时，贾春不仅不阻止她吸食毒品，还会去帮她和自己寻找毒品，最后，她的目的达到了。

贾春号啕大哭，你是人吗？有没有一点人的良心？小白月也哭了起来，她说以后你就知道了，一旦上瘾了，良心就被魔鬼拿走了，不论是谁，都一样！

贾春出去后，住在过去一位嗑药朋友老丁的汽车修配厂里，老丁离开后，那个厂子也停业了。老丁去了哪里、什么时候回来，没有人告诉过贾春。贾春是从修配厂的后窗进去的，后窗成了他进出这栋建筑的“大门”。老丁的汽车修配厂虽然挂了一个“厂”名，实际上是个临街的老房子，过去是工厂的车库，上个世纪六七十年代建的红砖房，由于地处城乡结合部，人流算不上嘈杂，即便如此，贾春也得昼伏夜出，修配厂的旁边还有两家修理各类机动车的门市，对面是一家轮胎修理部，还有一家“饺子馆”和一家食杂店。贾春不能光明正大地从正门出入，他觉得那些店铺的人都会认识老丁，他一个生人出出进进的，难免会生出不必要的麻烦。

空旷的车间里充刺着机油、柴油和汽油的味道儿，好像老丁并没有离开似的。贾春曲卷在老丁脏得几乎看不得底色的被子里，和苍蝇、蚊子以及各种小爬虫为伍，白天蒙头大睡，晚上吃从食品店买回的泡面和火腿肠。只是过再简朴的生活也是需要钱的，他没工资没收入，该卖的东西也早就卖完了。前年，他先是把自己家的房子卖了，母亲去世后，他又把父母留下的房产卖掉了。现在他已经没什么可卖的了。当然，贾春也想过要去工作，可身体一直很虚弱，虚弱中还要经受毒瘾的折磨。没办法，他只好在老丁的车间里寻找“出路”了。老丁的车间被他翻了个底朝天，能找到的值钱东西都找到了。比如老丁柜子里捂了的香烟、零钱、长毛的茶叶以及几十册邮票，比如可以在废品收购站换钱的贵重金属，天还没亮，贾春就把可以换钱的东西倒弄出去，走差不多两公里的路，然后，用新换的钱喝一瓶啤酒。几天下来，贾春几乎翻遍了老丁车间的每一个角落，包括一些缝隙，贾春多么希望老丁把钱藏在墙缝或者一块砖头的后面，可一想到老丁也是瘾君子，贾春本能地泄了气。

在老丁的车库里，贾春居然找到了一个纸盒箱子，那个纸盒箱子是他自己的，他卖掉家里所有的东西之后，唯一留下来的就是那个纸盒箱子，那个箱子里的东西卖不出钱的，也没地方放，所以就带到老丁那里。那个纸盒箱子里的东西虽然不值钱，却装满了他的记忆。箱子里装的是小白月和自己的各种照片，有他们的结婚照和生活照，也有小白月的写真照、剧照。那里还有很多证书，毕业证书、职称证书、获奖证书以及结婚证、户口本什么的。还有就是报纸和杂志，报纸和杂志都是宣传他们的，被剪裁下来。还有贾春打印的剧本和公开出版的剧本集。在那个纸盒箱子里贾春还找到了自己的日记。这时，贾春想起来了，小白月有记日记的习惯，在那个日记里，他一定会找到小白月吸毒的原因，是谁害了小白月，进而害了他，他要把那个凶手找出来。

毒瘾的力量是最大的，比起找小白月日记的强烈愿望，后者根本什么都算不上了。断货时，贾春不得不去找廖淑贞，廖淑贞在夜店里上班，要深夜12点以后才能见他。从廖淑贞那里拿货一点都不便宜，这也是没办法的事情。过去那些阳光灿烂的日子里，廖淑贞衣着华丽，面若桃花，她笑着对小白月说，你真幸运啊找到这么好一个老公，如果是我先遇到你家贾春，我一定不放过他的。廖淑贞是小白月小时候的好友，成年后的干姊妹。廖淑贞最初也是小戏剧班的，后来没找到前途就进入社会。最初那些年，廖淑贞在黄金商业区开夜店，活得滋润，财大气粗。好长一段时间，贾春都认为是廖淑贞把小白月拉下了水，可廖淑贞一直都不肯承认这一点。现在，几百万身价的廖淑贞落魄了，除了一身还说得过去的衣服和一个皮包，一小包化妆品之外，也是一身轻松。廖淑贞好过的日子里，住宅是豪华的海景房，还有闹市区的门市房，她开着进口大吉普车，带着大牌子墨镜，每次出场都带着随从。人啊，到什么时候说什么话吧。

贾春在夜店外等廖淑贞，天上下起了小雨，小雨腻腻歪歪，落在身上黏乎乎的。12点之后，一些打扮裸露的女人举着伞三三两两地出来，唯独不见廖淑贞的影子。贾春给廖淑贞挂一个电话，廖淑贞没接。一般情况下，贾春是不应该继续等下去的，可毒瘾如同山坳里的浓雾一样开始在周身蔓延，他无论如何都要见到廖淑贞，别说下雨就是天上下刀子也要等到廖淑贞，只有等到廖淑贞他才可以拿到那个救命的粉末。贾春甚至想，如果常人拥有吸毒者为了吸毒所付出的耐力和毅力，那世上可能少有做不到的事情。这个想法是奇怪的，可不知道为什么竟然奇怪地出现在贾春的脑海里。

廖淑贞大概是凌晨3点左右出来的，她先是给贾春打了一个电话，知道贾春还在等她，就匆忙地出来了。贾春一手交钱一手接货，正准备要离开时，廖淑贞不冷不热地说，咱们去吃火锅吧。经廖淑贞的提醒，贾春发现自己的肚子早就空了。

那条街上就有24小时营业的火锅店，火锅店里生意兴隆，很多在夜店里“上班”的女人都集中在那里“宵夜”。贾春和廖淑贞走进去，吸引一些熟人的目光。熟人并不是贾春的熟人，不过那些人除了打量贾春外，对廖淑贞似乎很冷漠，没人跟廖淑贞打招呼。廖淑贞是那些女人中的长者，当然也是竞争对手。贾春和廖淑贞坐定以后，贾春看到了廖淑贞脖子上的血痕，好听的名词叫“草莓印”，还有，廖淑贞的脸涨红着，眼角和鼻孔还挂着血丝。廖淑贞注意到贾春的目光，她侧过脸去，小声说：“今天倒霉，碰倒个醉鬼。”贾春不好再说什么，他说：“今天晚上我请客。”廖淑贞微微一笑，说：“算了吧，你还不如我呢。”廖淑贞的牙齿不再洁白，已经被烟熏成了钟乳石的颜色。

贾春回到下榻的“居所”，他觉得自己仿佛从地狱里返了回来，烟瘾消退了，肚子填饱了，他又回归到常人的状态，又想起了小白月的日记。贾春做了一个计划，明天白天不睡觉，他要去一些地方寻找小白月的日记。

母亲的房子早卖掉了，卖房子前，那个房间被收拾得干干净净，他还打扫过，经过反复回忆，他觉得遗漏了一个地方，就是露天的阳台，那个阳台曾经堆放过书籍，不过在贾春的印象里，书籍被风吹日晒之后，几乎成了纸浆的半成品。问题是，那些烂掉的书籍下面有没有可能还有完整的书籍呢，有没有可能夹着小白月那个绸缎面的日记本呢。贾春并没有详细看过小白月的日记，他只是偶尔翻了翻，那个日记本飘着淡淡的幽香，封面是淡紫色的，上面压着凸起的心型。母亲原来在“工人村”，那里有几十栋造型相同的建筑，小时候那里杨柳依依，街道整洁，现在显得十分破旧，或者用破败形容更准确一些。贾春走上那个熟悉的楼道，闭上眼睛也可以摸到母亲的老房子。遗憾的是，那个房门紧闭着，毫无生息。毫无生息是可以感觉出来，那个铁门跟旁边的铁门不一样，旁边的铁门贴着对联，而老房子的门却光溜溜的，还有灰尘和锈迹。贾春试着敲了敲门，没有回应。也许这个房子很久没住人了。当然，这里与大丁的修配厂不同，这里已经属于别人，他不能撬门而入。撬门也是需要本事的，贾春没这个本事，再说了，撬别人家的门大多是为了偷窃，贾春还没这个胆量，有这个胆量也不行，他撬门是为了一个日记本，跟谁也说不通的。

贾春转来转去，他还不死心。最后，他无奈地转到了房子的后面，看到了老房子的阳台。那个阳台已经被封闭了，用的是白色的塑钢窗，贾春这才泄了气。别说他不确定那个日记本在不在那里，即便在那里也早就尸骨无存了。父亲和母亲也早就尸骨无存了，他们偌大的身躯被燃烧成灰烬，装在一个石头匣子里。从传统的意义上讲，老人过世后要入土为安，他卖母亲房子时也有这样的打算，可当他得知墓地的价格时，他的想法又改变了。其实墓地也没贵到超过房子的价格，只是那个时候，由于小白月和贾春共同吸毒，早已负债累累，公墓的事成了奢望。父亲无论如何都想不到他的骨灰还在殡仪馆的架子上，他去世时儿子儿媳都走上坡路，前景比他年轻那会儿好多了。母亲大概会预料到的，母亲就是知道贾春吸毒才一股毒火攻心，倒下了就再也没起来。贾春想，应该去殡仪馆看看两位老人家啊，烧点纸，不管能不能收到也应该表示点心意才对。

老房子不能指望了，贾春就觉得自己家的房子存在着希望。天晚了，贾春坐公共汽车去大丁的修配厂，路上，他还给一个孕妇让了座。那个孕妇对他表示感谢，他反而对孕妇说了声谢谢，然后，有尊严地拉着吊环扶手，笔直地站着。

廖淑贞是在“工作”之后跟贾春到修配厂那个临时住处的，开始贾春并不同意廖淑贞跟他去，他怕那里过于脏乱差了。在廖淑贞的要求下，贾春只好领着廖淑贞拐来拐去，并在后窗把廖淑贞扶了上去。廖淑贞先是在空旷、杂乱的车间里熟悉“情况”，然后显得兴奋地对贾春说：“乖乖，你真有本事，竟然找到这么好的地方。”说完就躺在贾春散发着霉味、临时搭起的床铺上。贾春小声说：“我还怕你嫌我这儿寒碜呢。”廖淑贞说：“你这地方多好啊，我住在夜店里，一个房间8个人，烦死了。关键是我们两个人在一起，住任何地方都比五星级宾馆好。贾春感动得差点落了泪。”贾春和廖淑贞一丝不挂地躺在床上，他讲起来了小白月的日记，他一直想搞明白小白月从什么时候开始嗑药的，是如何嗑药的。廖淑贞直直地看着贾春，看了一会儿廖淑贞苦笑一下，说：“你真是个傻老爷们儿!”贾春默默地寻思着廖淑贞的话，廖淑贞说：“你都这样了，还想日记的事儿，说明你的心还没彻底空了。”贾春明白了，他问廖淑贞“我们都知道，一旦嗑药，对性就没需要了，你为什么还要跟我在一起?”廖淑贞说：“要不怎么说你是傻老爷们呢，你知道吗，我对你有感情。”“有感情?”贾春突然笑了起来，笑一笑就哭了，哭一哭又笑了，笑中溢出很多眼泪。贾春想起了小白月，小白月和他是有感情的，而恰恰是小白月害得他走上了不归路。

廖淑贞瞅了瞅贾春，她见怪不怪地独自喝起了啤酒，啤酒喝光之后，她将易拉罐空瓶抛向远处，咣啷一声，随即传来老鼠吱吱的叫声。听到这个声音，廖淑贞也笑了起来。

贾春去自己房子是一个阳光灼热的下午，他走上那条熟悉的楼道，在四楼门口站下来。他当当当敲了三下门，停顿一下又当当当地敲三下，这是老习惯，不知不觉地表现出来。门里有人问：谁呀?贾春说我，我是老贾!“老贾?哪个老贾?”贾春连忙解释说自己是房子原来的主人，你不姓黄吗?对方把门开了一条缝儿，看了看，又把门开大了些。一位身材魁梧的中年妇女横在门的中央。“我们家不姓黄，姓黄的早搬走了，这个房子转到我们家已经转了好几户了。”贾春态度谦恭地点了点头儿，他说是这样，客厅过道的上头……原来我装修时修了一个小储藏间……不大一个，我想，是不是有东西落在里面了。中年妇女立即警觉起来，她说：“有什么东西你应该找第一个买你房子的人，可跟我们没关系。”贾春说：“我知道，我没说有关系，我只是来看看，有没有可能……”中年妇女说：“这我不管，反正你不能找我。”贾春知道中年妇女一定是误会了，他也没办法说清楚，就伸头朝过道上面看了看。中年妇女立即把门挡在贾春面前，大声说：“你想干什么?”贾春说：“没事儿，我就想看看。”中年妇女说看看也不行，“咣”地把门关上了。贾春揉了揉被门撞的额头，自言自语道：“不让看就不看呗，这是何苦呢!”贾春下了楼，虽然被撞了额头，后脑还嗡嗡着，可他觉得这趟来得很值得，起码他又排除了一个可能的选项。就在他伸头向上看的瞬间，他看到当初他设计的那个储藏室的门没了，按了一个壁灯。

贾春把回“家”的经历讲给廖淑贞听，廖淑贞笑着说：“小白月怎么可能把她的日记本放那上面去呢？在我看来，小白月根本就不会保存什么日记本。像我们这样的人，有可能保存日记本吗？”贾春被廖淑贞问住了。廖淑贞想了想说：“算了，既然你有这份心你就找下去吧，其实，找到找不到又怎么样？”“你不就是想知道她为什么嗑药的吗？”贾春连忙问，“你知道？”廖淑贞说：“我不知道，我跟你说过了，我不知道，像我这样死不起活不成的人，有必要跟你撒谎吗？我只能告诉你我是怎么开始的。我跟你不同，我不是被人下药的，我是一种……怎么说呢，生活环境的影响……那些年，我身边做买卖、挣了大钱的人中有很多人嗑药，那是一种时髦，一个圈子，就不知不觉进去了。怎么说呢，是好奇心？是虚荣心？是贪图享乐？我说不好，反正是不知不觉就进去了……现在，我们这一茬老板没剩几个了，都上了天堂或者地狱，如果有天堂和地狱的话。贾春，如果我死了，你会给我送葬吗，我可能根本就不在乎有没有人给我送葬……不知道为什么，我还说这样的傻话！”说完，廖淑贞抽泣起来。贾春扶着廖淑贞的肩，他说：“我会给你送葬的，咱们约定好，我先走你给我送葬，你先走我给你送葬！”

贾春去了剧团，剧团虽然还是原来的老楼，重新装修后显得十分漂亮。政府为了支持文化事业购买“服务”，每一场演出都有补贴，剧团的日子较以前好过多了。贾春去找人事科的人，人事科的人见到贾春像见了瘟神一般，对贾春保持着两米左右的距离，同时对贾春的要求百依百顺。小白月的东西被搬到了报废道具库的一个铁皮柜里，贾春撬开了柜门，在飞扬着灰尘、昏暗的灯光下，他获得了意外的收获，他终于发现了那个令他血液上涌、心跳加速的日记本。

仿佛是一场梦，贾春再次被抓，再次被送到了那个他熟悉而又憎恨的强制戒毒所。这次套在他身上的不是橘黄色的汗衫而是一个橘黄色的马甲。

还是那个露天的走廊，中间的一个灯坏了，一会亮一会不亮。这次送贾春进监室的不是少言寡语的大长脸，而是一个脸上还有青春痘的虎头虎脑的新面孔。小警官严肃地对贾春说："贾春，你被编在二监区14监室。""为什么还是14监室?"贾春问。脸上有痘痘的小警官说："不为什么，赶巧了。"贾春说："我能提一个请求吗？能不能给我换一个监室。"小警官不高兴了："你以为住旅馆啊，想选那个房间选那个房间。贾春，你是二进宫了，知道该怎么做!"贾春不再说话，跟稚气未脱的小警官走到14号监室前。小警官说，反正哪个监室都一样，你就当你跟14监室有缘分吧。

其实，贾春跟小警官提出请求的时候就知道一切都不可能改变了，他完全是故意调解自己的心情，没事找事儿。当他得知自己被安排到14号监室时，他心里窃喜，毕竟自己在那里生活过三个月，什么都经历了，人头也熟悉了，走廊里，贾春似乎还有这样的感觉，好像自己回14监室就如同回母校上过课的教室。然而，当大铁门咣当一声关闭时，他才知道他高兴得有些早，心理准备显然不足。

如同第一次进入14号监室一样，他被人迎头打了一拳，贾春高喊首长和管事的名字，没一个人理会他，两三个人上来暴扁了他一通，当他静下来观察时才发现，整个房间里没有一个熟悉的面孔。贾春知道自己完了，他说各位老大，我三个月前还住在这个监室，请各位老大高抬贵手。其中一个飞起一脚，踢在贾春的心窝上，用山东腔说："娘了个比的，住过咋了，老子住过三回啦，只要你进这个门就是新鬼！新鬼你知道不?"

既然是新鬼，所有的规矩都得照办，只是令贾春感到意外的是，14号监室人员无论怎样流动，规矩却被完整地继承了下来，不仅花样没有减少反而不断增加，除了"撞钟"作为保留节目，其他的体罚方法还不断升级。三侠五义没有了，冒出来个十八般武艺。什么佛山无影脚，什么降龙十八掌……贾春被折磨得不能起床，那些家伙怕管教发现，居然学会泼冷水的办法，劈头盖脸给贾春浇了一盆冷水。

这时已是严冬初九，操场上漂一层清雪，贾春强忍着浑身的剧痛跑操，他希望见到莎士比亚，如果见到他，他就会不顾一切地跑到莎士比亚身边，抱住他的大腿求他关照。事实上，莎士比亚并没有出现在操场上。

事后贾春知道，14 号监室里还有一个他熟悉的人——警卫，警卫已经升到了二铺，二铺的地位还说得过去，如果警卫在，他贾春也许会少受点儿罪。根据戒毒所的规定，强制戒毒人员在戒毒期间，只有直系亲属病危、死亡或者有其他正当理由要暂时离开戒毒所的，由其亲属或者所在单位担保，经强制戒毒所批准，可以离所，离所期限一般不超过 3 天。

警卫是处理父亲的后事去了，估计三天就能回来。莎士比亚呢？贾春问了提升为二监区副区长的大长脸，大长脸没说话，贾春又大声问了一遍，大长脸白了贾春一眼，说："没看见！"贾春几乎不抱希望地去找年轻的小管教，小管教说，沙老师家里有事请假了。怎么这么倒霉呢？贾春想，接下来他就开始盼着警卫了，一天天盼着，仿佛警卫是大救星。贾春想，他不怕死，死了反而清净了，问题是，自己死不起也活不成啊。

警卫回来了，他带了一些东西孝敬上铺的新"首长"，对贾春并没表现出过度的热情，他知道贾春还是新鬼，在贾春摆脱新鬼这个角色之前，他是不能替贾春说话的。此刻贾春才意识到，这个监室里的人就是一个狼群，而他是最没地位的那个狼丢儿，任何好事都没自己的份儿，脏活累活却是他的，随便哪一个都可以欺负他。

操场上，警卫小声对贾春说："你家里为啥不来会见呢？贾春脸色难看，一言不发。警卫说如果不给首长上货，谁也没办法帮你。"贾春说："无所谓了，如果早死也就少遭罪了。"

人真是懦弱的动物，进了强制戒毒所饱受折磨的时候，贾春真的想一死了之，他甚至想出去之后就立即了结自己的生命，奇怪的是，出去之后，他不仅没有了结自己的生命，反而变本加厉地"快乐"，这次被抓，他又想做个了结，可一进监室就没了"了结"的条件。他知道自己成了僵尸，嗜血的僵尸，为了等待下一次吸血，尸体无所谓了，可以随便抛弃。

警卫似乎动了隐侧之心，抱了抱贾春，手还在他的后背拍了拍。贾春问："你参加父亲的遗体告别啦？"警卫说："操，我是借这个名义出去自由了几天，谁愿意见咱们这些人啊。说得好听，亲属啊朋友啊，谁见了咱不像见了瘟神一样。出去这两天我也只能去找病友，不管是不是真心，也只好惺惺相惜，抱团取暖了。”

说话的过程中，警卫还抱着贾春，贾春挣脱了一下。警卫说：“操，不用我罩着你啊。”贾春也大声说：“操！我说过了，我早死早托生，下辈子托生个猫啊狗啊也比这样僵尸好！”

警卫看了看贾春，抓狂般地挥了挥胳膊说：“说得好！”

在寒冷的风里，贾春从警卫那里了解到，首长已经挂了，出去之后不久就挂了，据说死在一家星级宾馆里，死的时候面目狰狞。管事的没了消息，估计那犊子——警卫学管事的口气——估计那犊子也活不了多久，他没钱，也不招人待见。对于这些消息，贾春没有觉得意外，他早就习惯听这些了。而那个令他震惊的消息是在莎士比亚那里听到的。

莎士比亚明显比上次苍老了，他一脸倦容。“想不到竟这样香消玉殒了”，莎士比亚说。莎士比亚说的是韩丽萍，韩丽萍上吊了。诡异的是，他们在剧本中讨论肖莎的死法时，给出了若干种选项，可争论的结果——莎士比亚还是让肖莎上吊死了。在莎士比亚的描述中，韩丽萍的死因并不复杂，她给强制戒毒人员挂吊瓶时，被一个携带艾滋病的人扎了针，那个针管里有患者自己的病毒。贾春问，是管事的吗？莎士比亚不知道贾春说的管事的是谁，具体指什么，他想了想说：“那个人你不认识。”袭击韩丽萍的强制戒毒人员与韩丽萍毫无恩怨，据说审问他时，他说，我就看她太漂亮了。值此一句，无论用什么严酷方式审问，他就不再说话。“太过美好了也是一种罪”。莎士比亚说。

戒毒所的领导组织相关人员做韩丽萍的工作，韩丽萍嘤嘤地哭，不想，照顾她的人去厕所的功夫，她把自己吊在了窗帘架上。照看韩丽萍的人没经验，他们对付戒毒人员有经验，可是对待自己的同志反而没经验了，他们做韩丽萍工作的时候，韩丽萍大概早就开始计划了，所以，措手不及。唉！莎士比亚连连叹气。

贾春不想和莎士比亚深入讨论韩丽萍的话题，就岔开了。他问莎士比亚剧本怎么样了，莎士比亚说：“投了一家电视台，一家影视公司和一个电视剧制作中心。目前还没消息，但愿顺利吧。”莎士比亚说。贾春说："会顺利的。”莎士比亚瞅了瞅贾春，立即补充说：“你放心我还记得呢，如果电视剧决定拍摄了，稿费来了，我会付给你百分之二十，君无戏言!”

小白月是怎么死的？她想过贾春与莎士比亚讨论过的种种死法吗？她一定是想过的，贾春认为。现实是，你设计再多的死法都有局限性，或者这样说，没有一种死法是最完美的，总是有这样那样的缺陷。一些吸毒者由于吸食过量死亡，这是最通俗的一种死法了，但是没有个性，小白月到了后来，已经没有条件和能力吸毒了，吸毒过量死亡是需要条件的，小白月想要不痛苦地去死是很难的，她只能在有限的条件里选择一点尊严而已。小白月也是在这个戒毒所里死的，时间很好地伪装了一切，仅仅几年时间，人们已经把这件事淡忘了。上次进戒毒所，贾春还默默地准备着，迎接相关的审问和严格的看管，遗憾的是，没人把他和小白月联系起来，难道他们连基本的情况都搞不清楚还是压根儿就懒得去联系呢？小白月在一区，也就是女监区，一区和二区隔了一道高高的水泥墙，水泥墙的上面布满铁丝网。

按常理，小白月是不可能突破防护栏的，管教也想不到会出现那种意外。戒毒所的门窗都有防护栏，都是纵向排列大拇指粗的钢筋，正常人无论如何也钻不过去的，小白月却在上厕所的功夫跳了下来……贾春去见小白月时，小白月已经瘦脱像了，用瘦骨嶙峋来形容一点也不为过，毒品已经榨干了她的血与肉。正因为这样，小白月才顺利地钻过了防护栏，跳了下去，融化在蓝天里……贾春想：“小白月死的时候想到过自己吗？她说过什么？问谁啊!”

上午操之后，贾春找到了莎士比亚，他说自己对剧本又有了新的想法，想再改一稿，莎士比亚有些倦怠，他说自己最近家里的事挺麻烦，没心情，撞大运吧，一个剧本也救不了孩子的命，该死该活吊朝上。一向文绉绉的莎士比亚终于说了句脏话。

贾春还是从警卫那里了解了莎士比亚的情况，莎士比亚有个患小儿麻痹症的女儿，已经二十多岁了，最近病情开始恶化。据说戒毒所的人都挺同情他，但也帮不了太大的忙。贾春说：“凡事都要往好里去想、去对待。”

莎士比亚回过头来，愣怔地看着贾春。莎士比亚说：“那一定是的。”贾春看了看莎士比亚的表情，想说的安慰莎士比亚的话咽了下去。他知道怎样安慰莎士比亚都没有意义，他一样帮不了莎士比亚，不过他真想把那个剧本再好好改一遍，这回是用心去改。贾春把自己的想法跟莎士比亚说了。莎士比亚说：“我承认文章不厌改，可是，我还坚持现在的主见，贾春啊，虽然你是有名的编剧，可你那是话剧，话剧跟电视剧是不一样的。你知道，我这个人虽然没太大的出息，可我坚持我的人生信念，我的文学理念，我在二十岁的时候就决定把自己的人生献给文学，文学是我的生命，没有了文学就没有了生命。所以，我必须坚持我的主见。”

贾春深深地吸了一口刺激肺叶的寒气，他觉得起初谦虚的莎士比亚一定是伪装的，按他自己的说法，他是个对文学精神坚守的人，可他坚守的那个文学精神是对的吗？

莎士比亚涨红的脖子渐渐消退，他转身走了，走了几步又想起什么，对贾春说：“对了，你跟去办公室一趟，我给你带了几件棉衣，我看你穿得太单薄了。”

贾春想起来了小白月的日记，他从剧团找回来的那个日记本。那个日记本封面的颜色根本就不是淡紫色的，而是淡粉色的。上面的心型也不再凸起，和整个封面融为一体。那个日记里记的都是他们曾经的甜蜜生活，关于吸毒的事却一句都没有提及。日记是4月15日突然中断的，离现在大概4年零8个月。这样说来，小白月吸毒的原因仍旧是个谜，可话说回来，即使知道小白月吸毒原因又能怎样呢，什么都晚了。廖淑贞说的对，知道了又有什么意义呢！

贾春回到14号监室，他从莎士比亚那里拿的棉衣就被首长没收了，没有首长同意，他是不能穿棉衣的，警卫小声对他说：“你家里怎么还不来接见，如果这样下去，你活不了几天了。”贾春苦笑一下，接着大笑起来，笑出了眼泪儿。

警卫说："你个犊子，你笑什么?"贾春说："别急，明天我就有接见了。我老婆叫小白月，你没听过小白月的名字？不过当然，你对演艺界是不熟悉的，我老婆可是个明星，演员中的大腕儿，尽管她恨我嗑药，不理我，可女人的心毕竟是仁慈的，她会来搭救我的，就是这会儿她的思想转不过弯儿来，过一段她会来的，她一定会来搭救我的。"警卫说："怕是你等不到她转过弯来就完啦。到头来还不是做白日梦。"贾春说："不会不会，我了解我老婆……实在是……如果她暂时转不过思想，我妈也会来的，世界上没有狠心的母亲，我妈会来的，只是她行动不太方便，可拄着拐棍儿也会来的……关键是，我相信我老婆小白月不会抛下我不管！"

明天的太阳？明天会有太阳吗？如果是阴天就不会有太阳，如果是半阴天，太阳是什么样的呢？朦胧中，贾春看到一个红红的太阳，好像曾经见过的一幅海上日出的照片，那轮圆圆的红日渐渐成为深远的舞台，舞台上，窦娥杜鹃啼血一般唱道——

这官司眼见得不明不暗，
那赃官害得我负屈含冤；
倘若是我死后灵应不显，
怎见得此时我怨气冲天！
我不要半星热血红尘溅，
将鲜血俱洒在白练之间；
四下里望旗杆人人得见，
还要你六月里雪满阶前；
这楚州要叫它三年大旱，
那时节才知我身负奇冤！

贾春就是那天见到小白月的，那是一个万物复苏、而且是洒满童话般色彩的春天。

合同儿子

时隔很多年，小董仍然想不清事情发生的过程，反复回忆，像拼贴图一样小心翼翼地拼凑，可还是无法整理出一个完整的、能够足以说服人的“事件”。小董是事件的当事人——他喜欢用事件而不是案件来自我解释。事件的当事人自己都不能搞清真相，那么别人就更难明明白白了，毫无疑问!

当时，小董的注意力在方向盘、刹车和行人上。按理说，有了这三个关键因素，应该不会酿成没人希望发生的那个悲剧的，可悲剧还是发生了。那么，除了方向盘、刹车之外，还有什么跟倒霉的大威有关系呢？事故是车和人之间的关系，而控制车的关键是方向盘和刹车。小董记得他控制了方向盘，也就是用力拐向无人的方向，与此同时，他本能地紧急制动，也就是一脚用力踩刹车而不是踩在油门上。那么，有没有可能小董闪躲的方向正是倒霉的大威躲避的方向呢？就像走在街上的两个人，彼此躲避却撞了个正着。这些无从考证。小董从车上走下来，看到了大威的一只鞋横在马路中央。看到鞋的一瞬间，小董的酒醒了一半，他的心“咯噔”一下，接着就孤孤单单地吊着，他知道完了。

其实，人与人之间可以有多种多样的联系，他和大威完全可以通过别的方式发生关系。好的方面不用说了，太多太多了，不好的，比如大威坐小董的出租车，因为出租车行走的路线或计时器的故障等等发生了争执，甚至打得头破血流也比这样的结局好。他们根本就不认识，一认识就彼此阴阳两界，而小董扮演的是刽子手的角色，他把年轻力壮的大威送到了另一个世界。

小董逃逸三天后，他才知道，被撞死的人叫彭大威，彭大威他是见不到活的人了，见面与他交涉的是彭大威的父亲。彭父一脸纸灰，一直沉默着。小董在办案人员那里知道，彭大威是一个科研所的博士后，刚刚进站不到两个月，正承担一个重要的课题。小董并不知道博士后是什么意思，尤其是“博士后流动站”“进站”等等说法。他问办案人员，博士后流动站是干什么的？办案人员脸色铁青，目光冷峻得如鞭子抽过来。小董低了低头，说：“我只是问问。”办案人员并没有回答小董的问题，他也许觉得小董在这个时候——被询问的时候提这样的问题，太不严肃，太不尊敬，起码不够礼貌。当然，也不排斥另一种可能，办案人员也不知道博士后流动站真正的含义。不过，小董隐约地知道博士，博士可是高学历，不像自己，连高中都没读，博士是知识分子，是有文化的人。办案人员沉默了一会儿，突然严厉的问：“那天晚上你喝了多少酒？”小董先是一愣，接着摇了摇头。“我们是清楚的！”彭父在询问和对质的过程中，只说了这么一句。小董说：“我没喝酒，我只喝了点格瓦斯（一种俄式饮料）。”“既然没喝酒，那你为什么逃逸？”办案人员的声音如同镶了牙齿，咬在他自认为关键的部位上。小董说：“我害怕了，我开了两年出租车，第一次碰到这么严重的情况，像丢了魂似的，就吓跑了。也不知道自己怎么跑的，为什么要跑。”“胡说八道！”办案人员说。至于为什么胡说八道，办案人员没说。

彭父说：“我们已经调查了，你出门前喝了8瓶啤酒。”事后小董知道，彭父是一位退休教师，教历史和地理的，调查这样的事不属于他的专业范畴。事实是，小董那天喝了半斤白酒，之后又喝了一箱啤酒“遛一遛”。彭父不说还好，这样一说，小董的底气更足了，他起誓发愿：“我要是喝了8瓶啤酒，我出门让车撞死，天打五雷轰！”

调查询问过程显得漫长也格外拖沓，漫长也好，拖沓也罢，效果却不明显。该搞清楚的事儿并没搞清楚，起码不利索，小董这样认为。很显然，一场准备了三天——为逃脱罪责应对各种询问可能的所做的精心准备——还是发挥了作用的。

什么时候见到彭母的？这是个伤脑筋的问题，不过小董记忆深刻的是，在那个斑驳着墙皮的走廊里，身材单薄的彭母像一只愤怒的母狮向他扑来，声嘶力竭地大喊：“杀人犯，你还我儿子！你还我儿子！”要不是需要，小董绝对不愿意回忆那个场面，多年之后，那个场面已经改变了色彩和气温，小董记得那个画面是灰白色的，而气温里灌满深秋的瑟瑟寒风。

逃避那三天时间里，小董开始回忆事情发生的经过，开头就说过了，小董回忆起来是困难的，因为大脑有失意的区域，就像被剪裁过的电影胶片，连接的都是蒙太奇技术，接不上茬口儿。并且，空白的地方越想越大，是不是很多人都有这样的感受？既然事实自己都不十分清楚，那就寻找自己认为“合理”的情节吧，自己寻找当然就会为逃脱罪责编故事，把故事编完整了，还需要十几遍甚至几十遍地统一自己的口径，总之不能自相矛盾、漏洞百出吧。还有，小董也跟家辉打过了招呼，统一了口径，按办案人的说法，算是订立攻守同盟吧。

家辉不至于出卖自己吧？他和家辉的酒量差不多，都是超级战士。他俩喝酒的理由很简单，家辉刚搬进新居，装修期间，小董帮出了几趟车，拉装修工、拉材料，算不上多大的贡献。其实不帮忙家辉也可能请他过去的，他们是铁哥们，由小学同学、酒友一点点过渡到铁哥们。以家辉的说法，铁哥们就是“有事儿喊一声，有好酒一起喝”的那种朋友。

喜欢喝酒和喝多了是两回事。小董喝兴奋的时候，鼻子眼儿就痒，他动作不雅地挖鼻孔，挖着挖着，他的手指迅速离开了鼻孔儿。家辉回过头来，笑眯眯地说：“家妮来啦？”家妮却板着脸说：“哥，你想把嫂子累死啊，差不多就回去帮帮嫂子，别没完没了地喝！”家辉说；“不是雇了钟点工吗？”家妮说：“嫂子说了，要是钟点工顶丈夫用，她就不要你了。”酒桌旁边喝着酒的男人们哄笑起来。小董从家妮的话里听出了含义，在一旁和稀泥，他拍着家辉的后背说：“你走你的吧，让家妮代你陪我们！”家妮说：“哎…可别扯上我，我滴酒不沾。”家辉也说：“我不回去，我回去兄弟们能瞧得起我吗。”小董眼睛瞟着家妮，乐哈哈地说：“我明白嫂子的意思，她是觉得你们一起收拾新家，有甜蜜的感觉……是不是？”酒桌旁的诸位跟着起哄，碰碟子碰碗的。家妮仍面孔严肃，她说：“反正我是把话带到了，你回不回去可不关我的事儿啦。”家妮要走，被小董一把拉住了。当时小董还没把脑子喝浑了，他记得清清楚楚。小董借着酒劲儿拉住了家妮，家妮愣住了，冲着小董耸了一下：“干什么，你！”小董像个要冰棍吃的小男孩，哀求着说：“家妮，给点面子，坐一会呗，就一小会儿。”家辉挥了挥胳膊，大声说：“家妮你就坐一会儿，也没外人，都是我哥们儿。家妮说我可不替你待客……”说话时瞅了瞅酒态微酣畅的男人，畏难情绪溢于言表。家辉说：“你待啥客呀，我也不走。你别说了，我知道你要说啥，其实，你嫂子叫你来喊我，并不是真的让我去帮她收拾卫生，她是怕我一高兴喝多了。”家妮低下头来问家辉：“你的意思……你真、真的不回去？”家辉说：“你看看兄弟们，我怎么走？当逃兵吗？”家妮有些赌气地坐了下来：“再说一遍，反正我是把话儿捎到了，回去不回去是你的事儿啦。”

说归说，家妮还是给嫂子发了短信，嫂子也给家妮回了短信。家辉是了解媳妇的，在喝醉和帮着打扫卫生两项选择中，媳妇当然不希望丈夫喝醉了。她还嘱咐家妮帮她监管一下，“别让家辉喝多了，你哥肝不好！”短信最后一句强调。

家妮就坐在小董的旁边，是大活人啊，小董从来没和家妮挨得这么近，家妮上身那股令人晕眩的气味一浪一浪地向小董袭来。家妮身上的味道怎么这么迷人呢？小董记得家妮身上以前有来苏水的味道，那时家妮从卫校毕业半年多，好不容易在急救中心找到了护士的职位。急救中心经常值班，那天家妮下夜班，小董在家辉家门口看到了家妮，来苏水的味道被家妮迎面送了过来，当然，来苏尔味道中还掺杂了酒精的味道。小董对味道比较敏感，就如同分辨不同型号的汽油和柴油一样。家妮并没有值夜班后的憔悴感，比如头发凌乱、神态疲惫，仿佛永远都那么神采奕奕，当然，也永远那么严肃。

小董对家妮说：“以后下夜班告诉董哥，我去接你，咱不是有这方便条件嘛！”家妮几乎没瞅小董，冷冷地说：“我挣那点工资可打不起出租车。”小董说：“我愿意给你服务，不收钱。”家妮说：“那我就更不能坐你的车了。”小董还想说点什么，家妮已经进了楼道门。那时家辉还和家妮以及父母住在一起，还没当上每月几乎付出相当于全部工资的房主兼房奴。

很显然，家妮知道小董对他有好感，而且开始追她了，不然，家妮就不会那么冷冰冰地对待她。小时候他们也认识，可那时候小董还没决定要追家妮，家妮还没女大十八变，家妮对他也没态度，既不好也不坏。小董觉得，家妮的态度让他看到了希望，如果家妮还是小时候的样子，说明家妮心里根本没装着他，心里没他，情况才真的糟糕呢。好女怕缠狼！小董不知道怎么接受了这个信条，他坚信，只要锲而不舍地一路追下去，家妮早晚是他的。

这样考量一下，小董和家辉的友谊也就存在疑问了，小董成为家辉的跟班儿，以至于家辉把他当做“铁子”，其实背后是跟家妮有关系的。这次，家妮真的就在身边了，这次小董还喝了不少白酒，两厢因素合在一起，小董不兴奋是不可能的。

小董张罗着给家妮递来标着“已消毒”字样的盘子和一次性筷子，并大声对服务员说：“再上一盘羔羊肉，要黑白相间的。”家妮“噗”地笑了。小董愣了一下。家辉在一旁说：“董就这样，他说的意思是红白相间的，不过没关系，大家都能听懂。”小董傻乎乎地笑笑，接着说：“趁着大家都在‘酒头’，再来一瓶白的吧。”家妮忍不住，又笑了起来。小董有些无辜地看着家妮。家妮显然给小董面子，她说：“没关系，我能听懂，你是把喝酒在兴头上简化了，现在网络上流行这样的表达。不过我不赞成你们喝白酒了，实在不行就喝点啤酒吧。”小董高兴得差点没从椅子上摔仰，大声说：“当然喝啤酒了，家妮说话了，就是最高指示，哥们都照办!”

那之后，一股是酒精滚热加速循环，一股是何尔蒙激素分泌，小董被身体里两股强大的洪流给淹没了。推杯问盏的热烈场面也渐渐迷离起来，犹如聚焦出了问题的镜头，时而清晰时而模糊……

酒，对，酒是问题的关节点。酒局是怎么结束的，小董还朦朦胧胧地记得，还好像喝过很浓的乌龙茶，还好像跟家辉承诺不出车了，只把车开回家。“你放心吧，我别的本事没有，开车可是科班出身的”。后来呢？记忆再次出现就是路上那个“飞”来的家伙，小董觉得他的酒醒了大半，他记得他本能地控制着方向盘，用力拐向无人的方向，与此同时，他也本能地紧急制动，也就是一脚用力踩刹车上，是刹车上，绝对没踩在油门上。

彭父叫彭家树，彭家树的坚韧是令小董恐惧的，小董相信家辉没讲什么，家妮也没讲什么，可彭家树还是克服了重重困难、一层一层地抽丝剥茧，以他非专业的经验，最后还是查清了小董那天晚上喝酒的数量：白酒半斤左右，啤酒大约12瓶。那个时候，酒驾还没严查，但是酒后肇事也是要处理的，处理上虽然没有极端的恐怖，但吃牢饭恐怕是免不了。

事到如此，小董才真的紧张起来，他还是老办法，又玩起了失踪。“失踪的日子比吃牢饭好不到哪儿去”，小董深有体会地对家妮说。家妮在电话另一端沉默着。小董说：“这是我打的第一个电话，我不知道打给谁，谁放心，想来想去只有你一个人了……整天担惊受怕，我快崩溃了！”家妮说：“那就投案自首吧，还可以宽大处理。”小董几乎露出了哭腔：“再怎么宽大处理，我也得被判刑，一旦判了刑，我这辈子就完了。”家妮安慰小董一番，事情既然撞上了，逃避是逃避不了的。你要去投案自首，我陪你去！小董的眼泪被感动出来，他觉得很多事都是这样，好事变成坏事，坏事也能变成好事。

家妮问小董在哪儿，要见他一面，小董就老老实实地待在家妮指定那个小酒馆里，小董饿狼一般大快朵颐。家妮在旁边安静地看着，不知道什么时候，家妮的小手指搭在小董的小手指上，还轻轻地勾了勾，小董停止咀嚼，仿佛心都跳到了体外。小董决定他不再逃避了，他要想尽一切办法把问题解决好，决不辜负家妮的期望。

小董第一次敲门彭家树会觉得意外，而一连几日反复敲他家的房门就更觉得意外了。小董已经做好了各种各样的准备，比如彭母用棒子砸他，用东西扔他，用指甲抓破他的脸等等，小董都做好了准备。小董第一次敲开彭家树家的房门，在门口就扑通一声跪下了，谴责自己向彭父彭母请罪，说一说还一把鼻涕一把泪，絮絮叨叨地说自己也不是故意的，但事已至此，愿打愿骂愿罚怎么都行，自己也准备把父亲用退休金买的出租车卖了，给彭家补偿，还准备去蹲监狱服刑赎罪……第二天、第三天内容基本一样。第四天下雨，小董就落汤鸡一般，跪在雨水里，彭家的邻居开始张望，令彭家树有些不安。

彭家树也站在雨水里，他说："你这样没用，你应该去投案这首，不应该在我家胡闹。"那时候此类案件还带有自诉案件的特点，当事人的态度非常关键，人家追究和不追究直接关系到案件处理结果，这些小董当然知道。小董不起来，他对彭家树说："我一定会投案自首的，法院怎么判我都接受，我来你家就是想求得你们两位老人原谅，而且一定得认我这个儿子。你亲生的儿子因为我的过错没了，我替他尽孝心，为你们养老送终……"事后小董知道，他没见到彭母是因为彭母一直卧床不起。但是，彭母对这些情况是掌握的。

小董说："人死不能复生，如果我现在死了能把大威换回来，我现在就撞墙死了。"彭家树也泪流满面，他说："孩子，如果你不想把我们两个老骨头也琢磨死了，你就早点离开，早早地去投案自首，就算对我们最大的怜悯和善意了。"

小董还真按他说的去做了，他先是把出租车卖了，带着钱去投案自首。

奇迹还是发生了。最终的结局是小董被判有期徒刑6个月，监外执行。也就是说，小董虽然被判刑，实际上并没有蹲监狱，除了每个月到派出所例行报到，他仍然生活在大千世界里。所以有这样的结果是缘于几个重要的前提，交通肇事是过失的，而且他还没喝酒，而且受害者家人不再追诉。这些，小董的条件都得到了满足。

那一段日子里，小董经常去彭家，在一连串的闭门羹之后，彭家树终于把换煤气罐的活儿给了小董，他还对小董说："别介意你伯母，她还没从悲痛中缓过来。”不久彭母得了脑血栓，小董知道他的机会来了，他天天守在医院，护理着彭母，彭家树回家做饭时，小董还给彭母擦了屎，护士对彭母说：“你儿子真孝顺。”彭母表达困难，可她流出了眼泪，那眼泪只有小董看得懂，那不是感激的眼泪，而是痛苦的眼泪、委屈的眼泪。小董跪到地上，他说：“妈，我就是您的儿子，我一定替大威尽孝。”彭母转过头，还是默默地流泪。事实上，也许彭母从来就没接受过小董，三年后彭母脑血栓二次复发直到去世，她从没在小董叫妈的时候答应过。彭母住了一个月的院，她出院的第三天，小董的判决就下来了。

那年秋天，小董带着蛋糕去给彭家树过生日，他原本是想请彭家树和彭母在外面吃饭的，由于彭母反对，他只好去了彭家，一按门铃，彭家树立即把门打开了。显然，彭家树已早早在门口儿等候了。陪同小董去的还有家辉和家妮，彭家树做了一桌子的菜，他对大家说：“人不能总活在阴影了，人死不能复生，别说小董不是故意的，就是故意的一命抵一命又怎么样？大威还是活不了。应该说，这件事情小董也不希望发生，发生这样的事对他来说也是一场惨痛的教训，我们活着人都好好活着，这才重要，我想，如果大威灵魂有知，他也会这么想吧。”家妮说：“感谢彭老师大人大量，能谅解和宽容小董。”小董瞅了瞅家妮，内心里充满了感激，也充满了甜蜜。小董说：“我决心洗心革面，痛改前非，一定尽心尽力做您二老的儿子。”家辉也在一旁说：“是啊，就让小董代大威尽孝心吧，不然，他这辈子都不安的。”彭母在一旁说话了，她还没完全从脑血栓后遗症中恢复过来，表达显得有些困难，她说：“我失去儿子已经够痛苦的了，怎么能接受杀死我儿子的凶手做儿子呢？”彭家树见彭母说话生硬，他说事情已经过去了，儿子的事就别老挂嘴上吧。

小董突然跪了下来，他说：“我早就说过要做你们的儿子，现在案子明确了，我不能食言，你们不答应我，我就不起来。”

家辉说：“是啊，小董他有这份心，你们一时接受不了不要紧，可不能不让他有这份……忏悔的心啊。”

彭母眼睛眨也不眨地看着小董，问：“你说实话，那天你到底喝没喝酒?”小董摇了摇头，嗫嚅着说：“没有。”彭家树问：“真的一点都没喝?”小董大声说：“真的没喝!”这一点很重要，案件就是这样定性的。

大家沉默了，彭家树站了起来，他说：“喝酒吧，不谈那件事了，总之，我真的非常感谢你们，我已经六十多岁了，子曰六十而耳顺，我和老伴都风烛残年了，希望你们年轻人好点儿，你们好就好啊。”

吃饭的过程中，彭家树还问起了小董的工作，小董告诉彭家树，他的出租车没有了。在家辉的帮助下，小董去了一家矿泉水公司工作，由于吊销了驾驶执照，他不能开车，只好做搬运工。彭家树说搬运工也不见得是坏事儿，只要扎扎实实努力，人生就会有好光景。

从彭家树家出来，已是街灯明亮，那个事故从炎热的夏天启幕，到现在告一段落，秋风徐徐，充满了凉意。走出街口，小董兴奋地挽起了家妮的胳膊，对着家妮的耳朵说：“太谢谢你们兄妹了，真是患难见真心啊。好了，这件事儿总算摆平了。”家妮用力将胳膊抽了出去。小董瞅了瞅家辉，家辉故意扭过头去看着远方，还吹了两声口哨儿。

小董所在那家矿泉水公司品牌是“健康肽”，标示在解放广场多少多少号，其实解放广场并没有广场，只是一个十字街口，也许历史上曾经有过广场吧。而且，他们公司也不在十字街口，而是在街口后面的居民楼下，居民楼是老房子，老房子的门市房都是住宅改建的。他们公司是家小公司，老板兼记账员、出纳和会计，剩下的就是4位送水员兼搬运工和司机。主营业务及流程为，给一家客户免费送一台饮水机，然后定期给对方送矿泉水，他们主要赚的是水钱。小董的驾驶执照已经被吊销，可老板雇佣小董绝不会让他只当一名搬运工，没几天功夫老板就给他搞到一个部队的驾驶证，真的假的谁也不知道。小董又重操旧业，开了辆轻型的面包车。那天完成了全天的工作，他在食杂店买了一包烟，有些轻松地抽着。一阵秋风刮过，街道两边的梧桐落叶翻滚着，小董的脑子里闪现了一个句子：梧桐最知秋！这样的句子本来就不属于他，他用力想了想，应该是家妮说过的。小董看天色还早，就给家妮挂了一个电话，谁知家妮冷冷地说："我在忙！"

小董有些困惑，同时也有种不祥的预感。那之后，小董三天两头就找家妮，可家妮总是有这样那样的借口，一直没有见他。周日，小董去找家辉。那是雨后的下午，街道间充斥着寒气。家辉说："一场秋雨一场寒啊，古人说的真对。"小董心里只想着家妮的事，他闷闷不乐，酒至微酣他才对家辉讲起家妮，他说他不明白家妮为什么对他冷淡。家辉憋了一会儿，下决心的样子说："家妮让我告诉你，她有男朋友了。"小董先是傻住了，然后自言自语道："我说的嘛…我说的嘛…我说的嘛……"接着大口大口喝酒，任凭家辉三番五次阻止，可他还是大口地喝酒。喝到后来，他哇哇大哭。家辉在一旁劝道："咱俩是哥们，我知道你的心思，可我只是家妮的哥哥而不是她本人，不能替他做主。忘了她吧，比家妮好的女孩子有的是。"小董已经喝醉了，他说："我不甘心，你知道吗？如果不是因为家妮那天我能喝那么多吗？如果我不喝那么多我能撞死彭大威吗？如果我不撞死彭大威，我能被判刑吗？出租车没了，事业没了，现在我一穷二白，唯一的救命稻草家妮也背信弃义了！"家辉几乎已经习惯了小董不准确的表达，但是小董要表示的意思他还是听明白了，他揽着小董的肩，说："我理解，我理解。"一边说一遍劝小董继续喝酒，故意把小董灌趴下了。

小董真的如他所说，他不会甘心的。小董施展软磨硬泡之功，而家妮也是了不起的人物，任凭你和风细雨还是电闪雷鸣她都化解得游刃有余。就在小董筋疲力尽、信心丧失殆尽之时，他才意识到，自己多年的哥们家辉已经很久没跟他联系了，难道问题真的出在自己身上？小董不这样认为，相反，他觉得这两兄妹不够意思。一如开头说的那样，这件事的起点是从家辉搬家开始的，如果没有这个前提，倒霉的事情就不会发生了，从某种意义上说，他们兄妹俩实际上是他的克星！

那之后，小董把心思用在了"事业"上，在"健康肽"公司没几天，小董就看出了门道儿，饮水机是免费的，不过是给客户下了一个套儿，世界上没有免费的午餐。头半年，负责卖水的代理也就是小董的老板还按套路出牌，真的配给客户矿泉水，后来由于货源供应不及时，他们就用锅炉里的白开水灌装，老板对小董说，有人谋财，有人害命，咱们用白开水，直接喝也没问题，还属于有良心的商人。灌装水的成本很低，尝到了甜头自然不会收手，灌装的比例越来越高，到了后期，“健康肽”公司几乎用白开水替代了矿泉水。令小董觉得意外的是，客户并没有投诉，而是上一级的代理商发现了问题，觉得他们的销售业绩大幅下滑，而按投放的免费饮水机数量计算，矿泉水的销量不可能那么低。于是，上一级代理商明察暗访，终于查清了真相。调查过程中，小董反戈一击，扳倒了他的老板。上一级代理商小吉米是个娇小文静的女子，小董极尽恭维，总算得到小吉米的青睐，半年之后，小董代替了老板，成了“健康肽”在这个城市里的代理。按他自己的说法儿，背心改乳罩，位置很重要。

这期间，小董也去过彭家树家，去的次数基本和去派出所报到的次数差不多，见到彭家树他总是讲自己如何忙，创业如何不容易，不过他心里还是惦记着爸爸妈妈。当然，小董去彭家树家也不空手，每次都带点小礼物，有的时候是青菜，有的时候是水果，有一次，他还把客户给他的两张电影票给了彭家树。

正当小董的事业“蒸蒸日上”时，小董不慎重蹈前任老板的覆辙，他也没经受住暴利的诱惑，也开始用白开水替代矿泉水，汲取前任老板的教训，小董把自己小时候一起玩的哥们安排到公司里，并由那个哥们亲自处理替代品，公司里的人谁都不知道。人算不如天算，小吉米还是发现了破绽，究竟是如何发现的小董也不知道，小吉米给小董派了一个助理，说是助理，实际上掌握实权。小董风光的日子没有了。就在小董无比失落的时候，他看到了新的商机，销售一种号称美国专利、叫作害斯（Health）的保健品，巨大的利润空间吸盘一样吸引着小董，他算了一笔账，如果代理“Health”，做一年就可以买回出租车，并把他所有的损失都挽回来。鉴于在“健康肽”公司前途渺茫，小董下定决心，重起炉灶。按他自己的说法，此处不养爷，自有养爷处。小吉米并没有跟小董翻脸。

“Health”是一种全新的销售模式，类似于传销，前前后后折腾了四个月，无法证明功效的“Health”原形毕露，小董的公司被查封，有关部门立案并追究小董的非法所得。小董从内部打探一些情况，知道这次很严重，至少要罚款50万元，而且还可能判刑。他刚刚完成了前一个刑期，在刑满释放不到三年的时间里再次犯罪，惩罚肯定会加重，这次，他不入狱恐怕都难。无奈，小董再次选择了潜逃……

彭母患病之后，并没有像一些药品广告宣传的那么容易恢复生机和活力，相反，她如霜打过的叶子一般，越来越枯萎和凋敝。每天上午，太阳热烘烘的时候，彭家树都搀着彭母去锻炼，彭母迈出的每一步都是艰难的，走出十几步额头就布满汗珠儿。每次彭母都坚持走到路边，她又要看车啦！日复一日，彭母和绝大多数人比较，可以称得上是识别汽车的专家了，路上跑的车她都记得车的颜色、车的牌子、车的型号，并且可以在最短的时间里记住车牌号码。对于一个脑部受损的人来说，能在最短的时间里记住车牌号码，可以说是一个奇迹了。相反，彭母几乎记不住彭大威的生日，甚至记不清晰彭大威读过的幼儿园、小学、中学和大学。一次彭母看电视新闻，新闻里报道某师范学院成立50周年庆典。彭母流着泪说，要是大威在的话，他也可以回母校参加庆祝活动了。彭家树不是师范学院毕业的，彭母移花接木，令彭家树心酸不已。

彭母脑栓塞二次复发住进了医院，发病之前没有一点征兆。彭母住院后，彭家树想起了小董，他给小董打电话，电话停机，他给"健康肽"矿泉水公司打电话，这才想起小董早就不送水了，而是推销"Health"保健品，前段时间小董打了鸡血一般，眼睛发亮地让彭家树发展身边的客户。后来彭家树从家辉那里知道小董出了大事，他想，这次小董恐怕在劫难逃了。

直到彭母离世小董也没有现身，追债人、办案人都找不到小董，彭家树更是无能为力。彭母离世的前夜，彭家树在彭母的床头号啕大哭，一哭就哭了两个小时，医院重症室外的医生和护士都手足无措，其实，无论彭家树怎样哭彭母都听不见了，第二次复发她就丧失了意识。彭家树哭过之后，又开始断断续续、絮絮叨叨地跟彭母讲话，生活中的片段、对彭母的评价、对人生看法，对儿子大威的爱等等。当然，彭家树也讲到了小董，他对彭母说：“我知道你一直不理解我为什么接受小董、放小董一马，可是，不放过小董又怎么样？大威能活着回来吗？只不过让他多蹲几年监狱。你所不知道的是，我对小董的宽容其实是一种报复，是一种对他的放纵，你大概不会想到。大威火化那天晚上，我一夜没睡……你知道我不抽烟，那天夜里我抽了两盒烟，复仇的计划从那个晚上开始实施了，你可能觉得我在向命运妥协，其实恰恰相反，我是在和命运抗争，我要让小董付出更大的代价……你绝对不会想到吧。从一开始我就察觉到小董身上的致命弱点：自私、狡诈、怯懦、没原则没底线，这是他的毛病和局限，也正因为这样，他才在大威这个命槛上侥幸跨过去，他一定认为自己很了不起，他没有在大威这件事上汲取教训，他一定会遇到更大的灾难！现在一切都验证了。可是，我怎么也不会想到你会这样……”彭家树说这些，彭母无法听到，无论他放声大哭还是喃喃细语彭母都听不到了，她安安静静地躺在病床上，切开的喉管链接着氧气管，她的手指没有动一下，眼角也没有泪水划过……彭家树用手捋了一把脸，他说：“小英子……事到如今，我突然醒悟了，也许是我错了，我不应该为了报复而纠缠在‘命运’上，这个纠缠其实让我们也付出了代价，付出了你也付出了我自己，现在也付出了小董。真是奇怪，本来小董是我的敌人，可现在我居然有牵挂他的感觉，人真怕接触啊！小英子，现在我理解了，与命运抗争并不是与命运纠缠，偶然的灾难我们阻止不了，可人为的灾难是不应该放任的，对不对？想一想，小董身上的问题我们是不是或多或少地存在一些呢？我们为什么要跟命运抗争？命运具体是谁呢？我想明白了，这回，我真的要收小董当儿子，算是向命运借来的儿子，当我把所有的心里话都跟你说了，你该明白了吧？我想，你也会支持我的想法的。小英子，快好起来吧，快好起来吧……”

第二天早晨，彭母并没有好起来，而是静静地离开了这个她没办法完全理解的世界。

彭家树再次见到小董时，小董穿着一身囚服。小董有些难为情地说："管教通知我说我爸来看我，我还真以为是我老爸，没想到是你。"彭家树说："我不是你老爸吗?"小董立即说："当然是了。我说的意思是我亲生老爸，您能理解的。"小董第一次称彭家树您。彭家树连忙说自己能理解。小董用怀疑的眼神瞅了彭家树一眼，说："你不一定能理解。我入狱以来，我老爸一次都没来看过我，他大概对我彻底失望了。"彭家树说："要给我当儿子的是你，要管我叫爸的也是你，你不会只是表面应付我，心里根本就没承认我是你老爸吧。"小董扑通跪下了，说："天打五雷轰，我绝对认你这个老爸，只是……唉，不说啦，我妈好吗?"彭家树平静地说："她已经去世了。""去世啦?什么时候?她问我了吗?"彭家树说："没有，她脑血栓二次复发就没了意识，走得很平静。"小董沉默一会儿，说："我真的，真的十分对不起你们。"

彭家树说："都过去了，眼下关键是如何面对现实。你的案情我都了解过了，还清60万的罚金和欠款就可能释放。我是这样想的，我准备跟你的亲生父亲谈一谈，我们共同想办法帮你筹钱，争取让你早日出来，你不要认为我拿你补偿大威的钱来帮你还债，那些钱都给你母亲治病了，要拿也是我最后的一点积蓄。"小董突然变了脸，说："不用，我用不起那个钱！罪孽是我自己造成的，我自己来承担。"彭家树说："怎么承担?蹲监狱就算承担了?"小董大声说："凭什么啊?你凭什么对我这么好?这个世界还有公理可讲吗?""公理?"彭家树也大声说，"你还知道公理这两个字?"想了想，彭家树又平静了，他说："你别想那么多，既然我承认给你当爸爸，就要尽爸爸的责任。你先别说话，我也不是无偿帮助你的，我有我的私心，我老了，需要有个人养老送终。你看这样行不行，咱俩订立个合同，我在你最需要钱的时候资助你，在我最需要你的时候你帮助我，我们规定好权利和义务，我是你的合同爸爸，你是我的合同儿子。"

小董好想没听懂彭家树的话。彭家树缓缓地说："没关系，不让你马上答应，你可以冷静地想一想，等下次来探监，我们再定，行不?"

小董傻住了。

彭家树果然去找了小董的父亲，小董的父亲被彭家树感动了，他们仿佛两个老船夫，身体衰弱也拼命地共同划桨。彭家树拿出自己的所有的积蓄筹集了25万元。小董的父亲把自己三室一厅的房子换了小房子，筹集了35万，他们替小董还清了罚金和欠款。小董走出那看守所铁门那天，办手续的警官对他说："那两个人都说是你爹，我原以为其中一个是丈人爹呢。"小董说："我还没结婚。"警官说："你挺幸运啊，两个爹！"小董没觉得是揶揄，反而自豪地说："是啊，两个都是亲爹。"

按合同规约，小董必须每个星期去看望彭家树。近距离交往中，彭家树发现小董欠缺的知识太多，别的不说，历史和地理知识就十分欠缺，比如小董认为攀枝花是河南省的，认为松源是黑龙江省的。小董对夏商周等概念几乎等于零，他真的相信关公战秦琼是真实的。于是，彭家树给小董制定了一个补课的计划，还认真地做了针对小董的个性化教案，可小董觉得这些知识对他来说一点用都没有。彭家树说："人活着一定要知道历史，了解地理，这样才知道自己在什么地方。"小董说："我不学那些知识也知道我在什么地方。"彭家树气得直瞪眼睛，最后说："算是为了我高兴行不？我高兴可是合同的一部分。"小董只好硬着头皮撑了下去。撑下去并不容易，彭家树管理严格，每次见小董都要求他背作业，渐渐的，小董觉得这个爸爸更加的固执，负担感也越来越强烈。

一次彭家树给小董读明史，读到朱元璋早年在赌桌上丧尽了尊严，对此他刻骨铭心，当政后推行严酷刑法，赌博者一律砍手。只是他把"骰子"读成了"骨子"。小董愣了一下，说："是骰（shai）子吧？"彭家树也愣住了，连忙去查新华字典，知道自己读错了。小董笑了笑，他以前常玩麻将，对骰子很熟悉，有些知识也是需要经验的，不过，小董并没说破。彭家树很难为情，古板地结束了那天预定的授课内容。临分别，彭家树冷着脸对小董说："这个世界上除了神，当然了，如果有神的话，任何人都不是全知的，我也有知识盲点，不过，不能因为我有知识盲点影响你对我的信任，知识是给你自己学的，明白吗？"小董赶紧点头，像小时候盼望下课一般，希望快点离开彭家树家。

小董常常在梦里梦到蓝色的天，这样的天是不真实的，小董自己都知道。因为在真实的蓝天下，所有的东西都有阴暗面，都有影子。阴暗面和影子不明显的天一定是阴天，不会是蓝色的天。蓝色的天完全一色时，就如同进入到一种真空中，一种实验室的环境里，那恐怕就是梦境了。这样的梦是小董出狱并且履行与彭家树的合同期间出现的，这之前，小董从未有过这样的梦，一种在梦中还知道是做梦的状况。这样的状况虽然不像噩梦那样令人惊出一身冷汗，可也总是让小董感到难以言表的不安和压迫。

彭家树是大幅度降温那天傍晚出事的，小董接到电话立即赶往医院。彭家树得了心梗，好在抢救及时，加上使用了微创手术，病情恢复地很快。在医院护理期间，护士都知道小董是彭家树的儿子，可她们看到彭家树教小董地理时，又有些糊涂了。“博斯普鲁斯海峡!”彭家树重复道。小董总是记不住那么长的外国名字。霍尔木兹海峡！也是小董记忆的一个难点，小董心里很恼火，他不知道记那些名字有什么意义。

小董借收拾卫生的机会躲开彭家树的拷问，谁想，卫生打扫完了，彭家树又喊他了。小董背对着彭家树无奈地咬了咬牙。彭家树没提地理名词，问小董：“你看到家妮没有?”小董迅速转过头来，想一下说：“没有。”彭家树告诉小董他发病那天，正是家妮值班，她和一名急救医生在家里给他作了简单的处置，然后把他送到医院。“真是太巧了!”彭家树感叹。

小董想，的确是很久没见到家妮了，上一次见到她还是两年前，而那之前，他在家妮结婚的晚上，把自己喝得酩酊大醉，怎么回家的都不知道。小董想，也许该去看看家妮，可是，见到家妮说什么呢?

小董犹豫的时候，家妮却来探望彭家树了，她拿了一个花篮和水果篮，一进门，看到小董正给彭家树洗头。家妮先是愣了一下，接着笑着说：“本来应该早点来看您的，被一些事儿缠住了。”彭家树见到家妮却十分高兴，他连忙起身，对家妮说：“我还要好好感谢你呢，要不是你们及时救助，我这条老命大概早没了。”家妮说：“怎么会呢，像您这样的好人一定会有好报的。”小董在一旁站着，有些尴尬。家妮说：“真巧，董哥也来啦！”彭家树说：“他呀，天天来，别说我这个儿子还真借上光了。”

家妮认真地瞅了瞅小董，小董的手还湿漉漉的，他的手在衣服上蹭了蹭，想跟家妮握手，见家妮没反应，他又把手放在了身后。“家妮还这么漂亮！”小董前不着村后不着店地来了一句。家妮有些羞涩，习惯性地礼貌了一句“谢谢”。

那天晚上小董请家妮去吃烤肉，两人喝了不少酒。小董讲起曾经给同样有酒量的父亲喝一瓶叫“扳倒驴”的酒，结果把父亲喝醉了，第二天父亲醒酒后问他，昨天你给我喝的什么酒，这么厉害？他说“扳倒驴”，父亲挥手打了他一个耳光。引得家妮哈哈大笑，一副豪迈，风雨无阻的样子。以前家妮也从不喝酒，喝酒的风范令小董刮目相看。小董从家妮那里了解到，家妮半年前就离婚了，情绪十分低落。小董安慰家妮一番，他基本上不怎么会安慰女人，事实上家妮也不需要他的安慰，她需要的也许仅仅是安慰的“形式”。“你呢？嫂子还好吗？”家妮问小董。小董借着酒劲儿说：“没有，我一直在等你。”家妮立刻放下了酒杯，眼泪唰的就下来了。小董问她怎么了，她说没事儿。小董显得心虚，他知道是他的话让家妮伤感，可是，他说的并不是实话，这些年他没在等家妮，除了潜逃和被羁押之外，他并没有闲着，他交往过几个女人，只是没有成功而已。小董开始给家妮递面巾纸，后来干脆坐到家妮身边，试探性地揽着家妮，见家妮没反感，他得寸进尺搂住了家妮的肩，搂的时候还安慰着：“别哭了，一切都会好的。面包会有的，一切都会有的。”这句词出现在这个时候，基本上属于小董知识缺陷造成的词不达意，不想，这句话居然把家妮给逗笑了。家妮说：“你再陪我喝两杯，今天我想喝醉！”

家妮喝酒出乎小董的预料之外，而家妮的豪爽更令小董不太适应。以前，家妮很少讲话，文静、内敛甚至过于严肃，现在家妮完全变了个人，不仅与小董平等地喝酒而且居然还会说一些酒桌上的话，比如，“好，够意思！”“差那么点吗？给我面子，干啦！”

小董好不容易把浑身发软的家妮背到她家，并把她送到床上，脱了鞋，盖上被子。刚要转身，他被家妮拉住了……从家妮的床上下来，小董有一种从高空跌落下来的感觉，他想，人真是奇怪，以前千辛万苦、朝思暮想地追了家妮那么多年，可真的得到家妮却这么简单，不过是一次偶遇、一顿酒。运动之后，家妮的酒已经醒了大半，她拉过小董，将头枕在小董的胳膊上，问小董："你一直跟彭老师联系吗？"小董嗯了一声。"你真的给他当儿子？"小董说"嗯"。家妮说："我以前真错看你啦。还有，你必须认真地回答我，你真的在等我吗？"小董刚要回答，家妮用手捂住小董的嘴。"你必须好好回答，真实地回答。"小董是这方面的行家，编故事难不住他。

小董和家妮分开之后，家妮又没了消息，小董给家妮挂两次电话，家妮总说："我现在正忙，一会儿给你回。"小董等啊等，家妮并没有回电话。小董想，家妮会不会像上一次一样，又远离他了呢？彭家树出院，小董抓住了机会，他跟彭家树说，要把家妮请来。彭家树问小董是不是对家妮有想法，小董说："是啊，虽然家妮属于二手女人了，已经落价了，可自己又算得了什么呢？进过两次监所，至今还到处打工。"彭家树说："话不能这样说，经历磨难才有财富，经历了风雨才见真情，我支持你们交往。"所以，吃饭的时候，彭家树也对家妮讲了不少好话，尤其他意味深长地说，其实帮助别人，有时候也帮助了自己，修正别人也修正了自己。彭家树要表达的深意，小董和家妮不见得都能领会，但大致的意思他们还是懂的。离开彭家树家，小董邀请家妮再喝一点，家妮摇了摇头。小董问家妮："为什么又不理我了。"家妮说："没有啊，你总得给我时间好好想一想吧。""想什么？"小董问。家妮打了小董一拳："我不想第二次吃亏上当！"小董高兴了，他拉住家妮，去了自己住处楼下的一个小酒吧。

那个酒吧设施陈旧、灯光昏暗，有趣的是，二楼的座位是吊椅，风格虽与环境不相协调却很适用。小董和家妮相对而坐，游来荡去的。小董拍着桌子，大大方方地要了一瓶洋酒，家妮也拍桌子，要几厅儿童喜欢喝的那种饮料。喝酒过程中，他们还分别献艺，一位装扮得十分艺术的吉他手伴奏，他们就看着乐谱架上的手抄歌词唱了起来。比较而言，家妮还马马虎虎算是献艺，嗓音一般，但基本都在调上，小董就不用说了，基本属于自娱自乐。唱一首歌十元钱，今天小董显得格外大方，一首一首唱个没完，基本成了麦霸，好在那时二楼里的客人不多。

折腾到半夜，小董搀扶着家妮去他家，尽管小董也摇摇晃晃的，可他心里有数儿，在酒吧去厕所的功夫，他还倒对街的食杂店买了一盒避孕套。第二天早晨，小董头涨得厉害，他想一定是那瓶假洋酒害的，那种酒吧不可能有真洋酒，小董没喝的时候就有心理准备，可不知道为什么那么兴奋，一兴奋理性抵御的防线就失效了。小董爬起来看了看，家妮已经走了，什么都没留下，他又扭头看看地上凌乱的纸巾，嗵的一声跳到地上，在纸巾中拨拉着，他找到三只套套儿，其中两只的头部是破露的，小董放心了，他知道家妮并没有发现这个秘密。

彭家树给小董打来电话，问他最近有什么事吗？小董说没什么事，跟一个朋友倒腾大米呢。“没什么事就好，没什么事就好。”彭家树说。小董这才想起，他已经快半个多月没去彭家树那里了。从心里讲，小董并不情愿去彭家树家，如果不是因为合同，他才不愿意去彭家树家呢，除了讲课不说，彭家树微言大义的教诲他就不愿意承受。合同？合同在小董这里算什么呢？的确，他在履行合同，可他觉得那是他在尽本分，还人情，跟合同无关。

家妮气呼呼地来找小董，小董却满心欢喜。家妮说：“你怎么就不注意呢，我有了。”小董故作惊讶地说：“不可能，绝对不可能。”家妮变了脸，她说：“你啥意思，你不承认孩子是你的对不对？”小董说：“我不是这个意思，我的意思是，意外怎么会发生在咱俩身上，据说这样的概率是万分之几啊，真是中了彩票了。”家妮问小董：“你说，现在怎么办吧。”小董嬉皮笑脸的，他说：“咋办，我负责呗。”家妮打了小董一拳：“你负责，谁让你负责啦。”小董说：“现在怀孕率越来越低，咱们却一枪命中，多了不起啊。干脆趁热打铁，咱们结婚吧。”家妮说：“你想得美，谁说跟你结婚啦？再说了，喝那么多酒，孩子能健康吗？好酒也就罢了，什么破酒啊，第二天我头疼了一天。”

家妮坚持要堕胎，小董怎么也说服不了她，软的不行硬的也不行。家妮要堕胎，还必须小董陪着去，没办法，小董只好在那个阴雨绵绵的下午陪家妮去了外县的一个医院。家妮进到医院里，小董不愿意进去，就在门外等着。不知道为什么，小董觉得鼻子发酸眼泪潮湿，自己为什么做人这么失败呢！狠狠地抽了自己一个嘴巴。

没多久，家妮出来了。小董马上换装了笑脸问：“这么顺利啊？”家妮过来狠狠地打了小董一拳，哭着趴在他的肩膀上。“怎么啦？不顺利？”小董问。家妮说：“我不忍心！”

小董和家妮结婚之后，彭家树越来越感到自己风烛残年了。他想，改变一个人很难，影响和启示一个人也需要艰难的过程，只是自己的时间恐怕不够了。就在他对小董几近失望的时候，小董更一阵风似的来了个大转变，不仅每周坚持来看他，每次还带着东西。彭家树想来想去，还是没想明白。有一天，小董突然对他说：“老爸，咱俩应该明确一下关系。”彭家树说：“不是早就明确了吗？”小董说：“不是那个合同，咱俩要办理一个手续，明确咱俩的收养关系，这样，将来你住院什么的，我签字就名正言顺了。”彭家树突然明白了，小董可能知道他离世的日子越来越近，而小董又是唯一的继承人。彭家树把小董最后的遮羞布也拉下来，他说：“你的意思我明白，可是我一个穷教书匠，没积攒万贯家财。原来是有点积蓄，可是这些年发生了这么多事，都折腾没了，唯一剩下的就是房子了。”说起房子，彭家树敏感地察觉到小董表情的变化，小董和家妮到现在还跟董父住在一室半的小房子里。彭家树说：“我的房子想捐出去。”小董惊讶地瞪着眼睛：“捐出去？捐给谁？”彭家树说：“现在还没想好。”

彭家树是春节前去世的，去世之前，还真得到了小董的精心照料，小董使尽浑身解数讨好彭家树，彭家树还是不领情的样子，立了一个捐出房产的遗嘱。出乎小董意料的是，彭家树是突然离开的，离开前一点都不糊涂，彭家树没糊涂小董就没机会做手脚。寒冷的夜里，彭家树安静地躺在床上，没折腾也没打扰任何人，静静地离开。小董和家妮收拾彭家树的遗物时，发现彭家树的遗嘱是这样写的，委托干儿子董军把房产卖掉，所得款项由董军捐给道路交通事故社会救助基金会。当然，彭家树也留给小董和家妮一些遗物，家妮的是居家用品，小董是一捆一捆的书。

现在回忆起来，最初和彭家树结缘的那是什么样的缘啊？谁都不愿意以那种方式结缘的，小董认为。小董记得他本能地控制了方向盘，用力躲避着前面的人，他也本能地紧急制动了，一脚用力踩在刹车上，是右脚；可右脚会不会在慌乱中踩在油门上呢？这里的关键问题是酒，令他的大脑在事后丧失了记忆，在当时也跑出了思维的常规轨道，跑出了轨道的大脑就不会像人们理解的那样正常看待这个社会和被这个社会正常看待。可是，罪恶的根源是酒吗？那酒的根源是什么呢？记忆中再次出现路上那个“飞”来的家伙——彭大威。现在，小董想不起彭大威的模样了，他脑子里的彭大威形象跟彭家树混淆了，彭家树是他的合同父亲。

不知道彭家树是失误还是故意为之，他那份经过公证的遗嘱居然委托给小董，这样，处置房产的主动权就在小董手里，什么时候卖房，卖给谁，没有买家怎么办，有了买家谈不拢也没办法……总之，房子在小董手里。送走彭家树，一切安顿之后，小董躺在彭家树家的大床上忍不住笑了，这老爷子，聪明了一辈子，到头来还是失算了。

为了感谢家妮，小董带着家妮去了趟欧洲旅游，家妮挺着鼓起的肚子很辛苦，可脸上还是洋溢着笑容。返程时，飞机在伊斯坦布尔转机，小董对家妮说，一会儿在飞机上可以看到博斯普鲁斯海峡，家妮充满感情地瞅了瞅小董。小董说：“这是冬天的博斯普鲁斯海峡，可惜有一些雾气。可惜，我的老师讲了一辈子地理，却没有看到真的博斯普鲁斯海峡。”想到彭家树，想到彭家树的房子，不知道为什么，小董突然觉得心里有些隐隐的不安。

阿雪的房租

阿雪也好，她爸也好，相关的很多人也好，谁都不会想到，兴工街那间“红房子”会增值。当初，阿雪老爸的单位分房子，有本事的人挑了新楼，没本事的拣“二茬”旧楼，即使旧楼也拣好楼层，比如楼层选 2 楼、3 楼或者 4 楼，没人愿意选 1 楼和顶楼。实在不行也要有暖气、有煤气的。阿雪老爸在单位的外号叫“老仆人”，老实厚道，任劳任怨。房子分来分去，最后剩下了兴工街那间一楼、54 平方米 的“红房子”，问谁谁不要，最后落到了阿雪老爸的名下。领导找阿雪老爸谈话，领导说：“老陈啊，你这个人我了解，一辈子任劳任怨，要说呢，人做到任劳不难，可做到任怨就不那么简单了。”“老仆人”觉得领导的话很温暖人心，什么也没说，哼着小曲回了家。

在这座殖民地洋楼随处可见的海滨城市里，“红房子”特指 40 年代中期建的 4 层的红砖楼，“红房子”不是官方的正式称谓，但这个城市里的居民都懂这句话的意思。“红房子”普遍没有暖气、煤气设施，有的还没有自来水。因此，阿雪老爸回家之后，就遭到老婆和阿雪的埋怨，老婆什么话都说，什么“跟了你算瞎了眼”，“窝囊也窝囊死了”，“我告诉你陈喜祥，别指望我搬到那个丧门的房子里去住，就是打地铺睡我也不去!”

阿雪老爸在老婆那里憋了一肚子火，到单位见了工友，工友也都跟着火上浇油。说阿雪老爸好说话，吃哑巴亏，有的还鼓动他到领导办公室里闹。“干了几十年，没功劳还有苦劳呢!”人就这么怪，本来是同一件事，这样想是一种结果，那样想又是一种结果。经过家里家外一番撮弄，阿雪老爸身体里的火被彻底点燃了，他终于下了决心，去领导办公室找领导闹情绪。领导见到阿雪老爸，他觉得很意外，有的时候，善良是个矬子，领导甚至这样想，有谁来闹也轮不到你“老仆人”啊。不久，厂大门的告示版上就贴了一张粉白纸通告，给阿雪老爸厂籍处分，扣发当季奖金。阿雪老爸一股毒火攻心，得了脑血栓。

后来阿雪老爸死了，当然，房子问题并不是直接原因，而是死于车祸。可是，如果阿雪老爸不因房子的事上火，就不会得脑血栓病，不得脑血栓就不会有蜷着右手、郎当着右腿的毛病，他就可以躲开那辆拉水泥的大卡车。世间的很多事就是这样，一个原因和一个结果的联系被“证据”切断了。就那间房子来说，阿雪也不会想到后来又出现了另一种结果。

时间是经不住熬的，一晃，阿雪出落成一个真正的靓女。而兴工街也日复一日地繁荣起来，那间临街一楼的房子竟成了宝贝，房改后，阿雪就成了54平方米房子的主人。

过去那些年，尽管阿雪也试图努力过，可她过早地爱漂亮，喜欢可口的食物，这些影响了她的学业，阿雪没考上重点高中，眼看着上大学无望，她就读了一个财会专业的职业高中。毕业后阿雪找不到合适的工作，就将兴工街的房子改造了一下，申请商业用途，开了一个理发店。一天晚上，阿雪妈给阿雪送来蘑菇炖小公鸡，看阿雪大口大口地吃着，阿雪妈的心头涌起了辛酸的往事，她眼里噙着泪说：“你别说，你老爸还真给咱娘俩积了德，不然，咱不会有今天。”阿雪抬起头来，不领情的样子说：“不过是巧合罢了，我爸哪有那样的眼光啊？要说福分也是咱的福分。”

阿雪打理理发店一年，到年底一分钱也没剩下，钱是赚了一些，日常都被她消费了。母女商量一番，觉得自己做不好还不如把房子租出去，做一个食利阶层。那个地脚的房子自然好租，没两天工夫就租了出去。一年的租金是6万元，阿雪和母亲吓了一跳。阿雪知道，她开理发店怎样努力也赚不到那么多钱的。

租阿雪房子的是个南方人，他在那两间房子里安排了四五种“服务项目”：卖新手机收旧手机，代卖手机号、维修并提供配件，打字复印，标牌征章礼品，代收冲洗扩印，“大美丽”化妆品独家代理等。这些业务本不属于一类，相互间没联系，甚至八竿子打不着，却集中在拥挤狭窄的房间里，奇怪的是，人们似乎喜欢“满堂堂”的感觉，显得有人气，生意也红火起来。

阿雪虽然不善于打点具体的生意，“大经营”上她还是有“灵感”的，她看明白了“红房子”是个下金蛋的鸡，就琢磨着把隔壁一楼没开门市的房子买下来。隔壁那家住的是位军人的家属胖姐，阿雪先是关心胖姐的减肥问题，送印尼减肥膏，成了熟人之后，她又提出给胖姐换房子，买一处好地段的精品住宅，面积还比原来的大。对方也不是没有头脑，算了算账，觉得巨大诱惑的背面还有玄机，就暂且放下不议。阿雪有耐心，坚忍不拔，找到了胖姐的丈夫——满口东北话、喝急酒的军官孙哥，孙哥对阿雪说：“老妹儿，你看着整，咋得劲儿咋整！多大点事儿，啥吃亏占便宜的，哥不计较！”于是事就成了。

槐花如雪的兴工街上，已经拥有100多平方米店面的阿雪走在街上，那感觉真是好啊。阿雪穿着白色的紧身裤、红色的小夹克，露着肚皮。那天，阿雪会见了本文中重要的人物，经营矿泉水的杜新民，将其中的一间房子租给了他，并签订了每年7万元的租房合同，一签三年。

杜新民经营一个大品牌的矿泉水，虽然是大品牌，水却是当地的。说经营是正式场合的表述，用他们“业内”的话说，其实就是送水的。他们免费给企事业单位、居民家庭提供饮水机，而后定期给那些用户送水，净重19升的大塑料桶，抬上搬下，滚来滚去。杜新民挂的牌子是：XXX矿泉水经营部，显得很低调。

在此之前，杜新民正经风光过一阵子。

杜新民老家在外地，8年前到这个城市当兵，他人机灵也勤快，被一位首长看好，新兵4个月去驾驶队学开车，不到一年就去给首长开车。杜新民见过大世面，也威风了好几年，只是，杜新民并不明白，他身上散发出来的光亮是首长光芒的反射，当首长这个“月亮”失去光芒后，晕圈中的杜新民也一下子黯淡了。问题是，杜新民并不这样认为，他觉得自己很行，没转业就参与了经营活动。后来部队缩编，杜新民复员回原籍，关系被部队打回了老家，而杜新民人却仍在这个城市里。

一开始，杜新民利用部队首长的关系借钱做生意，他经营台湾产的健身器材，租用星级酒店套房，出入高档消费场所。在首长那里，他学会大思维、大手笔地做事情，可他做的毕竟是小生意，半年过去，钱没赚着，债却欠了一屁股。杜新民栽了个大跟头，公司黄了，他也浪迹街头，靠给人打工过活。一天，口袋空空的杜新民走在街上，连一碗拉面都吃不起，杜新民似乎突然明白了，原来，自己那么多宏伟蓝图的起点是：先吃饱肚子。

这样想对不对，当然没错，可杜新民不免从一个极端走向了另一个极端，杜新民从头开始，一点点赚钱，对别人和对自己都十分苛刻。比如，原来吸40多块钱一盒的中华烟，变成了2元钱一盒的地方杂牌子，自己从不下饭店，朋友请他，他也想办法推辞，怕还不起人情。杜新民向阿雪租房子时，正是他最踏实的时候。杜新民的矿泉水经营部只雇3个人，1个是坐办公室联系业务，接听电话的小耿，另一个就是跟自己出去送水的临时工。他自己身兼数职。出了门，他是送水的司机，水桶多的时候还是搬运工。回到办公室，他既是老板，又是会计出纳，还是业务员。这样是省钱了，但效率并没提高多少，而且十分辛苦，一天下来，杜新民腰酸腿痛，吃咸菜都觉得嘴里没味儿。

杜新民拼了命工作，业绩也节节攀升。半年过去，他不但还清了半年房租的借款，而且，还还了以往的一些旧账。

下半年交房租的日期迫近了，离约定的日子还差两天，阿雪就飘然而至，接线员小耿对房东可不敢怠慢，连忙给阿雪倒水。阿雪没接小耿递来的水杯，问：“你们老板呢？”小耿说老板去送货，快回来了。说着，小耿又去接一个电话，一个客户让他们晚上10点送水。放下电话，小耿一边记录一边说：“又是晚上，就1桶水，不够油钱的。”阿雪瞅了瞅小耿，她不知道小耿在店里的角色，还以为是杜新民的内当家，连忙说：“别告诉我你们不挣钱，要租我房子的人还排着队呢。”小耿嘟哝着：“这些跟我没关系，我不过是个打工的。”说着话儿，杜新民匆忙进来了。阿雪坐在椅子上，翘着二郎腿，脚趾甲像她的嘴唇一样猩红。阿雪主动打招呼：“杜老板回来了!”杜新民见是阿雪，不用问也知道是什么意思。

杜新民拿起桌子上的水杯，喉结随着水的咕咚声动着，一杯水见底了。杜新民抹着嘴说：“房租的事儿我记着呢，你放心吧。”

阿雪似笑非笑地说：“后天上午10点我来，把钱准备好，大热天的，最好别让我再跑。”杜新民说：“好好好，我就去准备。”同样一句话，用不同的语气说好出来效果是不一样的，阿雪听出了杜新民不耐烦。这次见面，阿雪对杜新民的印象并不好，衣服皱巴巴的，一身尘土，脸也晒黑了，冷不丁一打眼，像刚进城的民工。阿雪心里冒出一个奇怪的念头：这样的人能做好生意就怪了。阿雪说：“怎么的?我可不是上门要小钱的，当初你怎么跟我说小话的，想你不会忘了吧。”

阿雪这番话说的慢声细语，其中隐含着杀气。对于急着送货的杜新民来说，自然很不舒服。杜新民打量阿雪一下，本想说点什么，还是忍住了。

杜新民不反驳阿雪，阿雪也觉得无聊，她在屋子的四周扫了一下，指点着说：“看这房子让你们弄的，像个仓库似的，哪像个公司啊。这样能做好生意吗?”

杜新民敷衍地点了点头，什么也没说。阿雪走到门口，她刚要张嘴，杜新民说：“后天10点，我知道了。”

阿雪走了，走过的地方留下了浓浓的香水味儿。小耿对杜新民说：“收钱就收钱呗，咱能不能做好生意关她什么事?”杜新民说：“发洋贱呗，好像啥都明白似的，你看她那身打扮，跟个鸡似的!”

其实，杜新民还真把下半年的房租准备出来了，不想，那天下午就出了差子。杜新民在送水的途中，小耿给他打来电话，告诉他卫生检疫部门的人过来，把库里的矿泉水桶查封了。杜新民匆忙赶回公司，卫生检疫部门的人已经走了。

杜新民绕了很多弯子终于找到了执法人员，了解到被查封的原因。这件事，并不是与杜新民直接利害关系的人做的手脚，而是一个退休在家的老头，闲着没事看到了矿泉水桶，心血来潮关注起了矿泉水质量问题，就在自己家的水桶里取样，送到卫生检疫部门。矿泉水检疫不合格，杜新民本不清楚，他属于经销部门或者叫代理销售部门，不负直接的法律责任，尽管如此，对杜新民的打击还是很大的，业务一中断，要求送水的电话响个不停，接了不好答复，不接也不行，公司乱成一锅粥。那些天，杜新民跑上跑下，自然就把阿雪房租的事给放下了。这件事对杜新民杜来说是大事，可在阿雪那里就无关痛痒了，她关心的只是房租。阿雪在约定的时间没拿到钱，很不高兴，新民杜说了一堆好话，算是混了过去。杜新民所以不动钱，主要基于二点考虑，一是处理那件事需要动钱，他须要充足的准备；二是那件事的结果并不明朗，如果他不能继续经营，租房子也失去了意义，所以，杜新民只好采取拖的办法来对付阿雪。对于阿雪来说，她不愁出租房子，的确有人排队在等着。她所以迁就杜新民，主要是嫌麻烦，尽管她嘴上很硬，说给杜新民三天期限，三天到了，又说再给二天的期限，就这样，一拖就拖了半个月。合约时间超过 15 天，阿雪彻底失望了，她想，就是杜新民把理由编出花来她也不信了，那天，阿雪就把房子租给了新客户。

杜新民忙了半个多月，总算把查封的事摆平了，就在杜新民拿着钱准备去找阿雪时，新的房客已经上门催促杜新民搬家。杜新民去找阿雪，阿雪对杜新民说，我已经做到了仁至义尽，违约的是你而不是我。你要做的是，将超期的房租给我，违约造成的损失我就不要了。

阿雪觉得自己虽然受了损失，可还是挺大度的，杜新民不领情，他觉得真正受损失是自己。处理查封事件，他请客送礼花了三千多元，而业务损失就更大了。等他把一切都处理好了，阿雪突然过河拆桥，杜新民当然不能接受。杜新民当即表态，他死活也不搬！

此时的阿雪处于两难境地，她已经与新的房客签订了合同，如果不让人家搬进去就得包赔人家的损失，让人家搬的前提是杜新民要先搬走，杜新民死活不走，麻烦来了。

阿雪想了半天，越想越生气，她觉得房子是自己的，自己说了不算还让你杜新民说了算啊。阿雪给杜新民打电话，她来了野劲儿：“你明天中午前不搬走，我就找人把你的东西扔出去。”杜新民是什么人，也在社会上混过，他反骂阿雪，说：“你她妈的敢？你扔个我看看！”

杜新民还是把阿雪激怒了，她不惜一切代价也要摆平杜新民这个刺头，不然，她无法在这个街上混了。毕竟，他杜新民只是一个租房子的，拍拍屁股可以走人，而房子是自己的，以后房客都赖她，她的日子就难过了。第二天，阿雪带了十几个眼神儿不善的人过去，将杜新民东西乒乒乓乓地扔了出来。

杜新民自知好虎斗不过群狼，他只有眼巴巴看着、嘎吱嘎吱咬牙的份儿。

杜新民和阿雪的战火就这样燃烧起来了。阿雪觉得自己吃了亏还占了理，而杜新民也觉得自己吃了亏占了理，两个人都是要强的人，谁也不肯退让。

杜新民离开兴工街之后，越想越觉得自己窝囊，他通过朋友找到社会上的混子张大肚皮，花了两千多元请他们吃饭洗澡，委托他们找阿雪算账，答应事后给他们3000元的酬金。张大肚皮受杜新民的委托，就大张旗鼓地去找阿雪，让阿雪包赔杜新民的损失，既要摔坏东西的损失，也要包赔营业上的损失，总共2万元。阿雪怎么可能接受这个条件，她也找了“社会人”刘黑子，给刘黑子3000元，让他替她摆平此事，并让杜新民还半个月房租和总房租额5%的违约金，合并也是2万多元。

委托发出之后，阿雪也好，杜新民也好，他们都退到了幕后，纠纷转移到张大肚皮和刘黑子之间。问题是，张大肚皮和刘黑子也不缺心眼儿，他们实力相当，斗起来一定会两败俱伤。说是“拿人钱财替人消灾”，可他们才不会动血本去给你卖命呢。没出三天，张大肚皮和刘黑子就“会”到一起喝酒，勾肩搭背、称兄道弟。喝完酒他们还去歌厅找小姐，张大肚皮唱一首“北国之春”，刘黑子就唱一首“三套车”。张大肚皮唱一首“太阳最红毛主席最亲”，刘黑子就唱一首“革命人永远是年轻”。

阿雪和杜新民翘首期盼着，两个委托人迟迟没有消息。他们花了钱所获得的回报是：阿雪受到了张大肚皮的威胁和恐吓，而杜新民受到了刘黑子的威胁和恐吓。20 多天后，刘黑子派人对阿雪说，这事就算了吧，对方找的人不白给，闹大了不能收场，我们又不是你的保镖，整天守着，如果伤了你，划不来。张大肚皮也派人找了杜新民，告诉杜新民，对方找人要做了他，是他从中调停，才暂时把事情压下了。这样一来，阿雪和杜新民花钱不仅没有达到要回 2 万块钱的目的，相反，他们还觉得钱花得值，毕竟破财免灾了。

冲突到此该收场了吧，没有。杜新民找到地方税务局稽查分局的副局长赵大脑袋，让赵大脑袋帮他出这口恶气。赵大脑袋转业前是部队的后勤处长，杜新民给政委开车时，赵大脑袋还给他送过烟。说起来，杜新民给服务的首长还是赵大脑袋的恩人，曾经提携过赵大脑袋，所以，杜新民对赵大脑袋讲了事情的经过，赵大脑袋说："反了她了，拉屎拉到本家兄弟头上！你放心，我帮你研究她。"赵大脑袋转业多年了，说话的调门仍然很高，声音短促有力。

当然，赵大脑袋不能为杜新民讨钱，他只能给杜新民出气。没过几天，税务稽查人员就登门查阿雪的帐，一查还真查出了问题，阿雪在出租房屋时漏了税，这没什么可没说的，连补交带罚款的，把阿雪给吓着了。

阿雪和父亲"老仆人"不一样，阿雪灵活，也交了一些朋友。她先是找到了开美容院的朋友大敏，大敏又找到了市税务局局长的老婆。沟通好了之后，阿雪出面请了局长夫人，还送了她价值 5000 元的法国化妆品大礼包。局长夫人掩饰着笑容说："这事儿，我帮你协调协调。"

赵大脑袋毕竟是分局副局长，上头说话了，他也没了脾气，最后，阿雪象征性地缴纳了一千块钱，这件事就算了结了。

尽管如此，阿雪也损失近七千元，她当然知道这事是杜新民搞的鬼，所以，当她平息了税务风波之后，又开始琢磨杜新民了。经过了解，阿雪知道杜新民送货的那辆挂着部队牌号的面包车有假，牌子是克隆的。也就是说，同一个车号有两辆车，那辆真的在部队，杜新民手里的车牌子是假的。反正两辆车不同时出现，即使你注意了也难以发现。

阿雪想到了当初换房子的胖姐的丈夫孙哥，孙哥仍在部队服役。阿雪见到孙哥，一口一个孙哥地叫，讲到激动处，眼圈一红，眼睛水汪汪的。孙哥很仗义，说："妹你别哭，多大点事儿，哥给你整明白，整不明白你哥白活了。"

第二天，杜新民的车就被部队的纠察人员给扣下了。给杜新民办假手续的战友害怕了，当晚约他面谈。杜新民说："你放心吧，我肯定不把你说出去，就说自己伪造的。"同时，杜新民也活动开了，他找了当年的老首长，通过老首长再找现任的首长，现任首长再找阿雪找的孙哥，首长找下来，孙哥无话可说，扣下牌子放了车。事情转了一大圈，杜新民花钱打点自不必说，等事情了结了，他一算觉得亏大了，七八千元填了窟窿。其实，杜新民的车是有手续的，他的车是私家牌号，他所以要挂部队的牌号，主要是图个方便，省养路费什么的不说，即使有点小的违章，交警也懒得管他。杜新民一共使用部队车牌号 1 年，到头来搭进那么多钱，得不偿失。

一个查税一个扣车，这次交锋，两人基本打了平手。事后，杜新民和阿雪各自后悔，他们几乎都认识到，损人不利己的事是做不得的。可是，就此放下了他们还不甘心，尤其是阿雪，反正没事做，她已经把和杜新民较劲当成了工作。

经朋友出主意，阿雪决定走法律途径，以合同违约给她造成经济损失为由向区人民法院起诉，要求杜新民偿还所欠房租，并赔偿违约金。阿雪委托了一个律师，正式向法院递了诉状。阿雪起诉，杜新民就得应诉，他对法律一知半解，只好请了律师。

眨眼秋天就到了，穿着黑色紧身皮裙的阿雪在 22 路有轨电车站看到了杜新民。他们没有仇人相见"分外眼红"，双方都十分平静，像对待其他陌生人一样，外人根本看不出他们两人是敌对的，并且一直在持续性地争斗着。

杜新民上了一辆公共汽车，阿雪打车走了。

杜新民上了车，才觉得自己应该对阿雪说句话：我跟你没完的！阿雪上了车，也觉得该骂杜新民一句，就是吐他一口也行啊。

打官司不容易，这些他们都有心理准备，可他们没想到事实上比想象的还不容易。秋天到冬天那些日子，阿雪和杜新民都对这起经济纠纷投入了大量的精力和财力。判决是下雪那天下来的，判阿雪胜诉，法院支持阿雪提出的房租补偿，而不支持阿雪提出的违约金，补偿费是1989元。这样的判决阿雪是不满意的，在这个官司上，她请律师、送好处费，请客吃饭一共花了五六千元。判决对于杜新民来说就更不能接受了，他虽然是被告，请律师、请客、请人打点也花了五六千元，到头来官司还败了，还得负1985员房租和诉讼费。阿雪和杜新民都提请上诉，官司就转到二审中级人民法院。

阿雪和杜新民的争斗一直持续了大半年，彼此的消耗也很大，除了投入的精力不说，单就钱的投入上，算一算都十分吓人，他们各自的开销都接近2万元这个数字，这样说来，即使如他们所期望，得到2万元的补偿，也没有实际利益，只是名义的补偿罢了。

过了年，已经筋疲力尽的阿雪不再关心官司的事了，她开始了新一轮的出租，通过招标的形式获得更高的租价，以减少大半年来斗气的损失。杜新民也累了，半年来，他大部分精力都用在折腾上，辛勤工作好几年攒的家底儿都陪了进去。杜新民通过战友的关系到一家合资公司开车，每月有3000元的收入，生活也稳定下来。

那年二月，法院出面调解，阿雪和杜新民都同意了。经过一个下午的辩论和讨论，终于统一了意见：杜新民偿还阿雪的房租款1989元，阿雪包赔杜新民损坏的物品1977元，最后，由杜新民给付阿雪22元，官司彻底了结啦。

从法院出来，杜新民和阿雪都觉得滑稽透顶，为了区区的22元，他们投入了那么大的精神成本和物质成本。

兴工街上又开始槐花如雪，阿雪的朋友大敏打电话要给阿雪介绍对象，说对方是合资企业后勤科长，人帅也有能力，让阿雪别错过机会。阿雪如约去了叫“大陆”的咖啡馆，一进门，阿雪愣住了，她看到坐在大敏身边的人是杜新民，杜新民西服领带的，还吹了头型，一打眼的确很帅。

阿雪迟疑着走了过去。

大敏站起来说：我来给你们介绍……杜新民在旁边说：“不用介绍了，我们太熟悉了。”阿雪觉得自己的脸开始涨热，她附和着说：“是啊，我们打过好长时间的交道呐！”

阿雪和杜新民结婚之前，阿雪妈就去世了。阿雪将“老仆人”和妈妈的遗照摆在靠北墙的高脚柜上，时不时还烧个香磕个头。阿雪对杜新民说：“没有我老爸和妈妈，就没有咱们的今天。”

阿雪和杜新民结婚之后，他们还偶尔提起当初的纠纷，认为那样的傻事以后绝不能再做了。杜新民说：“如果不是那样，咱家的存折上还要多4万块钱啊。”阿雪说也是。想一想，阿雪又说：“你掉钱眼里啦，4 万块钱能换我这样的媳妇?”杜新民说：“对啊，乍一接触你凶巴巴的，其实本质挺善良的，也很可爱。”阿雪好看地笑了，她过来解杜新民的扣子，柔声说：“可爱你倒是爱呀！”

阿雪也好，杜新民也好，相关的很多人也好，谁都不会想到，兴工街那间“红房子”说动迁就动迁了。那里是黄金地脚，动迁费不低，每平方米4000 元，红房子可以让他们获得 40 多万元的补偿，可这些钱对应于阿雪和杜新民的房租收入而言，就显得微不足道了。然而，他们没能力阻止动迁的大局，只能惋惜。

动迁之后，租他们房子的一户房客欠了两个月的房租，阿雪去催要，对方说不能给了，因为合同没到期，阿雪很生气，回家后跟杜新民说：“我跟他没完。”杜新民也很生气，说：“他妈的敢？他不给钱试试！”

他们觉得自己既受了损失又占理。

闯绿灯

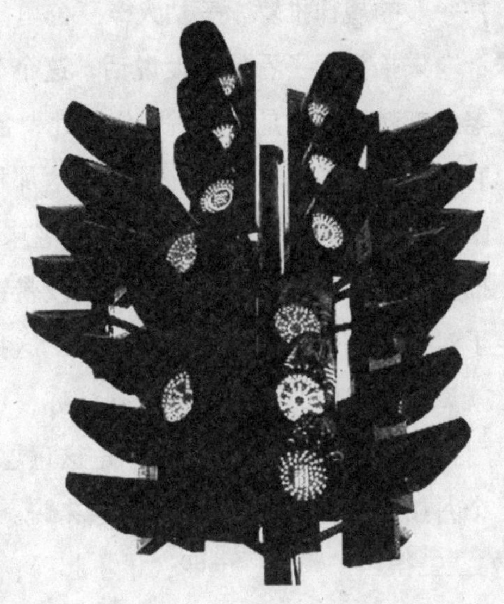

老朱一大早就去了停车场，蓝色牌子上大大的“P”字，在阳光下明晃晃的。老朱手搭遮棚，向里面望了望，很多车的顶棚都反射着阳光，目光终于落在一辆红色的捷达车身上，他放心了，那辆车还在。

其实，老朱不去看，那辆车也跑不了，即便有人偷车，也会偷好车，偌大的停车场，偷五十辆车也轮不到那个老气横秋的家伙。他也不知道为什么，早晨起来，溜达溜达就到了停车场，那个停车场离他家并不近，坐公共汽车得三站，按一般的规律推算，三站大概三公里。“又来了？”穿制服的中年人问老朱，老朱抬头看了看他，没说话。这个车场门卫起码有四个穿制服的面孔，老朱都熟悉，只是不知道他们尊姓大名。

中年人的脸上有些疙瘩，同属于肉色，与青春痘那种又红又肿的不一样，基本定型了。中年人笑着扔给老朱一颗烟，问老朱，今天带钱来了？老朱接过烟点上，抽了一口。中年人说，看来你还没带钱。老朱瞅了瞅中年男人，算是肯定了对方的猜测。穿制服的人说：“这我就搞不懂了，不带钱你来干什么？就算我佩服你的耐力，甚至同情你，可我也没胆子把车放给你。”老朱摇了摇头。中年男人说：“你不是这意思啊？那你啥意思？我记得你的车是上个月扣的，有半个月了吧？”老朱说：“二十七天。”男人说：“二十七天？二二得四，二七一十四，了不起呀，停车费就五百四，加上三千的罚款……这可是无底洞啊，你越不提车，欠钱越多，要是等个一年半载，你交不交罚款都没意义了。”

老朱继续抽烟，不说话。

中年男人抽完了烟，两个手指熟练地一搓，将火头挤掉，然后用中指把淡黄色的过滤嘴弹飞，飞向一个绿色斑驳的垃圾箱，那个飞行物并没有准确地落在垃圾箱张开的嘴里，而是反弹得无影无踪。男人的任务也完成了。

穿制服的人似乎觉得与老朱继续交谈很无聊，说："我要回去了，你自己在这儿看吧，如果你交了罚款，就把通知单给我，我会热情地为你服务。"老朱迟疑一下，点了点头。

老朱算得上是客运公司终得善果的人，很多同龄的工友在公司改制的前前后后离开了公司，唯独他挺到了退休。在公司老板的视线里几乎没老朱这个人，老朱是和车联系在一起的。在整天跟老朱打交道的调度的印象中，老朱是个老倔头，不过，技术还是让人放心的。在客运公司其他工友，尤其是后生晚辈的眼睛里，老朱是另一个时代的"活化石"，他的绰号叫"前进帽"，据说他戴前进帽一直戴到 1997 年。老朱还是公司里唯一自带饭盒午餐的人，他的饭盒是用了近二十年的铝饭盒，上面有了坑坑洼洼，像人出天花落下的麻子。

老朱退休那天分公司给他搞了个欢送仪式，年轻的员工很好奇他的绰号，老员工做了解释，年轻人还是不理解，他们的观点是：既然老朱已经很多年不戴前进帽，就不应该叫"前进帽"了。老员工说，就是习惯呗，何必那么较真儿，大家都管调度老马叫马大牙，他的牙大吗？年轻时就把大牙拔了，可现在大家不是还叫他马大牙嘛。

儿子小朱专门召集两个姐姐开了一个家庭会议。小朱说："老爷子退下来了，肯定得郁闷，都说退休是道坎儿，整不好容易出问题。"大姐说："我也这么想的，本来咱爸就不是开朗透亮的人，一旦闷在家里，不憋闷出病来才怪呢。"二姐说："要不这样，让他住我家。"小朱说："你要有本事说服老爷子我服你。"大姐说："是啊，老爷子谁家都不能去。"小朱说："要不这样，还是给他张罗个老伴。以前上班，他没工夫也没闲心，现在，我看是时候了。"大姐表示反对，她主要顾虑房产问题，二姐说没什么好担心的，可以在婚前订立一个协议。经过半个多小时的热烈讨论，他们把给老朱找老伴的事确定下来了。

子女给老朱张罗老伴期间，老朱却到处看车。一天，调度马大牙神秘地对老朱说："星期六下午一点，你去西郊交通局的停车场，内部处理罚没车，非常便宜，看好了我再给你找关系。"老朱很高兴，早早就去了停车场，提前看了车。可惜，那里的车不是型号怪异就是破得不成样子，好在老朱不在乎车况只在乎价格，他选了一台车体鼓出锈斑的夏立，给马大牙挂了电话，马大牙那头吵吵嚷嚷，匆忙中给了老朱一个号码。老朱庄重地挂通了电话，不想，竟是身边一个肥肚子的人接的。老朱自我介绍是马大牙的工友，看好原本乳白现已棕黄的夏力，那人先是对车巡视一番，说出种种不好来。老朱没被肥肚子说服，肥肚子就说，既然你下了决心，就可以去找带胸牌的人要表，参加拍卖了。这时老朱才明白，原来马大牙说的内部消息早就在报纸上公布了，那些车是没交养路费扣下的，拍卖的部分是无主车。而马大牙说的内部关系——肥肚子，也是来看车的。老朱的心情真的郁闷起来，晚上小朱跟他说起找老伴的事，他满脸阴云，一言不发。

小朱的大姐二姐是"找后妈"的积极实践者，她们不仅热衷于联系，而且热衷于"相"，"相"过之后，晚上两人煲电话粥，讨论来讨论去，没完没了。这方面小朱的效率要高一些，他很快物色到了51岁的魏师傅。魏师傅在他单位的领导家做过保姆，领导瘫痪多年的母亲去世了，魏师傅也面临重新选择。小朱对单位领导说："给我留着，我老爸退休了，正缺个人照顾。"大姐听了小朱的介绍，立即否定了。大姐说："现在爸还没到找保姆的份儿上，他找的是老伴，你别搞错了。"小朱说："我听我们领导讲这个魏师傅性格温和，会收拾家，会做饭。依我看，老爸找一个老伴型的保姆最合适不过了。"大姐说："你真不人性，找对象找对象的，爱情最重要了。"小朱被大姐的用词给噎着了，说："你真有意思，还爱情，老爷子多大岁数了，啊？"大姐说："岁数大怎么了，岁数大就没爱情了？"小朱说："好好好，你开明，你跟老爷子谈谈吧，看他还找不找爱情！"

二姐保持中立，她一方面觉得小朱的说法有道理，一方面觉得大姐的说法有道理。三个人中，一点五比一点五。小朱给二姐打电话，二姐就向小朱的方面倾斜，大姐跟二姐讲一通，二姐又向大姐的方向倒。搞得三个人都十分辛苦。

老朱并不知道儿女们背后的动作，他仍孜孜不倦地到处看车。功夫不负有心人，老朱在退休一个月后，终于买到一辆破旧的捷达。那辆黑色的捷达是一个事业单位淘汰下来的，在车库里放了两年，单位进了新车，腾不出地方，本想把它拖到报废车场，这个时候，老朱目光贪婪地出现了。那个单位管事的人让老朱出价，老朱张口就说了五千。管事的人眼睛一亮，小心翼翼地问，能不能再加点？老朱说我这人不会讨价还价，就五千。管事的人说，冲着你这实在劲儿，成交！

事后老朱也知道自己莽撞了一些，也许，还可以便宜一千，或者两千？不过老朱不是善于后悔的人，他觉得，什么叫贵了？什么叫便宜了？只要你心里觉得值就行。他希望便宜一千两千并不在于车本身，也就是说车不能掉价，而是希望对方让出来一些，他好用那些钱维修车。

车是破了点，老朱还是打心里喜欢。在老朱的眼里，车是有生命的，就跟一个人似的，有五脏六腑，有七情六欲。比如，发动机是车的心脏，油箱是胃，油管是肠子，散热的水箱是呼吸的肺，电路是神经系统等等。老朱是有多年“临床”经验的老医生了，他知道三大系统循环联系和相互关系，知道从那儿下手，在什么地方动刀。尤其是车的“心脏”，老朱给它动了大手术，清理内腔、调理平衡，疏通管道——类似“搭桥”那种，为解决漏机油的问题，老朱还重新为发动机加了密封圈，光白胶就用了整整一瓶。“内科”治疗完毕，老朱还对车进行了美容，将黑色的外壳喷涂为红色，就是俗称的“穿大褂”。这样，一辆上了岁数的车被打扮成年轻耀眼的小伙子。

车调理完时，天色暗了下来，老朱坐在车旁的一块海绵垫子上，望着车足足抽了三支烟。街边的路灯亮了，开始只亮灯泡的丝，并不放光芒，等路灯亮透了，老朱才发现那辆红色的车如一团火，在他眼前、也在他心里燃烧着。

那些日子里小朱为做大姐的工作上火，嘴角起了泡。单位领导问起魏师傅的事，小朱只好讲了自己的苦衷。单位领导笑了起来，说："皇上不急太监急，你们没看好不等于老人家没看好，你们看好了不等于老人家看好了，这不是瞎忙活吗？"小朱想了想，扑哧一声笑了。他自言自语道："凡事都是自己给自己设局啊。"

小朱立即给二姐打了电话，告诉她自己要直接安排老朱和魏师傅见面，"成不成是他们的事，咱们扯什么呀。"二姐没表示反对也没表示赞成，不过，她觉得从负责的角度应该告诉大姐一声，不想，大姐一听就火了，说："没想到哇，没想到，我居然有这么一个不懂事的弟弟。好，他不仁就不能怪我不义，现在我就去找老爸，非把这事搅黄了不可！"

二姐见大姐火了，知道自己捅了篓子，本想告诉小朱，又担心窟窿越捅越大，思前想后，还是胆战心惊地把自己家的电话线给拔掉了。

大姐说到做到，她善于思也敏于行，三把两把洗了脸，没画眉也没描眼影儿，披了件外衣就直奔老朱家。老朱家在过街天桥西的工人新村，大姐出嫁时老朱家才搬过去，那时，一栋挨着一栋的红砖楼，一排扭动腰身的依依杨柳，朱家人曾经骄傲了一阵子。现在不同了，那里显得破旧，楼房发暗，柳树也病恹恹的，而街对面，就是新开发的住宅区"经典庄园"，豪华的欧式建筑，移植来的法国梧桐枝叶茂盛，虽然一街之隔，两者却不搭界。梧桐面对过街的杨柳显得很高傲，尽管没藐视你，可也没把你放在眼里，基本属于漠视。

大姐到了老朱家，敲了半天门，没动静。大姐给二姐打电话，也联系不上。大姐胸脯大幅度起伏着。

老朱正开着"出院"的捷达在路上兜圈儿，他认为，车的磨合期很重要，稳重的人磨合的车也稳重，急性子的磨合的车也性子急。车跟人的时间长了就随人的性格。老朱体会到，这个捷达的油路、水路、电路基本通畅，可惜车放置的时间太长，有些病症转入慢病而且不可逆，器官功能原则性丧失，必须更换部件了。老朱想，关键是那个发动机，真的该换了。

买车修车这段时间，老朱把自己的浮款都填上了，浮款是指现钱和活期储蓄，定期的和国债什么的老朱没动，不是心疼利息，而是不能动，那些是他养老保命的钱。当然，还不能向儿女要钱或者借钱，如果要尽快给这辆车换一个心脏，只能自己想办法，而且是一笔数目不小的开支。

老朱回家已是晚上7点，在门口见到了大女儿，大女儿等得头昏眼花，靠着铁栏杆儿迷糊着。老朱说：“坐那儿不凉吗?”大女儿没好气地说：“水泥地上能不凉吗，好在你现在回来，你要是半夜回来，我不作下寒病才怪呢。”老朱没再说什么，打开房门让大女儿进屋。大女儿进了屋，嘴就不停地唠叨上了，一会埋怨弟弟，一会儿埋怨妹妹。总体想表达两个意思，一是她最关心老朱，对老朱好，虽然弟弟妹妹也关心老朱对老朱好，可好心不一定办好事；第二层意思是，魏师傅不适合老朱，且不论朱家的条件，无论怎样也不能让保姆当她的继母，况且，他们对魏师傅一点都不了解，不了解这个人的人品，有没有怪僻，有没有不良嗜好。不了解她的病史，是不是有传染病等等。”说了十几分钟，小朱的大姐见老朱没什么反应，问：“我说的你都听见了吗?”老朱眨了眨眼睛，没说话。大姐继续问：“那你对那个魏师傅……”老朱瞪着眼睛反问：“哪个魏师傅?”大姐明白了，小声说：“你们还没见面啊?”老朱不满的转身进了厨房。大姐跟了过去，尾随在老朱身后继续唠叨。老朱终于忍不住了，说：“我看你们是闲大了，谁让你们给我张罗老伴啦?还有朱玉（小朱），这个王八羔子，瞎操心!”

大姐知道老朱的态度，内心顿生满意感，说：“就是啊，找老伴不是找舞伴，一辈子的大事啊。”老朱说：“行了，你也别瞎操心了，该干啥干啥吧。”

那天晚上，老朱的整个心都缠在红色的捷达上，大女儿的话，即使是一百个石头纷纷投进他的心湖，浅起一连串的涟漪，也被老朱给忽略过去了。女儿如临大敌、紧张兮兮说的那些话好像跟他无关，而是谈论别人的家长里短。女儿什么时候走的他也没注意，让他苦恼的是发动机，换发动机要一大笔钱，而如何搞到这笔钱才是眼前的当务之急。

几天苦思冥想的结果出来了，怎么能捧着金饭碗要饭呢?他是老交通了，一辈子跟方向盘打交道，而且终于有了自己的车，他可以以车养车，用捷达挣的钱给它换心脏，让它青春焕发，返老还童。

仍旧是早班老习惯，天没亮，老朱就起床了，发动了车，心情欢畅地上路了。可惜，头一天并不顺利，跑了一上午，老朱也没拉到一个客人。中午老朱请调度马大牙吃牛肉拉面，马大牙说："我真不明白，你把了一辈子方向盘还不够啊？上次许师傅跟我说，他开了三十年的车，到后来，一摸方向盘都想吐。"老朱说："那可不一样，开了一辈子车不假，可那是开人家的车，老了总算有了自己的车。"马大牙笑了，说："这我就更不理解了，老了要车还有啥意思。再说，退休不图个清闲，还弄个爹养着，不是自己跟自己较劲吗。"老朱不愿意听，嘟哝一句："话从你嘴里说出来就变味儿了。"马大牙说："怎么了？说爹这个词不好是不是？可话粗理不粗，你想，养个车可不比你养个宠物，养路费、保险费、年检费、停车费、维修费……对了，还有油费，开支海了去了。这还没怎么样，你不就为换发动机上火了吗？"老朱说："我让你帮我分析上午空车的原因，你倒好，扯了一大套理论。"马大牙吃老朱的面条嘴短，只好帮老朱做分析，分析来分析去，老朱自己反倒清醒了，他认为自己走的线路不对，一上午，他跑的线路全是以前开公交的线路，说来惭愧，在城市里开了一辈子车，除了整天跑的线路，他对别的路还不熟悉，熟悉不熟悉是一说，关键是，老朱已经被习惯绑住了脑袋，不知不觉就把车开到公交线路上，磨合车的时候如此，尝试着拉客也是如此。跑线路当然要受到局限，往公交站点集中的人一般都是坐公交车的，就像去酒店吃饭的人不进商场一样。而公交站点落下的乘客，往往被出租汽车捡漏了，怎么能轮到他呢。马大牙表示赞同，说："有道理呀，有道理。""不过，"马大牙摇晃着难看的菱形脑袋，慢悠悠地说，"还有一个问题你不能忽视，就是你的车是黑车。"老朱说："我的车原来是黑车，现在是红车。"马大牙说："你个老朱，你知道我说的啥意思。"老朱说："你的意思我明白，可我的车怎么是黑车，什么手续都齐备。"马大牙说："我知道，我的意思是，你的车是私家车。"老朱说："私家车怎么了？"马大牙说："对，私家车用于个人来说不属于黑车，可用于营运就属于黑车了，这些你都懂。”马大牙已经吃饱，拿起一根牙签不雅地剔着牙，一掘一掘的。老朱说：“我不这么看，况且，我拉几个客人也不是为了挣钱，我只是为了给车换一个发动机。”马大牙把用过的牙签折断，他说：“老朱你是不是有日子没和人抬杠了，要跟我拔犟眼子，我可不奉陪了。如果你真心向我讨教，我还真能给你指个道儿。”老朱白了白马大牙，不出声了。

按着马大牙指点，老朱来到娘娘庙，娘娘庙地处城郊十五区，那里并没有娘娘庙，旁边只有一个屠宰场，以前有没有过娘娘庙连老朱这岁数的人都不知道，不过，很多人都知道娘娘庙这个地方。马大牙说娘娘庙是黑车的站点，那里有生意。老朱到了那里一看，知道这次马大牙没忽悠他。那段坡路上，停了二三十辆五颜六色的“黑车”，排成长队的各色车等像飞机场排队的出租汽车一样，秩序井然地运送着旅客。客人似乎也知道这里，客流源源不断，二十来分钟，老朱就排到了客人。

一身运动装的小伙子把一台电脑抱到车上，气没喘匀，就对老朱说：“去电子市场！”老朱问是大东区的电子市场吗？小伙子说是中山区的。老朱系上安全带，掉转车头，向朝阳路开去。路上，小伙子说：“我不要发票，给你三十行不行？”老朱大致算了一下，娘娘庙离中山区的电子市场大约二十站，按出租车的价格应该在42元左右。有点亏，可按自己的成本来算，还是有赚的，况且自己还没有发票，他想，30元就30元吧。小伙子问：“行不行啊？”老朱说：“差不多就行了。”

接了第一担生意，老朱觉得有一种莫名的力量在周身涌动，心情也好了起来，他打开收音机，车内立即传来一个沙哑的老先生的声音：“……话说斯大林听了汇报，浑身起鸡皮疙瘩，心说，你小子希特勒也太不够意思了，咋说翻脸就翻脸了呢？希特勒你小子听着，别给你点儿脸你就上鼻子，我斯大林也不是泥捏的……”听着，老朱扑哧一声笑了。

后座上的小伙子跟老朱的感受显然不同，他对老朱说能不能换个音乐台？这个节骨眼上，老朱当然不希望换台，怎奈现在是为客人服务时间，只能主随客便了。

老朱回家，第一眼就见到笑嘻嘻的小朱。小朱说：“你没觉得家里有什么变化吗？”老朱向屋里扫了一眼，的确看到了变化：房间里整洁了、亮堂了。还有，他闻到饭菜的香味儿。小朱伸脖子向厨房的方向喊：“魏师傅！魏师傅！”一个矮胖的女人出现在老朱面前。女人笑得多少有点羞涩，两手还在围裙上搓着。老朱一下子就想起了唠唠叨叨的大女儿。

吃过饭，老朱把小朱叫到阳台上，爷俩在月光下抽烟。老朱说：“我现在不需要保姆。”小朱说：“我的意思你知道，咱先以保姆的名义把她请来，你看好了再谈别的，看不好也有台阶下……”老朱说：“你的好意我懂，这么多年了我都不需要人照顾，现在也不需要，我不要保姆。”小朱说：“不是保姆的问题……”“怎么不是保姆的问题，谁愿意白干？”“你担心钱啊？好好，雇保姆的钱我出，这行了吧！”“其实，我的意思是……你的意思我理解，我跟你说过了，我不需要人照顾，我不要保姆。”小朱说：“你是真听不明白还是故意装糊涂，我是想……”老朱说：“你别说了，我不需要人照顾。”小朱急得神经质般抖动着胳膊，他说：“跟、跟、跟你沟通怎么这么难呢！”

在给老朱挑选老伴的问题上，小朱有了挫折感，大姐就有了成就感，她觉得自己有效地阻止了小朱带领的那股她反对的势力的入侵，成功地扼守了前沿阵地，于是，更加紧锣密鼓地张罗开了。大姐在常去的舞厅没物色到目标，那个上世纪五十年代建造的大企业俱乐部黑咕隆咚，散发着鞋垫般的霉味儿，她对去那里的人有一种本能的偏见。雨季过后，大姐去了街心广场，在那里，她发现了韩老师。大姐对韩老师说：“我以前不会跳交谊舞，病退之后听说跳舞锻炼身体，就来了。”韩老师说：“我以前会一点儿，退休之后没事，太清闲了，就出来活动活动。”大姐问：“你没想过找个老伴吗？”韩老师说：“哪有那么合适的。”于是，大姐和韩老师就近乎上了，在街心广场聊，回到家又电话聊，一个星期之后，大姐提出要给韩老师介绍老伴。

规律是一点点摸出来的。老朱发现娘娘庙车点的人都很守秩序，那个秩序是自发形成的，不用人管理。自觉排队自己拉客，价格也大致差不多，比出租车便宜百分之二十左右，仿佛有一种潜在的规则在发挥着作用。在那里拉客的人都尊敬一个叫杜哥的人，杜哥也是拉客的，不过大家都从他那里买一些奇奇怪怪的发票，那些发票当然不是正规的出租车发票，而是停车票、过桥过路票以及私营小公交的发票。大家买发票时都有意多给杜哥一些钱，据说，杜哥多收的钱用以维持与管理部门的关系。老朱到娘娘庙的第三天，就有人提醒他已经来了三天了，那么多车，老朱以为没人会注意到他，不想，他几日几时几分出现在车点都被人记得清清楚楚。那个站点等客的车也并不全是拉客的私车，很多出租车混杂在一起。外人不容易分辨他们，某种意义上说，出租车还为拉客的私车承担了掩护的任务，私车在那里等亲朋好友，送亲朋好友去什么地方，你管得着吗?只要你不抓住私车司机和乘客的金钱交易，就不能下结论，不能说私车是黑车。有意思的是，在那里，出租车接出租车的客人，私车拉私车的客人，他们各取所需，各守各的规则，相安无事。

在娘娘庙拉客的车一般都是跑郊区甲县的，两者中间距离是47公里。城区与甲县在三间房分界。两地的管理部门规定，出租车不准跨地区营运，他们将客人拉到三间房，客人再换一辆甲县的车，车费一家一半。这种办法没有规定、也没人指导，而是自发形成的。规则是针对出租车的，可私车也沿用了出租车的办法，形成了不同的生态系统。政策有政策的生态系统，具体执行有执行的生态系统，而政策之外也有自己的生态系统。老朱想，这很有意思。不过，老朱送客人的车只能到三间房，在三间房再找一个私车，分一半的路费，在这个线上跑，就得守这个线的规矩。

一转眼，老朱私车拉客已经二十多天了，收入也十分可观，净剩3000多元，这些钱老朱没存起来，而是放在家里。每一次清点钱，老朱的心都偷偷地欢跳着，周身热血偾张。好好干！老朱这样鼓励自己，按现在的速度干下去，二个月时间，就可以给自己的车换心脏了。

愿望、目标与动力和谐起来的时候，老朱浑身是劲儿，一点都不觉得疲倦，他起早贪黑，一天工作10个多小时。直到那天，他在三间房碰到了老姜。

老姜高瘦，清白的皮肤，鼻梁挺拔鼻头有点鹰钩的意思。一路上，老朱并没觉得他与别的客人有什么不同。拉客那段日子里，老朱也算长了见识，有当官的、有做买卖的、有歌舞厅的陪侍小姐、有吸毒者，还有精神不健全的人，有一天，一位穿警服的警察还坐了他的车，付钱也很痛快。老姜不像坏人，像教师或者艺术馆里教舞蹈的。可到了三间房付钱时，老姜把执法证拿了出来。老姜说："抓现行，你没什么话讲吧？"老朱说："我不太懂，也没干几天。"老姜说："你们都这样说，没干几天？我已经观察你半个多月了。"老朱知道自己被盯上了，他叹了口气。老姜说："按规定罚款3000元。老朱愣住了，心想，他怎么知道我刚刚挣了3000块钱？老姜打开皮夹子，开始填罚款收据。老朱挡住老姜的手，说："我身上没钱。"老姜说："没钱就扣车，你自己合计一下，扣车更不划算，每天还要交20元的停车费。"老朱不服，他问老姜凭什么罚款扣车。老姜说："你这是黑车。"老朱说："我的车不是黑车，我的车有手续。"老姜说："你的车没有营运手续，没有营运的手续就是黑车。"老朱说："我没营运，我只是帮一些坐不上公交车、打不着出租车、急着赶路的客人，这有错吗？"老姜说："你这老头，你还理直气壮啦？"老朱说："本来嘛，我只收成本费，我的收费低，客人花钱少，两人一个愿打一个愿挨，有什么错？"老姜说："那我告诉你，你错在违法上，机动车营运必须获得国家许可，没办理手续从事运营活动就违法。"老朱仍不服，他说："我能办手续吗？"老姜说："现在运营市场已经饱和了"。老朱说："还不是吗，这叫特权！我想办手续你们不给办，不办手续又说我非法……"老姜笑了，说："你这老头还挺能抬杠啊，那我跟你好好讲讲。"老姜耐心细致地对老朱讲了政府管理的必要性，"有些东西必须经过政府授权，不然，大家都去经营，市场就乱套了，比如营运的汽车，现在城市里有出租车一万多辆，放开了，那可天下大乱了。"老朱说："乱不了，多了不挣钱，有人就不干了，依我看，主要是你们为了收钱。"老姜说："对市场稀缺的资源，政府就是要控制的，当然，要有收费和收税，或者换个说法，政府征管要增加收入，增加的收入哪去了呢？”用于公共建设，比如国防、航天，他觉得这个比喻老朱不好理解，又举例说道路和公交，老朱说：“不对吧，道路既然是公共建设，为什么那么多路口收费？还有公交，”说到老朱的老本行了，“他说别的我不知道，公交一样收费，尤其是合资经营以后，完全是经济效益第一。”老姜说“你这样钻牛角尖我也没办法，总之，没手续就是不合法的，我在执行公务，依法行政，如果你不服，可以申请复议。”说着，老姜又去填罚款单。这时，老朱意识到，自己再怎么辩解也没用，他的口气和缓下来，哀求老姜照顾照顾他，他说他所以私车拉客并不是法律条文说的以赢利为目的，而是为了给这个车换一个发动机，换了发动机之后，他保证不干了。老朱还说他这个人对生活要求不高，省吃俭用，儿女生活条件很好，他的退休金足够生活的了，他所以这样做，就一个目的，就是想给车换一个心脏。老姜说：“你这不是理由，别说给车换发动机，你就是挣了钱捐给希望工程，我该罚款还是罚款，各是各的事，别往一块搅和。”老朱绝望了。

不想，当老朱见到罚款单时，发现上面写的是一千五百元。老朱感激地看着老姜，连说两句谢谢。老姜说：“这么大岁数了，能别干就别干了，不是我不会说话，有点啥情况咋办？”

老朱下午交了罚款，出缴费大厅时，他想到这样一个问题，既然那个老姜早就盯上他了，为什么不早点制止他呢？这个时候，太阳十分炎热，烤得老朱的额头油汪汪的。

小朱只知道老朱买了辆“报废车”，并不清楚老朱在拉客。他觉得他了解老朱，除了开车之外老朱没别的技能也没有额外的爱好，退休了，只能靠车来打发寂寞的日子。或者换一个角度来看，也许老朱依靠“车”来证明自己的存在，就像傍晚在街头广场拉手风琴唱歌的老人一样，他们的信心是需要借助一个工具来实现的。老朱离开公交车队，等于拄了一辈子的拐棍扔下了，他需要一个新的拐棍。这样一想，小朱对大姐增加了怨恨，他觉得老朱所以拒绝他设计得比较巧妙的方案，拒绝性格温和、家务娴熟的魏师傅全是大姐在背后搞鬼。大姐不成人之美也就罢了，偏偏无事生非、制造事端。小朱不再理睬大姐，周末也不去看望老朱。

一连几个周末小朱都没来，尽管如此，老朱还是坚持买小朱爱吃的罐头味杂鱼。晚上7点，大姐盛装出现了。大姐对老朱说："礼拜天街道搞文化节，我在石油公司借了服装，你帮着拉一趟呗，义务的！"老朱说："礼拜天我出车，没工夫。"大姐问："为什么？是因为钱吗？缺钱就说话，我们都会给你的。"老朱说："凭啥用你们的钱？这么多年来，我什么时候向你们张过嘴？"大姐说："老爸，我知道你要强，既然不为钱，你更应该做了。"老朱想了想，低下了头。

星期天老朱去拉服装，路上大女儿跟他提起介绍老伴的事，女儿讲韩老师如何有修养，知书达理，生活还有情趣时，老朱脑子里想的却是换发动机的事。老朱想，虽然自己受了点挫折，这很正常，人这一辈子哪有事事都如意的，罚款交了，自己不是还剩一半吗？现在也有了拉客的经验，到别的地方干也行了。总体上说要改变战略战术，不守在娘娘庙打防御战，要打游击战，打一枪换一个地方，让老姜及其他"老姜"抓不住他。这样，只要坚持努力，年底前，捷达车的心脏怎么也换新的了。

大女儿问行不行啊？老朱知道她还在说老伴的事，他不愿意再给儿女泼冷水，就说："再说吧！"

傍晚，脸上还沾着礼花"星星"的大女儿陪老朱去送服装。女儿的心情很好，说"老爸，让我开吧，我拿驾驶证5年，摸车还不到5个月，长时间不练手，手就生了。"老朱犹豫着，大女儿连忙说："这怪我，有老爸这个专家在身边，没好好请教。老爸，你当陪练，肯定是最棒的。"老朱被大女儿哄乐了，说："那是啊，开了将近四十年车，还能白开吗。"

女儿和老朱互换了位置，捷达车抖动了一下，拐上了主干道。

车在一个十字路口遇到红灯，大女儿的脚下有些生，车急停下。老朱说遇到路口要放慢速度，另外，要会用两脚刹车。女儿点了点头。绿灯亮了，老朱连忙说："'红'灯了，走！女儿用眼角扫了老朱一眼，她认为老朱口误，也没在意。很快到了下一个交通岗，又遇到红灯，此刻，停车已经来不及了，大女儿一脚油门，车冲了过去。老朱大声喊："'绿'灯，你怎么敢闯绿灯啊!"这回，大女儿真的迷糊了。

平静下来，大女儿一脸认真地说："老爸，问你个问题行吗?"老朱颔首。大女儿说："我不会听错的，你总把红灯叫绿灯，我闯红灯的时候你大喊闯绿灯。"老朱沉默了，过了一会儿他长出一口气，说："现在我退休了，说出来也没什么了，我是色盲。""色盲?"大女儿惊讶地瞪着眼睛。老朱说："是啊，这个秘密没人知道，你妈都不知道。要知道，你爸我靠方向盘养这个家，养活你们的。"大女儿也沉默了。过了一会儿，大女儿也长出一口气，她笑着说："我不明白，当初你考驾驶执照，你体检怎么过关啊。"老朱说："我们那是计划时代，还没实行体检，走的师傅带徒弟的道儿，干满三年才出徒。大女儿摇了摇头，她心情沉重，说："我真佩服你老爸，你怎么能隐瞒这样久，而且一直没出问题呢?"

路过商业区，老朱让车停下来。他进了一家帽子店，大女儿把车停好，也跟了进去，他们在帽子店转来转去，最后老朱说："我以为现在的商店不会卖'前进帽'了，我还跟人打了赌，刚才，我看见了前进帽，不过是皮的，没老帽子的意思了。"大女儿说对呀，亏得你没买一个，那个帽子不适合你，那是女孩子戴的时装帽。老朱点了点头："那就是说，真的没有前进帽了"。大女儿摇了摇头，说："我也不知道!"

事后大女儿问过文化节活动当天老朱对韩老师的印象，老朱说那个老太太太瘦了，怕她身体有问题。大女儿哭笑不得，她知道，老朱一定张冠李戴，把社区的居民组长当成了韩老师，看来，老朱的心真不在找老伴上。大女儿想，自己尽了心尽了力，他不肯接受就不必强求他了。

小朱和大姐给老朱介绍老伴失败后，二姐仍努力着，她筛选了一个退休的护士，在她看来，护士在老爸身边是最好的选择了，老爸毕竟老了，一旦身体的哪个部件出了问题，护士的作用就发挥出来了。二姐做事比较温和，她想等适当的地点和恰当的时间再提出来，她觉得好事总归会成为好事。

老朱继续为他的“发动机”努力着，他飞舞在这个城市纵横交错的交通网上，他像一只不知疲倦而又狡黠的蜜蜂，蛛网的黏液总也粘不牢他，他跳跃、他飞翔、他辛勤地劳作着。只是他万万没想到，那天早晨，他把车开到当年第一次登车的老车场门口，被一辆执法车拦住了，对他执法的是一个下巴上胡子发软的小伙子，不论老朱怎么哀求，他的车还是被扣下了。

车被扣了以后，老朱几乎每天都到有大大“P”字的停车场看看，他希望的奇迹没有发生，所说的奇迹是，人头混熟，就把车提出来了，问题是，看车的和放行的是不同的人。还有另一层，老朱牽挂车，他担心，风吹日晒时间久了，那辆老车真的出了问题。就在那天，老朱突然看到了老姜，老姜被几个人围着，可他还是看到了老朱。老姜老朋友一样笑着，问老朱：“怎么？车给扣了？”老朱点了点头。老姜说：“扣就扣了吧，依我看，你那辆破车不值几个钱。”老朱用无助的眼光瞅着老姜，问老姜能不能帮个忙，少罚一点，我真的筹不上3000块钱。老姜说现在来不及了，单子一下就进入电脑，谁也没办法了。老朱说：“能不能找人商量商量，把车提出来，人情费我搭。”老姜说：“你把我看成啥人，我不要你的人情，也不会干的。”“没办法了？”老朱问。老姜说没办法。老朱孩子一般地追问：“一点都不可能？”老姜笑着，意味深长地说：“除非有人把车偷出去，”说完又补充一句，“开个玩笑。”

那天傍晚，老朱偷偷溜到红色的捷达车边，用备用钥匙打开车门。老朱把汽车发动起来。这时，车场门卫喊了起来。老朱吓了一跳，连忙熄火从车上下来。门卫离老朱有十几米的距离，他大声喊：“别动，我已经报了警，你跑不了啦。”老朱头上的汗下来了，他大声解释：“我不是偷车，这是我自己的车，我怕停时间长了，发动一下。”对方当然不信，继续喊：“跟我们说没用，跟警察去解释吧。”老朱说：“真的，如果我要偷车也不能现在这个时间偷车，你们的大门已经关上了，车能翻墙过去吗？”对方不听老朱的，只喊：“别动啊，站那儿别动。”老朱心想：完了，人家不会信你的，这件事传出去他怎么面对儿女，怎么面对他人。无奈，老朱只能逃跑。老朱跑了起来，门卫在后面喊了起来："别跑，你是跑不掉的！"老朱不管那些，不停地跑着，老朱跑得并不快，奇怪的是，门卫也没追上来，总跟他保持十几米的距离，在后面不听地喊。老朱在停车场里跑了两圈，没找到出口，他大喘着停下了。老朱停下来，对方也停下来，老朱不知如何才好。这时，对方喊道："不许跑，不许翻围墙！"老朱侧头一看，身边就是围墙，而且不高，他咬了咬牙爬了上去。老朱爬上围墙，觉得自己的心脏绞痛起来，汗水雨点般落下。老朱挣扎着想在墙头上平静一下，却控制不了自己的身体了……老朱米袋子一样摔在围墙外，此刻，他身体里的发动机已经停止。